百部红色经典

燕山夜话

马南邨 著

北京联合出版公司
Beijing United Publishing Co.,Ltd.

图书在版编目（CIP）数据

燕山夜话 / 马南邨著. -- 北京：北京联合出版公司，
2021.3（2025.11重印）

（百部红色经典）

ISBN 978-7-5596-4847-1

Ⅰ.①燕…　Ⅱ.①马…　Ⅲ.①杂文集—中国—当代
Ⅳ.①I267.1

中国版本图书馆CIP数据核字(2020)第254868号

燕山夜话

作　　者：马南邨
出 品 人：赵红仕
责任编辑：高霁月
封面设计：赵银翠

北京联合出版公司出版
（北京市西城区德外大街83号楼9层 100088）
北京新华先锋出版科技有限公司发行
北京雁林吉兆印刷有限公司印刷　新华书店经销
字数338千字　787毫米×1092毫米　1/16　22印张
2021年3月第1版　2025年11月第5次印刷
ISBN 978-7-5596-4847-1

定价：59.00元

出版前言

为庆祝中国共产党成立100周年，全面展现中国共产党成立以来中华民族辉煌的发展历程、取得的伟大成就和宝贵经验，集中体现中华民族的文化创造力和生命力，北京联合出版公司策划了"百部红色经典"系列丛书，希望以文学的形式唱响礼赞新中国、奋斗新时代的昂扬旋律。

本套丛书收录了近一百年来，描绘我国人民在中国共产党的领导下艰苦奋斗、开拓创新、改革开放的壮美画卷，充分展现我国社会全方位变革、反映社会现实和人民主体地位、弘扬社会主义核心价值观、讴歌中华民族伟大复兴中国梦的100部文学经典力作。

本套丛书汇集了知侠、梁晓声、老舍、李心田、李广田、王愿坚、马烽、赵树理、孙犁、冯志、杨朔、刘白羽、浩然、李劼人、高云览、邱勋、靳以、韩少功、周梅森、石钟山等近百位具有代表性的中国现当代著名作家。入选作品中，有国民革命时期探索革命道路的《革命的信仰》《中国向何处去》，有描写抗日战争的《铁道游击队》《敌后武工队》《风云初记》《苦菜花》，有描绘解放战争历史画卷的《红嫂》《走向胜利》《新儿女英雄续传》，有展现新中国建设历程的《三里湾》《沸腾的群山》《激情燃烧的岁月》，有寻找和重建民族文化自信的《四面八方》，也有改革开放后反映中国社会现状、探索中国道路的《中国制造》，同时还收录了展现革命英雄人物光辉事迹的《刘胡兰传》《焦裕禄》《雷锋日记》等。

本套丛书讲述了丰富多样的中国故事，塑造了一大批深入人心的中国形象，奏响了昂扬奋进的中国旋律。这些经历了时间检验的文学作品，在艺术表现形式、文学叙述方式和创作技巧等方面都具有开拓性和创造性，作品的质量、品位、风格、内涵等方面都具有很高的水准，都是有筋骨、有道德、有温度的优秀作品，很多作家的作品都曾荣获"五个一工程奖""茅盾文学奖""鲁迅文学奖""国家图书奖"等奖项。

为将该套丛书打造成为集思想性、艺术性、时代性为一体，展现新时代文学艺术发展新风貌的精品图书，北京联合出版公司成立了由出版界、文学艺术界的资深专家和学者组成的编辑委员会。他们从文学作品的历史价值、文学价值、学术价值、现实意义等维度对作品进行了深入细致的研读和筛选，吸收并借鉴了广大读者的意见与建议，对入选作品进行深入细致的分析与综合评定，努力将"百部红色经典"系列丛书打造成为政治性、思想性和艺术性和谐统一的优秀读物，向伟大的中国共产党成立100周年这一光荣的日子献礼！

目录

一集

两点说明

　　《燕山夜话》在《北京晚报》陆续刊登以后，出乎意料之外地得到了读者们的热烈支持。我收到许多充满着友情的来信，不能一一作复，在这里统统向大家致以衷心的谢意。我现在接受许多朋友来信中所提的建议，把已经发表的稿子，辑成一小册，以飨读者，并愿借此机会，进一步征求大家的批评和其他意见。

　　应该说明，这个小册子虽然没有完全按照朋友们的建议，没有把全部已刊的文章都收进去；但是删掉的文章毕竟很少，绝大多数都保留下来了。又因为原先发表的时候，没有制订什么计划，缺乏全盘的安排，所以发表的先后次序很乱，内容也很杂，现在一看就觉得有稍加整理的必要。不过，这次整理除了有的文章删去以外，也只是把文章大体排个次序，在文字上略加修改，引文重新核校一遍，如此而已。这样的做法未必就是好的，姑且试它一试。

　　我觉得重要的问题还在内容方面，迫切地希望朋友们多提出一些具体的要求。大家今后想要《燕山夜话》多介绍哪些知识，多谈论什么问题，无妨开一个单子寄我，我将尽量按照大家的需要去努力。当然，我知道读者中有党、政府和军队的干部，有许多教师和同学，有科学技术工作者，有文艺工作者，这些朋友的要求和工农兵群众的要求仍然有所不同。《燕山夜话》本来的目的是为工农兵服务的。我们的党、政府和军队的主要干部，虽然都是工农兵出身和代表工农兵利益的干部，为他们服务也就是为工农兵服务；可是，这些干部同志们的要求毕竟不等于工农兵群众的要求，而《燕山夜话》目前似乎又很难完全适应工农兵群众的需要。根据这种情况，我今后将继续努力做到，在某些方面适当地满足具有相当文化水平的工农兵群众的要求。

　　在这小册子付印的前夕，特作以上两点说明，对与不对，请大家指正。

马南邨
一九六一年七月十日

生命的三分之一

一个人的生命究竟有多大意义，这有什么标准可以衡量吗？提出一个绝对的标准当然很困难；但是，大体上看一个人对待生命的态度是否严肃认真，看他对待劳动、工作等的态度如何，也就不难对这个人的存在意义做出适当的估计了。

古来一切有成就的人，都很严肃地对待自己的生命，当他活着一天，总要尽量多劳动、多工作、多学习，不肯虚度年华，不让时间白白地浪费掉。我国历代的劳动人民以及大政治家、大思想家等都莫不如此。

班固写的《汉书·食货志》上有下面的记载：

> 冬，民既入；妇人同巷，相从夜绩，女工一月得四十五日。

这几句读都来很奇怪，怎么一月能有四十五天呢？再看原文底下颜师古做了注解，他说："一月之中，又得夜半为十五日，共四十五日。"

这就很清楚了。原来我国的古人不但比西方各国的人更早地懂得科学地、合理地计算劳动日；而且我们的古人老早就知道对于日班和夜班的计算方法。

一个月本来只有三十天，古人把每个夜晚的时间算做半日，就多了十五天。从这个意义上说来，夜晚的时间实际上不就等于生命的三分之一吗？

对于这三分之一的生命，不但历代的劳动人民如此重视，而且有许多大政治家也十分重视。班固在《汉书·刑法志》里还写道：

> 秦始皇躬操文墨，昼断狱，夜理书。

有的人一听说秦始皇就不喜欢他，其实秦始皇毕竟是中国历史上的一个伟大人物，班固对他也还有一些公平的评价。这里写的是秦始皇在夜间看书学习的情形。

据刘向的《说苑》所载，春秋战国时有许多国君都很注意学习。如：

> 晋平公问于师旷曰：吾年七十，欲学恐已暮矣。师旷曰：何不炳烛乎？

在这里，师旷劝七十岁的晋平公点灯夜读，拼命抢时间，争取这三分之一的生命不至于继续浪费，这种精神多么可贵啊！

《北史·吕思礼传》记述这个北周大政治家生平勤学的情形是：

> 虽务兼军国，而手不释卷。昼理政事，夜即读书，令苍头执烛，烛烬夜有数升。

光是烛灰一夜就有几升之多，可见他夜读何等勤奋了。像这样的例子还有很多。

为什么古人对于夜晚的时间都这样重视，不肯轻轻放过呢？我认为这就是他们对待自己生命的三分之一的严肃认真态度，这正是我们所应该学习的。

我之所以想利用夜晚的时间，向读者同志们做这样的谈话，目的也不过是要引起大家注意珍惜这三分之一的生命，使大家在整天的劳动、工作以后，以轻松的心情，领略一些古今有用的知识而已。

不怕天

> 天不要怕！鬼不要怕！死人不要怕！官僚不要怕！军阀不要怕！资本家不要怕！

这是一九一九年五四运动以后，由毛泽东同志所创办和亲自主持的《湘江评论》，在创刊号上提出的振奋人心的口号。

革命的人民是一切都不怕的，首先是不怕天。只有天都不怕了，才能不怕鬼神，不怕一切反动势力；才敢于革掉帝国主义、封建主义、官僚资本主义及其走狗帮凶们的命。

最近中国科学院文学研究所编了一本《不怕鬼的故事》，好得很，它给了广大的人民群众以巨大的思想政治教育。这部书里收集的不怕鬼的故事中，其实也包含有不怕天的故事。

怕天，这是人类的一切神鬼观念的根源。因为对自然现象不了解，原始的人类才以为在冥冥之中有天神主宰一切。由于怕天，结果对一切神鬼都害怕。因此不怕鬼神的人，也一定不能怕天，也决不可怕天。

在《不怕鬼的故事》中，不怕天的故事也有十分突出的。比如，有一篇采自唐代裴铏《传奇》的，题目是《陈鸾凤》。它描写大旱的时候，老百姓到雷公庙去祈雨，毫无灵验，陈鸾凤大怒，一把火烧了雷公庙，并且把当地风俗禁忌的黄鱼和猪肉合在一起吃，以激怒雷公，接着舞刀与雷公搏斗，打败了雷公，赢得了一场大雨。后来二十多年，每遇天旱，他就坚持这样的斗争，都得到了胜利。

这是直接与天作战的古代传奇。像陈鸾凤这样的古代传奇人物，不但可以算做勇敢的无神论者，而且应该算是反天命主义的猛士了。

古代反天命主义的思想很值得注意，最好有人也把它们收集起来，编成一本书，来教育人民群众。《逸周书》上说："兵强胜人，人强胜天。"这大概是最早肯定人能胜天的言论。荀子在《天论篇》中也说："大天而思之，孰与物畜而制之；从天而颂之，孰与制天命而用之。"荀子是我国古代的一个唯物论者，他提出这种"制天"的主张，应该承认这在春秋战国时代的百家争鸣中是一种杰出的思想。在他以后，历代还有不少思想家表示了同样的见解。如林和靖在《省心录》中说："人以巧胜天。"这在某种意义上似乎是以肯定人能胜天为前提，而进一步比较具体地注意到要以巧取胜了。总之，天不可怕、人能胜天的思想是我国人民传统思想中很有价值的一部分，我们应该继承与发展它。

但是，要能够在实践中充分地表现出不怕天的精神，也不是很容易的事情。今天，只有我们有了马克思列宁主义，有了毛泽东思想做指导，彻底解放思想，这才能够真正不怕天。

欢迎"杂家"

无论做什么样的领导工作或科学研究工作，既要有专门的学问，又要有广博的知识。前者应以后者为基础。这个道理十分浅显。

专门的学问虽然不容易掌握，但是只要有相当的条件，在较短时间内，如果努力学习，深入钻研，就可能有些成就。而广博的知识，包括各种实际经验，则不是短时间所能得到，必须经过长年累月的努力，不断积累才能打下相当的基础。有了这个基础，要研究一些专门问题也就比较容易了。马克思在许多专门学问上的伟大成就，正是以他的广博知识为基础的。这不是非常明显的例证吗？

但是，有的人根本抹杀这两者之间的关系，孤立地、片面地强调专门学问的重要性，而忽视了广博知识的更重要意义。他们根据自己的错误看法，还往往以"广博"为"杂乱"，不知加以区别。因而，他们见到知识比较广博的人，就鄙视之为"杂家"。

殊不知，真正具有广博知识的"杂家"，却是难能可贵的。如果这就叫做"杂家"，那么，我们倒应该对这样的"杂家"表示热烈的欢迎。

古人对于所谓"杂家"的划分本来是不合理的。班固在《汉书·艺文志》中把春秋战国的诸子百家，很勉强地分为"九流"，即所谓儒家流、道家流、阴阳家流、法家流、名家流、墨家流、纵横家流、农家流和杂家流。他所说的杂家是"合儒墨，兼名法"，如《淮南子》《吕氏春秋》等等。后人沿用这个名称，而含义却更加复杂。其实，就以《淮南子》等著作来说，也很难证明它比其他各家的著作有什么特别"杂"的地方。以儒家正统的孔子和孟子的传世之作为例，其内容难道不也是杂七杂八地包罗万象的吗？

为什么班固不把孔孟之书列入杂家呢？

现在我们对于知识的分类，以及对于各种思想和学术流派的划分，比古人高明得多、科学化得多了。我们本不应该再沿用班固的分类法；如果要继续用它，就应该赋予它以新的观念，就应该欢迎具有广博知识的杂家在我们的思想界大放异彩。

旧时代知名的学者，程度不等地都可以说是杂家。他们的文集中什么都有。同样的一部书，对于研究社会科学的人有用，对于研究自然科学的人也有用。随便举一个例子吧。清代学者洪亮吉，他的文集和历来其他学者的文集一样，几乎无所不包，其中就包含有他的人口论著作，比达尔文还早半个世纪。我国古代学者的文集，几乎都可以算是百科论文集，都是值得珍视的文化遗产。

现在我们如果不承认所谓"杂家"的广博知识对于各种领导工作和科学研究工作的重要意义，那将是我们的很大损失。

变三不知为三知

我们有时候谈起调查研究工作，就不免觉得惭愧，深深地感到自己对实际情况了解太少，遇到别人问起许多实际工作中的问题，常常一问三不知。这种现象很不好。但是，似乎一下子又不能完全克服。因此，心里总觉得纳闷。究竟怎样才能克服三不知的毛病，而做到三知呢？这是大家普遍关心的问题。

首先要弄清楚：什么是三知？什么是三不知？人们往往嘴里会说："某某干部简直不了解情况，一问三不知，真糟糕。"如果你要他解释怎样叫做三不知，管保他同样也是一问三不知，根本答不上来。

三不知这个成语已经流传很久了，历来却很少有人注意去查究这个成语的来源。到了明代，有一位不太知名的学者，江宁人姚福，在他所著的《青溪暇笔》这部书里，才做了一番考证。他写道："俗谓忙遽曰三不知，即始中终三者，皆不能知也。其言盖本《左传》。"他不但把三不知的含义做了很明确的解释，而且指明了这个成语的出处。

那么，我们无妨翻阅一下《左传》吧。在鲁哀公二十七年的记载中，的确可以找到三不知这个成语的来源。事情是由晋荀瑶帅师伐郑引起的。当时荀文子认为对敌情不了解，不可轻进。他说道："君子之谋也，始中终皆举之，而后入焉。今我三不知而入之，不亦难乎？！"由此可见，所谓三不知原来是说对一件事情的开始、经过、结局都不了解，而所谓三知就是"始中终皆举之"的意思。

这个道理很重要，它给我们指出了对实际情况进行调查研究的一个良好的方法，就是要对客观的事物，由它的始、中、终三个阶段的发展变化上进行调查研究。

什么是"始"呢？这就是事物的起源、开端或创始的阶段，它包括了事物发生的历史背景和萌芽状态的种种情况在内。什么是"中"呢？这就是事物在发展中间的全部经过情形，它包括了事物在不断上升或逐步下降的期间各种复杂变化的过程在内。什么又是"终"呢？这就是事物发展变化的结果，是一个过程的终了；当然它同时也可以说是另一个新的过程的开始。

把这三个阶段的情况总合起来，我们如果用新的术语加以阐明，那么，所谓三知的正确含义，应该说就是对于客观事物进行历史的、现实的、全面的调查研究。否则，对客观的事物就是三不知了。事物发生和发展的始、中、终三个阶段，是一个完整的历史过程；事物的原始阶段和中间阶段更显然是属于历史的范畴；至于事物的终结阶段往往就是当前的现实。而对于这些又都必须进行全面的考察，把这些考察的结果综合起来，就得到全面的认识。

我们决不要以为，调查研究只知道一个结果就够了。事实证明，这是绝对不够的。有许多同志常常只晓得某一件事情的现状或工作的最后总结数字，而不晓得这些东西是从何而来的。因此，他们有时候根据一些表面的现象所做出的判断，就不免与实际情况不符。也有的同志只注意收集和调查许许多多零碎的现象，而缺乏系统的研究，以致他对客观事物的认识只能形成若干分散的概念，根本不能做出完整的、科学的结论。这样的人即便知道了很多的一个一个分散的互不连贯的现象，实际上还必然是一问三不知；或者知其一而不知其二；或者知其二而不知其一。

当然，过于性急地要想一下子把一切事情的来龙去脉都知道得清清楚楚，也是不切实际的想法。我们应该对客观的实际情况，分辨轻重缓急，先后有步骤地进行系统的调查研究，才能逐渐改变一问三不知的状况，真正做到三知。

北京劳动群众最早的游行

我们大家生活在我国的首都北京，对于北京的今天，人人都很关心，人人都很熟悉，这是很自然的，也是完全应该的；而对于北京的昨天，知道的人就比较少，甚至有的人简直对过去的事情很不了解，这是一个缺点。其实，对过去的历史了解得多一些，能够体会我们的先人在历代封建压迫下怎样过那痛苦的生活，就一定会更加热爱我们今天的社会主义制度，更加热爱我国工人阶级和它的先锋队——中国共产党正在领导我们进行的社会主义建设事业。因为今天的中国和今天的北京，乃是历史的中国和历史的北京的一个巨大发展啊！

今天的北京已经可以算得是一个现代的工业城市了；然而，历史上的北京却根本没有什么工业，因而，在一般人的印象中，似乎北京在历史上也决不会出现劳动群众的队伍。殊不知，事实并不是如此。远在三百五十八年前，公元一六〇三年，当明神宗朱翊钧统治中国的时候，在北京街头上，就已经出现了大规模的劳动群众游行的队伍。

原来早在一五九六年，即明代万历二十四年，北京西山门头沟一带的煤矿已经被开采了。从那以后，北京西山的煤窑不但有官办的，而且有私人经营的，明朝政府派了税官，专收矿税。到了万历二十六年，有一个太监名叫王朝，充当"西山煤监"，大肆敲诈勒索。他一连搞了五个年头，简直把西山闹翻了。许多民窑的业主和煤窑的劳动者们忍无可忍，不得不联合起来，于一六〇三年的春天，采取行动，反抗明朝政府的封建压迫。

据有关的史籍记载，当时的煤监王朝是神宗皇帝宠信的太监。他在西山一带催索矿税，超过了民窑的负担能力，于是，民窑业主们推举了一个代表，名叫王大京，出面交涉，要求减免税额。王朝一面选派了京营的军队，以武装催索税款；一面假借皇帝的"圣旨"，把王大京等逮捕起来。事情闹大了，煤窑生产受了很大影响，许多窑主停止了生产，挖煤的窑工和运煤的脚夫以及烧煤的人家都受到了威胁，他们终于联合了起来，形成了巨大的群众队伍，到北京城里游行，呼冤请愿，使明朝封建统治阶级大为震惊。

明朝《神宗实录》中叙述当时的情况十分严重："鬐面短衣之人，填街塞路，持揭呼冤。""萧墙之祸四起，有产煤之地，有做煤之人，有运煤之夫，有烧煤之家，关系性命，倾动畿甸。"明朝的封建统治阶级很害怕这些劳动群众"一旦揭竿而起，辇毂之下，皆成胡越，岂不可念？"在这样严重的情况之下，神宗皇帝不得不下旨撤回王朝，另派陈永寿为煤监。虽然这不过是"以暴易暴"，没有从根本上改变情况，但是这毕竟是明朝封建政府对民窑群众让步的一个表现。

当时的中国社会还处于一种典型的中世纪封建社会阶段。劳动群众的斗争得不到先进阶级的领导。那时候的煤窑还是用非常落后的原始采掘方法开采的，窑主们还没有形成为像后来的资本家那样的阶级，窑工们也还没有形成为像后来的煤矿工人那样的无产阶级。然而，当时煤窑的出现毕竟是一种新鲜事物，那些窑主们毕竟是后来的资产阶级的前身，那些窑工们也毕竟是后来的无产阶级的前身。因此，这些新的社会力量，在当时封建统治下所进行的反抗斗争，是具有重大历史意义的。当时轰动北京的这个事件应该引起我们研究的兴趣。

历史应该承认，万历年间西山窑民进城游行，是北京最早出现的劳动群众斗争事件，当时的窑民队伍则是北京最早出现的劳动群众队伍。可惜我们还不知道那时的王大京等是什么样的人，如有可能，希望有关单位和专家能够进行一些调查，让他们的事迹更详细地载入史册。

贾岛的创作态度

现时北京市所属各区、各县，在历史上曾经出现了许多著名的人物，有文有武，数以百计。其中有一个著名的大诗人，就是唐代的贾岛。

据《旧唐书》《全唐诗话》以及苏绛为贾岛写的墓志铭等的记载，贾岛是当时范阳郡的人。唐代设置的范阳郡，包括现在的大兴、房山、昌平、顺义等县。这一带早在春秋战国时期，属于幽燕之地，英雄豪侠慷慨悲歌，成了传统的风气。正如贾岛在一首题为《剑客》的五言绝句中写的：

> 十年磨一剑，霜刃未曾试；
> 今日把示君，谁有不平事？

这位诗人显然想借此来表达他自己的心情。

然而，贾岛之所以成名，却并非由于他的英雄气概，而是由于他的苦吟。人们最熟悉的"推敲"的典故，便是出于此公身上。毫无疑问，写"僧敲月下门"当然比"僧推月下门"的句子要好得多。这几乎已经成了讲究炼字的一个最寻常的例证。可是，懂得这样一些起码的文字"推敲"的技巧，难道就可以称得起是一位苦吟的诗人了吗？问题当然不是这么简单。否则，成为一个大诗人也太容易了。

贾岛的苦吟，实际上是在炼意、炼句、炼字等方面都用了一番苦功夫。而这些又都是与作品的思想内容和时代性分不开的。首先我们看到贾岛非常用力于炼意，因而他的作品具有引人入胜的意境。如果写一首诗而意境不佳，味同嚼蜡，叫人读了兴趣索然，那就不如无诗。有了好的意境，然后还必须保证这种意境能够在字句上充分表达出来。贾岛的每句诗和每个字都经过反复的锤炼，用心推敲修改。但是到了他写成之后，却又使读者一点也看不出修改的痕迹，就好像完全出于自然，一气呵成的样子。由此可见，所谓苦吟只能是从作者用功的方面说的，至于从读者欣赏的方面说，却不应该看出作者的苦来。

贾岛有许多作品都可以证明这一点。例如《渡桑干河》的诗写道：

> 客舍并州已十霜，归心日夜忆咸阳。
> 无端更渡桑干水，却望并州是故乡。

这首诗的意思很曲折，而字句却很平易。这样就显得诗意含蓄，使读者可以反复地咀嚼它的意味。如果多用一两倍的字句，把它的意思全都写尽，读起来就反而没有意思了。在贾岛的作品中，像这样的例子太多，我简直不知道应该举出什么例子才更好说明问题。

读过中国文学史的人，都知道韩愈非常赏识贾岛的作品。《全唐诗话》记载韩愈赠贾岛诗曰：

> 孟郊死葬北邙山，日月星辰顿觉闲。天恐文章中断绝，再生贾岛在人间。

虽然有人说这不是韩愈的诗，但是这至少可以代表当时人们对贾岛的评价。后来的人常常以"险僻"二字来评论贾岛的诗，那实在是不恰当的。

尽管人们也能举出若干证据，说明贾岛的诗对于后来的诗坛发生了不良影响。比如，宋代有所谓江湖诗派，明代有所谓竟陵诗派，以及清末同、光年间流行的诗体，一味追求奇字险句，内容贫乏，变成了形式主义。如果把这些都归罪于贾岛的影响，我以为这是不公平的。各个时代诗歌流派的优缺点，主要的应该从各个时代的历史条件和社会背景中寻找根源，前人不能为后人担负什么责任。贾岛的创作态度是很严肃的，这一点直到今天仍然值得我们学习。假若有人片面地和表面地模仿贾岛，以致产生了坏诗，这怎么能叫贾岛负责呢！

三分诗七分读

一首诗的好坏能不能评出分数来呢？许多人问过这个问题，都没有得到明确的答案。然而，这个问题是可以解答的，也应该加以解答。

以前苏东坡曾经解答过这个问题。据宋代周密的《齐东野语》载称：

> 昔有以诗投东坡者，朗诵之，而请曰：此诗有分数否？坡曰：十分。其人大喜。坡徐曰：三分诗七分读耳。

这几句对话很有意思。看来那个人写的诗很不好，所以要靠朗诵的声调，去影响别人的视听，掩盖诗句本身的缺陷。苏东坡却以幽默的含蓄的评语，当面揭了他的底子。

我们现在谈这个问题，应该从苏东坡的评语中得到什么启发呢？我觉得苏东坡的这个评语，似乎仍然适用于现在的某些诗词作品。

先说新诗吧。我们不是常常见到有一些新诗，几乎全凭朗诵的声调以取胜吗？那些诗本身有的内容十分贫乏，没有什么感情，诗的意境非常浅薄，字句也未经过锤炼；有的简直是把本来就不大好的散文，一句一句地拆开来写，排列成新诗的形式，读起来实在乏味。可是，你如果拿着这样的诗，去请一位高明的演员或播音员，把它朗诵一遍，最好再带上一些表情，那就很可能还会博得一部分听众的掌声。可惜现在没有苏东坡对这种现象当面给以批评。

这里必须说明，我近年来还是读到了许多好的新诗，像上边说的很不好的新诗当然不占重要地位。而且，苏东坡的评语本来是针对着中国的旧体诗来说的，他无法预见我们的新诗是什么样子，所以，我也还应该更多地从旧体诗词方面来观察这个问题。

那么，我们现在的旧体诗词水平如何呢？除了几位领导同志的作品以外，一般说来情况也很不妙。最突出的现象是有些人的旧体诗词往往不合格律。这就很成问题。而且，诗意也往往是很浅薄的。这就越发成问题了。按照苏东坡的评语，如果没有什么诗意，就连三分诗也不像了；再加上不合格律，当然很难读上口，那就连七分读都不可能了。这正如宋代的黄庭坚读王观复的诗，读不顺口，叹气说："诗生硬，不谐律吕，此病自是读书未精博耳。"由此可见旧诗词是很讲究格律的。

也许有人认为旧诗词的格律，对思想的束缚太厉害了，必须打破它，创造符合于我们现代要求的新格律。这个主张我不反对，并且我同样主张要建立新的格律诗。但是，要不要建立新的格律，如何建立它，这是另外的问题。现在既然还没有新格律，而你又喜欢写旧诗词，在这样的情况下，我看还是老老实实按照旧格律比较好。因为旧格律毕竟有了长期的历史，经过了许多发展变化，成了定型。这在一方面固然说明它已经凝固起来了，变成了死框框，终究要否定它自己；而在另一方面，它又证明作为一种格律本身，在一定的程度上的确反映了人在咏叹抒情的时候声调变化的自然规律。你不按照这种规律，写的诗词就读不顺口。这总是事实吧！

当然，我这样说，并非企图充当旧格律的保护者；更不打算说服别人勉强都来接受旧格律。不是这样。我认为谁都可以自由地创造新的格律，但是，你最好不要采用旧的律诗、绝句和各种词牌。例如，你用了《满江红》的词牌，而又不是按照它的格律，那么，最好就另外起一个词牌的名字，如《满江黑》或其他，以便与《满江红》相区别。

杨大眼的耳读法

读书能用耳朵来代替眼睛吗？一般说来，这是不可能的；但是在特殊的情况下，这不只是可能的，而且是必需的。

谁发明用耳朵读书的方法呢？要详细做考证就很麻烦。在这里，我想举出杨大眼，把他作为用耳朵读书的人们的代表。

杨大眼是中国古代的一位将军,生当公元五世纪末和六世纪初。那时候正是南北朝时期,这个北魏的骁将屡战屡捷,威名大震。《魏书》卷七十三及《北史》卷三十七都为他立传。据《北史》载称:"大眼虽不学,恒遣人读书而坐听之,悉皆记识。令作露布,皆口授之,而竟不多识字也。"看来这个人的本领真不小。自己认不得多少字,论文化程度还不曾脱离文盲状态,却能听懂别人读的书,又能口授一通布告的文字,这不是很奇怪吗?

　　其实这并不太困难。如果所读的书是自己比较熟悉的内容,例如在军队中常见的兵书、战报、命令、文告等等,念起来大概一般军人都容易听得懂。假若读的是自己平素完全生疏的内容,那大概就很难听懂。

　　但是,杨大眼的这种读书方法,对于一个识字不多而工作上又迫切需要阅读很多文件的人,我想是有实际效果的。这种读书的方法,主要是依靠用耳朵听别人读书,所以这种读书方法可以叫做"耳读"法。它是很有用的一种读书方法。

　　把这种读书方法叫做耳读法,还有一个理由,就是要区别于所谓"听读"。晋代王嘉的《拾遗记》中也有一个故事说:

　　　　贾逵年六岁,其姊闻邻家读书,日抱逵就篱听之。逵年十岁,乃诵读六经。父曰:我未尝教汝,安得三坟五典诵之乎?曰:姊尝抱予就篱听读,因记得而诵之。

　　这种听读和前面说的耳读不同。因为听读只是随声诵读,并不一定懂得;而耳读是真正懂得所读的内容。所以说值得重视的是耳读而不是听读。

　　耳读的方法对于老年不能看书的人,同样也很适用。宋代楼玮的《醉翁呓语》一书记载了另一个故事:

　　　　孙莘老喜读书,晚年病目,乃择卒伍中识字稍解事者二人,授以句读,每瞑目危坐室中,命二人更读于旁。

虽然这是因为眼睛有病不能看书才用耳读的方法，但是，我们无妨以此类推，设想到其他的人也许由于种种原因，以致自己不能看书，就都可以采用这种耳读的方法。

事实上，我们知道现代的许多大政治家，往往要在很短的时间内，阅读和处理一大批书报和文件等等。他们既没有三头六臂，于是对于一般的资料和文件，就只好由若干秘书人员分别帮助阅读和处理，而把最重要的字句念一两遍，如此看来，杨大眼的耳读法倒并不是落后的方法啊！

不要秘诀的秘诀

以前在书店里常常可以看见有所谓《读书秘诀》《作文秘诀》之类的小册子，内容毫无价值，目的只是骗人。但是，有些读者贪图省力，不肯下苦功夫，一见有这些秘诀，满心欢喜，结果就不免上当。现在这类秘诀大概已经无人问津了吧！然而，我觉得还有人仍然抱着找秘诀的心情，而不肯立志用功。因此，向他们敲一下警钟还是必要的。

历来真正做学问有成就的学者，都不懂得什么秘诀，你即便问他，他实在也说不出。明代的学者吴梦祥自己定了一份学规，上面写道：

> 古人读书，皆须专心致志，不出门户。如此痛下功夫，庶可立些根本，可以向上。或作或辍，一暴十寒，则虽读书百年，吾未见其可也。

看来这个学规中，除了"不出门户"的关门读书的态度不值得提倡以外，一般都是很好的见解。事实的确是这样。不管你学习和研究什么东西，只要专心致志，痛下功夫，坚持不断地努力，就一定会有收获。最怕的是不能坚持学习和研究，抓一阵子又放松了，这就是"或作或辍，一暴十寒"的状态，必须注意克服。吴梦祥的这个学规对我们今天仍然有一些用处。

这种学规早在宋代就十分流行，特别是朱熹等理学家总喜欢搞这一套。但是其中也有的不是学规，而是一些经验谈。如陈善的《扪虱新话》一书写道：

> 读书须知出入法。始当求所以入，终当求所以出。见得亲切，此是入书法；用得透脱，此是出书法。盖不能入得书，则不知古人用心处；不能出得书，则又死在言下。惟知出知入，得尽读书之法也。

用现在的眼光读这一段文字，也许觉得他的见解很平常。然而，我们要知道，陈善是南宋淳熙年间，即公元十二世纪后半期的人。在那个时候他就能够提出这样鲜明的主张，也算是难能可贵的了。他主张要读活书而不要读死书，就是说要知入知出；要体会古人著作的精神和实质而不要死背一些字句，就是说要体会古人用心处而不可死在言下。不但这样，他还反对为读书而读书的倾向。他主张读书要求实际运用，并且要用得灵活，即所谓"透脱"。你看他的这些主张，难道不是一种反教条主义的主张吗？他的这个主张，过去很少有人注意，因为他的声名远不如朱熹等人，但是他根据自己读书的经验而提出了这种主张，我想这还是值得推荐的。

宋儒理学的代表人物中，如陆九渊的读书经验也有可取之处。《陆象山语录》有一则写道："如今读书且平平读，未晓处且放过，不必太滞。"接着，他又举出下面的一首诗：

> 读书切戒在慌忙，涵泳工夫兴味长；未晓不妨权放过，切身须要急思量。

这就是所谓"读书不求甚解"的意思。本来说不求甚解也并非真的不要求把书读懂，而是主张对于难懂的地方先放它过去，不要死扣住不放。也许看完上下文之后，对于难懂的部分也就懂得了；如果仍然不懂，只好等日后再求解释。这个意思对于我们现在的青年读者似乎特别有用。

至于我们现在提倡读书要用批判的眼光，要取其精华，去其糟粕，这个主张古代的读书人却没有胆量提出。古代只有一个没有机会读书的木匠，曾经有过类似这种思想的萌芽。这个人就是齐国的轮扁。据《庄子·天道篇》记载：

> 桓公读书于堂上，轮扁斫轮于堂下，释椎凿而上，问桓公曰：敢问公之所读何言耶？公曰：圣人之言也。曰：圣人在乎？公曰：已死矣。曰：然则君之所读者，古人之糟粕已夫！

接着，轮扁还介绍了他自己进行生产劳动的经验。他的话虽然不免有很大的片面性，他不该把一切所谓"圣人"之言全部否定了；但是，他反对读古人的糟粕，强调要从生产劳动中去体会，这一点却有独到的见地。

我们现在读书的态度和方法，从根本上说，也不过如此。而这些又算得是什么秘诀呢？！如果一定要说秘诀，那么，不要秘诀也就是秘诀了。

少少许胜多多许

> 文章以沉着痛快为最，左、史、庄、骚、杜诗、韩文是也。间有一二不尽之言、言外之意，以少少许胜多多许者，是他一枝一节好处，非六君子本色。

这是清代乾隆年间郑板桥在山东潍县做官的时候，寄给他弟弟信中的一段话。此信主旨是提倡写文章要痛快，道理要讲透彻，不赞成以不尽之言、言外之意来掩盖文章的空虚。但是，郑板桥处处表示他最讨厌那些颠倒拖沓的文章，连画画也不愿意浪费一点笔墨。他常说自己的画也是以少少许胜多多许，着墨无多而形神兼备。

就我们现在的情形而论，提倡以少少许胜多多许，似乎更加必要。虽然，郑板桥说这一点并非左丘明、司马迁、庄周、屈原、杜甫、韩愈等人的本色，而只是他们的一枝一节好处；但是，这些古代的作家，又有谁见过或做过我们现在看惯了的长文章呢？因此，对古人说来不过是枝节的小事，对我们说来却变成一宗大事了。

当然，写文章一定要把意思说清楚，不要吞吞吐吐。而要说得清楚，却未必要用很多文字。宋代的曾南丰，对于苏老泉的策论文字有很好的评价，他说：

> 老泉之文，侈能使之约，远能使之近，大能使之小，微能使之著，烦能不乱，肆能不流。作高祖等论，其雄壮俊伟，若决江河而下也；其辉光明白，若引星辰而出也。

如此痛快透彻的史论，内容充实，即便写得再长些，人们也是爱看的。然而，只要读过苏氏父子的《三苏策论》的人都知道，他们的史论往往都不长。正如苏东坡偶尔自夸的："吾文如万斛之珠，取之不竭，惟行于所当行，止于所不得不止耳。"能行能止，而且行止适当，这就要求作者具有实事求是的精神。

我们每日都可以看到有不少文字是可以省略而没有省略的，其原因就在于作者缺乏实事求是的精神，同时也是对读者缺乏严肃负责的态度。鲁迅给《北斗》杂志的信，曾一再坚决主张，作者对自己的文章，必须反复看几遍，删去可有可无的字句。可惜至今还有许多作者不肯接受鲁迅的意见，对自己的文章死都不愿删改。看来在这一方面今后还需要进行艰苦的工作。报纸刊物的编辑部特别要大胆认真地帮助作者删改稿件，要收集古今大著作家删改文章的典型事例，来教育广大的读者和作者。最好要让删改者学习曾南丰，被删改者学习陈后山。

据明代陈继儒的《读书镜》载：

> 陈后山携所作谒南丰，一见爱之，因留款语。适欲作一文字，因托后山为之。后山穷日力，方成，仅数百言。明日以呈南丰。南丰云：大略也好，只是冗字多，不知可略删动否？后山因请改窜。南丰就座

取笔，抹处连一两行，便以授后山。凡削去一二百字，后山读之，则其意尤完。因叹服，遂以为法。

你看他们的态度多好！我们现在的作者，抱这般态度的能有几人？

很明显，态度如何是受思想水平决定的。有许多作者不许别人删改文章，因为他觉得，只有翻来覆去阐述一个问题，才能把意思说透，而不肯努力提高自己的概括能力。其实不论对任何问题，概括的说明总要比详细的说明有力得多。与郑板桥同时的一位清代文人彭绩，写过一篇概括力最强的非常动人的文字，这就是他作的《亡妻龚氏墓志铭》。它写龚氏"嫁十年，年三十，以疾卒。诸姑兄弟哭之，感动邻人！于是彭绩得知柴米价；持门户，不能专精读书；期年，发数茎白矣"。寥寥几句，可以敌得过几千字日常琐事的描述。这真是以少少许胜多多许了。

读这样的文章，一点也不会觉得它的内容空虚，相反的，倒真的感觉到它的内容非常充实，情感非常丰富。由此推论，其他各种文字难道不也可以写得更精炼、更生动一些吗？

从三到万

学习文化知识能不能走终南捷径呢？这是许多初学的同志时常提出的问题。对于这个问题的回答，不能过于笼统。一定说能或不能，都不恰当。这要看学习的是什么人，学什么，用什么方法等等，要按照具体情况进行分析。但是，一般地说，学文化应该一点一滴地慢慢积累，特别是初学的人不宜要求过急。

"文化"这个词儿在外国文里是一个字；这个字的字义，本来就是积累的意思。我国古代的读书人，更早就重视循序渐进的学习方法。这是符合于一般学习规律的正确方法。因为学习不但要靠理解力，还要靠记忆力。而无论一个人的理解力和记忆力有多强，他要理解和记住刚学会的东西，总要有一个过程。哪一个妄人如果想一下子就把什么都学会，其结果必定是要吃大亏。

有一个故事在明清人的笔记中重复出现了多次，尖锐地讽刺了这种妄人。这个故事的梗概是说：

> 有田舍翁，家资殷盛，而累世不识之乎。一岁，聘楚士训其子。楚士始训之搦管临朱。书一画，训曰：一字；书二画，训曰：二字；书三画，训曰：三字。其子辄欣欣然，掷笔归告其父，曰：儿得矣，儿得矣；可无烦先生，重费馆谷也，请谢去。其父喜，从之。具币谢遣楚士。逾时，其父拟征召姻友万氏者饮，令子晨起治状，久之不成。父趣之，其子恚曰：天下姓氏伙矣，奈何姓万！自晨起至今，才完五百画也。

这个故事比较通俗易懂，有的相声演员也曾讲过。但是，人们大都只把它当做笑话，而不把它看成一个严肃的讽刺性故事。我的看法不是这样。我以为我们应该从这个故事中，吸取一些关于学习方面的经验教训。

对于一个人来说，学习过程中有若干重要的关节，如果处理不好，往往会影响学习的成败。初学的一个最重要关节，就是在刚刚学会一、二、三或外国文A、B、C等的时候。有一些轻浮的人，正如那个富翁的儿子一样，往往在这个时候就"欣欣然"起来，以为"得矣，得矣"，什么都懂得了。这也好像学打拳的人，刚学会几个动作的时候，多半以为自己很了不得，处处想跟别人较量几下子。倒是学得多了，真正有一些本领，才反而虚心起来。由此可见，越是没有本领的就越加自命不凡；越是有本领的才越加谦虚谨慎。

从教学的过程来说，不管要学什么，教的人总要从易而难，逐步深入地把知识教给学生。因此，好的教师在开始的时候，应该给学生一个印象，觉得入门不难，往后才能越学越有信心。而学生如果自命不凡，看到入门很容易，就把老师一脚踢开，那么，他就什么也学不成。正如那个富翁的儿子一样，他以为从此可不必再请老师了。殊不知他根本还不曾入门，只学会一、二、三，对于所谓"六书"等起码的知识一点也不懂，所以他父亲叫他给姓万的新友写一个请帖，他就傻眼了。

实际上，一、二、三这三个字的确很好认，而从三到万，在文字结构上却经过了许多复杂的变化。要懂得这些变化，也好像其他各种知识一样，必须逐渐学习，并且需要教师指导，不可能只凭什么"天才"就可以很快学会的。如果完全没有人教，倒很可能什么也学不会。我们之所以应该重视教师的作用，其理由也就在此。

我们不懂的东西还很不少，都迫切需要虚心学习。但是，在学习方面有许多问题，并没有得到彻底的解决。从三到万这个故事似乎对我们有一些启发。我们无妨以此为例，举一反三，想一想怎样才能更好地加强我们的学习吧。

大胆练习写字

写字写不好怎么办呢？近来有许多青年朋友因此感到苦恼。字写不好，甚至写出来叫人看不清楚，这种现象当然应该努力克服，而且只要努力，这是完全可以很快克服的，苦恼也大可不必。我以为这一点意思首先应该告给每一个年轻的朋友。

那么，应该怎样努力才能把字写好呢？一般地说来，每个人要学写字，总得知道一些书法的常识，从执笔的方法开始，到各种笔法的运用，人略都要懂得，这是完全必要的。同时，学一两种字帖，经常还要多看各种字帖，这些也是必要的。虽然这里头仍有若干不同的看法和做法值得商讨，但是，我现在不打算详细谈论这些问题，而只是想着重地说明最要紧的一件事，这就是要大胆地练习写字。

人们都记得，我国年轻的乒乓球选手曾经在掌握了基本的打法之后，勤学苦练，大胆地打出了自己的风格。这个经验非常可贵。写字也可以运用这个经验。这就是说，要在掌握基本的笔法之后，大胆地练习写字，经过一个时期不断的练习，自然就会写出一手好字。

刚开始练习的时候，必须学会悬腕和悬肘。这是一个关键，然而并不困难。教给小孩子只要练习三次，就完全能够悬腕悬肘，毫不困难；年纪大一些的只要多练几次，也不难养成习惯。至于懂得了笔法之后，写起字来，就不需要一大套清规戒律，以免束缚人的创造性，相反的，必须强调大胆放手，写出自己的字。

写自己的字是什么意思呢？这并不是说自己可以随意乱写，写出来别人完全看不懂。我的意思绝对不是这样的，而是说每个人的字毕竟要有自己的特点，不应该也不可能都学一种字体。奇怪的是，历代讲究书法的人，动辄就以王羲之父子的书法为范本，殊不知右军父子的书法也是他们自己创造的。倒是南齐张融说的道理，更为透辟。据《南史》卷三十二《张融传》载：

> 融善草书，常自美其能。帝曰：卿书殊有骨力，但恨无二王法。答曰：非恨臣无二王法，亦恨二王无臣法。……常叹云：不恨我不见古人，所恨古人又不见我。

应该承认，张融的见解很高明，因为他不以王羲之父子的书法为唯一的规范，而主张要加以发展，要独创自己的书法，这是完全正确的。如果历来的书法家都死守着前人的规范，不敢有任何发展和创造，那么，中国书法的历史早已停止了，怎么能够还有后来的许多辉煌成就呢！

例如，大家都很熟识的黄山谷的书法，在宋代要算是独树一帜的了。试问，黄山谷是死守着前人规范的吗？显然不是的。黄山谷《题幼安弟书后》写道：

> 幼安弟喜作草，求法于老夫。老夫之书，本无法也。但观世间万缘，如蚊蚋聚散，未尝一事横于胸中，故不择笔墨，遇纸则书，纸尽则已，亦不计较工拙与人之品藻讥弹。譬如木人，舞中节拍，人叹其工，舞罢则又萧然矣。幼安然吾言乎？

从来学者都非常赞成黄山谷的这种见解。"老夫之书本无法"这句话长期流传，已经成为名言了。这是富有创造性的口号，至今还值得我们重视。宋代的另一大作家晁礼之，在《鸡肋集》中也说：

> 学书在法，而其妙在人。法可以人人而传，而妙必其胸中之所独得。书工笔吏，竭精神于日夜，尽得古人点画之法而模之，浓纤横斜，毫发必似，而古今之妙处已亡，妙不在于法也。

这是我们完全应该表示赞同的意见。我建议大家按这种精神，大胆地去练习写字。

"一无所有"的"艺术"

资本主义世界的文化艺术，腐朽、堕落到什么地步了呢？近几年来，人们从西方的一大批充满凶杀事件的文学作品、戏剧、电影，以及用打滚、胡闹的法子创作的绘画和音乐等"抽象派的艺术杰作"中，已经完全可以看出资本主义垂死阶段的回光返照了。然而，我们还不曾理会这种文化艺术的登峰造极的表现。最近，西方世界又出现了"一无所有"的"艺术"，这才真是够呛了。

据西德的消息说，最近在汉堡举行了一次"一无所有"的展览会，展出的是一些空白的没有画过的图画纸，雕塑作品也都是一些不成形的泥团，会上放映的电影也只是墙壁上白色的斑点，展览会的说明书写着：这儿是一无所有。那些新艺术家们向观众宣称："我们显示一无所有，我们展览一无所有，而你们来买一无所有。"这个艺术展览会倒很直截了当地敲起了资本主义艺术的丧钟。

举办这个展览会的艺术家们，不管主观的愿望如何，实际上对于资本主义的文化艺术做了无情的揭露。他们比起垄断资本家雇佣的那一班政治舞台上的小丑们，总算要坦率而勇敢得多了。西德的报纸承认："我们的艺术家们只是把其他领域的情形，在艺术上做了一定程度的真实反映罢了。新鲜的是在于他们的诚实。一个政治家在显示一无所有时，看起来他所做的倒像是一种艺术，但是这些艺术家却明白地说明他们所提供的东西只是一无所有。"

不过，我却以为这一班西方的艺术家们还没有真正做到"一无所有"，还需要"百尺竿头更进一步"，"无"它一个彻底，才足以充分反映资本主义世界的全部精神面貌。而他们的展览会仍然展出了一些没有画的纸，也仍然展出了没有塑好的泥团，电影也还有白色的斑点，并且仍然有说明书，上面还写着"一无所有"等字句，这毕竟还是"有"啊，怎么能说是"无"呢？由此可见，他们就还是很不彻底！

再说，他们所谓的"一无所有"，即便真的做到了，那也不过是"有"的另一种形式。正如说"无党无派"仍然是一种党派，说"没有任何政治倾向"也仍然是一种政治倾向一样。如果把那许多图画纸、泥团、斑点、说明书等等，统统收起来，只留下一个空空的展览厅，也还不能说是真"无"。这样说来，在西方资本主义世界中生活的那班艺术家们，倒还可以自己安慰自己，聊以解嘲了吧。

可是，这样的艺术毕竟是太无聊了，它像是一种恶性的传染病，迅速地弥漫了西方世界，成为资本主义总危机发展新阶段的不可救药的痼疾。在这当中，青年人特别容易受到毒害。现在西德的青年中，就有一班人完全中毒了。他们被称为"失去个性和表情的浮萍一代"，又叫做"被搞垮的一代"，他们苦闷绝望达于极点。这种精神状态在艺术上必然表现为"一无所有"。

这种现象无疑地是目前资本主义世界的严重病症。因为一种艺术往往是一个社会和一个时代的反映。目前西方流行的艺术表现形式，究竟是反映什么样的社会本质和时代内容呢？美国洛杉矶有一个音乐副教授，名叫格尔哈德·阿贝斯海姆，他在答复西德《文化报》的问题的时候，说过："我们已经达到了伟大艺术世纪的末端，不仅不会再产生有意义的指明未来的作品，而且看来人类已经失掉了自发地、艺术性地、形象化地表达生活的兴趣与需要。"

这真是资本主义世界的世纪末的悲哀啊！资本主义的末日就要到了。然而，它应该只是少数垄断资产阶级的人们和他们的统治的末日；至于说到人类，决不会像这位副教授所说的那样，恰恰相反，呻吟于资本主义制度下的广大人民必将得到真正的解放。

"初生之犊不怕虎"

最近在人们谈论世界乒乓球锦标赛和其他成就的时候，常常引用"初生之犊不怕虎"这句成语，来形容中国青少年队伍里不断涌现的新生力量。我看这句话，作为一般的比喻来说未尝不可，但是仔细一想这个比喻却不很恰当。因为说的是初生的牛犊，实际上比不得老虎，只是不怕而已，也许是不懂得怕；而我们的年轻一代经过实际较量完全证明，他们根本不是初生之犊所可比，他们的力量比虎还要强。

许多年轻的人所创造的巨大成绩，只能证明一条基本的规律，这就是新生的力量总是不断在生长、总是不可战胜的。过去是这样，现在更是这样，将来还会是这样。这真好似"长江后浪推前浪，一辈新人替旧人"。谁要是稍有自满而放松努力，马上就会被别人赶上和超过。这类事实现在已经屡见不鲜了。

我们曾经谈论过许多伟大的思想家、政治家、科学家、文学家等等，他们都是很年轻就已成名了。其中二十多岁而成大名的起码有几十人，都是大家比较熟识的；但是二十岁以下的毕竟还很少。现在我倒要谈谈中国古代二十岁以下的著名人物，看看从中还能找到一些什么有用的经验。

《宋史·寇准传》载："准少英迈，通春秋三传，年十九举进士。"《宋史·王岩叟传》载："岩叟十八，乡举、省试、廷对皆第一。"《宋史·张耒传》载："耒少颖异，十三岁能为文，十七时作函关赋，已传人口。"随便从《宋史》列传中查一下，十七、十八、十九岁成名的例子就都有了。还有年龄更小的。比如孔子的孙子子思，年十六，就与宋国的大夫乐朔辩论，把乐朔驳倒了，乐朔老羞成怒，派兵围攻子思，后来宋君终于救出了子思。历史上像这样的人物相当不少。再举唐代著名的大诗人王维为例，大家都读过他的一首诗：

> 独在异乡为异客，每逢佳节倍思亲。
> 遥知兄弟登高处，遍插茱萸少一人。

然而大家未必都记得，王维写这首诗的时候实际上也不过十六岁啊！

为什么古人年纪很小就有很大成就呢？关键之一是他们往往很早就开始学习。《礼记·内则》有一条："子生六年，教之数与方名。"所以有许多古人，幼年就很有知识。汉代的伏波将军马援，"六岁能接应诸公，专对宾客"。宋代大诗人黄山谷，"七岁作牧童诗云：骑牛远远过前村，吹笛风斜隔陇闻，多少长安名利客，相关用尽不如君"。你看这首诗很不错吧！后汉的冯勤，"八岁善计算"。唐代的大诗人白居易，"九岁谙于声律"。这类例子是举不完的。

有人担心年纪很小就开始学习会短命早死，其实不然。以上所举的古人就没有短命早死的。只要脑子和身体各部分相应的官能担负得了，并不勉强，就可以进行一定的学习和锻炼，这完全符合于生理发展的正常规律。因此，对于青少年的培养和训练，要注意既不要贪多图快，用力过火；也不要娇养溺爱，过于保守。还应该让年轻的人自己做某些抉择。《后汉书·张霸传》载：

> 霸七岁通春秋，复欲进余经。父母曰：汝小，未能也。霸曰：我饶为之。

他自己认为做得到的，却也无妨让他做去，不至于有什么害处。

年长的一辈当然有责任对年轻的一代加以指导和扶掖。比如元太宗就懂得使用青年。据《元史·杨惟中传》载：

惟中知读书，有胆略，太宗器之。年二十，奉命使西域三十余国。

同样的例子在历史上也还有许多。

现在我国年轻的一代，受到了"五四"以来的革命传统教育，具有蓬蓬勃勃的革命朝气，在社会主义革命和建设的时期，又有了空前良好的学习条件，只要能够得到正确的指导和扶掖，今后在他们当中将会出现更多的优秀人物，为人民事业做出更多更大的贡献，这是决无疑问的。

珍爱幼小的心灵

孩子们的心灵是多么纯洁可爱啊！当你走到一群天真烂漫的儿童中间去，听他们唱一曲儿歌，看他们做一节游戏，你马上会觉得心旷神怡，忽然又年轻了似的。不管古人有什么"性善"和"性恶"的争论，我们看到今天生活在社会主义制度下的儿童，对于春秋战国时代的荀子认为"人性皆恶"的意见是不能赞同的；对于孟子说的"人生皆有善性"的意见却应该表示基本上赞同。

但是，正因为儿童们的心灵是最纯真的，我们就特别应该加倍珍爱，好好地注意培养，使他们能够得到健康的发展。晋代的傅玄说过："近朱者赤，近墨者黑。"这已经是人人熟悉的成语了。用现在的语言解释这句话的意思，无非是表明社会环境对于儿童的心灵具有决定性的影响。因此，想要使儿童长大成人以后，成为什么样的人才，就要看我们给予儿童们以什么样的教育和培养得如何。

影响儿童发展的社会环境，从总的方面说就是社会政治制度，从具体的关系来说就和家庭、学校等方面都很密切。父母、老师、兄弟、姐妹、亲戚、朋友、邻居等人，只要同孩子经常接触，就都必然给予儿童以不同程度的影响。越是年纪小的受影响越深，一直影响到他们成年以后的思想作风和生活习惯；由最初开始知道爱和憎，到后来形成了自己的性格。这个过程是极其复杂的。

为了使孩子能够受到较好的影响，古代的人就已经很注意选择生活的环境，如果环境不好有时就得搬家。孟子的母亲"三迁其居"，用我们现在眼光看去，虽然可以做种种评论，但是她所以不得不搬家三次，毕竟是因为她要给孟子寻找她认为好的环境，这个母亲的心理倒是不难理解的。

事实证明，孟子的母亲很懂得教育孩子的道理。据汉代韩婴在《韩诗外传》中的记载：

> 孟子少时，东家杀豚。孟子问其母曰：东家杀豚何为？母曰：欲啖汝。其母自悔而言曰：吾怀妊是子，席不正不坐，割不正不食，胎教之也；今适有知而欺之，是教之不信也。乃买东家豚肉以食之，明不欺也。

这个故事也是许多人早已熟悉的。还有曾子的妻子，同样因为无意中说了一句哄骗孩子的话，曾子就特地杀了一口猪，表示不欺骗孩子。

这一类故事多得很。宋代邵博在《闻见后录》中记载了另一个著名的故事：

> 司马光曰：光五六岁时，弄核桃。女兄欲为脱其皮，不得。女兄去，一婢以汤脱之。女兄复来，问脱核桃者，光曰：自脱也。先公适见之，呵曰：小子何得谩语！光自是不敢谩语。

司马光以亲身的经历，教育后人不可说谎。显然，这些故事，在我们今天对孩子进行教育的时候，还是有用的。至于不骂人、不发脾气，在古人对儿童的教育中，同样也很注意。明代苏士潜在《苏氏家语》一书里，写道：

> 孔子家儿不知骂，曾子家儿不知怒，所以然者，生而善教也。

当然，现在我们一般地都懂得不骂人、不打人、不发脾气、不要"态度"，而在古代却只有孔子那样的"圣人"家的孩子才懂得这些道理。可见古人毕竟不如今人。

现在我们有许多少年儿童，做出许多惊人的成绩，远远超过了古人。但愿现在做父母的和当老师的，都能更加珍爱儿童们幼小的心灵，按照他们生理发育的时期，适时地对他们进行必要的正确的教育。

儿童生理发育的时期和智力发达的时期，本来是互相适应的。简单地把六岁以前划为幼稚期，把六岁到十四岁都划为童年期，显然是不妥当的。我们应该更细致一些，对于乳儿、幼儿、童年、少年的不同阶段的生理发育状况，多加研究，进行不同的保养和教育工作，让我们的后代更好地成长起来。

说志气

有一位青年朋友，准备回农村参加农业生产，要求同我谈话，征求我的意见。我鼓励他要有志气经过长期的努力，把我国落后的农业改造成为现代化的农业。我强调要有这样雄伟的志气，不料他却不以为然。

他说，我们不应该讲什么抽象空虚的志气，以免浮夸不切实际。他认为，所谓志气是主观唯心主义的概念，根本不符合于唯物主义。我当时很直率地指出了他的这种看法是片面的、不正确的。我说，志气可以有唯心主义的解释，也可以有唯物主义的解释。现在觉得还有把我的意见写出来的必要，以供其他青年朋友参考。

我国古代学者，特别是宋代的理学家，常常把志气讲得很玄妙。最著名的如朱熹，在《朱子全书》中说："志者心之所之，比于情意尤重；气者即吾之血气而充乎体者也。"真德秀的《真西山集》[1]也有一篇《问志气》，

---

[1] 原著《真西山集》书名有误，应为《西山文集》，55卷（一说56卷），内容除诗、赋而外，多阐述儒家理学思想。

其中说："志谓心志，气为血气。"这些宋儒的议论，实质上都是对于志气的唯心主义的解释。他们没有可能把问题说清楚，而只能似是而非地敷衍一番，令人费解。还有，元代的理学家许衡[1]，在他所著的《鲁斋心法》中说："云从龙，风从虎，气从志。龙虎所在而风云从之；志之所在而气从之。"这一类牵强附会的说法，在古书中就很不少，我们现在读古书，必须抛弃这些糟粕。要像沙里淘金一样，善于吸收古书的精华。

在这里，我倒希望大家读一读诸葛亮《诫外甥》的一封信。这封信写道：

> 夫志为存高远。慕先贤，绝情欲，弃凝滞，使庶几之志，揭然有所存，恻然有所感。忍屈伸，去细碎，广咨问，除嫌吝，虽有淹留，何损于美趣？何患于不济？若志不强毅，意不慷慨，徒碌碌滞于俗，默默束于情，永窜伏于凡庸，不免于下流矣。

这位诸葛孔明先生，主要的活动都在公元第三世纪的初期，他的思想受了当时条件的限制，当然不可能都很完善，但是，他的见解与其他古人的相比，却有许多独到之处，确属难得。他首先主张要树立崇高远大的志向，反对庸俗下流的倾向。这一点就非常重要。我的那位青年朋友，害怕强调志气会产生浮夸的毛病，正是因为他不懂得立志高远的重要性。

其实，所谓志气，我以为应该用唯物主义的观点，正确地说明它是物质性的。这个道理很明显。任何人都不能没有志向；任何人为了实现自己的志向，又都不能没有相当的气魄。一定的志向和实现这志向的气魄，归根到底乃是物质运动的客观过程的一种反映；同时，也是人的高级神经这个物质本身活动的结果。

当你彻底地认识了我国农业十分落后的实际情况之后，在你的思想

---

[1] 原著称许衡为"元代理学家"有误，许衡于1281年逝世，而南宋于1279年灭，应为"宋元之际理学家"。许衡，字仲平，号鲁斋，宋元之际著名思想家、教育家，著有《读易私言》《鲁斋遗书》等。

上就会发生一种强烈的反应，要把这落后的农业改造为现代化的农业。这无疑地是一种高尚的志向。为了实现这个志向，你又不能不从实际出发，分析各种主观的和客观的条件，从而下定决心，要进行长期的努力，去改造农业。这就是一种伟大的革命气魄。由此可见，把志气完全看成是抽象空虚的、不切实际的、唯心主义的概念，那是非常片面的、非常错误的。

试想一下，假若我们没有崇高远大的志向，而庸庸碌碌地只看到眼前的一切，那么，我们又怎么能够建设伟大的社会主义和共产主义的社会呢？

当然，这样的雄心大志，绝对不能只是一个人的志气，而必然是最大多数人的集体的志气。在这里，个人的志气和集体的志气完全可以统一起来。但是，在集体的力量支持下，从每一个个人来说，在年轻的时候，就应该根据祖国和人民的需要，树立雄心大志，并为它的实现而不怕一切困难，坚持奋斗。

交友待客之道

我们中国人是最好客、最爱交朋友的。解放后的我国人民，更是满腔热情地经常接待着来自世界各地的宾客。因为接待的人多了，有时也难免有不够周到的地方。对于某些礼貌不周之处，多数朋友知道真情，当然可以谅解；有的也可能不会谅解。所以，做接待工作的同志们，应该很好地体会并且善于表达我们待客的真情实意，吸收古来丰富的交友待客的经验，把接待工作做好。

谈到接待宾客的经验，首先应该提到春秋战国时代。那时候，宾客往来很多，因此，诸子百家差不多都谈到交友待客之道。后来各个朝代的外交活动，扩大到中亚、东南亚和非洲的许多国家，人们又把过去交友待客之道，运用到外交活动上去，并且不断丰富和发展了它的内容。如果有人把这一方面的材料收集起来，一定可以编出一部好书。

古人交友待客虽然与我们现在完全不能相比，但是他们也有一些道理仍然值得参考。例如，孔子在《易·系辞传》中说："上交不谄，下交不渎。"这也可以当做古代人交友待客的一条重要原则。所谓不谄不渎的意思，也就是说，既不要低声下气，又不要高傲怠慢。

同样，《礼记》中说："不失足于人，不失色于人，不失口于人。"这也可以同不谄不渎联系起来做解释。失足、失色、失口实际上就是指的行动、态度、言论上的错误，这是交友待客之大忌。一切错误也总不外乎行动、态度、言论这三个方面的。而一旦对待朋友和客人做了不正确的行为，或者态度傲慢，或者答应的事情失信了，诸如此类的错误有所发觉，就应该主动地向朋友和客人声明纠正，表示歉意。

明朝永乐年间有一位学者，名叫薛瑄，在他的《读书录》中讲了许多接待宾朋的道理。有一点特别值得重视。他说："虚心接人，则于人无忤；自满者反是。"这是把虚心看做交友待客的根本态度，真可谓一语中的，抓住了要害。我们看到有一些人接待宾客态度不好，根本原因就在于他不虚心。如果遇到对方有弱点，就更加盛气凌人，目空余子。针对这种毛病，薛瑄还主张"人有不及者，不可以己能病之"。这是十分重要的话，应该引起人们的深思。尤其是在运动竞赛等场合，要提倡虚心的态度，决不要自以为能，这是非常重要的。

但是，有的人对于"不及者"倒还可以团结，而对于比自己强的人却不能虚心团结。古人也有这个经验。宋代岭南的大学者何坦，写了《西畴常言》一书，他主张"交朋必择胜己者，讲贯切磋，益也"。这就是说，要欢迎朋友比自己强，这对自己有好处，因为可以向他学习，提高自己。目前参加国际运动竞赛的同志们，应该好好体会这个意思。

现在有许多国际朋友来到北京，当我们和外宾在一起的时候，正如唐朝的王勃在《滕王阁序》里所描写的那种情景，真是"胜友如云""高朋满座"，叫人兴奋得很。我们主客之间的关系，更是历史上任何时代所不能比拟的，因为我们是在社会主义的中国首都，这就足以说明一切问题了。

评《三十三镇神头图》

据说有一幅唐代的古画，名叫《三十三镇神头图》。这是描绘古代中国人同外国人比赛围棋的一幅图画。它反映了一个真实的历史故事。我们可以从这个故事中得到一些教育，对于如何正确地处理国际的运动比赛之类的问题，将会进一步有所认识，便于彻底地防止和纠正人们在看待国际比赛中的某些不正确态度。

这一幅古画可惜早已失传了。它是否有摹本或其他遗迹留在人间呢？恕我见闻谫陋，不能确切地回答这个问题。但是，幸亏有一部唐代的著作，记载了这幅图画所描绘的故事内容。这就使我们现在仍然可以对它进行大胆的评论。

唐代著名的小说家苏鹗，写了一部书，名为《杜阳杂编》，其中记载了这个历史故事，也提到了这一幅图画。

故事发生在唐宣宗大中年间，即公元第九世纪中叶。当时日本的王子访问中国，献给唐皇许多礼品。唐宣宗设宴款待日本王子，并且演出百戏杂技，欢迎贵宾。日本王子擅长围棋，要求与中国的棋手比赛。宣宗指定了第一流的棋手名叫顾师言的，跟日本王子比赛。双方各下了三十三着棋，不分胜负。顾顺言使出了一个绝招，即所谓"镇神头"的一着棋。日本王子估量自己赢不了，就要打听顾师言是第几流的棋手。在旁边看棋的唐朝官员骗他说是第三流的。王子要求见第一流的。那个官员又说：必须赢了第三流的才能见第二流的，赢了第二流的才能见第一流的。日本王子长叹一声说"小国当然不如大国"，于是只好认输了。

看来《杜阳杂编》的这一段记述是可靠的，因为作者苏鹗是唐代光启年间的进士，距离故事发生的时候只有十几年，他记述的唐代其他史实也都很有价值。虽然他对这个故事不敢加以批评，但是他对唐朝官员的态度显然很不赞成，并且他把描绘《三十三镇神头图》的画家称为"好事者"，在字里行间流露出他的不满。

如果用我们现在的眼光来评论这件事，那么，可以肯定地说，唐朝人对待这种比赛，特别是涉及国际关系的这种比赛的态度，是非常错误的。我们不必要也不应该用现代的帽子，乱扣在古代人的头上；但是，我们却很需要从这个故事中吸取历史的经验教训。

事实很清楚地表明，唐宣宗对日本王子的款待，在相当程度上表现了中国人古来好客的传统；顾师言下了"镇神头"的一着棋，也并不错；但是，看棋的那个官员却表现了大国欺负小国的恶劣态度；而"好事者"事后又画了《三十三镇神头图》，故意夸大炫耀顾师言的胜利，那就很不应该了。这样的坏风气，让它随同死去了的封建时代，永远被人们所唾弃吧！

爱护劳动力的学说

人的劳动力能够创造社会的一切财富；人的劳动力本身也就是最大的社会财富。因此，爱护劳动力是发展生产、使国家富强的重大措施之一。我们的古人，就已懂得这个道理了。

早在春秋战国及其前后的时期，许多古代的大政治家已经知道爱护劳动力的重要意义。当然，那个时候的人，特别是那一班封建统治阶级的人物，并不是真正爱护劳动力，而只是为了取得和维持他们的封建统治地位才不得不如此。但是，他们通过自己的统治经验，却也发现了所谓"使用民力"的"限度"，实际上就是发现了劳动力消长的某些客观规律。

《礼记·王制篇》写道："用民之力，岁不过三日。"元代的学者陈澔注解说："用民力，为治城郭、途巷、沟渠、宫庙之类。"其实，用现代的话来讲解，这就是指的各种基本建设所用的劳动力。按照当时社会的生产力水平，古人规定了各种基本建设所用的劳动力，大致只能占总劳动力的百分之一左右。现在看来，这个比例对于以农业生产为根本的古老国家是适当的。随着生产力水平的提高，这个比例当然会发生变化，不过它变化的快慢和比例的高低，与社会经济结构的性质有极密切的关系。社会性质和制度不同，比例也会有很大不同。

而且，即便在同一个生产水平之上，丰收的年成和普通的年成以及荒年，也不能按照相同的比例来使用劳动力。所以，《周礼》上又记载着："丰年三日，中年二日，无年则一日而已。"这就是说，在丰年基本建设占用的劳动力可以达到总劳动力的百分之一左右；平常的中等年景，只能占用百分之零点六左右；没有什么收成的荒年顶多只能占用百分之零点三左右。

对劳动力既然要注意爱护，那么，对于劳动力所支出的劳动以及它所创造的社会财富，同样必须爱惜，注意积蓄。《礼记·王制篇》还有一段文字，很突出地说明了这个观点。它写道：

> 国无九年之蓄曰不足，无六年之蓄曰急，无三年之蓄曰国非其国也。三年耕必有一年之食，九年耕必有三年之食。

虽然古人管理的国家未必都有这许多积蓄，这是极而言之；但是，当作一种经济思想和学说来看，这一段话却很值得重视。在农业上实现耕三余一，在整个国民经济计划上保持三年以上的积蓄，这是具有重大意义的。

正是基于这种思想和学说，所以齐国的管仲主张："不为不可成者，量民力也。"的确，有许多事情必须估量自己的能力是否胜任，决不可过于勉强。这是我们每个人在日常生活中都能体会得到的普通经验。

而在另一方面，如果认真地积蓄力量，估量能够做得到的事情，又必须全力以赴，保证它的实现。古人也有这样的例子。如晋国的狐偃为公子重耳策谋说："蓄力一纪，可以远矣。"一纪是十二年。当时狐偃伴随着重耳正走过卫国的五鹿，他就预言："十有二年，必获此土。"当时恰值鲁僖公十六年，后十二年，即鲁僖公二十八年，晋文公（即公子重耳）果然伐卫国，正月六日占领了五鹿这个地方。从这个故事看来，像狐偃这样的人，在古代的历史条件下，总算是懂得积蓄力量的了。纪元前七世纪的古人尚且懂得这些道理，我们生当二十世纪六十年代当然就应该更清楚地懂得这些道理。

我们应该从古人的经验中得到新的启发，更加注意在各方面努力爱护劳动力，从而爱护每个人的劳动，爱护每一劳动的成果。

宇宙航行的最古传说

这几天，人们都在热烈地谈论着苏联载人的宇宙飞船胜利往返的伟大奇迹。人们谈到了关于宇宙航行的各种问题，真是有趣得很啊！

人类究竟从什么时候开始想到宇宙去航行的呢？我想谈谈这一个问题就很有意思。

如果把什么嫦娥呀，飞天呀，西王母呀，洪钧老祖呀，齐天大圣呀，这一切都搬出来，那么，可谈的东西就太多了，简直说不完；而且有很多是人们已经知道的，再说就太乏味了。因此，我不想谈这些，只想比较确切地谈一谈直接有关宇宙航行的最古传说。

我们中国因为是一个历史悠久的国家，最古的传说往往都从这里产生。关于宇宙航行的最古传说果然也不例外。

在公元第四世纪出现的一部古书——《拾遗记》上有一段记载：

> 尧登位三十年，有巨槎浮于西海。槎上有光，夜明昼灭。常浮绕四海，十二年一周天，周而复始。名曰贯月槎，亦谓挂星槎。

看来这是真正最古的关于宇宙航行的传说。似乎在远古时代，真的有这么一条船，经常在四海上出现。但是，它并非只在海面漂浮的船只，而是每十二年绕天一周，不断地环绕航行的。更重要的是古人已经设想到，这条船能够到月球上去，到其他星星上去，所以把它叫做"贯月槎"和"挂星槎"。

《拾遗记》的作者名叫王嘉，他是东晋时代的一个方士，凿崖穴居，有弟子数百人。他当时因为不肯做官，竟被杀害。我们把他记载的这个传说当做最古的关于宇宙航行的传说，不但是因为他的著作出现最早，而且因为他所记载的竟然是尧的传说。

还有一部书也记载了关于宇宙航行的传说，这就是《博物志》。据说它是公元第三世纪在西晋王朝做官的张华的著作；但是，实际上这部书是后人编辑的，可能比《拾遗记》成书的时候还要晚些。这部书上又有如下的记载：

> 天河与海通。近世有人居海渚者，年年八月有浮槎，去来不失期。人有奇志，立飞阁于槎上，多赍粮，乘槎而去。……至一处，有城郭状，屋舍甚严。遥望宫中多织妇；见一丈夫牵牛渚次饮之。此人问：此是何处？答曰：君还至蜀郡，问严君平则知之。后至蜀，问君平，曰：某年月日，有客星犯牵牛宿。计年月正是此人到天河时也。

这是说，从海上坐船可以直通天河。不过这里没有"周天""贯月""挂星"等的记载。如果把前后两则文字合起来看，似乎就比较完备了。

此外，在《洞天集》中另有一段十分奇特的记载：

> 严遵仙槎，唐置之于麟德殿，长五十余尺。声如铜铁，坚而不蠹。李德裕截细枝尺余，刻为道像，往往飞去复来。广明以来失之，槎亦飞去。（按：广明是唐僖宗的年号，时间是在公元九世纪中。）

值得注意的是这个"仙槎"简直与飞船无异。它有五十余尺长，并且像是用特殊物质制成的。所谓"声如钢铁，坚而不蠹"，仿佛是比不锈钢、特种合金还要高级的物质。你看这不是很奇妙吗？

粮食能长在树上吗？

研究农业问题的人，常常希望有那么一天，粮食能够大量地长在树上，使农业耕作大为简便，受水旱的威胁较小，节约大批劳动力而又能够普遍丰收。这种希望有实现的可能吗？回答应该是肯定的。

随着科学技术的进步，我们完全可以相信，会有这样的日子到来。那时候，不但树上能够长出粮食，而且到处都可以长粮食。无论高山、平原，麦子像野草一样，年年自己生长；甚至种庄稼可以不必土地，只要有水就行。许多在现时看来如同神话一般的事情，到那时候都将变成极其平常的普遍现象。这样的日子距离现在大概也不会太过于遥远了吧。

其实，照现在人类已有的知识和经验来说，生产粮食的方法就有不少，粮食的种类和来源也有许多，它们的发展前途将是不可限量的。

例如，苏联的学者不但试验了多年生的小麦新种；也试验了在水面上种植谷物的新办法。这些因为还在试验，且不说它。听说我国云南西双版纳还生长了一种面包树。究竟这种植物的果实是否真的可以当面包吃，我不知道；并且由于气候等自然条件的限制，这种面包树也还不能在全国各地普遍种植。因此，这里也不说它。现在只说在大江南北的广大土地上，大量地生长着能够出产粮食的大树，这是特别值得珍视的。

我说的是栗子树和枣树。我国北方普遍生长枣、栗，南方也有，不过数量少些。北方的农民都知道，种一棵栗子树，大约十年左右就能长栗子，平常一棵树大约年产栗子二百斤左右。据研究果树的朋友告诉我说，栗子的营养素很高，它兼有小麦和大豆的长处，这是很可贵的。至于种植枣树，第二年就能结枣子，五年以后，一棵枣树就能打枣子五十斤左右。枣子不但能顶粮食吃，而且糖分很多。

这就无怪乎我们的祖先非常重视栗子和枣子。特别是燕山地区，枣栗生产又多又好。据《战国策》记载："苏秦将为从，北说燕文侯曰：燕南有碣石、雁门之饶；北有枣栗之利。民虽不田作，枣栗之实足食矣，此所谓天府也。"《史记·货殖列传》载："燕秦千树栗，……此其人皆与千户侯等。"王充《论衡》说："地种葵韭，山树枣栗，名曰美园。"这些都证明，栗子和枣子盛产于燕山地区及北方各地，从来被当做最好的食粮；有枣有栗的地方，曾被称为"天府之国"或"美园"。

尤其是栗子，古人常常把它当成最好的干粮。陆放翁有一首诗写道：

齿根浮动叹吾衰，山栗炮燔疗夜饥；

唤起少年京辇梦，和宁门外早朝时。

我们由此可以想象到陆放翁早年当京官的时候用栗子当干粮的情景。外国人往往把巧克力当作高级的干粮，殊不知我国古代人以栗子为干粮，其好处决不下于巧克力。

不但这样，古人还认为栗子和枣子是老年人最好的滋养品。所以，《礼记》载称："子事父母，妇事舅姑，枣栗饴蜜以甘之。"我们如果能够利用所有的荒野童山，普遍地种植栗子树和枣树，让这些树林长满了富有营养价值的粮食，够多么美妙啊！

植物中的钢铁

一般人只知道钢铁是最坚硬的一种物质，然而，谁会想起植物中也有同钢铁一样坚硬的东西呢？

当着我们称赞一个英雄的时候，用了"钢铁的英雄"这样高尚的词汇，这是多么激动人心的赞词呀！的确，钢铁是经过千锤百炼而后形成的，它是值得珍视的。但是，我们却不可因此而认为只有钢铁是唯一的最坚硬的东西了。其实，世界上还有比钢铁更坚硬的东西。比如塑料中有的就比钢铁还坚硬。将来尖端科学发展的结果，是人们总有一天要大量用塑料来代替钢铁。不过，这是后话，现在暂且不谈它。

这里只想谈一谈植物中的钢铁。它具有与钢铁同样的许多优点，而用处还比钢铁更要多些。

这是什么东西呢？也许有人猜测，这是说的沙漠里的梭梭树，因为它的树干据说连斧头也砍不断；也许有人猜测是其他的什么树木，因为世上还有一些树木的确坚硬得很，有的还可以做机器的零件。但是，我说的都不是这些，而是指的竹子。

竹子的用途极广，它那坚韧顽强的特性尤为难得。我们在南方到处可以看到竹子的房屋、竹子的家具、竹子的船只、竹子的车辆、竹子的绳索、竹子的桥梁等等，近几年有些现代化的大建筑也居然用竹子代替了钢筋。至于竹子可以做斗笠、做鞋、做床铺、做纸，以至于当柴烧，更不用说了。这一切事实都是千真万确的，丝毫没有可以引起怀疑的地方。同时，我们还从古墓中挖出了竹制的器物，更加证明竹子即便埋在土里几千年也不会腐朽。

古人把竹子和松树、梅花合称为"岁寒三友"，称颂它们坚贞不屈的性格。按照普通的理解，这三者之中，松树最为倔强，梅花比较孤傲，竹子却很清高。这三者排列的次序是：松、竹、梅，似乎成了定局。但是，我们现在更有理由把竹子列为岁寒三友中的第一名。这是有充足理由的。除了上面说的以外，竹子还有许多比松树更突出的优点。比如说，竹子不像松树那样爱摆大架子，而是平易近人的，只要房前屋后有一点空隙，它都可以安之若素，并且一年到头陪伴你而从不变色。它虚心劲节，坚贞不屈。特别使人感动的是，竹子年年生笋给人吃，供给你坐卧行动的各种工具，粉身碎骨地为人服务。这岂不是以最平凡的姿态出现，而做了最不平凡的事情吗？

正因为这样，人们从来对于竹子只有赞美，并无贬抑。历来无数的画家都画竹子，无数的诗人都咏竹子。这完全是理所应当的。如果要引证古来许多著名的画家和诗人关于竹子的作品，那是举不胜举的。但是，这里应该提到最早赞美竹子的诗文。首先是《诗经·国风·卫风》中的《淇奥篇》，它写道："瞻彼淇奥，绿竹猗猗；……瞻彼淇奥，绿竹青青。"据朱熹等人的注释，猗猗是"美盛之貌"，青青是"坚刚茂密之貌"。这些字眼，都是用来称赞当时在淇水岸旁生长的竹子的。《诗经》中还有其他称赞竹子的诗句，也不必一一列举了。

竹子的生长并不限于南方，在北方同样可以生长，如果稍加培植，它将更容易适应北方的气候，生长将更茂盛，这将大大增加我们的工业和建筑业的原材料来源。

烂柯山故事新解

浙江省有许多闻名的山水，其中有一座烂柯山，位于衢县以南。我曾见许多朋友到浙江去就一定要看看烂柯山。这是为什么呢？难道这座山上果真有什么迷人的风景不成？事实并不是这样。他们所以要看烂柯山，无非因为这座山是由于一个神话故事而得名的。

据南北朝时期任昉的《述异记》一书载称：

> 晋王质入山采樵，见二童子对弈。童子与质一物，如枣核，食之不饥。局终，童子指示曰：汝柯烂矣。质归乡里，已及百岁。

虽然《述异记》这部书未必是任昉所著，可能是后人伪托之作，但是这一段故事却很有意思。用现代科学的观点来分析，这个故事倒很像是科学幻想，具有相当的科学价值，不应该把它看成毫无根据的胡言乱语。

这个故事中的主人公王质，在山上只看完了一局棋，而砍柴用的斧头上的那根木柄就已经腐烂了，回到家里已经一百岁了。这种情形在我国古代大量流行的神话故事中，本来不算什么稀奇。我们还可以举出更多的神话故事，都是以所谓"山中方七日，世上几千年"的公式为指导来编写的。不过那些神话故事都没有烂柯山的故事这么著名罢了。现在值得研究的问题，倒是在于这个所谓"山中方七日，世上几千年"之类的公式，究竟有没有科学意义？

回答这个问题，我想应该采取肯定的语句。特别是现在人类向宇宙飞行的序幕已经打开的时候，我们对于烂柯山的故事尤其必须进行新的解释。

最近出版的《知识就是力量》一九六一年第三期上，刊登了苏联物理数学博士梅希可夫斯基写的《时间相对性的验证》一文。作者引述了科学研究的最新材料，来证明时间相对性的自然规律是客观存在的。按照这个自然规律，梅希可夫斯基说："假设某一宇宙飞行家出发旅行的时候是二十五岁，家里有父母妻子和一个三岁的女儿，当他作了五年的星际旅行回到地球上的时候，他的父母和妻子都已去世了。前来欢迎他的是他的女儿，但是她不是八岁的女孩，而是一位白发苍苍、年近古稀的老太太了。"这虽然是假想的故事，可是它同烂柯山的故事多么相似啊！

未来的宇宙航行中，因为载人的飞船是以接近于光波的速度向遥远的星际飞去，所以对于飞船上的人来说，时间就过得特别慢，几年的时间就能走许多光年的星际航路；而地球还是照老样子慢慢地自转和公转，所以对地球上的人们来说，时间反而过得快了，在星际空间只飞行了几年的时间，地球上的人却过了大几十年。这个时间相对性的自然规律，当然不以人们的意志为转移；不过人们也决不能任凭自然规律来摆布，人类将毫无疑问地要进一步掌握和运用自然规律，而不至于束手无策。

现代的科学家已经有了许多新的方法，可以控制自然规律，使它为人类更好地服务。在控制时间相对性的这个规律方面，现代科学家也已经想出了一些办法。比如用长期睡眠的方法，将会使宇宙航行家的亲人一觉醒来就过了几十年的时间，等到亲人回来还没有老。又比如将来宇宙飞船进一步发展完善了，一家人都可以去飞行，甚至地球和其他星球之间的来往日益频繁，你来我往的时间更加迅速和缩短。这样人们就会逐渐减少以至消除时间相对性这个规律对人的支配作用，烂柯山的故事将永远不会重演了。

起死回生

中国古代有许多起死回生的故事，其中包含了大量的神话成分。我们从来都把这许多故事，当做无稽之谈，不去注意它们。但是，最近知道，保加利亚医生竟然救活了死去二十分钟的人，这就不能不引起我们重新研究起死回生的问题了。

那位死去二十分钟的纳伊德诺娃，是在工作时触了三百八十伏特的三相电流，心脏立即停止了跳动，呼吸也停止了。这个情形很像中国古书上所谓"暴蹷而死"。外科医生德雷江决定给死者动手术，他把手探入她的胸腔，按摩她的心脏，并且把一根橡皮管通进她的口里，向里面输氧。当德雷江的手触及死者的心脏，开始按摩的时候，她已经死去二十分钟了。按摩了九十分钟以后，死者的心脏才又开始正常的收缩。这就是说，纳伊德诺娃是在死去一小时又五十分钟以后，才开始复活的。本来开刀的地方，一滴血也没有，这时候刀口才开始流血。手术后的第三天，她就恢复了神智。这件事充分地显示了我们社会主义国家的医学，和其他事业一样具有极大的优越性。人的生命能够死而复生，这是多么伟大的胜利啊！

在这里，我想应该提起中国医学史上某些失传了的不完全的经验，以供我们的医学界，在进一步研究起死回生问题的时候，作为参考。

关于起死回生的故事，我国在纪元前三世纪以前就有了。从那以后，二千多年间都流传着一些文字记述，有的显然没有什么价值，有的则比较有价值。其中最值得注意的，首先应该提到汉代司马迁记述的一个故事。

据《史记·扁鹊传》的记载，古代的名医扁鹊，路过虢国，正值虢太子"暴蹷而死"，并且"死未半日"。扁鹊自告奋勇要把他救活，虢君就请扁鹊去抢救。

> 扁鹊乃使弟子子阳砺针砥石，以取外三阳五会。有间，太子苏。乃使子豹为五分之熨，以八减之剂和煮之，以更熨两胁下，太子起坐，更适阴阳，但服汤二旬而复故。

看来扁鹊指挥他的徒弟子阳、子豹，以针砭为主，以灸熨和汤药为辅，竟把死去半日的虢太子救活了。

《史记》的作者司马迁是很认真的历史家。他记载的史实，一般说来，都经过调查和考核。那么，这个故事恐怕也不是全无根据的。扁鹊进行针砭的部位是三阳、五会，他用的汤药是八减之剂，灸熨则在两胁的下面。如果有医学家细心加以研究，我想一定可以找到其中的奥妙，探索出一些道理来。

还有值得注意的是：汉代的刘向，在《说苑》一书中，又说扁鹊到赵国的时候，刚巧赵太子"暴疾而死"，扁鹊"先造轩光之灶、八成之汤，砥针砺石，取三阳五输，子容祷药，子明吹耳，阳仪反神，子越扶形，子游矫摩，太子遂得复生"。这一段记载同《史记》所载的基本相同，也许是一件事的两种传说。但是，刘向所记的材料更多一些，除了针灸、药物之外，还有扁鹊的五个徒弟分别进行吹气、按摩等动作，这些对于研究者无疑地将更有用处。

在扁鹊以后不很久，三国时代的东吴有一个神医，名叫董奉，也有起死回生之术。据《三国志·吴志》卷四《士燮传》注：

> 燮尝病死，已三日。仙人董奉以一丸药与服，以水含之，捧其颐，摇消之。食顷，即开目动手，颜色渐复，半日能起坐，四日复能语，遂复常。

晋代葛洪在《神仙传》中也记述了这个故事，它更具体地说，士燮是做交州刺史，得毒病死的；董奉给他吃的有三颗丸药。对于这类记载，我们过去根本不愿意去睬它，可是现在再看一下似乎还有一点道理。特别是这些故事中的死者，都属于暴疾、毒病而致死的，不同于自然衰老无可挽救的死亡现象，好像比较有可能复活似的，因此我在这里要大略加以介绍。

其他的故事我就不再列举了。希望对这些材料有研究兴趣的朋友们，专门进行研究，最好有中西医共同合作，把同类的资料收集在一起，加以甄别、批判和取舍，仔细分析和论证，把其中比较有用的资料做一番整理，以便对起死回生这个古代流传下来的老题目，能够进一步做出科学的解答。

堵塞不如开导

一切事物都有各不相同的种种特征，同时，一切事物又必定有它们的共同性。不停的运动应该算是一切事物的共同性之一。

因为一切事物都有不停的运动的力量，所以人们对待各种运动的力量采取什么态度，则是决定人们的所作所为成功或失败、正确或错误的一个根本问题。

人们对待事物运动的力量也可以采取种种不同的态度。归结起来，有两种态度是正相反对的。一种是堵塞事物运动发展的道路；一种是积极开导使之顺利发展。前者是错误的，注定会失败；后者是正确的，必然会胜利。

历史上这样的故事和经验教训非常多。最古的、最著名的是鲧和禹治水的传说。

关于鲧的传说，在许多古籍记载中颇不一致。《山海经》的《海内经》说鲧是天神，不忍见人间饱受洪水的灾害，偷了天上的"息壤"到人间来治水。天帝震怒把他杀了。但是，《尚书·尧典》记载了另一情况，就是说，尧派鲧去治水，鲧用堵塞的方法，以致洪水越闹越大，人民不满，后来舜把他作为四凶之一，杀死在羽山。《吕氏春秋》和《韩非子》等书记载这个传说，与《尚书》的记载基本上相同，应该认定这是流行比较广的传说。

我们且不去考证我国原始社会时代是否有尧、舜和鲧等人的存在，只从这个传说来看，那么，很显然可以断定鲧的治水方法是错误的，他完全违背了洪水奔流的自然规律，其结果只能是失败。

与此相反，禹的治水方法就比鲧高明得多了。传说中的大禹治水是非常了不起的伟大事迹，这里面包含着很重要的道理，不可仅仅作为等闲的神话传说来看待它。

据古书记载，禹是鲧的儿子，舜杀了他的父亲，又叫他去治水，他却没有怨言，而以拯救天下人为己任。可见我国古代传说中的人物风格也很高。禹鉴于他的父亲失败的教训，决心改变他的父亲的做法，不用堵塞而用开导的方法，使洪水畅流入海。这个方法符合于自然的规律，结果当然就胜利了。

我们并非盲目相信古代传说。我们知道，禹治水的时代乃是新石器的时代，以原始的最低的生产力，决难治服滔天的洪水，这是显而易见的。

但是，关于当时洪水的传说，决不是没有根据的。同样，大禹治水的传说也不能认为毫无根据。孟子还特别具体地说："禹疏九河，瀹济、漯而注诸海；决汝、汉，排淮、泗而注之江，然后中国可得而食也。"这些记载岂可一概抹杀？我们如果从这一个传说中，能够领会一些古人的经验教训，岂不是更好吗？

一个鸡蛋的家当

说起家当，人们总以为这是相当数量的财富。家当的"当"字，本来应该写成"帑"字。帑是货币贮藏的意思，读音如"荡"字，北方人读成"当"字的同音，所以口语变成了"家当"。

我们平常说某人有了家当，就是承认他有许多家财，却不会相信一个鸡蛋能算得了什么家当！然而，庄子早就讲过有"见卵求富"的人，因此，我们对于一个鸡蛋的家当，也不应该小看。

的确，任何巨大的财富，在最初积累的时候，往往是由一个很小的数量开始的。这正如集腋可以成裘、涓滴可以成江河的道理一样。但是，这并不是说，无论在什么情况下，你只要有了一个鸡蛋，就等于有了一份家当。事情决不可能这样简单和容易。

明代万历年间，有一位小说家，名叫江盈科。他编写了一部《雪涛小说》，其中有一个故事说：

一市人，贫甚，朝不谋夕。偶一日，拾得一鸡卵，喜而告其妻曰：我有家当矣。妻问安在？持卵示之，曰：此是，然须十年，家当乃就。因与妻计曰：我持此卵，借邻人伏鸡乳之，待彼雏成，就中取一雌者，归而生卵，一月可得十五鸡。两年之内，鸡又生鸡，可得鸡三百，堪易十金。我以十金易五牸，牸复生牸，三年可得二十五牛。牸所生者，又复生牸，三年可得百五十牛，堪易三百金矣。吾持此金以举债，三年间，半千金可得也。

这个故事的后半还有许多情节，没有多大意义，可以不必讲它。不过有一点还应该提到，就是这个财迷后来说，他还打算娶一个小老婆。这下子引起了他的老婆"怫然大怒，以手击鸡卵，碎之"。于是这一个鸡蛋的家当就全部毁掉了。

你看这个故事不是可以说明许多问题吗？这个财迷也知道，家当的积累是需要不少时间的。因此，他同老婆计算要有十年才能挣到这份家当。这似乎也合于情理。但是，他的计划简直没有任何可靠的根据，而完全是出于一种假设，每一个步骤都以前一个假设的结果为前提。对于十年以后的事情，他统统用空想代替了现实，充分显出了财迷的本色，以致激起老婆生气，一拳头就把他的家当打得精光。更重要的是，他的财富积累计划根本不是从生产出发，而是以巧取豪夺的手段去追求他自己发财的目的。

如果要问，他的鸡蛋是从何而来的呢？回答是拾来的。这个事实本来就不光彩。而他打算把这个拾来的鸡蛋，寄在邻居母鸡生下的许多鸡蛋里一起去孵，其目的更显然是要混水摸鱼，等到小鸡孵出以后，他就将不管三七二十一，抱一个小母鸡回来。可见这个发财的第一步计划，又是连偷带骗的一种勾当。

接着，他继续设想，鸡又生鸡，用鸡卖钱，钱买母牛，母牛繁殖，卖牛得钱，用钱放债，这么一连串的发财计划，当然也不能算是生产的计划。其中每一个重要的关键，几乎都要依靠投机买卖和进行剥削，才能够实现的。这就证明，江盈科描写的这个"市人"，虽然"贫甚"，却不是劳苦的人民，大概是属于中世纪城市里破产的商人之流，他满脑子都是欺诈剥削的想法，没有老老实实地努力生产劳动的念头。这样的人即便挣到了一份家当，也不可能经营什么生产事业，而只会想找个小老婆等等，终于引起夫妻打架，不欢而散，那是必然的结果。

历来只有真正老实的劳动者，才懂得劳动产生财富的道理，才能够摒除一切想入非非的发财思想，而踏踏实实地用自己的辛勤劳动，为社会也为自己创造财富和积累财富。

两座庙的兴废

最近有一个偶然的机会，路过古北口，参观了一座"杨家庙"，新修的庙宇，煞是好看；回来路过潮白河畔的狐奴山下，又寻访了一座"张公庙"，却只剩下一堆瓦砾，已经看不见庙宇了。这两座庙的一兴一废，使人不禁会发生一起感慨。

古北口的"杨家庙"是经过文化机关拨款兴修的庙宇，并且由住在庙里的道士负责看管，远近闻名，参观的人很多。由于杨家将的传说，流传久远，深入人心，各地方的群众都希望自己本地的历史，与杨家将能够发生某些联系，这种感情是完全可以理解的。但是，如果认真考察实际存在的历史文物，我们就不能把传说当做真迹。

据《宋史·杨业传》称：

> 业老于边事，迁代州，兼三交驻泊兵马都部署。……契丹入雁门，业领麾下数千骑，自西京而出，由小径至雁门北口，南向背击之，契丹大败。以功迁云州观察使，仍判郑州、代州。自是契丹望见业旌旗，即引去。……雍熙三年，大兵北征，以忠武军节度使潘美为云、应路行营都部署，命业副之。……连拔云、应、寰、朔四州，师次桑干河。

最后杨业战败被擒的地方，也是在雁门关以北的陈家谷口。可见这位"老令公"活动的地区，始终只在雁北、察南，根本没有到过古北口附近。

至于杨业的儿子杨延朗（后来改名为延昭）、孙子杨文广，在《宋史》上都有小传，附于《杨业传》后。延朗最初随他父亲到过朔州前线，当过先锋，后来他自己作战的地方，就在莫州、保州、高阳关等处，即现今河北的任丘、清苑、高阳各县境，离古北口很远。文广最初随范仲淹在陕西，随狄青到广西，这且不说；后来任成州团练使、兴州防御使、定州路副都总管，这几个地方也都在现今河北的清苑、定县，山西的兴县等地，也离古北口很远。

如此说来，不但民间流传的杨家将故事本身，有许多牵强附会，不合历史事实；而且，杨家将的活动根本与古北口没有关系，这是非常明显的。古北口这个历代爱国英雄流血苦战的长城要塞，的确很值得认真保护，让人们往来凭吊。可是，如今这个关口仍然是一片荒凉，没有修整；却偏偏把一座与此地无关的杨家庙修缮一新，这真叫人莫名其妙。至于庙内所有的塑像都十分拙劣，就更不用提了。

与这座杨家庙的情形相反，在潮白河畔的狐奴山下，有一座"张公庙"，却久已毁坏，一直无人理睬。这座张公庙是纪念东汉光武帝时期一位文武兼长的著名人物张堪的庙宇。

《后汉书·张堪传》载：

> 张堪字君游，……击破匈奴于高柳，拜渔阳太守。……匈奴尝以万骑入渔阳，堪率数千骑奔击，大破之，郡界以静。乃于狐奴开稻田八千余顷，劝民耕种，以致殷富。百姓歌曰：桑无附枝，麦穗两歧；张公为政，乐不可支。

这就说明，我国北方种稻的历史，是从二千年前的张堪开始的。

现在顺义县狐奴山下有若干村庄，就是历来种稻的区域。你如果走到这里，处处可以看见小桥、流水、芦塘、柳岸，穿插在一大片稻田之间。这才真的是北国江南，令人流连忘返。

按照县志的记载，我找到了这座"张公庙"的遗址，然而，它却已毁坏多年了。据当地干部说，从前还有两块碑，也被弄去铺路了。

看了这个庙荒废的情形，同杨家庙兴修的状况相对比，给人的印象如何也就可想而知了。我以为，就这两个庙宇来说，杨家庙如果值得兴修，张公庙就更值得兴修；张公庙既然不值得重视，杨家庙也就更不值得重视了。这样从比较中看问题，不但对于这两座庙，即便对于其他类似的事情，大概也是合理的吧！

磨光了的金币

我们的许多孩子都喜欢看《克雷诺夫寓言》，因为这位十九世纪初期的俄罗斯作家，用了他自己认为是"半说半笑"的寓言形式，代替了"一本正经的说教"，证实了许多"神圣的真理"。

在他的寓言中，有一篇题目是《金卢布》。它描写一个头脑简单的农夫，在地里捡到一个金卢布，上面沾满了尘土；有人拿三把五分的硬币，想来换他的金卢布。农夫心里想，如果把金币磨光了，也许将来人家还会出双倍的价钱。于是，这个农夫用砂石和砖头，把金卢布磨得光光亮亮的，然而，他没想到这个磨了的金卢布却已失去了原来的价值。

克雷诺夫说这个寓言的意思是非常明显的，他自己认为这是要说明我们的教育，不应该使受教育的人们"善良的本质连同外衣一起丧失了，不要削弱他们的灵魂，不要损害他们的性格，不要使他们失去质朴单纯，仅仅给了他们虚有其表的光彩，给他们招致不光荣来代替光荣"。但是，实际上这个寓言的意义还不只是克雷诺夫自己所说的这一些。

列宁在《什么是"人民之友"》这一部著作中，曾经引用了克雷诺夫的这个寓言，讽刺了俄国民粹派理论家米海洛夫斯基，揭穿他要把马克思学说变成磨光了的金币的那种企图。列宁实际上已经把克雷诺夫寓言的含义，进一步发展和丰富起来了。克雷诺夫的寓言，在列宁的手上，已经成为进行理论斗争的一种武器，成为捍卫马克思主义的一种武器了。

像米海洛夫斯基那样，力图使马克思学说变成磨光了的金币的一些人，在世界上还远没有绝迹，也不会绝迹。这种人，如同米海洛夫斯基一样，实际上是代表了资产阶级和富农的利益，极力吹嘘阶级斗争已经不存在，而要用阶级调和的理论去代替阶级斗争的学说。他们无论自己是否认识得到，实际上都希望用空想社会主义者的主观社会学，来代替马克思主义。他们特别强调要把生产资料平均分配，无限制地发展小生产，减少社会分工，在经济上、政治上尽量保存资产阶级的民主。

如果这些民粹派的观点变成了事实的话，那么，马克思主义的理论就丧失了它的原有意义和价值，它的本质特点就将完全被磨掉了。这难道是可以容忍的吗？列宁的回答是不能容忍，因而他坚决地起来进行斗争，给后来真正的马克思主义者做出了榜样。

但是，这一切却完全超出了克雷诺夫在写作这个寓言的时候最深广的意料之外。现在看来，这个寓言不但对于我们的思想教育工作有意义，不但对于我们的理论斗争具有实际的意义，而且对于人们在日常生活中对待一切事物的态度都有普遍的意义。事实证明，磨光金币的行为在各方面都有。除了像米海洛夫斯基那样别有用心的人以外，还有许多人是因为缺乏知识，没有经验，甚至于有的自以为是出于一番好意，而做了这类愚蠢的事情。

鲁迅也曾经讽刺过一种人，把古代铜器上绿色的铜锈磨掉，自以为很好看，结果却把古物毁坏了。这和磨光金币的故事几乎是一模一样的。我们从生活的经验中还可以举出许许多多类似的例子。也许这种例子现在是绝无仅有的，然而，谁能证明这类事情已经完全不存在了呢？这类例子恕我不一一列举了。

我们应该承认，"磨光了的金币"是到处可以发现的，因此，必须随时注意加以鉴别，千万不要上当。

最现代的思想

曾经看见一些剧本，当它们写到古代的英雄人物，比如写到曹操等的时候，就好像在写现代的大政治家一样，甚至于就写成是一个革命领袖的样子，说的话也和现代的政治术语一样或者差不多。还有一些剧本写到农民起义，比如写到太平军起义等的时候，又写成好像与现在的人民解放军一样，描写他们的纪律和联系群众的作风之类，都或多或少地套用了人民解放军的纪律和作风，甚至有许多术语也是生搬硬套的。

这种现象好不好呢？我看很不好。但是也有人认为这种现象是好的，至少是并不算坏。

记得前几年，我们曾经反对过戏剧创作中的反历史主义倾向。当时所批评的反历史主义倾向，就是硬把现代的事情套在古人身上，要叫舞台上的古人，大讲现代的革命道理，做现代人所做的事情，向现代人说教。这种反历史主义的倾向虽然已经遭受严肃的批评，然而，它的残余影响实际上仍未完全消除。现时我们所遇见的上述现象，难道不正是前几年的反历史主义倾向的残余或者残余之残余吗？

关于曹操的剧本和关于太平军起义的剧本之类，不这样写是不是可以？有人说：不行。据称，只有这样写才符合马克思主义的原则。

原来马克思在给拉萨尔的一封信上，谈到拉萨尔编写《弗朗茨·封·吉庆耿》这部剧本的时候，曾经说过："要在更大的程度上，把最现代的思想，表现在最纯粹的形式中。"这句话当然是完全正确的，因为我们是要通过戏剧给人民群众以教育。写古代的人物故事，其目的是"古为今用"，这是毫无疑问的。

然而，马克思决不会支持反历史主义的倾向。他说这句话更不是为了支持反历史主义的倾向的。他如果死而有灵，知道有人曲解他的话，把它作为反历史主义的护身符，他一定要起来做严正的驳斥。

要弄清楚，所谓"最现代的思想"是指无产阶级的思想，即战斗的唯物主义的思想，也就是辩证唯物主义和历史唯物主义的思想。这种思想显然不是古代人所具有的。因此，根本不应该把这种思想强加于古代人，而让舞台上的古代人说出具有"最现代的思想"的话来。

那么，马克思的原意究竟是什么呢？他的意思显然是要求作者，用革命的无产阶级的思想去分析历史事件和历史人物，以这个最现代的思想为指导，来编写剧本，正确地表现历史事件和历史人物，用以教育人民群众。他的意思决不是叫历史事件和历史人物直接采取现代化的表现形式，而是要保持历史的原来形式。这个意思难道还会引起什么误解不成！

"批判"正解

有几个老朋友，都是高级知识分子，不久以前来看我。因为分别多年，过去又是无话不谈的，这一见面就什么都谈个痛快。中间有些不同的意见，各持一说，吵得脸红脖子粗。夜深了，有的还没有吵清楚，也只好不了了之。今晚想起有一个问题是带有普遍意义的，这就是对于"批判"的看法，应该向我的老朋友们写一封公开信，把我的意见再作一番申述。

朋友们，你们为什么那样不高兴听"批判"这两个字呢？难道一提到"批判"就真的觉得受到打击，就什么都被否定，一切完蛋了吗？我认为这是对于"批判"的极大误解。

其实，不论是思想批判、学术批判等等，决不是以"打击"或"否定"一切为目的的；而是为了去粗取精，去伪存真，更好地接受遗产，发展文化，发展我们的社会主义事业。从这个意义上说，批判不但不是什么坏东西，而且是我们经常需要的好东西。马克思主义所以被公认为颠扑不破的真理，就因为马克思主义的创始者——马克思自己，一直用批判的方法进行他的理论研究，建立了崭新的思想体系。

马克思早期的一部重要著作，题目就是《政治经济学批判》。为什么马克思把正面研究政治经济学的理论著作称为批判呢？难道马克思写成这部书，不是建立了政治经济学这一门新的科学体系吗？

问题很明显，批判是唯一正确的研究方法，批判即是研究，没有批判的研究就不能叫做研究。

所以，列宁在介绍马克思的研究方法的时候说：

马克思研究了人类社会发展的规律，了解到资本主义的发展必然会走向共产主义。……凡是人类社会所创造的一切，他都用批判的态度加以审查，任何一点也没有忽略过去。凡是人类思想所建树的一切，他都重新探讨过，批判过，根据工人运动的实践，一一检验过，于是就得出了那些被资产阶级狭隘性所限制或被资产阶级偏见束缚住的人所不能得出的结论。

列宁的这一段话虽然是在《青年团的任务》的报告中说的，但是，这无疑地是对于马克思的研究方法的非常重要的概括。

这里所说的批判，当然与十八世纪德国的主观唯心主义哲学家康德的所谓批判主义完全不同。我们的批判是运用辩证唯物主义和历史唯物主义，对各种具体问题进行具体分析，透过现象抓住本质的研究过程。正确地运用这个方法，对于人类已经创造的一切，既不是盲目地全部加以肯定；也不是笼统地一概加以否定。在这个过程中，凡是不合理的、不正确的东西都要被抛弃；凡是合理的正确的东西都要得到进一步的发扬。用哲学的术语来说，这个批判的过程也就是扬弃的过程。扬弃这个哲学概念，所谓"奥伏赫变"，虽然是黑格尔的创造，可是，在马克思主义哲学中，这个概念本身也经过了批判和扬弃的过程，而有了重大的发展，成为高级思维必不可缺的方法。

那么，我们在学术研究和思想教育中采用这样的批判方法又有什么不好呢？如果不采取这样的批判方法和批判态度来进行研究工作，结果就只能是主观武断。而武断，作为批判的对立面，却是科学的敌人。它不是肯定一切，就是否定一切，完全违背了客观事物的辩证关系。如果你们不喜欢批判，难道你们会喜欢武断不成？

我的亲爱的朋友们，坦白地说，我们大家都是有了一些经验的人，谁不懂得资产阶级的某些学者欺世盗名的秘密呢？他们常常根据一点零星片断的材料和感想，就武断地做出某种假设，然后再用演绎的方法，进行许多推论，从而构成某种学说，于是就自成一家。其实，他们自鸣得意的所谓学说，有的是彻头彻尾的武断，有的也包含了相当多的武断成分。这类例子在我们的朋友中都能够举得出来，你们难道忘记了吗？

至于说在过去的思想批判和学术批判中，有些人不会正确地运用这个方法，以致发生某些缺点或错误，恐怕也是难免的。我并不为那些可能发生过的缺点和错误辩解。但是，不会运用批判的方法，追究原因，仍然是由于不了解批判的正确意义，对于批判有了误解的缘故，不知你们以为如何？

二集

卷前寄语

几个月来，许多读者给《燕山夜话》继续提出了很好的意见，也有的开了一些题目，还有补充材料的。所有来信来稿，都已经由《北京晚报》编辑部代为处理了。我在这里要向亲爱的读者们和编辑、校对、排印、出版、发行的同志们统统致谢！

《燕山夜话》接触到的问题，有的本来比较复杂，写一篇短文似乎不可能说得一清二楚。例如"谁最早发现美洲"这个问题，就牵涉到许多方面，需要详细论证。但是，《燕山夜话》的篇幅有限，而且从它一开始同读者见面的时候起，我便决心叫它在这一块小园地中生活，不许它多占篇幅，不许它浪费大家的时间和精力。那么，遇到复杂的问题怎么办呢？我的办法是分做几篇来写。因此，在发表了《谁最早发现美洲》之后，又发表了《"扶桑"小考》和《由慧深的国籍说起》两篇。近来学术界对于这个问题表现出有一点兴趣，好几个报刊发表了有关的文章，这中间还存在某些不完全一致的看法。也许《燕山夜话》在必要的时候，对这个问题还应该再写一两篇。总之，有东西就写，东西多就多写，少则少写，没有就不写，这是我要信守不渝的宗旨。

现在《燕山夜话》第二集就将付印。这一次继续收集了三十篇文章。这里包括第一集出版以后到十月底的一段时间。这次编辑的方法与第一集基本相同。

读者同志们看了这一集有什么意见，还想起什么新题目，都希望告诉我，以便今后注意。

马南邨

一九六一年十月三十日

谁最早发现美洲

最早发现美洲的是谁呢？这个问题本来已经有了答案，人们都知道是十五世纪意大利人哥伦布最早发现了美洲。然而，现在这个答案却发生了动摇。

在《知识就是力量》一九六一年八月号中，刊载了非常新奇的资料，说明中国人到达美洲比一四九二年哥伦布发现美洲还要早一千年。

这个资料向我们介绍，在公元五世纪的时候，中国的佛教徒，曾经沿着阿留申群岛和阿拉斯加，到达了美洲的墨西哥等地，并且用文字记述了那里的物产和风俗习惯等情形。资料同时指出，在墨西哥和秘鲁的某些古国遗址的发掘工作中，还发现了与中国一样的佛像；当地古代建筑和雕刻，也是亚洲的风格；甚至有些学者认为墨西哥最大的民族之一——奥西德克族的全部文化都起源于古代的中国。

为了判明这个资料的可靠性，报纸编辑部调阅了俄文《知识就是力量》的原稿。原来这个资料的中文稿是根据俄文摘编的，有若干重要的删节。俄文稿中说到，中国佛教徒游历了大西洋彼岸的国家，那个国家的名字是"ФУ-ШАН"。这一点非常重要，它使我们能够进一步确切地找到这个问题的新答案。

按照俄文的读音，我在反复考证之后认为，那个美洲的国家，在中国古代史籍中的中文译名就是"扶桑"。如果《知识就是力量》的资料介绍可靠的话，那么，还可以更确切地说，中国古人所谓"扶桑"便是指的"墨西哥"。过去一般人把扶桑当成日本，那是错误的。古代史书中称为"倭国"的才是日本，而扶桑则是墨西哥。

何以见得呢？打开唐代姚思廉编撰的《梁书》卷五十四，我们在《东夷列传》中就会看到如下的一段重要记载：

扶桑国者，齐永元元年，其国有沙门慧深，来至荆州，说云：扶桑在大汉国东二万余里，地在中国之东。其土多扶桑木，故以为名。扶桑叶似桐，而初生如笋。国人食之，实如梨而赤，绩其皮为布，以为衣，亦以为绵。作板屋，无城郭，有文字，以扶桑皮为纸。……国王行，有鼓角导从，其衣色随年改易。……有牛，角甚长，以角载物，至胜二十斛。车有马车、牛车、鹿车。国人养鹿，如中国畜牛，以乳为酪。有桑梨，经年不坏。多蒲桃。其地无铁有铜，不贵金银。市无租估。其婚姻，婿往女家门外作屋，晨夕洒扫。经年，而女不悦，即驱之；相悦乃成婚。

这一段文字记叙中，有几点重要的情况，与上述资料相吻合，就是说：第一、它描写的恰恰是五世纪的情况。齐永元元年即公元四九九年，是五世纪的末期。第二、沙门慧深是当时著名的僧人，还不只是一般的佛教徒。第三、文中所述扶桑的物产和风俗习惯，的确很像墨西哥。而且这一段文字在唐代李延寿编撰的《南史》卷七十九中又重复出现了一次。《梁书》和《南史》同是唐代的作家编撰的，他们的时代离南北朝不远，见闻当然比较确实可信。只是我们过去没有注意罢了。

不过有一点是史籍记载与外文资料相异之处。这就是慧深的国籍尚待考证。《梁书》写的是"其国有沙门慧深，来至荆州"，好像慧深是从扶桑国来的。这些还需要进一步加以查考。

但是，无论如何，这一段历史记载，总可以说明中国人和亚洲人，早在公元五世纪的时候，就已经与美洲的国家和人民有了亲密的往来。当时从亚洲大陆到美洲大陆，只要沿着阿留申和阿拉斯加前进，可能并不很困难。因此，中国人和美洲各国人民的友谊无疑地具有悠久的传统，这是多么重要的历史事实啊！

如此说来，哥伦布显然不是最早发现美洲大陆的人了。但是，我们也不要把哥伦布的功绩完全抹杀，他毕竟可以算是发现由欧洲到美洲的新航路的第一人。

与古代扶桑国有关的问题还不少，为了进一步研究这些问题，还有许多值得介绍的材料，今天说不完了。希望热心的朋友们也能够多多提供宝贵的资料和线索。

"扶桑"小考

"为什么你把扶桑说成墨西哥？难道过去我们把扶桑当做日本真的是错了吗？"

有人看了前次的《夜话》以后，向我提出这样的问题。现在我想把扶桑做一个小小的考证。

扶桑决不是日本，这是可以肯定的。几乎在中国古代所有的史籍中，对日本的正式称呼都是"倭国"。如《山海经》的《海内北经》早就写着："倭国在带方东大海内。"当时所谓"带方"即今之朝鲜平壤西南地区，汉代为带方郡。后来的史籍，包括我前次引述的《梁书》《南史》等都在内，也一概称日本为"倭国"，与"扶桑国"区别得非常清楚，不相混淆。在这些史书的《东夷列传》中，"倭国"和"扶桑国"都分开立传，显然是两个国家。

从地理位置上说，这两个国家的距离也很远。倭国的位置，只是"在带方东大海内"；而扶桑国的位置，则是"在大汉国东二万余里"。查《南史》载，大汉国是"在文身国东五千余里"；而文身国又是"在倭国东北七千余里"。这样算来，扶桑国距离中国共有三万多里，比日本远得多了。

写到这里，报社的同志给我送来了许多有关的材料。其中有一个材料说，早在一七六一年，有一个学者名叫金勒，大概是法国人，他已经根据《梁书》的记载，指出扶桑国是北美洲的墨西哥，并且认为发现新大陆的可能以中国人为最早。一八七二年又有一个学者名叫威宁，完全支持金勒的主张，认为扶桑必是墨西哥。一九〇一年七月，加利福尼亚大学教授弗雷尔也发表论文，提出与威宁相同的主张。但是在帝国主义国家，这种意见当然不能流传，而逐渐被淹没了。

看了这些材料之后，我更加相信这个判断是可以站住脚的。因为那些外国人也证明《梁书》记载的扶桑国物产和风俗，大体上与古代的墨西哥很相似。

据说，所谓扶桑木，就是古代墨西哥人所谓"龙舌兰"。它到处生长，高达三十六尺。墨西哥人日常饮食和衣料等，无不仰给于这种植物。在墨西哥北部地区，古代有巨大的野牛，角很长。这同样符合于《梁书》的记载。

至于有人说，古代墨西哥没有葡萄，只是后来欧洲人到达了美洲，葡萄的种子才从欧洲输入美洲。威宁等人却证明，在欧洲人未到美洲以前，美洲已经有野生的葡萄，就是《梁书》说的蒲桃。法国人房龙在一九三二年出版的《世界地理》中，也说欧洲人初到美洲时，称美洲为"外因兰"，意思就是"葡萄洲"，因为那里出产一种葡萄，可以用来酿造美酒。

还有的人说，美洲没有马，后来西班牙人才把马运到美洲去。但是，动物学家根据地下挖掘的动物骨骼，证明美洲在远古时期曾有马类生存。可能在欧洲人到达美洲以前一千年的慧深时代，墨西哥一带仍然有马也未可知。

在墨西哥出土的许多碑刻中，有一些人像与我国南京明陵的大石像相似。还有的石碑有一个大龟，高八英尺，重二十吨以上，雕着许多象形文字。据考古家判断，这些显然都受了中国古代文化的影响。

苏联科学院出版的《美洲印第安人》一书，还证明古代的墨西哥和秘鲁等地，"会熔炼金、银、白金、铜以及铜和铅的合金——青铜，却没有发现任何地方会炼铁的"。这一点与《梁书》的记载也完全相符。

《梁书》上面本来还有一段文字写道：

> 其国法有南北狱。若犯轻者入南狱，重罪者入北狱。有赦则赦南狱，不赦北狱。在北狱者，男女相配，生男八岁为奴，生女九岁为婢。犯罪之身，至死不出。贵人有罪，国乃大会，坐罪人于坑，对之宴饮，分诀若死别焉，以灰绕之。

前次我删节了这一段文字。现在看了威宁的材料，才知道墨西哥的风俗恰恰也是这样。

最后恐怕有人会问，当时人们往来到底是走哪一条路呢？这正如房龙说的："他们是由太平洋北部窄狭的地方航行来的呢？还是由白令海峡的冰上走过来的呢？还是远在美亚两洲间尚有陆地相连的时代便过来的呢？——这些我们全不知道。"然而，他实际上做了三种可能的假设。或许古代的中国和扶桑国之间的交通是三种情形都有，这也未可知。

由慧深的国籍说起

在谈论谁最早发现美洲大陆这个问题的时候，许多人都很关心慧深的国籍。

到底慧深是哪国人呢？对这个问题应该首先做出初步的回答：他是中国人。

根据何在？有《高僧传》可以作证。这部书是梁朝的和尚慧皎编撰的。他与慧深几乎是同时代的人，当然他的记载比较可信。

按《高僧传》的记载，在宋文帝时，有一位高僧，法名慧基。他有好几个有名的弟子，如僧行、慧旭、道恢等人，其中特别提到："沙门慧深，亦基之弟子。深与同学法洪，并以戒素见重。"可见当时慧深在禅林中影响很不小。

这里虽然没有明白记载慧深是哪国人，但是似乎没有任何理由说他是外国人。因为《高僧传》中凡遇外国的和尚，就都写明来历，一看便知。比如，慧基与西域法师僧伽跋摩、弘赞禅律等往来，编书的人在文字上都交代得明明白白。假若慧深是外国人，决不会不写清楚，相反的，倒还可能大书特书，以表明慧基在佛教领域的威望很高，连外国和尚也跟他学佛。

而且，当时外国的和尚即便到中国来，也没有改变法名的道理，照例应该用他的外国法名译音，如僧伽跋摩等等。慧深的法名显然表明他是中国的和尚。

但是，《梁书·东夷列传》上分明写着："扶桑国者，齐永元元年，其国有沙门慧深，来至荆州，说云：扶桑在大汉国东二万余里。"这中间的"其国"二字应该如何解释呢？

这可以有两种解释。一种是把"其国"解释为扶桑；一种是把"其国"解释为南齐。用后一种解释虽然可以打消关于慧深国籍的疑问，可是在文法上说来比较勉强。用前一种解释更符合上下文的文法，只是对慧深的国籍问题又难于说通。

那么，应该怎样解释才好呢？关键还要看我们如何研究古代的文献记载。

从慧基的传记中，我们发现他"以齐建武三年冬十一月卒于城傍寺，春秋八十有五"，齐建武三年是公元四九六年，上溯八十五年，为公元四一一年，则是东晋安帝义熙七年。他"年满二十，度蔡州受戒"。这时候应该是公元四三一年，即宋文帝元嘉八年。后来他"遍历三吴，讲宣经教，学徒至者千有余人"。这都是宋文帝在位期间，即公元四五二年以前的事情。慧深无疑的也是在这个期间成为慧基的弟子。从此以后到齐永元元年，即从公元四五二年到四九九年间，这四十多年的光阴，可能正是慧深远游美洲之时。等他回到荆州，刘宋的天下已经变成萧齐的天下了。人们都说他来自扶桑，这是很自然的，并没有什么不可理解之处。

而且，慧深到美洲的目的，显然是去传播佛教，他是以佛教徒的身份去的，决不会到那里以后才变成佛教徒，这也是可以断定的。同时，在他游历美洲的时候，那个大陆上的人们才有机会接触佛教，还没有他们自己的沙门，更谈不上派遣他们的沙门到中国来游历。至于他们当时如果曾派人来中国拜佛取经，那也一定会有记载。在有关慧深的史料中，我们找不出这样的迹象。

现在越来越多的材料证明，美洲大陆确实是在公元五世纪的时候被中国人首先发现的。据一九一三年出版的《地学杂志》第三十七期上，也有一则资料写道：

近来西方学者创立一说，谓最初寻获美洲大陆者，实为我中国人。其说以美洲红印度人之语言形体皆与中国人相似为证。……最近则有著名考古家奈云，偕人种学家数人，在墨西哥国越万滔地方，寻获泥制古像甚多，面貌确与华人无异。其衣饰亦稔为中国十数世纪之物。此外，又有泥造佛像数百，长约数尺，其塑法与中国近代之木雕神像相似，盖亦千余年前中国之技术也。……有此种种确据，乃可证明美洲大陆，实为中国人最先发现者。其发现之时期，距今约一千五百年之久。

根据上面这些材料，我们可以断言，慧深至少是当时发现美洲大陆的最突出的人物之一。

广阳学派

北京市所属的大兴县，在清代初年有一位著名的学者，当时与黄宗羲、顾炎武、王夫之等人齐名，形成了一派革新的思想，他就是刘献廷。

大家可能还记得，前几年在讨论《红楼梦》问题的时候，许多文章的作者都曾引用过刘献廷的一些言论，以证明清代初年的中国封建社会内部，已经出现了一种具有民主倾向的新兴思潮。事实的确是这样。刘献廷这一派的革新思想，对于当时的社会曾经发生了强烈的影响。

刘献廷的这个学派，称为广阳学派是比较恰当的。因为刘献廷字继庄，自号广阳子，他的著作大半失传，留下的只有《广阳杂记》一种。特别用广阳称他的学派，也含有纪念他的特殊意义。

如果与黄宗羲、顾炎武、王夫之等人相比，那么，刘献廷治学的范围更加宽广，目的性更加明确，更加讲究实用，而他的遭遇却更坏。他在康熙年间调查了许多实际材料，起草了许多重要著作，但是都失传了。后来乾隆年间的大学者全祖望为他立传，其中写道：

诸公著述，皆流布海内，而继庄之书独不甚传，因求之几二十年不可得，近始得见其广阳杂记于杭之赵氏。……呜呼，如此人才，而姓氏将沦于狐貉之口，可不惧哉！继庄之学，主于经世。自象、纬、律、历以及边塞关要、财赋、军器之属，旁而岐黄者流，以及释道之言，无不留心，深恶雕虫之技。

据全祖望所述，刘献廷有许多著作，其中有几种成就最大的，如他"尝作新韵谱"，以华严字母，参入梵语、拉丁语、蒙古语、满洲语，与各部韵母相合，于是"万有不齐之声，摄于此矣"。同时，他"又欲谱四方土音，以穷宇宙元音之变。乃取新韵谱为主，而以四方土音填之"。他还研究方舆之学，"为正切线表，而气节之先后，日蚀之分秒，五星之陵犯占验，皆可推矣"。对农田水利，他也有独到的见解；对于礼、乐、医药、数学同样都有研究。由于他的学问渊博，曾被聘请参与《明史》《一统志》[1]的编纂工作。他对于同事们的评价是："诸公考古有余，而未切实用。"这就足以说明刘献廷是多么重视实用之学了。

当时与刘献廷一起修《明史》的是著名的史学家万斯同。据全祖望说："万先生终朝危坐观书，或瞑目静坐；而继庄好游，每日必出，或兼旬不返。归而以其所历告之万先生。万先生亦以其所读书证之，语毕复出。"由此可见刘献廷从事实际调查的情形。

当时与他同事的，还有一位他的同乡大兴人，名叫王源，字昆强，号或庵，曾作《刘处士墓表》，其中说到刘献廷少年时，"读书每竟夜不卧，父母禁不与膏火，则燃香代之。因眇一目，又折其左肱，落落摄蔽衣冠，踽踽风尘中，人无敢易之者。盖其心廓然大公，以天下为己任"。所以，到后来"遍历九州，览其山川形势，访遗佚，交其豪杰，博采轶事，以益广其见闻，而质证其所学"。刘献廷勤苦学习和以实践验证学问的态度，从这里可以看得非常清楚。

---

[1]《一统志》，即《大清一统志》，是清朝官修地理总志，前后编辑过3部：即康熙《大清一统志》、乾隆《大清一统志》、《嘉庆重修一统志》。

有人特别关心地问道：刘献廷在政治上有何进步表现？他对于农民起义的态度，又是如何的呢？我们在这里不能详述他的政治观点。但是，只要看王源说他"志在利济天下后世，造就人才，而身家非所计"，全祖望说他的"踪迹非寻常游士所阅历，故似有所讳而不令人知"，这就不难想见他与当时清代的封建统治者是站在何等尖锐对立的立场上了。至于他对待农民起义，当然是抱着同情的态度。比如，当时清朝的统治者极力渲染张献忠杀人如草；刘献廷在《广阳杂记》中却写道："余闻张献忠来衡州，不戮一人。以问娄圣功，则果然也。"这岂不是把当时对农民起义军的一切造谣诬蔑都驳倒了吗？

北京的人们，特别是大兴的人们，虽然不必因为有刘献廷这样一个历史人物和他的学派而骄傲，但是，为了学习和继承前人的遗产，如有可能，似乎还可以继续搜求有关刘献廷的各种遗作，以便就广阳学派的思想内容作进一步的研究。

吴汉何尝杀妻

在旧戏舞台上，许多人都曾看过一出戏，名叫《吴汉杀妻》，又叫《斩经堂》。这是一出用牵强附会的方法，借以宣扬封建社会的忠孝节义观念的坏戏，似乎早有定论，所以近来已经没有人再演它了。但是，我们从这里却不难懂得：历史的真实和舞台艺术的真实，有时竟然距离很大，甚至于有的剧作者为了一定的目的，完全捏造事实，歪曲了历史的真相。因此，在过去，谁要是把看戏当成读历史，那就不免要上当。

《吴汉杀妻》或《斩经堂》一剧的情节，大体是说：汉朝潼关总兵吴汉，娶了王莽的女儿为妻。王莽篡位以后，下令捉拿汉宗室刘秀。吴汉守关时捉住了刘秀，正要送去报功，他的母亲告诉他说，王莽是他的仇人，他的父亲是被王莽杀害了的，那时他年纪太小，不懂事，现在应该为父报仇，并且命令他杀死王莽的女儿，扶助刘秀恢复汉室的江山。吴汉持剑去杀妻，正好其妻在经堂念佛。吴汉不忍杀她，就将实情告诉她。于是，王莽的女儿就自刎而死；吴汉的母亲为了促使吴汉下决心，也上吊自杀了。这样，吴汉果然死心塌地随刘秀去打天下，后来成为所谓中兴名将之一。

这个故事情节，根本不合历史事实。在汉代的历史典籍中，完全找不到所谓"吴汉杀妻"的事实根据。不知道后来的剧作者，为什么要无中生有地硬把"杀妻"的情节，安在吴汉的头上。那位剧作者显然以为这样可以抬高吴汉的身价，殊不知在我们现在看来，这样反而诬害了吴汉。

由于吴汉是北京地区历史上的著名人物，所以北京人对于吴汉的生平故事，应该知道得特别清楚。据《后汉书·吴汉传》的记载：

> 吴汉字子颜，南阳宛人也。家贫，给事县为亭长。王莽末，以宾客犯法，乃亡命至渔阳。资用乏，以贩马自业。往来燕蓟间，所至皆交结豪杰。

看了这一段记载，就可以明白，吴汉并不是王莽手下亲信的将官，而只是一个小小的亭长。他曾因宾客犯法而亡命逃走，并没有当王莽的女婿，更没有杀王莽的女儿。他与王莽也并非有杀父之仇的冤家，与刘秀的关系更不同于旧戏所描写的那样。吴汉起兵响应刘秀，终于成为光武中兴的功臣，也不是因为他不违母命的结果。这些都证明"吴汉杀妻"的情节是无稽的。

然而，这些证明还不够有力，还不足以推翻"杀妻"之说，必定要从正面找出更有力的证明材料，才可以令人心服。因此，我们要进一步查究：吴汉的家庭和夫妇关系到底怎样？

上述《后汉书·吴汉传》中，有一段关于吴汉家庭关系的重要叙述。它写道：

> 汉尝出征，妻子在后买田业。汉还，让之曰：军师在外，吏士不足，何多买田宅乎？遂尽以分与昆弟外家。

由此可见，吴汉的家庭关系很正常，看不出有过"杀妻"之类的变故。如果对于《后汉书》的记载还认为不足的话，那么，我还可以举出汉代刘珍的《东观记》[1]中的一段文字做证明。刘珍是后汉安帝永初年间的史官，曾奉诏校定东观诸书，并且负责编辑建武以后的名臣列传。他的著述自然是可靠的。据他说："汉但修里宅，不起第。夫人先死，薄葬小坟，不作祠堂也。"这样看来，吴汉的夫人名位也很正常，并没有引起吴汉"杀妻"之类变故的可能。

而且，照《后汉书》所载，吴汉"为人质厚少文，造次不能以辞自达"。这又证明，从来历史记述都没有把吴汉描写成《斩经堂》的人物。如果吴汉确曾杀过王莽的女儿而后投奔刘秀，那么，在《后汉书》上一定要大书特书，夸奖他的忠孝，决不至于一字不提。

从我们现在的观点来说，假若要把吴汉的故事编成戏剧，虽然不必要完全照《后汉书》记载的史实，原封不动地搬上舞台；但是也不应该捏造情节，胡乱编出像《吴汉杀妻》这样的剧本。

你知道"弹棋"吗？

北京西山碧云寺后头，据说有一块大石，上面刻了一个棋盘。它不是我们平常看到的象棋盘，也不是围棋盘，而是弹棋盘。相传这个弹棋盘是距今七百五十年前金章宗用过的。

这个弹棋盘到底是什么样子呢？可惜我到碧云寺没有看见它，向园林管理人员打听也不得要领。但是在明代刘侗、于奕正的《帝京景物略》中却有记载，可见这不是毫无根据的传闻，我们很有可能把它寻找出来。

弹棋是什么呢？晋代徐广的《弹棋经》说："弹棋，二人对局。黑白各六枚。先列棋相当，下呼上击之。"看起来，这种游戏已经有了很久的历史。但是，它究竟起于何时，古书上记载又不一致。南朝宋刘义庆的《世说新

---

[1] 原著《东观记》书名有误，应为《东观汉记》，是记载东汉光武帝至汉灵帝一段历史的纪传体史书，因官府于东观设馆修史而得名，作者有班固、陈宗、刘珍等。

语》认为："弹棋起自魏室，妆奁戏也。"其实，这个说法并不可靠。唐代段成式的《酉阳杂俎》，引述曹丕《典论》中有"所喜唯弹棋"等语，证明弹棋"不起于魏室"。宋代沈括的《梦溪笔谈》，则根据《西京杂记》做了另一个判断。这部《西京杂记》相传是汉代刘歆的著作，又有人说是晋代葛洪的著作。不管怎样，沈括经过了考证之后，确认了弹棋是起源于汉代。他写道：

> 汉元帝好蹴鞠，以蹴鞠为劳，求相类而不劳者，遂为弹棋之戏。

不过，沈括说的是汉元帝，而《弹棋经·序》却说成是汉武帝的事情。它写道：

> 昔汉武帝平西域，得胡人善蹴鞠者，尽炫其便捷跳跃，帝好而为之，群臣不能谏。侍臣东方朔因以此艺进之。帝乃舍蹴鞠而习弹棋焉。

看来大概因为踢球是激烈的运动，对于年纪较大或身体较弱的人并不适宜，因此，用弹棋代替踢球是比较合理的。我们现在虽然不明白古代弹棋的详细方法，似乎也还应该想法子恢复这种游戏，不要使它断绝才好。

古人对弹棋赞扬备至。汉代的蔡邕、曹丕，都写过《弹棋赋》，梁简文帝写过《弹棋论》，唐代柳宗元写过《弹棋序》。至于有关弹棋的诗歌就更多了。唐代杜甫的诗中，有"席谦不见近弹棋"之句。当时苏州有一个道士，名叫席谦，最善于弹棋，杜甫的诗句就是因为想念他而写的。王维的诗也有"不逐城东游侠儿，隐囊纱帽坐弹棋"等句子。李商隐的诗也写道："玉作弹棋局，中心亦不平。"原来弹棋盘是中间隆起的，所以李商隐才有这样的句子。白居易也有这样的诗句："弹棋局上事，最妙是长斜。"这里说的长斜是弹棋的一种方法。宋代的苏东坡还有"牙签玉局坐弹棋"等的诗句。这些都可以证明，弹棋是很有趣的一种游戏。

弹棋的特点是什么呢？据沈括的《梦溪笔谈》所述，它的特点是："其局方二尺，中心高如复盂，其巅为小壶，四角微隆起。"沈括还把白居易的诗句做了一番解释，他说："长斜谓抹角斜弹，一发过半局。"陆放翁的《老学庵笔记》也说："吕进伯作考古图云：古弹棋局状如香炉，盖谓其中隆起也。……然恨其艺之不传也。"的确，弹棋的这一套技艺，久已失传。清代蒲松龄的《聊斋志异》虽然也写到有会下弹棋的女道士的故事，但是仍然没有介绍下弹棋的方法。古籍记载几句弹棋的规矩，说法又不一样，后人更难掌握。例如，柳宗元在《弹棋序》中说："置棋二十有四。贵者半，贱者半。贵曰上，贱曰下。咸自第一至十二。下者二乃敌一，用朱墨以别焉。"这和徐广的《弹棋经》写的就不同。徐广只说黑白各六枚，而柳宗元说的是红黑各十二枚，多了一倍。到底谁说的对呢？也有可能这两种说法都对，棋子可多可少，打法也许都相同。然而，这又有谁能够断定呢？

我很希望有内行的热心人，能够把弹棋的一套方法介绍出来，最好能够把西山碧云寺后面石头上的弹棋盘也找到，照样用木头或陶土仿制，以便年纪大的和体弱的人们，多得到一种文化娱乐的工具。同时，这样做还可以保存我国古代丰富的棋类运动的一种形式，使古人弹棋的技艺在我们这个新的时代发出新的光辉。

朋友，你知道弹棋吗？如果你知道，就请你来做读者们的义务教师吧！

谈"养生学"

前些天，首都医学界的一部分人，在白云观开了一个很别致的学术讨论会，研究元代丘处机的养生学。这件事情引起了许多人的注意。

丘处机是宋元两代之间的道士，登州栖霞人，后居莱州，自号长春子。元太祖成吉思汗听说他懂得养生修炼的法子，特派札八儿、刘仲禄两个使者去请他。丘处机率领十八名徒弟，走了一万多里路，到达雪山，朝见成吉思汗于西征的营帐中。

他们当时谈话的主要内容，据《元史》中的《释老传》、明代陶宗仪的

《辍耕录》等所载，大概是这样的：

> 处机每言，欲一天下者，必在乎不嗜杀人。及问为治之方，则对以敬天爱民为本。问长生久视之道，则告以清心寡欲为要。

看来所谓养生学的纲领，恐怕就在于清心寡欲这四个字。

讲养生之道倒也罢了，成吉思汗却又下诏："赐丘处机神仙号，爵大宗师，掌管天下道教。"这样一来，养生学却披上了宗教的色彩，反而逐渐失去了养生学的真义。以致后人只知有道教，而不知有养生学。丘处机自己也成了道教的一个首领，而不是什么养生学家。

在道教中，丘处机当然是很有势力的一个宗派。据明代都印的《三余赘笔》记载："道家有南北二宗。其南宗者谓自东华少阳君，得老聃之道……其北宗者谓吕岩授金王嘉，嘉授七弟子，其一丘处机……"显然，过去人们都只晓得丘处机是道教中的一个教派，有谁去理会他讲的什么养生学呢？

其实，要讲养生学，光是清心寡欲恐怕还不够，应该有更好的方法才是。

什么是更好的方法呢？是不是要修炼成仙呢？回答决不是这样。修炼成仙本是道家的想法，丘处机的教派也未尝没有这种想法。但其结果总不免事与愿违。

比较起来，我觉得儒家主张"以自然之道，养自然之生"似乎更好一些。儒家的这种主张与道家修仙的说法，应该看到是有原则区别的。

早在宋代，欧阳修就曾因为不满于当时一般道士对养生学的曲解，特地把魏晋间道士养生之书——《黄庭经》做了一番删正，并且写了一篇《删正黄庭经序》。在这篇序里，他一开头就反对修仙之说。他写道：

> 无仙子者，不知为何人也，无姓名，无爵里，世莫得而名之。其自号为无仙子者，以警世人之学仙者也。

接着，他阐述一种道理，就是说：

自古有道无仙，而后世之人，知有道而不得其道；不知无仙而妄学仙。此我之所哀也。道者，自然之道也。生而必死，亦自然之理也。以自然之道，养自然之生，不自戕贼夭阏，而尽其天年，此自古圣智之所同也。

　　欧阳修还举了实际例子以证明他的论点。虽然他举的例子中有的并非事实，但是，我们无妨用更多的实例去代替它，不能因为他以传说为事实就否定他的全部看法。他举例说：

　　禹走天下，乘四载，治百川，可谓劳其形矣，而寿百年。颜子萧然卧于陋巷，箪食瓢饮，外不诱于物，内不动于心，可谓至乐矣，而年不及三十。斯二人者，皆古之仁人也。劳其形者长年，安其乐者短命。……此所谓以自然之道，养自然之生。

　　这一段议论很好。如果用别的事实代替大禹的例子，就更好。我们实际上可以举出无数事例，来证明欧阳修的论点。有许多劳动人民，如山区的老农，长期从事田野劳动，年纪很大，身体与青年人一样健康。不久以前，报纸消息说，苏联有许多百岁以上的老人，也都是勤劳的农民。这些都是有力的证据。

　　因此，讲养生学的人，在研究丘处机的同时，我想无妨把研究的范围更加扩大一些，多多地收集元代以前和以后各个时期、各派和各家有关养生的学说，加以全面的研究。这样做，收获可能更大。

姜够本

　　平常谈话中，说到生产上完成一宗新的试验，而没有吃亏，总是说"将够本"。我曾向几位同志请教这句话的来历，都以为是"刚够本"，把"刚"

字读为"将"字的音。后来有一位熟悉农业生产情况的同志，告诉我说，这是"姜够本"。回来一查，果然他说的有根据。原来这句话不但是长期流传的成语，而且是一条重要的农业知识和经验的总结。

元代的农学家王祯，在《农桑通诀》中就曾写道："四月，竹箄爬开根土，取姜母货之，不亏元本。"又说："俗谚云，养羊种姜，子利相当。"过去对于"取姜母货之，不亏元本"这一行文字，马马虎虎看了，并没有发现这里边有什么大道理。而在实际生产知识丰富的人看来，这些文字记载却概括了非常可贵的经验。

据说许多有经验的老农种生姜，一亩沙土地可得三千斤。每一棵姜最初只用一小片老姜做种，长出的新姜就有两三斤。即使遇到天时不利，田里别的农作物颗粒不收，而种姜的田地上如果也不长什么，你只要挖出原来种下去的老姜，它却一点也不会损坏，照样能吃的、能卖的，决不至于把老本丢光了。这就叫做"姜够本"，也就是王祯说的"爬开根土，取姜母货之，不亏元本"的意思。这一点在其他许多农书上都没有写清楚。比如最著名的明代大植物学家李时珍在《本草纲目》中也只是说：

> 姜宜原湿沙地。四月取母姜种之，五月生苗，如初生嫩芦；而叶稍阔，似竹叶，对生。叶亦辛香。秋社前后，新芽顿长，如列指状，采食无筋，谓之子姜。秋分后者，次之。霜后则老矣。

说一句公平的话，李时珍的著作在不少地方，并没有超出他的前人王祯的解释。王祯的《农桑通诀》有许多记载更切合于农业生产的实际经验，他说的种姜方法，我看很重要，应该加以介绍。他写道：

> 秋社前，新芽顿长，分采之，即紫姜。芽色微紫，故名。最宜糟食，亦可代蔬。刘屏山诗云：恰似匀妆指，柔尖带浅红。似之矣。白露后，则带丝，渐老，为老姜。味极辛，可以和烹任，盖愈老而愈辣者也。曝干则为干姜，医师资之，今北方用之颇广。九月中掘出，置屋中，宜作窖，谷秆合埋之。今南方地暖不用窖。至小雪前，以不经

霜为上。拔去日，就土晒过，用簝篰盛贮，架起，下用火熏，三日夜，令湿气出尽，却掩篰口，仍高架起，下用火熏，令常暖，勿令冻损。至春，择其芽之深者，如前法种之，为效速而利益倍。

这一段记载显然是直接从老农的长期经验中得来的，具有首创的意义。在王祯以前，我们翻阅《齐民要术》《尔雅翼》《四时类要》[1]等书的记载，都没有说到这些要领。由此可见王祯的确是在李时珍以前很有成就的一位农学家。当他做江西永丰知县的时候，经常和老农在一起，研究农桑园艺，总结生产经验，著书推广农业知识。他对中国农业科学的发展，无疑地是有重要贡献的。这里所说的种姜，只不过是一个小小的例证罢了。

我们应该把王祯等古代农学家总结了的经验，和现在老农的经验结合起来，利用北方土壤和气候适宜于种姜的条件，多多推广种姜。因为姜对于人的健康大有益处。当然，用量要控制，如果过量了，反而有害，这是不待说的。只要用量适当，那么，姜就可以治疗许多种疾病。王安石的《字说》称："姜能疆御百邪，故谓之姜。"苏轼的《东坡杂记》描写钱塘净慈寺的和尚，年纪八十多岁，颜色如童子，"自言服生姜四十年，故不老云"。这就证明了生姜对人体健康的好处。《本草纲目》中列举生姜能治疗的病症，总有几十种。所以，李时珍说姜是"可蔬、可和、可果、可药，其利博矣"。

其实，早在春秋时代，孔子就知道吃生姜对身体有益，所以孔子生平"不撤姜食"。到了汉代，有人由于大量种姜，终于发财致富，因此，司马迁在《史记·货殖列传》中写道："千畦姜韭，其人与千户侯等。"时至今日，人们的经验更多了，应该更清楚地知道种姜的好处，进一步加以推广，决不仅仅因为它够本而已。

---

[1]《四时类要》，又名《四时纂要》，农书，5卷，唐韩鄂撰，按时令顺序收录农家应做的事项，并将操作方法载入，内容较杂，不限于农事。

种晚菘的季节

我们祖国历史上伟大的爱国诗人——宋代的陆放翁，写过一首小诗，题目是《菘》。原诗写道：

> 雨送寒声满背蓬，如今真是荷锄翁。
> 可怜遇事常迟钝，九月区区种晚菘。

这一首诗不但说明了陆放翁晚年还参加田园中的体力劳动，精神可佩；而且说明了我们目下的季节仍然可以种菜，因为现时正值阴历九月初旬，恰是陆放翁种晚菘的时令啊！虽然北方的气候要比南方冷一些，但是，现在距离下霜的时节还有二十多天，抓紧种菘，长出的苗子壮大起来，就不怕霜冻了。

可是，先要弄清楚，陆放翁种的晚菘，究竟是什么？原来所谓菘，就是北京人说的大白菜。

现在的北京，大白菜已经大量上市了。人们都爱吃大白菜，可是谁也不知道大白菜的原名是什么，就连新出版《蔬菜栽培学》等书籍，也只记载了"北京白菜""中国白菜"等名称，说它们是属于十字花科的一种蔬菜。这当然是很不完全的说法。

明代的李时珍在《本草纲目》中所做的介绍，却是比较完全的。他说：

> 菘即今人呼为白菜者，有二种：一种茎圆厚，微青；一种茎扁薄，而白。其叶皆淡青白色。燕、赵、辽阳、扬州所种者，最肥大而厚，一本有重十余斤者。南方之菘，畦内过冬；北方者多入窖内。燕京圃人，又以马粪入窖壅培，不见风日，长出苗叶，皆嫩黄色，脆美无滓。

另一个明代的学者王圻，在《三才图会》中也说：

> 菘菜即白菜，南北皆有之，与芜菁相类，但梗短，叶阔厚而肥，味甘温，无毒，主通利肠胃，除胸中烦燥，并解酒渴。

历来讲述白菜的诗文还有许多，都一致赞美它。例如苏东坡的诗，曾经夸奖大白菜的好处说："白菘类羔豚，冒土出熊蹯。"他把大白菜比做羔豚、熊蹯，因为它实在太好吃了。范成大的诗集中有《田园杂兴》两首绝句，其一写道：

> 桑下春蔬绿满畦，菘心青嫩芥苔肥。
> 溪头洗择店头卖，日暮裹盐沽酒归。

又一首写道：

> 拨雪挑来塌地菘，味如蜜藕更肥浓。
> 朱门肉食无风味，只作寻常菜把供。

这些对于大白菜的歌颂，应该承认都并不过分，我们现在每个人都可以替古人做见证。

为什么把大白菜叫做菘呢？这里头还有一个道理。据宋代大学者陆佃的《埤雅》载：

> 菘性凌冬不凋，四时长见，有松之操，故其字会意，而本草以为交耐霜雪也。

可见大白菜的性格，原来与松树竟有相似之处，所以它的名字就用松字加个草头。这样一说，我们就觉得它更加可贵了。有的书上还把大白菜的这种性格描写得很突出。比如明代陶宗仪的《辍耕录》中，有一段文字叙述元代末年，江南农民起义时期，扬州的大白菜就表现了特别顽强的生命力。他说："扬州至正丙申、丁酉间，兵燹之余，城中屋址遍生白菜。大者重十五斤，小者亦不下八九斤。有膂力人所负才四五窠耳，亦异哉！"看来当时扬州的大白菜，大概产量也最高，可惜没有人注意把那个时候的种菜经验，好好地记载下来。

北京郊区的农民种植大白菜的经验，现在要算是最丰富的了。不过，有没有一棵大白菜重十五斤的高产纪录，我们还不知道，可能不会没有。至于是不是能在阴历九月再种一茬晚白菜，这恐怕就未必了。我想陆放翁的诗句一定有根据。他既然说九月种晚菘，那么，现在阴历九月初的天气，即使在北方也还没有下霜，难道就不能种吗？显然应该肯定，现在还是种晚菘的季节。

我希望能够联合几位园艺的爱好者，同我一起来做个小小的试验：在自己门前的地边，现在再撒下大白菜的种子，争取在下霜以前再长出一茬白菜。虽然这一批白菜不能长得很大，但是，也很可能还有相当的收获。这样取得一些经验，将会有更多的用处。

甘薯的来历

前天《北京日报》刊登了科学小品一则，题目是《漫话白薯》[1]。文中对于史料的介绍，有重要的差错。因此，我想借此机会，也来谈谈这个问题。

那篇科学小品写道："据说，明朝万历年间，中国福建省因受飓风灾害，致成饥荒。该省巡抚金学曾派遣专人到菲律宾，搜求能救济饥荒的食用作物。看到当地白薯产量高，容易栽培，……该地的殖民政府严禁秧苗出口，乃用巧计，……运回中国。这是万历二十二年，纪元一五九四年的事情。"作者把这件事情，说成是那个巡抚金学曾派遣专人去做的，又说时间是在

---

[1] 此文见于一九六一年十月二十七日《北京日报》第三版。

万历二十二年。这些显然都与历史事实不符。

北京人说的"白薯"，在植物学上正式的名称是甘薯。它传入我国的历史，过去没有确切的记载，以致传闻与事实多有出入。但是，近来从福建发现了《金薯传习录》一书，真相为之大白。原来最初把甘薯种传到我国的是福建的一个华侨，名叫陈振龙，时间是在明代万历二十一年农历五月下旬。

从这一部传习录的记载中可以看到，陈振龙是福建长乐县人，常到吕宋经商。他发现吕宋出产的甘薯产量最高，而统治吕宋的西班牙当局却严禁甘薯外传。于是他就耐心地向当地农民学习种植的方法，并且设法克服许多困难，在海上航行七昼夜，终于把甘薯种带回福州。他的儿子陈经纶向巡抚金学曾递禀，请求帮助推广，金学曾却要他父子自行种植，没有加以推广。陈氏父子就在福州近郊的纱帽池旁边空地上种植甘薯，收获甚大。第二年适值福建大旱歉收，金学曾才下令推广种植甘薯，以便度荒。事后金学曾却大吹大擂，要地方官绅出面为他立功德碑，并将甘薯取名为"金薯"，反而把陈振龙父子丢在一边，根本不提。

后来山东、河南、河北等地普遍种植甘薯，仍然是陈氏子孙努力推广的结果。陈振龙的裔孙陈世元曾联络几个同伴，到达山东的古镇，试种甘薯，成效卓著。后来他又在胶州潍县等地传播种植甘薯的经验，并且派他的大儿子和二儿子到河南的朱仙镇等地推广试种，最后到了北京郊外试种，效果都很好。南北各地的农民们逐渐对甘薯的好处有了认识，甘薯的种植才逐渐普遍了。

现在福建省立图书馆收藏着《金薯传习录》的一部完好的本子。这部书刊印于清代乾隆三十三年，即公元一七六八年，由福州南台小桥"升尺堂书坊"刊行，分为上下两卷。此后又过了十八个年头，到了乾隆五十一年，即公元一七八六年，清朝政府才明令推广种植甘薯。可惜这部书又长期被农学家所忽视，没有继续发挥它的积极作用。

现在我们对于各种农业技术书籍都很重视，对这部书也应该重新予以出版，供给我国各地农业技术工作者们作为参考，以便进一步总结甘薯在我国各地的生产和用途等各方面丰富的经验。

在我们北京郊区，甘薯的产量虽然也很大，但是，人们对于它的食用方法还知道得不多。一般城乡居民只会蒸、煮、烤等吃法，很少像擦萝卜丝一样把甘薯擦成细丝，然后晒干贮藏起来，随时用它做饭吃；同时也很少像做柿子饼一样把甘薯晒成饼子，可以保存很久，吃起来又特别香甜可口。

虽然人们也知道甘薯在工业上用途很广，全身没有废物，但是，却很少人知道它在药物学上还有许多用处。据《金薯传习录》所载，它有六种药用价值：一可以治痢疾和下血症，二可以治酒积热泻，三可以治湿热和黄疸病，四可以治遗精和白浊淋毒，五可以治血虚和月经失调，六可以治小儿疳积。这里有几种用处是其他薯类所没有的。

我国古代本来也有一些薯类作物，但是都没有甘薯这样高产和这样多的用途。《山海经》的《北山经》就有如下的记载："景山北望少泽，其上多草薯萸。"晋代郭璞注云："根似羊蹄可食，今江南单呼为薯。"《本草纲目》上也写着："薯萸，薯蓣也，一名山芋。"

这些都证明，薯类在我国本来有好多种。我们的祖先对于薯类作物并非全无所知。不过，甘薯从南洋群岛传来以后，我国人民又掌握了一种薯类的优良品种；而甘薯也变成越来越能够适应于我国土壤和气候的好作物了。

养牛好处多

北京郊区的农民似乎不大喜欢养牛，这是什么缘故呢？有的同志说，这仅仅是习惯的问题。我想其中恐怕还有别的原因，特别是因为人们在认识上可能还不明白养牛的好处，所以有必要在农村中进行一番宣传，提倡养牛。

其实养牛的好处多得很。不过，人们对于它的好处，却是逐渐发现和逐渐认识清楚的。最初，人们只晓得牛肉很好吃。因此远古时代的人，养牛首先是为了吃肉。《礼记》上边有许多这样的记载，如："祭天子以牺牛""中央土，食稷与牛"等等。但是，很快人们又发现牛还能够拉车。如《书经》的"肇牵车牛"和《易经》的"服牛乘马"等记载，就证明了这一点。用牛来耕田起初还不普遍。到了汉武帝的时候，赵过推广了牛耕的方法，从此以后，人们才普遍地用牛来耕田。至于我们现在有经验的农民一定会知道，无论拉车或者耕地，一头牛顶一头半骡马，是不成问题的。

牛的种类虽有不同，而它们在耕田、拉车等方面的作用却都一样。唐代陈藏器的《本草拾遗》说："牛有数种，本经不言黄牛、乌牛、水牛，但言牛尔。南人以水牛为牛，北人以黄牛、乌牛为牛。牛种既殊，入用当别。"因为陈藏器是医学家，所以他只从医学的观点来区别各种牛在药用上的不同。而实际上，无论水牛、黄牛不是同样能够耕田、拉车吗？

明代的李时珍也说："牛有㹇牛、水牛二种。㹇牛小而水牛大。㹇牛有黄、黑、赤、白、驳杂数色。水牛色青苍、大腹、锐头，其状类猪，角若担矛，能与虎斗；亦有白色者，郁林人谓之州留牛；又广南有稷牛，即果下牛，形最卑小，尔雅谓之㹇牛，王会篇谓之纨牛是也。"我们现时在北方最常见的是黄牛，即李时珍所说的㹇牛的一种。

这种黄牛在动物学上的正式名称，就是"普通牛"。它平常只吃草，不必喂料，而体强力大，能够担负很重的劳役。据动物学家说，黄牛有长角的、中角的、短角的、无角的几种。其中除无角的属于杂交改良的品种以外，长角的好种不多，中角的多是好种，短角的黄牛则是最好的一种。在我国北方，恰恰是短角的黄牛较多，所以多养这种黄牛对于农业生产会有很大好处。

在农村中，养牲口的都希望能够节约饲料，正是为了这个目的，我们就特别应该提倡养牛。因为牛是反刍动物。它的胃有四个囊。一个胃囊的形状像瘤子，叫做瘤胃；一个胃囊的内壁有蜂窝状的皱纹，叫做蜂窝胃；又一个胃囊的内壁有许多长瓣，叫做重瓣胃；又一个胃囊的内壁有很密很细的皱纹，叫做皱胃。牛吃进杂草，经过瘤胃润湿以后，转入蜂窝胃就增加了很多胃液，然后又翻上去到嘴里重新细嚼；再吞下去就重新进入瘤胃，然后进入重瓣胃，又经过皱胃。重瓣胃和皱胃这两个地方，仿佛是食物加工厂，使杂草变成了很有营养的东西。最后食物入肠。牛肠又特别长，所以它能够充分吸收食物的全部养分。黄牛光吃草而体强力大的秘密就在这里。

当然，养牛的人在农活最繁重的时候，也要用一些玉米、豆子等去喂牛，但是，这是特殊的情况，而且用量不大。一般地说，喂牛可以完全不用料。做活重的时候，只要把草喂足喂好，不喂料也没有关系。这更可以说明养牛比养骡马等其他牲畜要经济得多。

而且，牛的全身确实都是宝。牛肉、牛奶富于营养不必说了，牛皮可以制成最好的皮革，还可以制成阿胶，用它治疗浮肿有特效，这些也是人所共知的。据李时珍说，牛脂可治疥癣，牛髓可治糖尿病，牛脑可治痞病，牛胆可治痢疾，牛黄可治癫痫，牛角和牛骨烧灰可以治吐血症和妇女血崩。不但这样，我们知道牛角、牛骨等都是现代工业的重要原料，骨灰又是最好的肥田粉，还有牛粪更是大量可靠的肥料。

怪不得古今有许多爱牛的人，并且有许多关于牛的神话流传在民间。牛似乎对人也颇有感情，遇有伤心的时候，它也流下了眼泪。古来不少诗人都有咏牛的诗。隋朝有一个名叫柳䜌的，他养的牛死了，竟写诗哭它。这首诗写道："一朝辞绀幰，千里别黄河。对衣徒下泣，扣角讵闻歌？！"这要算得是我们能看到的最早的一首哭牛诗了。

以上所说，涉及的问题十分广泛，至于牛在农业生产中的直接作用还多得很，而且非常明显，人人都能说得出来，我在这里就不必啰嗦了。

航海与造船

一位教师在来信中提到，他和同学们都很想知道我们祖国的航海与造船业的历史，但是找不到有关的书籍和参考资料。这却使我惊奇，难道这许多年来真的没有出版过我国航海和造船的历史书籍吗？

查问了书店和图书馆，果然只有解放前老早出版的《航海术》《航海学》

《现代航海学》和《造船》的工程小册子等几种，内容主要是外国的材料，却没有一部完整的介绍中国历代航海与造船业的书籍。

这是什么缘故呢？也许过去的人以为中国是一个大陆国家，航海事业不发达吗？其实，我们祖国有那么长的海岸线，不能不经常和海洋发生直接的关系；而在我国的广大领土上，到处都是江河湖泊，舟楫往来极为频繁，造船业更有悠久的历史。中国人又是最早发明指南针的，航海所必需的罗盘则是指南针的一种实际运用。因此，要讲航海和造船的历史，也应该以中国为最久。

事实的确是这样。我们的祖先老早就会制造舟楫。你如果到中国历史博物馆去参观，就会看到原始社会已经有独木舟了。《诗经·小雅》也有"泛泛杨舟，绋纚维之"的句子。可见远古时期的人，不但知道用杨木凿成小船，而且知道制造绳索来系船。这类小船经过长期的发展，种类和名称越来越多。它们大都是在江河湖泊中航行或作战用的，至于航海使用的大船，叫做"海舶"，那是由内河内湖航运中使用的"站船"（一种官船）、"漕舫"（一种货船），以及水战中使用的艨艟战船等逐渐发展而来的。

但是，这并不是说起初就没有海船。据晋代王嘉的《拾遗记》载：

  （秦）始皇好神仙之事，有宛渠之民，乘螺舟而至。舟形似螺，浮沉海底，而水不浸入，一名沦波舟。

这可以说是最早的一种潜水海船。

古代航海是冒险的事情，甚至被人看成比作战还危险，所以在那时候，制造海船的还不如制造战船的多。看过《三国演义》的人都知道"赤壁之战"，那实际上是一场大水战。三国时的曹魏和后来司马氏的晋朝，先后动员了很大力量建造战船。如《晋书·王濬传》载：

  武帝谋伐吴，诏濬修舟舰。濬乃作大船，连舫，方百二十步，受二千余人。以木为城，起楼橹，开四出门，其上皆得驰马来往。……舟楫之盛，自古未有。

可见这种战船的规模，比普通的海船有过之无不及。

到了隋炀帝的时候，造船的规模就更大了。据《隋书·炀帝本纪》称："大业元年三月，……造龙舟、凤艒、黄龙赤舰、楼船等数万艘。"又据宋代刘义庆的《大业杂记》[1]，描述隋炀帝游幸江都时乘坐的龙舟，其规模是：

> 高四十五尺，阔五十尺，长二百尺。四重：上一重有正殿、内殿、东西朝堂，周以轩廊；中二重有一百六十房，皆饰以丹粉，妆以金碧珠翠，雕刻奇丽，缀以流苏羽葆、朱丝网络；下一重长秋内侍及乘舟水手，以素丝大条绳六条，两岸引进。

此外，还有朱鸟航、苍螭航、白虎航、玄武航各二十四艘，又有青凫舸、凌波舸各十艘，又有五楼船五十二艘、三楼船一百二十艘、二楼船二百五十艘、黄篾舫二千艘，以及其他各种小船，名目繁多。当时舳舻相继，二百余里，联绵不绝，真是浩浩荡荡。

唐代的造船业也很发达。如《册府元龟》载："梁成汭唐末为荆南节度使，时鄂州杜洪为淮南杨行密所袭，汭出师援之。造一巨舰，三年而成，号曰和载舰。上列厅、所、司、局，有若府署之制，又有齐山截海之名，其宏廓可知矣。"宋、元两代还有许多同样的记载，不过，当时造船的规模都没有超出隋、唐的了。

过去许多朝代都能制造各种大船，其中也包括航海用的大船在内。这里有一条重要的经验，就是说：只要造船业发展起来了，航海事业也一定会跟着发展起来。为了说明这个道理，我想不必列举历代小规模的航海记载，只要举出最大规模的航海事迹就够了。

民间流传的三保太监下西洋的故事，应该算是最大规模的航海故事。当时说的西洋，就是现在的东南亚。郑和在一四〇五年率领舰队，由苏州

---

[1] 原著称《大业杂记》作者为"宋代刘义庆"有误，应为"唐代杜宝"。杜宝，唐代文人，预修《隋书》，嫌其缺漏，遂编《大业杂记》，今本详述隋炀帝大业三年至十二年，土木营建和巡幸江都的事。

刘家港出发，到福州稍停后就远航南洋群岛，经印度支那、爪哇等地而达锡兰。他的舰队拥有六十二艘巨舰，每艘长四十四丈，广十八丈，载士卒二万七千五百余人，往返历时两年多。后来在一四〇七年、一四〇九年、一四一三年、一四一七年、一四二一年、一四二四年、一四三一年又有七次远航，共计八次"下西洋"，在我国航海历史上写下了光辉的几页。

但是，到了清代以后，由于西方资本主义国家的侵略，我们的祖国竟逐步沦为半殖民地，航海事业和其他事业一样被外国资本所垄断，一直到国民党反动统治被推翻了，这局面才改变过来。

今天，解放了的中国人民，完全可以独立自主地发展自己的航海事业和造船业，并且能够用最新的技术来装备自己，这是多么不容易的事情呀！

《平龙认》

我国古书的种类和数量之多，简直无法计算。不但历代印行的典籍浩如烟海，而且传世的各种原写本和传抄本也难以数计。其中有些孤本甚至于早已流到外国去，而我们中国人自己却一直没有见过，这里边包括了一部分非常有价值的科学著作在内，不能不令人惋惜。

《平龙认》就是这样的一本书。发现这部书的人是一个德国的学者，叫做朱利斯·克拉普罗特。他是十九世纪初期著名的东方学家，对于中国的汉、蒙、藏几种文字都有研究，并且写了许多有关中国语言和历史的著作。他在一八〇二年看见了一本六十四页的汉文抄本，书名是《平龙认》，作者是马和，或者译为毛华，著作的年代是至德元年。

中国历史上有两个朝代都用过至德的年号：一个是南北朝时代的陈后主，他用至德这个年号是在公元五八三到五八六这四年间；另一个是唐肃宗，他用至德这个年号是在公元七五六到七五七这两年间。究竟这本《平龙认》是什么时候的著作呢？由于我们未见原物，这个问题现在还不能断定。这部书名，按照朱利斯·克拉普罗特发表的中文字体，的确没有错；

至于作者的名字，他却没有写出中文的原文，只用德文拼音，所以很难查对了。

但是，这部书的内容，朱利斯·克拉普罗特在一篇题为《第八世纪时中国人的化学知识》的论文中，却曾做了扼要的介绍。他在一八○七年到了俄国的彼得堡，参加科学院的学术讨论会，宣读了这篇论文。他介绍《平龙认》这本书里面有一节，标题是《霞升气》，大意说：空气中有阴阳二气，用火硝、青石等物质加热后就能产生阴气；水中也有阴气，它和阳气紧密混合在一起，很难分解。这里所说的阴气，原来就是指的我们现在所说的氧气。欧洲人到十八世纪以后才知道空气和水里有氧气存在，而中国人知道有氧气并且能够分解它，却比欧洲人早了一千多年，还不能不使外国的科学家们感到极大的惊奇。

苏联学者涅克拉索夫编的《普通化学教程》中记述了这个事实。他写道："在八世纪时，中国学者马和的著作中，就已明确地指出了空气组成的复杂性，提出了制备氧气（'阴'）的方法，并发展了燃烧的假设，这假设实质上和近代的非常相似。"

由此可见，氧气的确是中国古代学者最早发现的，而且时间可能更早于八世纪，也许是在六世纪。因为南北朝的时候，炼丹术在中国已经很流行，当时的人就知道用火硝加热等方法了。

可惜的是，我们至今不能看见《平龙认》这本书的真面目。到底它是一本什么书呢？首先可以断定，它不是中国古代儒家的什么正统著作，否则它决不至于长期没有付印和流传；其次可以断定，它也不一定是讲炼丹的书，因为历代真正能够炼丹的术士还比较少，著作也较少，书名都不是这样的。估计它最大的可能是一本"堪舆家"的书，因为历来只有堪舆的人到处都有，他们的笔记和抄本也最多，往往最不受人注意，并且有许多是从来没有付印过的，所以容易散佚和流落到外国去。

在旧中国的乡村中，人们很容易找到看风水的"地理先生"，他们就是所谓堪舆家。据说历来的堪舆家公认的始祖是秦代的樗里子。相传晋代的郭璞著有《葬书锦囊经》，陶侃作过《捉脉赋》。所谓捉脉就是捉"龙脉"。后来流行最广的有《水龙经》等书籍。各地普通的风水先生都会看龙脉，都有一套测定风水好坏的方法。甚至于像明代的刘伯温也写了百数十首《堪舆漫兴》，其中列举了北龙、中龙、南龙、干龙、枝龙、生龙、死龙、强龙、弱龙、顺龙、逆龙、进龙、退龙、直龙、横龙等种种不同的龙脉。风水先生们流传的口诀中还有"山龙易寻、平龙难认"的语句。这些都可以证明《平龙认》大概是一本堪舆的书，是古代的一位不著名的风水先生写的，不受重视，所以它在一百多年前就流落到外国去了。幸而它被一位学者所发现，与它同类的书籍被埋没的还不知有多少。

现在看来，我们应该从这件事情的历史过程中得到一条经验，这就是说，对于古代的任何一种著作都应该先看看内容，多加以研究，而不应该轻易抹杀它们的科学意义。

华封三祝

今天来谈谈华封三祝的故事，似乎有特殊的意义。这个古老的传说，经过长久的岁月，到现在我们却无妨对它进行一种新的解释。

这个故事在《庄子外篇》的《天地篇》中是这样记载的：

尧观乎华。华封人曰：嘻，圣人！请祝圣人，使圣人寿。尧曰：辞！使圣人富。尧曰：辞！使圣人多男子。尧曰：辞！封人曰：寿、富、多男子，人之所欲也；汝独不欲，何邪？尧曰：多男子则多惧，富则多事，寿则多辱。是三者，非所以养德也，故辞。封人曰：始也，我以汝为圣人邪，今然君子也。天生万民，必授之职。多男子而授之职，则何惧之有？富而使人分之，则何事之有？夫圣人鹑居而鷇食，鸟行而无彰，天下有道，则与物皆昌；天下无道，则修德就闲；千岁厌世，去而上仙，乘彼白云，至于帝乡；三患莫至，身常无殃，则何辱之有？

《庄子外篇》是否为庄周所作，历来学者颇多疑义。如王夫之的《庄子解》认为：“外篇非庄子之书，盖为庄子之学者，欲引而伸之，而见之弗逮，求肖不能也。以内篇参观之，则灼然辨矣。”林云铭的《庄子因》也说：“外篇疑为拟庄者所作。”他并且很具体地提到《天地篇》中的“华封人一段，义无着落，其词颇近时趋，疑非庄叟真笔”。

　　但是，这个华封三祝的故事，却表现了我国古代传说时期的人们，对于生活的一种善良的愿望。《庄子外篇》的这一段记载，即使不是庄周的原作，显然也是以古代流行的传说为根据，决不是无稽的捏造。

　　我们知道，在陕西的华山地区，古时为华州。这个地区是中国古代文化发祥地之一，是有名的西岳胜境，相传是夏代仲康的封地。其实，仲康的祖先同他所属的整个氏族，老早就已经生活在这个地方。最初并没有封地，后来才有许多贵族的封地。所谓华封人是后人对他们的称呼，他们当初实际上只不过是生活在华山附近的原始氏族社会的人们。特别是在传说中尧的时代，还处于母系氏族社会，人们根本不是以男系为中心，也不会说出“多男子”之类的话来。这些当然都是后人牵强附会，与实际情形有很大出入。不过，原始时代的人，不论多男子或者多女子，总之希望多子却也是可能的。

　　照这个故事所说的，尧在传说中确实是伟大的圣人。他不一定实有其人，可是，他是人们的天才智慧的最集中的代表，是理想的化身。他到了华山地区的时候，华封人向他致祝词，他表示非常的谦虚，三祝而三辞。后来华封人说出了当地的人们共同的意见，尧这才接受了。

　　华封人的三句祝词，的确表达了人民的愿望。对于古代的人，这三祝当然是适宜的；对于现代的人，如果我们赋予它以新的意义，这三祝也是适宜的。

　　一祝其寿。古代的人都很长寿，八十岁只能称为下寿，一百岁还只称为中寿，一百二十岁才称为上寿。华封人祝圣人寿，而尧以“寿则多辱”辞之。难道他们真的拘泥于寿夭的问题上吗？显然不是。把庄子《天地篇》的上下文连起来看就会明白。他是主张“不乐寿，不哀夭，不荣通，不丑穷”的，这是十分达观的思想。

二祝其富。人人都能过富裕的生活，这自然是很好的。但是，尧又辞之，因为怕"多事"。庄子解释所谓"事"是："上治人者事也。"庄子用他的"无为而治"的政治思想，去代替尧的思想，所以说出了"富则多事"的话。而华封人却以原始共产主义社会的观点，解答了这个问题。他说："富而使人分之，则何事之有？"从我们现在的观点看来，如果这句话里边不包括绝对平均主义的意思，那就是完全正确的。

三祝其多子。尧又以"多惧"为理由而辞之。似乎远古时代的人们就已经害怕人口太多的样子。实际上人多力量大，这是真理。天下的事情多得很，只要有工作可做，人多又何必害怕呢？华封人说得对："授之职，则何惧之有？""职"就是工作的意思，并非都指的官职。所以说"天生万民，必授之职"。无论从事生产劳动或者担负其他工作，人人都有一定的职责。这种思想难道可以妄加非议吗？

至于说，"此三者非所以养德也"。这句话更明显的是庄子假借圣人以宣传他的主张。《天地篇》一开始就说："古之君天下，无为也，天德而已矣。"又说："无为为之之谓天，无为言之之谓德。"又说："通于天地者德也。"这些都是无为而治的思想必然达到的逻辑结论。我们完全可以把华封三祝的思想内容，与庄子及其门徒的无为主义区别开来，而决不能因此而忽略了华封三祝的某种积极的含义。

中国古代的妇女节

说起妇女节，现在一般人只知道"三八"节，谁都不会想到中国古代也有妇女节。这个妇女节的由来，虽然带了很大的神话成分，但是它主要是以生产劳动、恋爱和婚姻问题为内容的。这个节日就是中国阴历的七月七夕。

汉代流行的"古诗十九首"之一写道：

迢迢牵牛星，皎皎河汉女。

纤纤擢素手，札札弄机杼；

终日不成章，涕泣零如雨。

河汉清且浅，相去复几许？

盈盈一水间，脉脉不得语。

这就证明，七月七夕的传说早在汉代以前已经很流行了，所以到汉代才成了诗歌。

传说中的牵牛和织女都是饱受封建压迫的劳动人民的化身，特别是那个多情而又多才的美丽的织女，是最受压迫的勤劳善良的典型女性。由于她的深入人心的影响，就使得历来的人们都对她表示最大的同情。因此，在这个传说中，牵牛和织女本来是两个神化的中心人物，而在实际影响方面，织女这一典型的女性形象和人们对于她的同情，越来越居于主要的地位。牵牛在人们心目中的地位，却始终不是很重要的。

在中国历史发祥地的黄河流域各省份，民间的风俗居然直截了当地把七月七夕称为"女节"。这是很有道理的。

例如，河南省《宜阳县志》载："七月七夕为女节，陈瓜果，祀天孙以乞巧。"陕西省《蒲城县志》又载："七月七日，迎新嫁女避节。"为什么遇到这个女节，偏偏又要避它呢？司马迁在《史记》《天官书》中说："织女，天女孙也。"《汉书》《天文志》也说："织女，天帝孙也。"在传说中，天帝对于天女与牵牛郎的爱情，竭力加以阻止和破坏。他长年地把他们分隔在天河南北，不让他们相会，仅仅在每年一度的七月七夕，才允许他们见一次面。鉴于织女的这种不幸遭遇，所以，民间父母对于新出嫁的闺女，每到七月七夕要把她接回家来，意思是为了保护女儿和女婿的幸福生活，以免天帝发觉他们长年同居，而在七夕之后强迫他们分开。

与天帝的残酷相反，天地间同情织女和牵牛的毕竟是多数。历来的传说中都特别夸奖喜鹊架桥的功劳，这完全不是偶然的。这说明连喜鹊都非常同情织女与牵牛，愿意为他们效劳。宋代罗愿的《尔雅翼》记载了历来流传最广的一种说法，就是说："涉秋七日，鹊首无故皆秃。相传是日河鼓与织女会于汉东，役乌鹊为梁以渡，故毛皆脱去。"这里说的"河鼓"就是牵牛。民间故事还说，喜鹊的头所以会秃了，是因为天帝发觉它们去架桥，所以拔了它们头上的羽毛。这就更加表明天帝的残酷和喜鹊对织女、牵牛的无限同情。

传说中织女这个典型的女性形象，是令人尊敬的劳动巧手。正因为这样，所以历代的妇女都要在七月七夕这一天，去向织女乞巧，希望她把女红技艺传授给世上的妇女。这里所谓的"巧"主要要指劳动技巧的巧，而婚姻匹配的巧自然也包含于其中。

有的人着重把男女相爱作为七月七夕的主题，尤其像唐明皇和杨贵妃那样，"七月七日长生殿，夜半无人私语时"的恋爱生活，也曾被人羡慕。然而，广大的妇女却是更多地重视天女的生产劳动。所以，晋代葛洪编辑的《西京杂记》中载："汉彩女常以七月七日穿七孔针于开襟楼，人俱习之。"从汉代以后，凡是七月七夕都有类似的记载，有的"穿九孔针"，有的"涤油器瓶罐之类"，有的"储露水作面"，有的"涤梳具并濯发"。总之，这些无非表明中国妇女勤劳操作的优良传统习惯。她们对生产劳动和爱情生活有比较正确的看法，而生产劳动实际上被看成是一切的基础。

这样看来，我们如果把七月七夕当做中国古代的妇女节，大概不能算是毫无根据的吧。

非礼勿

这个题目很像从前科举时代八股文的题目。考试八股文的时候，主考官出题照例不许越出《四书》之外。我现在的这个题目的确也出于《四书》。《论语》载，颜渊问孔子：所谓"克己复礼"应该怎样解释？孔子回答说："非礼勿视，非礼勿听，非礼勿言，非礼勿动。"这就是我的题目的出处。

但是，我不打算讲八股文，更不想写八股文。如果按照八股文的规矩，这四句话除了视、听、言、动四字不同以外，非礼勿三字完全相同；题目既然只有非礼勿三字,那么,通篇文章就决不许涉及视、听、言、动的任何问题,而只许在非礼勿三个字上面做文章。因此,八股文完全是一种束缚人们的思想,消磨人们的精力的文字锁链,非彻底废除不可。

与八股文完全相反,我们却可以充分自由地议论各种问题。对于孔子这四句话,我们只取其相同的非礼勿三字为题,就可以概括视、听、言、动的几种意义在内了。

孔子说的话有许多是我们根本不能赞同的;但是,他说明克己复礼的意义所讲的这四句话,只要加以正确的解释,我觉得还有一些道理。

儒家历来对于"礼"字都做了特别的解释,有的讲得非常玄妙。其实,在我们看来,所谓礼就是规矩、准则、法度的意思。宋代的理学家朱熹也承认:"礼即理也。"这里所谓"理"也可以解释为法则和规矩。

不论做什么事情,总应该有一定的规矩,这大概是没有人会反对的。从这个意义上说来,我们也有我们的礼,决不是只有古人才懂得礼。我们所说的礼,就是一整套为大家所共同遵守的道德准则和生活规矩。我们的社会生活规矩是以个人利益服从集体利益为最高准则的。以此为根据,凡是违背这个准则,违背我们社会生活规矩的事情,都应该说是非礼的,因而都是我们不应该去做的。

这类事情,在我们日常生活中可以遇到很多。例如,我们知道,保护国家机密,这是我国每一个公民的神圣义务。因此,凡是足以妨害和泄露国家机密的事情,我们要坚决地自觉地加以防止。那么,如何能够事先防止泄露国家机密的事情发生呢?这就必须经常地向广大的人民群众进行爱国主义的教育,特别是要具体地进行保密的教育,树立人们的保密观念,养成保密的习惯,并且规定保密的制度和条例。凡是不符合保密制度和条例的事情,我们都不应该去做,见到别人做了有害国家机密的事情,一定要加以劝阻和纠正。而这一切就成了我们的礼,人人就都应该养成非礼勿视、非礼勿听、非礼勿言、非礼勿动的良好习惯。

具体地实现这四句话是不容易的,非经过一番克己的努力不可。仍以保密问题来做说明,那么,我们首先应该做到非礼勿视。换句话说,国家机密的文件等等,如果与自己工作没有关系的,就不要看。有的人斤斤计较谁看了几种文件，把看文件当成一种简单的政治待遇，而不是严格地按照工作需要。这是不对的。实际上，那些与自己工作没有关系的文件，根本不要过问，这才是非礼勿视的正确态度。同样，听到与自己工作无关的情况和意见，如果涉及国家机密，也应该自觉地制止。这就是非礼勿听。至于自己对于所知道的一切有关国家机密的问题，除了按照一定组织的正式手续进行报告和反映以外，在任何地方也不应该随便谈论。这就是非礼勿言。最后，还要特别警惕，不要做出泄露国家机密的行动，比如遗失了机密文件，在同亲戚朋友通讯中暴露国家机密，以及其他泄露的行为。所谓非礼勿动就是这个意思。

这样说来，过去曾经被人轻视和批评的非礼勿这四句，如同孔子的其他某些语录一样，似乎还可以重新加以整理和诠释，找出对我们有用的经验来。

事事关心

风声、雨声、读书声，声声入耳；
家事、国事、天下事，事事关心。

这是明代东林党首领顾宪成撰写的一副对联。时间已经过去了三百六十多年，到现在，当人们走进江苏无锡"东林书院"旧址的时候，还可以寻见这副对联的遗迹。

为什么忽然想起这副对联呢？因为有几位朋友在谈话中，认为古人读书似乎都没有什么政治目的，都是为读书而读书，都是读死书的。为了证明这种认识不合事实，才提起了这副对联。而且，这副对联知道的人很少，颇有介绍的必要。

上联的意思是讲书院的环境便于人们专心读书。这十一个字很生动地描写了自然界的风雨声和人们的读书声交织在一起的情景，令人仿佛置身于当年的东林书院中，耳朵里好像真的听见了一片朗诵和讲学的声音，与天籁齐鸣。

下联的意思是讲在书院中读书的人都要关心政治。这十一个字充分地表明了当时的东林党人在政治上的抱负。他们主张不能只关心自己的家事，还要关心国家的大事和全世界的事情。那个时候的人已经知道天下不只是一个中国，还有许多别的国家。所以，他们把天下事与国事并提，可见这是指的世界大事，而不限于本国的事情了。

把上下联贯串起来看，它的意思更加明显，就是说一面要致力读书，一面要关心政治，两方面要紧密结合。而且，上联的风声、雨声也可以理解为语带双关，即兼指自然界的风雨和政治上的风雨而言。因此，这副对联的意义实在是相当深长的。

从我们现在的眼光看上去，东林党人读书和讲学，显然有他们的政治目的。尽管由于历史条件的限制，他们当时还是站在封建阶级的立场上，为维护封建制度而进行政治斗争。但是，他们比起那一班读死书的和追求功名利禄的人，总算进步得多了。

当然，以顾宪成和高攀龙等人为代表的东林党人，当时只知道用"君子"和"小人"去区别政治上的正邪两派。顾宪成说："当京官不忠心事主，当地方官不留心民生，隐居乡里不讲求正义，不配称君子。"在顾宪成死后，高攀龙接着主持东林讲席，也是继续以"君子"与"小人"去品评当时的人物，议论万历、天启年间的时政。他们的思想，从根本上说，并没有超出宋儒理学，特别是程、朱学说的范围，这也是可以理解的。因为顾宪成讲学的东林书院，本来是宋儒杨龟山创立的书院。杨龟山是程颢、程颐两兄弟的门徒，是"二程之学"的正宗嫡传。朱熹等人则是杨龟山的弟子。顾宪成重修东林书院的时候，很清楚地宣布，他是讲程朱学说的，也就是继承杨龟山的衣钵的。人们如果要想从他的身上，找到反封建的革命因素，那恐怕是不可能的。

我们决不需要恢复所谓东林遗风，就让它永远成为古老的历史陈迹去吧。我们只要懂得努力读书和关心政治，这两方面紧密结合的道理就够了。

片面地只强调读书，而不关心政治；或者片面地只强调政治，而不努力读书，都是极端错误的。不读书而空谈政治的人，只是空头的政治家，决不是真正的政治家。真正的政治家没有不努力读书的。完全不读书的政治家是不可思议的。同样，不问政治而死读书本的人，那是无用的书呆子，决不是真正有学问的学者。真正有学问的学者决不能不关心政治。完全不懂政治的学者，无论如何他的学问是不完全的。就这一点说来，所谓"事事关心"实际上也包含着对一切知识都要努力学习的意思在内。

既要努力读书，又要关心政治，这是愈来愈明白的道理。古人尚且知道这种道理，宣扬这种道理，难道我们还不如古人，还不懂得这种道理吗？无论如何，我们应该比古人懂得更充分、更深刻、更透彻！

"胡说八道"的命题

我们的青年同志，近年来在从事科学研究中，做出了很大的成绩。他们的研究工作最突出的特点是敢想敢说敢干。但是，他们也常常因此而受到一些人的责难，他们的科学研究文章也有的竟然被批评为"胡说八道"。到底是不是胡说八道呢？这是需要仔细分析的问题。

恩格斯在《自然辩证法》中，曾经尖锐地批评了许多自然科学的旧命题，指出它们的形而上学的错误。而提倡要敢于用唯物辩证的观点进行新的研究。比如，恩格斯对于数学的研究工作，就特别支持那些被看成是胡说八道的命题。恩格斯写道：

> 高等数学把初等数学的永恒真理看做一个已被克服了的观点，常常做出相反的判断，提出一些在初等数学的代表人物看来是完全胡说八道的命题，固定的范畴在这里消失了。数学走到了这样一个领域，在那里即使很简单的关系，如抽象的量的关系，恶的无限，都采取了完全辩证的形式，迫使数学家们既不自觉又不自愿地转变为辩证的数学家。

科学史上有无数的事例可以证明，恩格斯的这种论断是十分正确的。事实上，岂只是高等数学的命题在刚提出的时候，常常被初等数学的代表人物看成是完全胡说八道的呢？还有其他许多科学的命题，当它们刚提出的时候，难道不也是被人看成完全胡说八道的吗？

事实上，当着人们只有初等数学知识的时候，就只能够对静止的固定的常数进行计算，以表明客观事物的量的关系；到了高等数学出现的时候，人们就进一步能够对发展运动中的变数进行计算，以表明客观事物的质的关系。由于初等数学受了机械论的形而上学的观点的支配，缺乏唯物辩证的观点，因此只有初等数学知识的人，无论如何不可能正确地理解事物的辩证关系。比如，对于曲线和直线的关系，在初等数学的代表人物看来是绝对不同的两个概念，却没有想到曲线的无限延伸的结果，就转化成为直线了。所以在高等数学的微分中，曲线和直线则是可以相等的。这样，在初等数学的代表人物的心目中，高等数学的许多命题，当然就成为完全胡说八道的命题了。

同样的例子在其他许多学科中，也都可以遇到不少。比如，动物学家最初对于鸭嘴兽就不知道应该怎样做正确的分类。因为按照归纳法进行动物分类的结果，凡是雌性有乳房的动物都是哺乳类的动物，反之，凡是雌性没有乳房的动物就都不是哺乳类的。按照这个标准来看鸭嘴兽，当然就不是哺乳类动物了。因为雌性的鸭嘴兽是没有乳房的。然而，事实证明鸭嘴兽却完全是哺乳类的动物。因此，恩格斯也指出，按照归纳法进行动物分类，必然会造成错误。

由此可见，任何科学的结论都不应该被看成是永恒不变的，而任何新的科学论断的提出，只要言之成理，持之有故，也都不应该被看成是胡说八道的。因为人们对于客观规律，常常要经过多次反复才能认识清楚。科学研究的命题和结论不过是表示人们对于客观规律的一种认识阶段。昨天认为正确的结论，到了明天，由于新的事实证明，可能会发现并不完全正确，这时候，又需要对原来的结论做某些修改和补充，或者提出新的结论。只有这样，人的认识才能不断发展和提高，科学研究才能更好地掌握客观规律，来为人类服务。

为了使科学研究工作富有成果，我们完全应该鼓励年轻人大胆钻研，解放思想，敢想敢说敢干，决不要去泼他们的冷水，泄他们的气。我们要积极启发年轻的科学技术工作者和理论工作者，脚踏实地，虚心谨慎地向科学的高峰稳步前进。应该勉励大家既不要轻浮急躁，也不要因为怕被批评为胡说八道而放弃自己的雄心壮志。相反的，任何人只要在扎扎实实的研究基础上，如果真有新的发现，就要敢于提出所谓胡说八道的新的命题，而不必有任何顾虑。

创作新词牌

新的诗歌发展的道路问题，经过了很长时间的讨论，似乎还难于解决。这是什么缘故呢？

最重要的关键之一，就是要想求得足以表现新内容的新形式，还需要做许多努力，进行更多的尝试，而在这些方面，我们的实践却还十分不够，经验缺乏，成绩不多。

为什么我们不能创造出新诗歌的民族形式呢？难道这许多年来都没有人做过任何尝试吗？事实当然不是这样。早从五四运动以来，曾经有许多人尝试和创作了许多新的诗歌。但是，这些新诗歌实际上并没有形成什么确定的形式。这里边又有许多复杂的原因。

大体说，要想形成一种新的为大家所公认和采用的诗歌形式，起码应该具备两个特点：民族的特点和时代的特点。而我们所看到的新诗歌，往往不能同时具备这两个特点。

那么，究竟应该如何去创造既有民族特点又有时代特点的新诗歌形式呢？路子可以有好几条，可以殊途同归，有心人都无妨试试。

在这里，我不想详细论列和比较各种路子的长短和得失，只想建议大家在已经发现的若干路子之外，再试走一条新的路子。当然，这里所谓新的路子只是就某种意义来说的，而且它仍然是从旧路中走出来的，这正如古来的乐府和词曲等发展的规律一样。

明代王世贞的《艺苑卮言》中有一段文字写道：

> 三百篇亡，而后有骚赋；骚赋难入乐，而后有古乐府；古乐府不入俗，而后以唐绝句为乐府；绝句少宛转，而后有词；词不快北耳，而后有北曲；北曲不谐南耳，而后有南曲。

这可以说是我国古代乐府、词、曲等发展变化的历史过程的基本概括。这个过程早在宋代王灼的《碧鸡漫志》中，就曾经讲过了；但是，到了明代王世贞讲的却更为明确。

从这个历史过程中，我们应该看到，由汉代的古乐府开始，词、曲等的歌与谱就是统一的。

无论汉、唐的乐府和宋、元的词曲，本来都是能够吹奏和弹唱的；并且常常先有谱子，而后才有词儿。所以，宋代周密的《齐东野语》说："古今歌词之谱，靡不备具。……然有谱无词者居半。"元人所辑的《草堂诗余》也说："唐人因调而制词，后人填词以从调。"宋、元时代的作者，所以能够创作那样大量的词曲，并且水平很高，这和当时大量词谱、曲调的流行有很大关系。他们的每个词谱和曲调，都有一个名称，这就是词牌或曲牌。它们的每一个牌子，都可以谱成不同的词儿。这就使内容和形式便于结合，有利于创作。

人们往往认为，旧的词牌或曲牌，徒具形式，与内容不一致，而且韵律太严，很不自由，要发展创作，决不能走这条路子。现在看来，这些理由也不见得都对。

本来，词曲的内容是适合于它们的形式的。假若用激昂慷慨的调子，来写软绵绵的题材，怎么也不合适；反过来也是一样。词牌和词儿、曲牌和曲子相脱离，乃是后来的文人不懂得词曲的结果。至于韵律，可以在制谱的时候，把它们定得越宽越好，就不会使人有被束缚的感觉。

如果我们能够充分地吸收古代乐府、词、曲等的传统优点，排除它们的缺点，又按照今天我们的时代特点，制成一大批新的曲谱，以表达我们这个时代的人们的喜、怒、哀、乐等各种感情。每一个曲谱给它定一个牌子，使人便于区别和选择。真的做到这样，那么，对于新的诗歌创作，很可能是一个巨大的推动。当人们从事创作的时候，可以根据需要，选择任何一个适合的曲谱。同时，也像古代的词曲那样，各个词牌或曲牌既可以单独使用，又可以连成一套，岂不甚好？

这自然是一种设想，未必行得通。但是，如有热心的朋友，愿意试一试，则不胜欢迎之至。

艺术的魅力

朋友们在一起讨论艺术欣赏问题，意见颇不一致。我在谈话中说起古代的艺术作品有一种强烈的魅力，几位朋友都不以为然，他们开玩笑地说我是"复古派"。这虽然是熟识的朋友之间偶尔发生的争论，但是，我心里总是不大服气。

真的是我复古吗？我自己不相信会这样。在我国历史上，殷周秦汉的金石作品具有高度艺术水平是不用说的了，就是六朝隋唐前后的各种艺术品，确实也都是令人百看不厌的。我想决不只是我一个人有这种感觉，一定有许多研究古代艺术的人，与我有相同的感觉。我们应该认真地学习和继承我国艺术的历史传统。

当我们看到东晋顾恺之画的《女史箴图》和《洛神赋图》的时候，总要反复细看不肯离去。当我们看到唐代昭陵六骏的浮雕的时候，也不能不惊叹古代雕塑艺术的高度技巧。这样的艺术感受大概许多人都曾有过。似乎古代艺术巨匠手下刻画的人物、骏马以及其他形象，比起后来的同类作品还要生动得多。这究竟是什么缘故呢？难道前人会比后人更高明吗？

要想回答这个问题，我们无妨重读马克思在《政治经济学批判》中的一段话吧。马克思说：

关于艺术，谁都知道，它的某些繁荣时代，并不是与社会的一般发展相适应的，因而也不是与那可以说构成社会组织骨干的社会物质基础相适应的。例如，希腊人与现代人之比较，或者是莎士比亚与现代人之比较。……在艺术本身的领域里，某些具有巨大意义的形式，只有在艺术发展的比较低的阶段上才是可能的。

为什么巨大的艺术成就反而在艺术发展较低的阶段产生出来呢？马克思又继续解释道：

希腊人……的艺术在我们面前所显示的魅力，是与它生长于其上的未发展的社会阶段不相矛盾的。相反地，它是这个未发展的社会阶段的成果。

这是非常深刻的历史唯物主义的理论分析。事实的确是如此。我们知道，古代许多艺术家的伟大作品，绝大多数产生于他们所处的社会发展的上升阶段。他们对于客观事物的描绘，完全是凭着他们自己直接进行细心观察的结果。他们并且必须独立创造一种在当时是崭新的艺术表现形式，去反映客观事物。因为他们往往是没有前人的创作做蓝本的。当我们看到古代艺术品的时候，常常觉得它们气韵生动，显示了强烈的生命力，而它们的形态、轮廓、线条等又很浑朴古拙，甚至在某种程度上表现得有些粗笨，就是这个缘故。

然而，我们却不能因此就说一切古的都是好的。好坏要看艺术本身的成就如何。一般说来，后来者应该居上，新的艺术作品应该比古老的好，青出于蓝应该更胜于蓝，这些道理是正确的。可是，如果把这些道理说得绝对化了，以为事情必定都这样，则是错误的。比如，新的艺术创作技法，往往是把前人的各种技术，归纳成几条要领，便于学习掌握，这在一方面是有好处的，是一种进步的表现；但是，从另一方面说，这就容易产生一套公式化的手法，结果不一定很好，可能陷入形式主义的泥坑。因此，在总结艺术实践经验的时候，必须全面分析，全面总结。

请你设想一下，假定每个画家画小鸡、画虾、画蟹等等，都死板地摹仿齐白石那样固定的几笔，没有什么发展和变化，千篇一律，有什么意思呢？这样的画法，巧则巧矣，可惜味道不够。所以，真正的大画家，却是大巧若拙，独创新面貌。正如古代的艺术家，根本没有一套固定的技法，因而不受什么束缚，可以灵活不拘。你说这是他们的缺点吗？我说这也正是艺术创作应该具备的特点。如果你说古人幼稚，我却要说，正因为看起来好像幼稚才显得天真可爱。

如此看来，还是马克思说的对：

> 一个大人是不能再变成一个小孩的，除非他变得稚气了。但是，难道小孩的天真不能令他高兴吗？难道他自己不应当企图在更高的阶段上再造自己的真实的本质吗？难道每个时代的本有的特质不是在儿童的天性中毫不矫饰地复活着吗？为什么人类社会的童年，在它发展得最美好的地方，不应该作为一个永不复返的阶段，对于我们显示着不朽的魅力呢？

我希望研究艺术的朋友们，慢慢地体会马克思的至理名言。

形而上学的没落

在我们大家的心目中，形而上学已经成了腐朽的反动的哲学的代名词，似乎没有什么必要再去说它了。

然而，在希腊古代学者和我国古代学者的心目中，形而上学却是相当好听的名称。古代希腊大哲学家亚里斯多德的最重要的哲学著作，就是我们所说的最早的形而上学。所以亚里斯多德可算得是形而上学的始祖。古代中国的哲学书籍——《易经》上面最初出现形而上学这个名称，这就是我们现在的形而上学一词的来源。到了后来，形而上学逐渐没落了，从一个相当好听的名称，变成越来越臭的名称了。

为什么形而上学会逐渐没落了呢？它的没落过程如何？原因何在？在人类思想史上留下了什么重要的教训呢？

大家知道，亚里斯多德在公元前三二二年死去以后，遗留著作很多。到了公元前四十年的时候，雅典的吕克昂学院第十一任院长安得洛尼柯，才把亚里斯多德的遗稿编为《亚里斯多德全集》。而在亚里斯多德的遗稿中，有一部分是研究抽象的哲学原理的著作。安得洛尼柯把它们编在亚里斯多德的另一部分著作《物理学》之后，标题就写着：《后于物理学》。这个标题显然是编书的人临时采用的，意义很不确切。

实际上，亚里斯多德自己说过，他在这一部分著作中所讨论的问题，乃是关于事物的属性、本质等的"第一原理"，而他的《物理学》著作只不过是"第二哲学"罢了。

自从《亚里斯多德全集》发行的时候起，西方的学者们一谈到抽象的哲学原理，就都采用了"后物理学"的名称，这完全变成一种习惯了。但是，把"后物理学"翻译到中国来，叫做"形而上学"，这却是很晚的事情。

原来在中国古代的哲学著作《易经·系辞上传》第十二章中，有如下的一段文字：

> 是故形而上者谓之道，形而下者谓之器，化而裁之谓之变，推而行之谓之通，举而错之天下之民谓之事业。

这里所说的道，是指自然的大道理；所说的器，是指一切有形的事物。而万事万物的发展变化，都是按照着自然的大道理进行的。

由于《易经》上面有了这种说法，所以清代的学者严复在翻译"后物理学"这个名称时，就把它译成了"形而上学"。这样的翻译应该承认是比较高明的。形而上的道，岂不是与抽象的第一原理差不多吗？不过，名称尽管很好听，也是没有用的，它的命运却注定了它的必然没落。

就在亚里斯多德的哲学思想中，人们已不难发现他在唯物主义和唯心主义之间的动摇，是非常明显的。尽管他承认自然界的客观存在，承认宇宙的基础是"第一物质"，承认人的知识起源于感觉；并且他认为事物有种种存在的形式，它们是能动的，形式作用于物质就产生各种物体。这些虽然带有唯物的和辩证的思想色彩，但是，他把物质当做消极的不动的，又把形式和物质对立起来，这样就造成了他在哲学理论上的根本缺陷，给客观的真理做出了错误的解释。

历代反动的思想流派，都极力利用亚里斯多德的哲学原理的错误，使它愈来愈远地离开了真理，变成反动的哲学。由此可见，一种思想体系本身如果有根本错误和缺陷，而被反动的派别所利用，发展了它的错误，其结果就一定不能避免它的没落的命运。

研究人类思想史，特别是研究哲学史的人，不但应该总结辩证唯物主义和各种唯心主义斗争的经验，也还应该对于长期支配人们思想的形而上学的没落过程，加以研究，找出它的历史教训。这是很有教育意义的事情啊！

八股余孽

人人都讨厌八股，但是谁也没有彻底清除得了八股的毒害，而八股的余孽却阴魂不散，还到处兴妖作怪，借尸还魂。这个情况很值得注意。

八股的特点是什么呢？抛开思想根源和思想方法不谈，光从它的表现形式上来看，那么，它的最显明的特点就在于老一套的公式主义。这只要用八股文章的结构为例子，就可以说明全部问题了。

随便翻阅本地区、本部门历次会议的工作报告和工作总结，你将不难发现，有些报告和总结，好像是一个底稿的几次重写，中间只是举例有所不同，而它们的基本结构则几乎没有多少差别。比如说，开头都有一段对工作的基本估计；接着分段讲述工作的成绩和取得这些成绩的原因，指出工作中的一些可以避免或不可避免的缺点和错误，同时也讲到造成这些缺点和错误的原因；然后再分别说明几条经验和教训，提高到思想原则上对某些不正确的认识加以纠正；并且举出好的和坏的各种典型，分别进行表扬和批评；最后提出今后的努力目标和具体任务，分析有利条件和不利条件，表示有足够的信心去克服困难，争取新的胜利。

你看，这些不都是很好的必要的工作报告和工作总结吗？但是，可惜那些写稿的人，却把它写成老一套的八股了。这样的八股文，叫人一看就讨厌，简直读不下去。如果把它发表出来，徒然浪费纸张和印刷工人的劳动，也浪费读者的时间和精力；如果照它做报告，同样只能白白地浪费报告人和听众们的大量宝贵的时间和精力。你说这不等于是一种罪过吗？

也许有人不承认这是八股，那么，我们无妨把过去的八股文章的那一套做法搬出来，对照一下，就会看得很清楚了。

明清两代盛行的八股文章，都有固定不变的格式。每一篇八股文章，总得有几个部分。在"题前"的部分，有"破题""承题""起讲""领题"等段落；中间"八比"的部分，则有"起比""中比""后比""束比"等主要的几个大段落；末尾又有"落下"一段，以结束全文。"八比"的部分，无论长短如何，每一比的句子都必须整齐对偶。如果写了八比还嫌不够，也可以增加比数，甚至可以达到二十比之多。但是，一般都不超过八比。因为旧式的八股文有很多拘束，不可能写得太长。就这一点而论，新式的八股文长得要命，比旧式的八股文还要讨厌。

在固定的格式之内，旧式的八股文又有四十几种作法，新式的八股文虽然可以有更多的变化，但是，恐怕也未必会有几十种作法吧。正因为这个缘故，所以读者总觉得有许多文章，似乎都大同小异，千篇一律，没有什么新东西。有一些懒惰的作者，干脆照抄文件，或者大量引用经典著作的原文，以充塞篇幅。这种抄袭的弊病，是八股文的必然恶果之一。

清代康熙五十七年有一通"上谕"写道："考试月官，令作八股时文，大都抄录旧文，苟且塞责。"乾隆四十三年又有一通"上谕"写道："据奏近年风气，喜为长篇；又多沿用墨卷，肤词烂调，遂尔冗蔓浮华，即能文者，亦不免为趋向所累。……嗣后乡会试，及学臣取士，每篇俱以七百字为率，违者不录。"

这种规定对于旧式的八股文，当时也曾经发生了某些约束的作用。但是，由于清朝的封建统治者当时还需要利用八股文作为他们统治的工具，他们当时就不可能从根本上废弃八股文。现在我们所处的时代完全不同于过去的任何时代，我们不仅应该有更多更有效的办法，足以取缔任何形式的八股文，而且一定能够彻底清除八股文，不许它们死灰复燃，不许任何八股的余孽为害于我们这个新时代的人民。

不要空喊读书

要读书，就应该拿起书来，一字一句地认真读下去，为什么会有空喊的呢？

空喊读书的，可能有几种人：第一种人因为自己没有养成读书的习惯，坐不住，安不下心，读不下去，但是又觉得读书很有必要，于是就成了空喊。第二种人因为有一些误解，以为拿起书来从头到尾读下去，就会变成读死书，所以还不敢也不肯这么做，于是也变成了空喊。第三种人因为太懒了，不愿意自己花时间去读书，只希望能找到什么秘诀，不必费很多力气，一下子就能吸收很多知识，所以成天叫喊要读书，实际上却没有读。

这三种人即便是极少数的，我们也应该耐心地给以帮助，使他们不再空喊，而认真地坐下来读书。并且对这三种人还要有所区别，采取不同的办法给以帮助。

三种人之中最难办的是懒病太深的人。这怎么办呢？唯一的办法是要促使他痛下决心，勤学苦读。虽然不必采取什么"以锥刺股"那样的办法，但是，也要有相当的发愤之心，否则是一事无成的。而只要真的勤学苦读了，那么，有时候才有可能达到"豁然贯通"的境界。唐代大诗人李白"梦笔生花"的故事，不是全属无稽之谈。古人类似这样的故事还多得很。例如，唐代鲍坚的《武陵记》一书，还写了这样的一个故事：

后汉马融勤学。梦见一林花如锦绣。梦中摘此花食之；及寤，见天下文词，无所不知。时人号为绣囊。

很明显，马融所以能够变成"绣囊"，并非真的因为他做梦吃了花儿的缘故，而是因为他勤学苦读的缘故。

听了这个故事，如果不从勤学苦读方面去向马融学习，而光想做梦吃花儿，那又会有什么结果呢！

可是，按照懒人的想法，却很可能不从勤学苦读上着眼。他也许会想到：这真妙啊！古时马融做梦吃了花儿，醒来就能通晓天下的文词；那么，现在能不能请一位科学家，发明一种神奇的办法，比如用注射针之类，对人脑进行注射，来代替读书呢？如果能发明这样的方法就太好了。到那时候，打一针或者吃一服药，就能吸收多少部书；这么一来，只消一个早上就能培养成千上万的知识分子和专门人材，岂不妙哉！

当然这只不过是痴人说梦而已，决不会真有人做这样的想法。我们但能从中体会到老老实实的读书态度的重要性，便有极大的受用。

然而，是不是一字一句从头到尾地读书，又会被批评为读死书呢？决不会的。我们反对读死书主要是指那种目的不正确的而言，并非说：认真读书都是读死书。要是这样理解，就大错特错了。其实，有许多人根本还没有读什么书，完全说不上什么读死书或者读活书的问题。

有的人老爱高谈阔论。什么事也没有做起，先要谈论个不休。大家都曾见到，有的成天在订计划，开书目，请人讲读书方法，在许多场合都很热心地泛论读书的重要性，如此这般耗费了许多时间和精力，结果误了别人也误了自己，倒不如把耗费的这些宝贵时间，放在老老实实的认真读书上面，也许可以得益不浅。

至于那种坐不住的人，只要下决心坐下来，很快就能养成习惯。这种人的毛病最轻，最好治。

一句话，读书不要空喊，到处叫嚷毫无用处。你觉得自己最需要什么知识，就赶快到图书馆去找有关的书籍，如有可能再想法买到这些书籍，抓住一天半天的时间，老老实实地从头到尾一字一句地耐心读下去，遇到自己有用的重要材料就用本子记下来。这样做，从自己最需要的地方下手，兴趣很快也会培养起来，日积月累，就能读好多书，掌握好多知识。舍此以外，别无路子可走。

多学少评

多学少评，这是值得提倡的正确的求知态度。我们对于任何事物，如果不了解它们的情况，缺乏具体知识，首先要抱虚心的态度，认真学习，切不可冒冒失失，评长论短，以致发生错误，闹出笑话，或者造成损失。这也是我国历代学者留给我们的一条重要的治学和办事的经验。谁要是无视这条宝贵的经验，就一定会吃大亏。

一般说来，实际动手写一部书、做一件事等等，是相当不易的；而袖手旁观，评长论短，总是不大费劲的。比如，古人写一部书吧，往往尽一生的精力，还不能完全满意。却有一班喜欢挑剔的人，动辄加以讥评，使作者十分寒心。明代刘元卿的《贤奕编》中曾经举过一个例子，最足以说明这个问题了。据说：

> 刘壮舆常摘欧阳公五代史之讹误，为纠缪，以示东坡。东坡曰：往岁欧阳公著此书初成，王荆公谓余曰：欧阳公修五代史，而不修三国志，非也；子盍为之！余固辞不敢当。夫为史者，网罗数十百年之事，以成一书，其间岂能无小得失？余所以不敢当荆公之托者，正畏如公之徒掇拾其后耳。

这个故事在明代陈继儒的《读书镜》中，有同样的记载。陈继儒并且感慨很深地说：

> 余闻之师云：未读尽天下书，不敢轻议古人。然余谓：真能读尽天下书，益知古人不可轻议。

事实上，欧阳修的《新五代史》比薛居正的《旧五代史》，篇幅少了一半还不止，而内容却有许多独到之处。这是不可抹杀的。然而，历来挑剔是非的人多得很，而且有许多不能使被挑剔者心服，这是为什么呢？这难道不是因为有许多人学问不深而性好挑剔，评长论短而不中肯要的缘故吗？

尽管有的人自以为知己知彼，很有把握，对于自己的学问觉得满不错，对于被批评的人从来看不在眼里。但是，他可能还没有想到，自己毕竟不是无所不知的，而对方也不会是老不进步的。因此，他在批评中稍一冒失就发生了错误。比如，宋代陆游的《老学庵笔记》中，提到王安石对人的批评，常常因为轻视对方，出语冒失，就是明显的例子。陆游写道：

> 荆公素轻沈文通，以为寡学，故赠之诗曰：翛然一榻枕书卧，直到日斜骑马归。及作文通墓志，遂云：公虽不尝读书。或规之曰：渠乃状元，此语得无过乎？乃改读书作视书。又尝见郑毅夫梦仙诗曰：授我碧简书，奇篆蟠丹砂；读之不可识，翻身凌紫霞。大笑曰：此人不识字，不勘自承。毅夫曰：不然！吾乃用太白诗语也。

可见王安石自己并不熟识李太白的诗句，轻率地批评别人，就不免闹笑话。他看不起别人，竟至随便给别人乱作盖棺定论，真真岂有此理！

王安石是宋代革新派的大政治家。他有许多革新的思想，但是缺少实际知识和办事的经验。宋代张耒的《明道杂志》说：

> 王荆公为相，大讲天下水利。时至有愿干太湖，云可得良田数万顷。人皆笑之。荆公因与客话及之，时刘贡父学士在坐，遽对曰：此易为也。荆公曰：何也？贡父曰：但旁别开一太湖纳水则成矣。公大笑。

在王安石当政时期，类似这样的笑话还有不少。这些无非证明，王安石有许多想法是不切实际的。特别是他很不虚心，这一点可以说是他的大毛病。

我们从古人的经验中，必须懂得一个道理，这就是：对一切事物，要多学习，少批评，保持虚心的态度。当然，这里所谓多和少，只是从相对意义上说，不应该把它绝对化起来。但是，对于我们说来，任何时候都应该更多地学习马列主义理论，并且虚心地向群众学习，在实践中学习。至于对错误的以及反动的东西必须进行坚决的斗争，那已经超出我们所说的问题的范围，又当别论了。

但是，我们如果遇到不懂的事情，总要老老实实承认自己无知；发现自己有错误，就不要怕公开承认自己的错误。明代陈继儒的《见闻录》说过一个故事：

> 徐文贞督学浙中，有秀才结题内用颜苦孔之卓语，徐公批云：杜撰。后散卷时，秀才前对曰：此句出扬子云法言上。公即于堂上应声云：本道不幸科第早，未曾读得书。遂揖秀才云：承教了。众情大服。

果然，打开《扬子法言》的第一篇，即《学行篇》，读到末了，就有"颜苦孔之卓也"的一句。这位督学当场认错，并没有丢了自己的面子，反而使众情大服，这不是后人很好的榜样吗？

"颜苦孔之卓"

前次的《夜话》曾经提到《扬子法言》中的一句话——"颜苦孔之卓也"。当时因为篇幅的关系，没有对这句话做什么解释。后来有几位同志提出建议，要求把这句话的意思，做一番必要的说明。我接受这个建议，今晚就来谈谈这个问题。

在《扬子法言》开宗明义的《学行篇》中，有一段文字写道：

> 或曰：使我纤朱怀金，其乐不可量已。曰：纤朱怀金者之乐，不

如颜氏子之乐。颜氏子之乐也，内；纡朱怀金者之乐也，外。或曰：请问屡空之内。曰：颜不孔，虽得天下，不足以为乐；然亦有苦乎？曰：颜苦孔之卓之至也。或人瞿然曰：兹苦也，只其所以为乐也与？！

这一段文字，在不同的版本中也略有出入。比如，原先引用的这一句，在晋代学者李轨的本子上是"颜苦孔之卓之至也"；在宋代学者吴秘的本子上则是"颜苦孔之卓也"。差别只在于有没有"之至"两个字，其实关系并不大。而在"颜苦孔之卓也"这一句的下面，我们看到宋代学者宋咸的注解是："颜之所苦无它焉，惟苦孔子之道卓远耳。故曰：仰之弥高，钻之弥坚。"同时，吴秘的注解是："颜子曰：如有所立，卓尔，虽欲从之，末由也已。"我们读罢上下文，又看了这些注解，问题就非常清楚了。

很明显，看通篇文章的主旨，不外乎强调要好学不倦，去追求真理。这是做学问的根本态度。这个《学行篇》所以被列为《扬子法言》的第一篇，是很有意义的。因为这部书的作者扬雄是我国汉代的著名学者之一。这位生长于四川成都的作家，不但擅长词赋文章，可以同司马相如媲美；而且博学深思，写成了《扬子法言》《太玄》等阐明哲理的著作。他写《太玄》是为了比拟《易经》的；写《扬子法言》则是为了比拟《论语》的。扬雄在《扬子法言》的卷首写道："撰以为十三卷，象论语，号曰法言。"我们现在看作者的语气，也不难知道，作者是多么努力以儒家的所谓圣人——孔子，和他的语录——《论语》为榜样的了。

扬雄自命生平的学问和主张，都是以儒家的孔子学说为根据的，尽管他实际上还掺杂了老子和庄子等的思想成分在内。我们按照上面引述的文字来分析，可以很清楚地看出：扬雄是以颜回学习孔子的态度，作为一切学者的模范。虽然，他也说到孔子学习周公等其他例子，但是，最突出的还是说颜回学习孔子的这个例子。他的意思也就是说，学者要以理想的圣人，如周公、孔子这样的人，作为自己努力学习的榜样。

他在文章中反复说明，颜回以他自己能够学习孔子为最大的快乐。他认为，颜回的这种快乐，是内在精神世界的真正快乐，是任何外在豪华的物质享受的快乐所不能比的。颜回如果不能学得像孔子那样，即便得了天下，也不会感到什么快乐；而使颜回最感到苦恼的，就是孔子太卓越、太高尚了，简直学不来。因此说，颜苦孔之卓也。如果把语气更加强调一下，那么，他的意思也可以说，孔子是高尚至极了，卓越至极了，无论如何学不到，所以说，颜苦孔之卓之至也。然而，又应该看到，这种惟恐学不到的苦恼心情，实际上也正是学习的人的乐趣之所在。

大家知道，孔子曾经称赞颜回，说："一箪食，一瓢饮，居陋巷，人不堪其忧，回也不改其乐。贤哉回也。"这个颜回出身于贫穷的人家，但是他天资聪颖，贫而好学，是孔子最好的门生。扬雄在他的著作中多次提到颜回，这不是没有道理的。历来的儒者都以颜回和孔子的故事，作为教育后人的材料，作为考试论文的题目。特别是明代洪武三年开始实行科举，此后的八股文章的题目，就离不开所谓圣人之言了。然而，明代的八股文题目比清代出题的范围还要宽阔得多，所以前次《夜话》中提到的那位督学徐文贞，居然把应试的秀才引用《扬子法言》的文句，批评为杜撰，这就成为笑话了。

我们现在对于扬雄的《扬子法言》等著作，当然可以也应该加以研究。对于他所推崇的颜回学习孔子的经验，如果能够有批判地拿来运用，变成正确的对于真理的追求和学习，那就很有益处了。

不求甚解

一般人常常以为，对任何问题不求甚解都是不好的。其实也不尽然。我们虽然不必提倡不求甚解的态度，但是，盲目地反对不求甚解的态度同样没有充分的理由。

不求甚解这句话最早是陶渊明说的。他在《五柳先生传》这篇短文中写道："好读书，不求甚解；每有会意，便欣然忘食。"人们往往只抓住他说的前一句话，而丢了他说的后一句话，因此，就对陶渊明的读书态度很不满意，这是何苦来呢？他说的前后两句话紧紧相连，交互阐明，意思非常清楚。这是古人读书的正确态度，我们应该虚心学习，完全不应该对他滥加粗暴的、不讲道理的非议。

应该承认，好读书这个习惯的养成是很重要的。如果根本不读书或者不喜欢读书，那么，无论说什么求甚解或不求甚解就都毫无意义了。因为不读书就不了解什么知识，不喜欢读也就不能用心去了解书中的道理。一定要好读书，这才有起码的发言权。真正把书读进去了，越读越有兴趣，自然就会慢慢了解书中的道理。一下子想完全读懂所有的书，特别是完全读懂重要的经典著作，那除了狂妄自大的人以外，谁也不敢这样自信。而读书的要诀，全在于会意。对于这一点，陶渊明尤其有独到的见解。所以，他每每遇到真正会意的时候，就高兴得连饭都忘记吃了。

这样说来，陶渊明主张读书要会意，而真正的会意又很不容易，所以只好说不求甚解了。可见这不求甚解四字的含义，有两层：一是表示虚心，目的在于劝戒学者不要骄傲自负，以为什么书一读就懂，实际上不一定真正体会得了书中的真意，还是老老实实承认自己只是不求甚解为好。二是说明读书的方法，不要固执一点，咬文嚼字，而要前后贯通，了解大意。这两层意思都很重要，值得我们好好体会。

列宁就曾经多次批评普列汉诺夫，说他自以为熟读马克思的著作，而实际上对马克思的著作却做了许多曲解。我们今天对于马克思列宁主义的经典著作，也应该抱虚心的态度，切不可以为都读得懂，其实不懂的地方还多得很哩！要想把经典著作读透，懂得其中的真理，并且正确地用来指导我们的工作，还必须不断努力学习。要学习得好，就不能死读，而必须活读，就是说，不能只记住经典著作的一些字句，而必须理解经典著作的精神实质。

在这一方面，古人的确有许多成功的经验。诸葛亮就是这样读书的。据王粲的《英雄记钞》[1]说，诸葛亮与徐庶、石广元、孟公威等人一道游学读书，"三人务于精熟，而亮独观其大略"。看来诸葛亮比徐庶等人确实要

---

[1] 原著《英雄记钞》书名有误，应为《英雄记》，又名《汉末英雄记》，是记录汉末军阀事绩的史书。

高明得多，因为观其大略的人，往往知识更广泛，了解问题更全面。

当然，这也不是说，读书可以马马虎虎，很不认真。绝对不应该这样。观其大略同样需要认真读书，只是不死抠一字一句，不因小失大，不为某一局部而放弃了整体。

宋代理学家陆象山的语录中说："读书且平平读，未晓处且放过，不必太滞。"这也是不因小失大的意思。所谓未晓处且放过，与不求甚解的提法很相似。放过是暂时的，最后仍然会了解它的意思。

经验证明，有许多书看一遍两遍还不懂得，读三遍四遍就懂得了；或者一本书读了前面有许多不懂的地方，读到后面才豁然贯通；有的书昨天看不懂，过些日子再看才懂得；也有的似乎已经看懂了，其实不大懂，后来有了一些实际知识，才真正懂得它的意思。因此，重要的书必须常常反复阅读，每读一次都会觉得开卷有益。

不吃羊肉吃菜羹

为什么不愿吃羊肉而宁愿吃菜羹呢？说这样的话到底是什么意思呢？我估计到大家看见这个题目会感觉诧异。其实，这本来是很普通的典故，我觉得它很有启发性，所以又想把它拿来重新做一番解释。

问题是由于写文章引起的。有一些学校的语文教师，总以为教学生熟读几篇"范文"，记住一套做文章的公式，背诵几大段到处都可以搬用的八股文字，似乎就能够帮助学生在考试中过关，甚至于可以骗取较高的分数。这种想法和做法，如果任其自流而不加以制止，就将给我们的语文教学带来很坏的影响。我曾经为了这个问题同几位教师进行了讨论，在讨论中我引述了宋代大作家陆放翁的笔记，来证明我的论点。

陆放翁在《老学庵笔记》中说：

国初尚文选，当时文人专意此书。故草必称王孙，梅必称驿使，月必称望舒，山水必称清晖。至庆历后，恶其陈腐，诸作者始一洗之。方其盛时，士子至为之语曰：文选烂，秀才半。建炎以来，尚苏氏文章，学者翕然从之，而蜀士尤盛。亦有语曰：苏文熟，吃羊肉；苏文生，吃菜羹。

　　这种情况，事实上决不只是宋代才有，而是历代都有。每个时代有每个时代流行的文章风格，即便并非都像北宋推崇《昭明文选》、南宋推崇苏老泉父子的文章那样的受人重视，但也有各个时代自己的特殊文风，这是不容否认的。因此，历代几乎都有一些人擅长于"时文"，这种人在当时往往很吃得开。另外有许多人，因为不喜欢"时文"，就往往很吃不开。

　　当然，我们不能因此就得出结论说：凡是"时文"都是不好的。如果做这样简单的推断，又能解决什么问题呢？一个时代的文风是自然形成的，也是必然要出现的。问题是要看人们怎样认识和掌握自己所处的时代特征和由此产生的文风。因此，"时文"并没有什么不好。不好的是把"时文"当成了八股公式。正如陆放翁提到的《文选》和苏文，本来都是好文章，毛病只在于宋代的文人士大夫把它们当成了八股公式，这就不好了。

　　无论什么文章，一旦变成八股，就僵化了。稍有创造性的人，决不会愿意在八股中讨生活。明代的徐文长就是一个例子。他从八岁开始学公式化的"程文"，后来遇到山阴知县刘昺，劝他多读古书，不要烂记程文，他就决心独创新的文风，不受时文程式的束缚。历来像徐文长这样的人还有许多。与此相反，历来也有一班人以公式化的文章为维持生活的手段，特别是清代实行科学制度，以八股文取士，结果就束缚了人们的创造性，甚至使人投机取巧，弄虚作假，以致笑话百出。

　　曾经发生过这样的笑话：有人背诵了几篇祭文，背得烂熟。到了考试的时候，题目是祝寿的。他居然生搬硬套地把祭文抄上去，弄得牛头不对马嘴。还有的人什么也没有背熟，临时乱抄"夹带"，竟至于把草书的"昔贤"二字误抄为"廿一日上天"五字。考官见他可笑，在试卷上批道："汝既欲廿一日上天，本院亦不敢留汝。"这一类笑话虽然发生在死去了的封建时代，但是，现在的人也未尝不可以引为鉴戒啊！

总而言之，文章切忌八股公式化，假若不幸而出现了八股，不管它是新的还是旧的，即便对它熟可以吃羊肉、对它生只能吃菜羹的话，有觉悟的人也一定不愿吃羊肉，而宁愿吃菜羹。

一把小钥匙

近来接到一些朋友的来信。有的说：在做研究工作的时候，因为材料太多，头绪很乱，不知从何下手。有的说：常常遇到许多问题，要想找有关的参考材料，总是找不着，这怎么办？他们都表示要努力从事专门的研究，但是又都觉得自己的根底太浅，恐怕不能胜任专门研究的任务。

我先要给这些朋友打气，请他们不要灰心，不要害怕没有办法。无论材料太多太乱，或者根本找不到材料，我想只要先用一把小小的钥匙，打开一个系统化的科学研究资料的门户，就可以逐步解决问题了。

那么，这一把小钥匙在什么地方呢？如何才能取得这一把小钥匙呢？我的回答是：这一把小钥匙就在朋友们自己手边，不过要下一番苦功夫才能把它拿出来使用。

大家都熟识的著名的宋代历史学家郑樵，在《通志·校雠略》中说过：

> 学之不专者，为书之不明也；书之不明者，为类例之不分也。有专门之书，则有专门之学；有专门之学，则有世守之能。

事实也的确是这样。要想专攻一门学问，或者专门研究一个问题，就必须读尽这一门学问或这一个问题有关的一切图书资料。而要达到这个目的，又必须知道这许多图书资料所属的门类。否则到处瞎碰，什么也学不成。郑樵自己所以能够写成像《通志》那样的大书，就因为他生平勤学苦读，到处"搜奇访古"，遇见人家收藏有图书的，就要借读，抄录了大批重要的材料，进行研究。他的经验是非常可贵的，我们应该好好学习。

今天我们无论研究什么问题，一定要把古今中外一切有关的书籍和报刊上已有的材料，统统看过，摘录每一点有用的东西，通过理论与实际的相互结合和印证，并且进行了详细的分析研究之后，才能在前人已有成绩的基础上，进一步提出自己的见解。这当然非下一番苦功夫，进行系统的资料积累不可了。

在积累资料的具体方法上，有的人也许要讲一大套自以为很得意的科学经验，但是，我却卑之无甚高论，老实说些很简单也很粗笨的办法。假如你现在要着手研究某一个专题，我劝你马上准备一个活页的本子在身边。发现有一条材料就记在活页本子上，每条最好加一个小题，积了很多条之后就作一次整理，弄出一个研究纲目，把已有的材料按照小题分出先后次序，再加以细心的分析，看什么地方有缺漏，再继续去搜集材料。

记到本子上的材料，可以是自己随时想到的意见，可以是实地调查访问的结果或一段谈话，也可以是报刊和书籍上一段记载的全文或摘录，有时还可以是有关的书刊和论文的目录、人物简介及其他线索，总之一切有用的都可以记上活页本子。它既是活页，就愈活愈好，活而不乱，记而不死，随时可以打散重新加以整理，非常方便，毫不死板。

即便要用到大部头的或者珍贵版本的书籍的时候，也不太费事。你自己如果没有书，可以到图书馆去翻一翻目录，看看那些对你有用的书。有些好的图书馆员，常常能够积极帮助不熟悉图书的读者，查找他所需要的参考书。这对你将是很大的方便。但是你自己也要学会查阅《册府元龟》《太平御览》《四库全书总目提要》《古今图书集成》《渊鉴类涵》等工具书，寻找与你的专题研究有关的条目，也许会得到必要的文献线索，然后你再去借阅那些文献。这样反复查找，许多有关的线索就都不难被发现。

经过一个又一个的专题研究和资料积累的过程，你自己就可以逐渐形成某种系统化的科学研究资料的体系，研究工作的根底就自然而然地会深厚起来。但是，这一切都可以从一个简单的方法下手，先用一把小小的钥匙。如果你愿意，无妨试一试吧。

新的"三上文章"

有两种人时常为文章所苦。一种是工作特别忙的人。他们安排不好时间，有很多思想和意见，也有很多材料和观点，装满在脑海里，就是写不出来，觉得非常苦恼。还有一种人是受邀请或被指定写文章的，时间很紧，材料一大堆，看得脑子发涨，就是憋不出条理来，不知从何写起，深怕交不了卷或者写了根本用不得，更是苦恼。

要想解除这两种苦恼，有什么办法呢？熟识的几个同志常常在一起谈论这问题。办法人人会想，各有巧妙不同，大概都分析了各种人不同的情况、条件和造成苦恼的原因，也都提出了解决问题的一些办法。其中有积极主张采取个人钻研和集体讨论、个人执笔和集体修改的，也有非常消极，简直认为毫无办法，必须从头苦读十年书，把水平提高了再说的。

朋友们征求我的意见。我觉得大家似乎把问题看得太严重了，倒无妨从小的方面着眼，采取比较轻松的办法来解决这个问题。俗话说："提起千斤重，放下二两轻。"有若干问题往往看得太严重了反而无法解决，也许无意中很随便就解决了问题。因此，我愿建议朋友们，首先不要把写文章这件事放在心上，尤其是对"文章"的高深观念要根本改变。与其神气十足地说"写文章"，不如普普通通地说"写话"更好。

在这里，完全不必拿什么科学研究论文或者写大报告来吓人。要知道，越是大文章、长文章越好写。如果你能够把小文章、短文章写好，那么，写大文章、长文章就不成什么问题了。而小文章、短文章则是随时随地都可以写的。关键只在于你要把问题想清楚，然后就照说话那样写出来。

为了打破一切对于"写文章"的严重观念，我很赞成宋代大文学家欧阳修的"三上文章"。我想就由我们大家自己动手，来提倡新的"三上文章"又有何妨呢？

据宋代的董菜，在《闲燕常谈》一书中记载：

欧阳文忠公谓谢希深曰：吾平生作文章，多在三上——马上、枕上、厕上也。盖唯此可以属思耳。

可见古来有许多伟大的作家，说老实话，他们的"文思"并不像一般人设想的那样，一定要正襟危坐，或者如演戏那样用手指敲着自己的脑门，才挤出来的。恰恰相反，只要有思索的机会，到处都可以运用思考。甚至于在厕所里解手，也是思索的好机会。而且，这么一思索，就连臭味也闻不到了，岂不妙哉！

欧阳修的这个经验谈，十分重要。他道破了做文章的一个秘密，就是在写作之前要"属思"，即运用思考，把文章的中心思想和它的每一个论点与论据，以及表述的方法、层次安排等都尽量考虑成熟，形成了所谓"腹稿"，这样就可以使写作的时候，减少阻碍，很快能够写成。一篇文章，只要构思好了，那么，下笔写的时候，只要照所想的，慢慢地像说话一样，一句一句说出来，话怎么说，字就照样写，都写完了再修改也不难了。

如果学习欧阳修的办法，我以为大家很容易都可以写文章。因为欧阳修的"三上"，除了马上只适合于骑马的人以外，其余二上人人都能用；而我们即便不能在马上构思，却无妨在路上、车上、船上等空隙中构思。这既能锻炼思维能力，又可以忘掉路途的疲劳，真是一举两得。如果人人都这样做，则人人都可以写出新的"三上文章"。

但是，似乎还有两点应该提起朋友们的注意：一则不可在路上、车上、船上如痴如狂，以致违犯交通规定；二则不可在工作的时候，特别是在机器旁边操作的时候胡思乱想，以免造成事故。可以断定，任何一个思想正确和健康的人，决不会因为想文章而致于误事的！

三集

作者的话

近来有些朋友，十分关切地向我探问：《燕山夜话》的写作计划如何？个人的时间如何支配？这使我感到很惭愧，怎么回答这样热情的询问呢？

说老实话，我平生最大的缺点，就是不善于做计划。写文章也是一样，简直没有什么计划。我很羡慕，许多报纸、刊物的编辑部，以及许多著名的作家，据说他们都有详细的选题计划。并且有的人还根据选题计划，制定阅读资料和写作的进度表。每月有月计划，每年有年度计划。一切按计划办事，到时候要按计划检查总结。这一套做法当然有许多好处，可惜我没有养成这种习惯，一时还做不来。

我的做法基本上是无计划的。除了在报上发表的日期是固定的，这一点算是按计划的以外，从我个人方面来说，全部过程差不多都没有计划。我常常想到、看到、听到一些东西，觉得有了问题，随时就产生一个题目；每一个题目有关的材料和观点，只能利用工作之余的一点时间，就自己现有的水平，有什么写什么；写的时候，基本上是按照自己的思维过程，用文字表达出来。这个写法，似乎对自己的写作比较方便，而读者在阅读的时候，随着这个思维过程，好像也更容易体会问题的来龙去脉。

至于平日工作、读书及其他生活上的具体安排，就跟大家一样，简直"乏善足述"。如果再要勉强说上一点，那就是要抓紧时间，尽量不要浪费时间，能多做一些事情总比少做一些事情好啊！但是，当着一件事情正在进行的时候，必须聚精会神把这件事情做好，特别是对于自己本职的工作，一定要集中精力去做，不要分心。做好了一件事，然后再去做另一件事。

对于我这样一个不懂得计划的人，谈起研究学问等大问题，缺点和错误在所不免。趁着《燕山夜话》第三集付印的时候，我愿再一次向亲爱的读者同志们提出要求：希望大家多给我提问题，并且对我的文章中任何观点和材料，发现有不正确的，就要来信批评，使我有机会改正一切可能产生的缺点和错误。

马南邨

一九六二年三月二十五日

人穷志不穷

一位青年学生前天来看我，谈起他有一个打算，想把明代黄姬水编的《贫士传》选译成语体文，问我赞成不赞成。我觉得他这个想法很好，当时就表示完全赞成，希望他早日着手选译。我认为这部书如果有人精心加以选译出版，把它弄得好好的，这对于我们后一代的青少年将有很大的教育意义。

为什么古代的《贫士传》对于我们新社会的青少年会有益处呢？这中间的道理很简单。正因为我们的青少年出生于我们的革命已经取得了伟大胜利的新社会中，他们将很难了解旧社会里被压迫阶级所过的穷苦生活，他们甚至将完全不知道贫穷是怎么回事，将来他们万一遇到某种意外的穷困，恐怕会无法应付。因此，在这一方面给他们一点教育是十分必要的。

从《贫士传》中可以看到，古来许多有骨气的人，虽然在非常穷困的条件下生活，周围又有恶势力对他们进行威胁利诱，但是，他们坚定不移地表现了崇高的气节，真是像俗谚说的"人穷志不穷"，不能不叫人肃然起敬。

例如，《贫士传》中有一个故事说：

> 披裘公者，吴人也。延陵季子出游，见路有遗金。公当夏五月，披羊裘负薪而过之。季子呼公取焉。公投镰于地，瞋目拂手而言曰：子何居之高而视之下，貌之君子而言之野也。吾五月披裘而负薪，岂取遗金者哉？季子知其为贤者，请问姓字。公曰：吾子皮相之士，何足语姓字也。遂去。

你看，这个披裘公多么有骨气啊！他虽然很穷，然而他是真正的劳动人民，依靠自己打柴过日子，决不肯去拿别人遗失的钱财。而那个季子显然是为富不仁的伪君子，他竟敢以自己肮脏的思想，去揣度披裘公，企图使披裘公跟他同流合污。

像延陵的这位季子之流，现在还没有完全绝迹。他们是旧社会的渣滓，满脑子是剥削阶级的思想意识，不但毫无劳动人民的气味，甚至连封建士大夫的所谓"清高"思想也没有。对于这种人，一方面固然可以耐心地加以改造，另一方面还必须给以实际的教训。当然，更重要的还在于我们大家要进一步普遍发扬人穷志不穷的积极精神。我们要像汉代伏波将军马援所说的："大丈夫为志，穷当益坚。"我们决不能堕入所谓"人穷志短"的可悲可耻的陷阱中去。

本来所谓"人穷志短"这句话，是从佛教的故事中传出来的。查宋代的著名僧人慧明[1]，在《五灯会元》这部书中写道：

或问法演：祖意教意，是同是别？演曰：人穷志短，马瘦毛长。

可见这句话最初不过是一个比喻而已。法演和尚用了这个比喻，来说明佛教的基本教义和佛祖的具体解释的相互关系，就好像人穷则志短、马瘦则毛长一样。这些比喻当然未必都很确切。至于宋代诗人陈师道的诗，虽然也用了"人穷令志短"的句子，这却完全不足以证明陈师道的真实思想。

谁都知道，陈师道本人是很有骨气的。他从小就表现了坚苦顽强的精神，勤奋力学，后来因为不满于王安石的经学理论，坚决不肯应试。苏东坡推荐他为徐州教授，后来被召为秘书省正字。《宋史》写他"高介有节，安贫乐道"，年纪不到五十岁就死了。

他是怎么死的呢？原来他平日非常贫苦，冬天没有棉衣。有一次参加郊外祭祀，刚好是冬天。他的老婆给他借了一件棉衣。他知道棉衣是从一

---

[1] 原著称《五灯会元》作者为"慧明"有误，应为"普济"。普济，宋代高僧，俗姓张，字大川，编《五灯会元》，另著有《大川语录》。

个姓赵的家里借来的，而他又很讨厌那姓赵的，就坚决不肯穿，终至受冻而死。

虽然我们不能认为，凡是贫穷的人，就一切都好；但是，贫穷的人如果是勤劳的、正派的，而且是有骨气的，那么，这些好样的就值得我们学习。

"放下即实地"

这几天整理旧书，偶然又拿出明代刘元卿的《应谐录》，翻阅其中有一则写道：

> 有盲子过涸溪桥上，失坠，两手攀楯，兢兢握固，自分失手必坠深渊。过者告曰：无怖，第放下即实地也。盲子不信，握楯长号。久之，手惫，失手坠地。乃自哂曰：嘻，蚤知是实地，何久自苦耶？

看了这个小故事，觉得很有启发。有的人自己虽然不是瞎子，但是平常遇到某些事情，实际上却很像这个故事中的瞎子所表现的。这是为什么呢？根本的原因是由于不了解实际情况，心中无数，所以遇事没有把握，不知如何是好。

其实，任何事情都有一个底，不是不可捉摸的。因此，遇事完全可以不必害怕，不要像这个故事中的瞎子那样，生怕坠入深渊，拼命抓住桥楯，不肯放手；尽管放心大胆地撒手，要知道"放下即实地"，又有什么可怕呢？

当然，这个故事的背景和含义也不简单。它大概是编书人根据一些流行的故事，结合了自己的切身经验写出的。因为刘元卿自己在明朝隆庆年间，参加"会试"的时候，"对策极陈时弊，主者不敢录"。有了这一段遭遇，使他深深地体会到当时的官吏们太胆小了。所以，他的思想倾向于大胆放手做事的一面，而不赞成畏首畏尾的态度。

所谓大胆放手是以了解实际情况为前提，这是非常明显的。如果不了解实际情况，那么，无论胆大也好，胆小也好，也无论放手或者不放手，同样都只能是盲目的。假使不了解实际情况，而盲目地提倡大胆放手，其结果可能比盲目地不放手要坏。换句话说，任何盲目的做法都是要不得的。

由此看来，那个瞎子既然不知道桥下没有水，而失手下坠的时候刚好又抓住了桥楣，那么，起初他紧紧地抓着桥楣，不肯放手倒是完全合乎情理的。问题在于后来过路的人已经告诉他说，不要害怕，放下就是实地，这个时候他仍然不相信，还是照旧抓住桥楣不肯撒手，这就太不聪明了。结果他的手一定疲累不堪，终于抓不住桥楣，而失手下坠了。如果桥下真有万丈深渊，他就一定要摔死。幸亏桥下的确是干涸的实地，使他失手之后，立刻脚踏实地，毫无危险。这里又证明了一个道理：人必须经过亲身的实际体验，才能知道事物的真相。从这一点说来，故事的含义就更深刻了。

但是，我现在还觉得对这个故事的含义，作这样的理解仍然是不够的。有时办一件事情的时候，由于调查研究工作做得不够，总觉得自己带有某种程度的盲目性。甚至周围的群众也提出一些有益的意见，反映了若干正确的情况，只是自己因为心中无数，也无法判断这些意见和情况的正确与否。反而觉得人们议论纷纷，真相不明，不得不把各种不同的意见和情况，暂时都搁在一边，等待以后的事实去做证明。到了事实完全弄清楚的时候，有些问题又事过境迁了，心里感到十分懊恼。这正如那个瞎子说的，早知道放下即实地，又何必自讨苦吃呢？

与此相反，也有一种情形使自己吃了大亏，好比失手下坠，桥下虽非深渊，却也不是干河，以致自己浑身受伤。经过这一次吃亏，后来就胆小得厉害，即便走在非常平坦的路上，每走一步也害怕跌倒。现在想起来，这样也很糟糕，必须克服这种不正常的情绪。

在这里，我又联想到《荀子》的《修身篇》中有两句话很重要。他说："良农不为水旱不耕；良贾不为折阅不市。"可不是吗？农民怎么可以因为怕水旱灾害就不种地了呢？商人怎么可以因为怕赔钱就不做买卖了呢？

我们对于任何崎岖艰险的道路，都要有胆量走过去，因为我们做着空前伟大的事业。我们是革命者，难道我们害怕危险就不革命了吗？我们在工作中，只要了解实际情况，即便偶然失坠，也不会心慌，因为自己完全知道"放下即实地"啊！

"推事"种种

古代审判案件的官员叫做"推事"，这个职务相当于现在法院的审判员。我们人民的法院现在已经没有"推事"了。这是正确的。因为顾名思义，推事当然不如不推事的好。所以，我们不但不需要"推事"这个职务名称，而且还要扫除"推事"的一切遗风余毒。

"推事"在古代，远不只是寻常的小官职，而是很高的官职。比如宋代的封建政府，设有最高的法院，叫做"大理寺"。所有重大的案件都必须交由"大理寺"审判。在"大理寺"中直接审判各种案件的大官，便是"左推事"和"右推事"。可见这个官职在过去多么重要了。

一直到解放以前，在旧中国，推事居然成了一个制度，名目繁多，有什么监督推事、代理推事、署理推事、受命推事、受托推事、首席推事、陪席推事、独任推事、合议推事、学习推事、候补推事等等。光从推事的这许多名目上，就可以看出当时的官僚制度庞大、臃肿、腐败、落后到何等惊人的地步。

本来，推事之"推"包含有推求、推举、推进的意思。但是，它同时又包含有推却、推让、推托、推移的意思。而且，通常这个字更多地被使用在后一类的意义上。因此，一提到推事，人们就会以为是把事情推出去不管。这样，推事越多，事情就越发没有人管，彼此左推右推，谁也不肯负责，岂不糟糕！

特别是在社会分工方面，如果有不合理的地方，那么，推事的人就一定会多起来。他们可以用种种借口，真个是左推事，右推事，力图推卸自己应负的责任。这类事例，实在多得很。大家比较熟悉的明代江盈科的《雪涛小说》中有一段记载，十足地证明了古时推事遗风的为害。请看这一段文字吧：

> 有医者称善外科。一裨将阵回，中流矢，深入膜内，延使治。乃持并州剪，剪去矢管，跪而请谢。裨将曰：镞在膜内者，须急治。医曰：此内科事，不意并责我。

不看这段文字的，还不了解古代的人竟然有这样严格的分工观念！受箭伤的明明属于外科的范围，而这位外科医生只把箭杆切掉，就算完事；至于箭头深入皮肉之内，则属于内科的范围，似乎与他毫无关系了。这虽然是笑话，但是，说这个笑话的人却表现了一种严肃的批评精神。

显然，这种推事之风，在私有财产制度没有彻底消灭以前，大概是不可能完全绝迹的，正如旧社会的其他坏思想、坏习惯的残余不可能一下子被扫除干净一样。由于私有财产制度的影响，个人主义到处都有滋生的可能。推事之风也不过是个人主义的一种表现形态而已。一切对自己不利的，一切非自己所愿意的，一律不管，这就是极端个人主义者的中心思想。甚至于遇到危险，有的人会像鸵鸟一样，只要把头藏起来就觉得很安稳了，即便身子露在外面似乎也没有什么关系。这不也是极端个人主义思想的一种变态吗？

这里应该提到江盈科说的另外一个故事，可算得是这种思想的又一表现。他说：

> 盖闻里中有病脚疮者，痛不可忍。谓家人曰：尔为我凿壁为穴。穴成，伸脚穴中，入邻家尺许。家人曰：此何意？答曰：凭他去邻家，痛无与我事。

用推事的观点看来，这位脚上长疮的人，把脚伸到邻家，当然他的脚痛也就被推出去了，于是，他自己在精神上无疑地可以得到了安慰。然而，这样自欺欺人的把戏又有谁相信呢？

我们现在提倡的是大胆负责的精神，在我们看来，推事之风决不可长。如果在什么地方发现有这种遗风余毒，就一定要把它扫除干净。

涵　养

常常听人说，某甲很有涵养，某乙缺乏涵养，如此等等，议论不能说没有一点道理，但是，实际上却往往没有一定的标准。

究竟什么是涵养？符合什么样的标准，才算有涵养呢？对于这个问题，我们和古人当然有不同的看法。

宋代的大理学家朱熹，提倡人们要学习孔子的涵养功夫。打开《朱子大全》就可以看到，他在好几处主张"平日操持，庄敬诚实，涵养内心，戒矜躁，去嗜欲"。这种主张，一般地说并没有什么错误，不过从他的根本思想上以及后人对这种观点的解释和运用上看来，就都变成了消极的对一切采取无条件容忍的态度，甚至有人主张"逆来顺受"，就更加荒谬了。

我们的看法和古人的这种看法有根本的不同。我们所说的涵养，主要是从政治上着眼，也就是要强调政治上的锻炼和修养。比如，处理任何事情都要有鲜明的立场、坚定的原则、正确的态度，但是不排斥灵活的方式方法。对于那些丧失革命立场、采取无原则迁就的任何做法，我们绝对不能容忍。有一班人八面讨好，谁也不得罪，自以为很有涵养，其实在我们看来乃是典型的"乡愿"，多么卑鄙可耻啊！

然而，这并不是说，对于古人的涵养功夫，我们可以一笔加以抹煞。问题完全不是这样简单。古人有各种各样的涵养功夫，应该加以分析，做出恰当的判断，然后分别对待，有所取舍。

举例来说，宋代林昉的《田间书》写道：

木可雕，而病于越度；金可铸，而病于跃冶。木越度、金跃冶，虽有良工，巧将安施？是故君子养质以成器。

这个道理自然是对的。雕坏了的木头和没有炼成的金子，确实是不能用的，即便你的手艺再好，恐怕也没有法子把它们制成什么好东西。林昉说的"养质以成器"，如果翻译为现时的口语，那么，我们说培养优良的品质，造就有用的人才，难道不正是这个意思吗？

至于有许多古代学者片面地反对性急，一味地赞扬忍耐，简直毫无道理。明代江盈科的《雪涛小说》中写了一个故事说：

> 一仕宦将之官，其厚友送之，嘱曰：公居官无他难，只要耐烦。仕者唯唯而已。再嘱，三嘱，犹唯唯。及于四、五，其人忿然怒曰：君以我为呆子乎？只此二字，奈何言之数四？！厚友曰：我才多说两次，尔遂发恼，辄谓能耐烦可乎？

接着作者加了几句评论说："此知耐烦之当然，及遇小不可耐，而遂不能耐者也。余所以信忍与耐烦为难能也。"作者的用意非常明显，就是一味地主张忍耐而已。

假若每个人果真都是无条件地对一切事情采取忍耐的态度，那一定只有害处，决无好处。正如明代刘元卿的《应谐录》中曾经讽刺的于啴子，便是一例。这个故事写道：

> 于啴子与友连床，围炉而坐。其友据案阅书，而裳曳于火，甚炽。于啴子从容起，向友前拱立，作礼而致词曰：适有一事，欲以奉告，谂君天性躁急，恐激君怒；欲不以告，则与人非忠。惟君宽假，能忘其怒，而后敢言。友曰：君有何陈，当谨奉教。于啴子复谦让如初，至再至三，乃始逡巡言曰：时火燃君裳也。友起视之，则毁甚矣。友作色曰：奈何不急以告？而迂缓如是！于啴子曰：人谓君性急，今果然耶？

像于啴子这样慢吞吞地处理火烧的急事，简直是荒唐至极，谁也不应该赞成他的这种态度。

那么，一个人的涵养如何，到底应该从哪里下判断呢？明代朱袞的《观微子》中说："君子忍人所不能忍，容人所不能容，处人所不能处。"这里只要加上一定的条件，就是要看什么性质的问题，而不是无条件地笼统对待，意思就比较周全。照这样的意思来谈涵养的功夫，则不但无可非议，而且完全应该加以倡导。

黄金和宝剑的骗局

古来的骗子真不少，他们设下了许多骗局，叫别人上当；而受骗的人大概都有种种弱点，给了骗子以可乘之隙，否则他们纵然有布置周密的大骗局，也不会发生什么作用。因此，研究一下历来著名的骗局，分析骗子施展的各种伎俩和受骗的人所以会上当的原因，我想这将有助于提高人们的警惕性吧。

但是，骗子的故事在历代的笔记中连篇累牍，随手可得，从何谈起呢？我想找一部比较正经的有价值的笔记来看看。于是我选了《唐国史补》。这部书的作者李肇是九世纪初期的人，在唐宪宗元和年间当过翰林学士和中书舍人，参与了李唐封建政府的机密大事。他写的这一部书从来被人认为是唐宋小说笔记中最严正的，对于每件事情的记载都有可靠的事实做根据。从这部书上，我发现了黄金和宝剑的骗局，很有意思。

故事发生在唐代的伊阙，即今之河南洛阳龙门附近，有一家姓薛的，祖上做过大官，是个富翁。忽然来了一个道士到他家里要喝一杯茶，说是走路口渴了，谈吐之间流露出一种高雅脱俗的风度，姓薛的对他的印象很好。这个道士看到谈话十分投机，就顺口问道：

"自此东南百步，有五松虬偃，在疆内否？"

"某之良田也。"姓薛的回答。

于是道士请求屏退左右，然后密语道：

"此下有黄金百斤、宝剑二口，其气隐隐，浮张翼间。张翼洛之分野，某寻之久矣。黄金可以分赠亲属甚困者；其龙泉自佩，当位极人臣。某亦请其一，效斩魔之术。"

这些话深深地打动了姓薛的。道士看看已经入港了，又进一步说道："然若无术以制之，则逃匿黄壤，不复能追。今俟良宵，剪方为坛，用法水噀之，不能遁矣。"最后道士还再三叮嘱不可漏泄。姓薛的完全被他迷住了，就忙着设坛，准备了几案、香炉、裀褥、缣素甚多。道士却要求摆"祭膳十座，酒茗随之"。并且规定"器皿须以中金者"。

为什么要这么多的东西呢？地下的金子还没有拿到手，就要先拿出一批金器，这不是很容易露出破绽来吗？为了使人信而不疑，道士"又言：某善点化之术，视金银如粪土，常以济人之急为务。今有囊箧寓太微宫，欲以暂寄。即召人负荷而至。巨茇有四，重不可胜，缄镥甚严"。姓薛的一看这样沉甸甸的四大箱，心中满意，就什么也不怀疑了。

到了"吉日"，道士在那五棵松树的地方，摆下法坛，请姓薛的亲临拜祝，然后"巫令返居，闭门以俟。且戒勿得窥隙。某当效景纯散发衔剑之术，设为人窥，则祸立至"。姓薛的只得遵命回家。当时约定："行法毕，当举火相召，可率僮仆，备畚锸来，及夜而发之，冀得静观至宝也。"可是，一等就是一个通宵，根本望不见报喜的火光，姓薛的才开始有些怀疑起来。

最后发现这个骗局已经太晚了。姓薛的久候不见火光，不得已开门往外观察，也没有任何影响。跑到五棵松树下面一看，情形就大变了。这个地方已经没有什么法坛了，而是"掷杯复器，饮食狼藉；彩缕器皿，悉已携去；轮蹄之迹，错于其所"。道士竟把全部赃物都运走了。

受骗的人终于懊丧而归，气愤愤地"发所寄之笈，瓦砾实中。自此家产甚困，失信于人，惊愕忧惭，默不得诉"。受骗的人起先妄想会得到黄金百斤、宝剑二口，到头全成了泡影，反而丧失了大批财富，只剩下四大箱瓦片碎石，骗局至此全部揭穿。

这个故事发生在唐代，李肇把它记录下来，目的大概是想警醒后人不要再受骗。可是唐以后的笔记小说证明，后来发生的骗局仍然层出不穷。这样看来，如果没有经过亲身的经验，那么，任何人恐怕都难免于受骗。

文天祥论学

　　大家都读过唐代韩愈的《进学解》吧，其中有若干名言警句，流传很广。然而，也许有的朋友没有读过宋代文天祥论学的文章吧，现在我想谈谈文天祥的"进学解"。

　　可能有人马上会提出质问：文天祥何曾用过什么"进学解"这样的题目写文章呢？我看文天祥《题戴行可进学斋》的一篇文章，就可以算是文天祥的"进学解"。而且，他写的这一篇文章比韩愈的还要短，见解却比韩愈的还要高明。我们现在谈学习问题的时候，倒无妨把文天祥在这篇文章中论学的观点，介绍给大家做参考。

　　读过韩愈的《进学解》的人，应该记得，韩愈对于学习的态度和方法，主要的是说："业精于勤，荒于嬉；行成于思，毁于随。"他劝告学生们说："诸生业患不能精，无患有司之不明；行患不能成，无患有司之不公。"尽管韩愈在文章中间掀起了几个波澜，反复论证，而实际上都只是为了说明他的基本论点，想使人立定勤学的决心和成功的信心罢了。

　　显然，韩愈的文章，并没有很好地解决学与行的关系问题。就是说，他对于学习和实践，哪个是基本的，以及这两者之间的相互关系，缺乏全面的系统的分析，因此，还不能够做出正确的论断。这是韩愈的《进学解》一文的主要缺点。当然，我们也不能以此为理由，而抹煞了这一篇文章的全部好处。

　　但是，比较起来，文天祥的文章明确地提出了学与行的关系问题，并且给了这个问题以明确的回答。在这一点上说，文天祥就比韩愈大大地前进了。至于文天祥的强烈爱国思想和正气凛然、不屈不挠的伟大风格，永垂千古，更非韩愈所能比拟的了。

　　文天祥《题戴行可进学斋》全文只有二百四十一字，比韩愈的《进学解》全文七百四十二字要短得多了。但是，我认为文天祥的文章内容，却远比韩文为有力。

为了强调说明学问必须从实践中得来，文天祥首先引证了《易经》的命题，这就是："天行健，君子以自强不息。"然后他解释说："君子之所以进者，无他法，天行而已矣。"这里所谓天行，是指的符合于客观自然规律的实践。离开实践，当然无法掌握客观的自然规律；而正确的实践，又必须按照客观的自然规律，才有成果。这个道理非常重要，文天祥可谓一语中的！

接着他又写道："进者行之验，行者进之事。……地有远行，无有不至；不至焉者，不行也，非远罪也。"道理讲得很清楚。无论什么事，只要努力做去，一定有所进益，一定会达到目的。没有什么做不到的，如果做不到必定是因为不力行。

恰巧戴行可的名字就有一个"行"字，而他的书斋又叫做"进学斋"，所以，文天祥说："独有一言，愿献于君者，曰：行。行固君字也。……行所以为进也。不行而望进，前辈所谓游心千里之外，而本身却只在此，虽欲进，焉得而进诸！"我们的经验完全可以证明，任何事情，包括学习在内，如果不努力做去，即便有许多很好的计划，也是要落空的，不会有什么结果。

仔细体会文天祥所说的"行"，并不仅仅是狭义的，而应该把它看成是广义的。这里边包含着好几层意思。从做学问这件事情本身来说，无论是初步追求某一项新的知识，或者是进一步探究事物的本质和发展规律，都必须通过实践、认识、再实践、再认识的过程。"行"字就应该概括这个过程的全部。换句话说，整个认识过程也都可以算做"行"的过程。

按着这样的观点，那么，知与行的过程，就是以实践为基础的两者完全统一的过程。这比宋、元、明的理学家，从朱子、二程以至王阳明等人的学说，显然都要进步得多了。那些理学家们不管说"知难行易"也好，说"知易行难"也好，说"知难行亦不易"也好，他们总是把"知"与"行"分割开了。甚至说"知行合一"，也没有强调以"行"为基础。殊不知这两者实际上不能不是以行为基础的对立统一的整个过程。他们自命为理学家，而徒尚空谈，毕竟不如文天祥在政治斗争实践中看问题比较切合实际。

我们现在对于文天祥的一生和他的思想，有必要做出新的估价。过去一般人只读他的《正气歌》，我现在提议大家还要读他论学的文章。

选诗和选文

近来读到许多诗选和文选。编选的人有不少是平日相识的朋友，偶然征求我的意见，就不免发表了一些议论。

应该承认，这许多选本的编者用意都是好的。他们煞费苦心，研究了以前各家选本的得失，斟酌取舍，并且详加注释，确实花了很多工夫。在这许多新出版的选本中，有的水平很高，优点多而缺点几等于无。读到这种选本，心里有说不出的喜悦。但是，也有一些选本，缺点尚多，有待商榷。在这里，不可能一一论列，只想提出一个普遍的问题来谈谈。

一般地说，诗和文应该有一个界限，完全可以划分得清楚。然而，这个界限却不是断然分开不能逾越的鸿沟。所谓"诗"，所谓"文"，究竟应该如何区别？它们的体裁和形式又应该怎样分类？实际上这是自古迄今争论未决的问题。

《书经》的《舜典》中说："诗言志，歌永言。"这似乎是大家公认的最古的定义。但是，我们要问：难道文章不是"言志"的吗？《国语》的《楚语》中说："文咏物以行之。"这又是一个古定义。我们也要问：诗难道不也是"咏物以行之"的吗？

由此看来，诗和文的界限可以区别，又不好区别。《论语》的《学而》篇说："行有余力，则以学文。"这个"文"字是指的什么呢？是不是光指的文章呢？显然不是。据汉代郑玄的注解说："文，道艺也。"宋代朱熹的注解说："文谓诗书六艺之文。"这个范围就很宽广了，差不多把诗、书、礼、乐等以及各种典章制度都包括在内了。

事实上，古人所谓"文"是泛指一切文学，包括诗歌在内，范围很大。这是有道理的。因为古人认为文学的作品必须文字非常精练，结构极为严密和紧凑，决不是我们近代人文字松散的长篇大论所可比。这并不是说，我们的长篇大论一定不如古文，这是文章的体裁和形式的发展，趋向复杂化和多样化的必然结果。问题是我们应该怎样确立一种新的关于诗文分类的方法。

明代万历年间的进士江盈科，在他所著的《雪涛谈丛》这部书中，写过一个故事：

> 吴中张伯起，刻有文选纂注，持送一士夫。士夫览其题目，乃曰：既云文选，何故有诗？伯起曰：这是昭明太子做的，不干我事。士夫曰：昭明太子安在？伯起曰：已死了。士夫曰：既死不必究他。伯起曰：便不死也难究他。士夫曰：何故？伯起答曰：他读的书多。士夫默然。

的确，《昭明文选》所包涵的各种文学体裁，十分完备。在这一部文选中，不但有诗，而且有赋，有骚，有赞，有铭，有颂，有辞；也有史论，有符命，有碑文，有对问，有奏记；还有书、启、笺、序、檄、令、表、诏等等。总计《昭明文选》分诗文为三十七类。其中，就以"诗"这一类来说，又分为二十二目。这样的分类到底是科学的呢，还是不科学的呢？我们应该认真地再加以研究，不要以为这都是老问题，而一概加以抹煞。

我们现在的诗文分类，看起来好像比古人科学化得多了。其实有的人却很像江盈科描写的那位吴中士夫，对于诗文的界限似懂又不懂。我们至今还不能提出一个关于文学的正确的科学的分类法。这是最大的遗憾。

由于分类分目不详细和不完善，势必影响到文学的教学和创作等方面，也不免会发生一些混乱。比如，有的明明不讲平仄、不讲韵脚的五言或七言的作品，也被当成了旧体诗。有的是很好的散文诗，却被人当做普通的散文。有许多比最坏的散文还要糟糕的破碎短句，却被看成一首新诗发表出来。这样的笑话不应该再任它胡闹下去了。我们要拿出比古人更详密的分类法来。

新的诗文分类法，自然要在古来各种分类法的基础上，更进一步加以提高。比如，就"诗"而论，我们要批判地吸取昭明太子的二十二目，加以取舍和提高，并且要使新的分目完全符合于我们时代的需要。再就"文"的分类来说，自从昭明太子分类之后，清代姚鼐的《古文辞类纂》又把文章分为十三类：到了近代，福建人吴曾祺的《涵芬楼今古文钞》又把十三类细分为二百十三目。对于他们的分类和分目原则，我们也要加以批判、吸收。

有人说，我们曾经把文学作品分别为诗、赋、词、曲、骈文、散文、小说、戏剧等几大门类，这就够了，何必自找麻烦，搞什么详细的分类分目呢？这种说法不值得赞同。我们不主张过于烦琐的、不切实际的分类分目的方法，但是也不能满足于几大门类的粗糙分法，而要提倡一种新的切合实际需要的比较完备的分类法。

这种新的分类法，不必用开会表决的办法来确定，也不可能一下子就达到完善的地步，它只能逐渐形成。因此，文选或诗选的编者无妨自己提出一种分类法。尽管彼此各有不同，慢慢地就会有一种公认为正确的分类法产生出来。

错在"目不识丁"吗？

重视文化学习，这当然是好事情。可是，怎样才算重视？能不能定出一个标准？

一位老年的文化教员向我提出了这样的问题。我不懂得这问题从何而来。问他，他说，他教的文化班有几位学生，常常笑他是老书呆，不听他的话，他们总是念错别字，他指出他们的错误，他们也不改。因此，他很苦闷，认为他们对于文化学习太不重视了。他举了许多例子。我表示对他抱着相当的同情，同时，又对他的固执己见提出了适当的劝告。

的确，一般人平常都不免会读错别字，读别字比读错字的更要普遍。比如姓"费"的，别人往往叫他"老肺"，而不叫他"老闭"；甚至于他本人也把"费"字念成"肺"的音，而不念"闭"的音。同样，许多人对于姓"解"的，总是把他叫做"老姐"，而不叫做"老械"，他自己也不例外；甚至于"老姐""老械"都不叫，而叫做"老改"。同类的例子还多得很。乍听起来，你会觉得非常别扭，但是，久而久之，也听惯了，不觉得有什么错误，似乎怎么念都可以了。

我们的这位老教员就看不惯这种现象，他认为必须立刻全部纠正这一切读别字的现象，才算重视了文化学习。这样认真负责的态度是很好的，不应该因此而笑他是老书呆。然而，我们又必须劝告他不要过于固执。因为对待语言文字，毕竟还要按照"约定俗成"这一条规律办事。

语言文字本来只是传达人类思想的符号，每个符号当然要有一定的声音，大家才能听懂它的意思。一个字的读音是否正确，主要应该看大家是否听得懂。如果人人都这么读，都听得懂，你又何必一定要怪他们读别字呢？即便一个字最初不是这个读音，可是现在大家都不按最初的读音，而读成另外的声音，并且反倒成了习惯，那么，肯定新的读音是正确的，或者肯定几种读音都是正确的，难道不可以吗？

这当然只是关于读别字的一种解释。至于读错字的又该如何呢？最普通的例子，如"目不识丁"这句成语，明明知道读错了，应该不应该纠正呢？

就这句成语的来历而论，读错的责任不在今人而在古人。大家知道，这句话是唐穆宗长庆年间幽州节度使张弘靖说的。据《旧唐书》列传第七十九载："弘靖……谓军士曰：今天下无事，汝辈挽得两石力弓，不如识一丁字。"同样，《新唐书》列传第五十二也写道："弘靖……尝曰：天下无事，而辈挽两石弓，不如识一丁字。"这两部书的字句几乎完全相同，可见宋代的宋祁在编写《新唐书》的时候，大体上是照着五代刘昫的《旧唐书》抄的。他没有想到，这一抄就以讹传讹了。

但是，宋代另一个学者孔平仲，在《续世说》中却认为："一丁字应作一个字。因篆文丁与个相似，误作丁耳。"还有一位鼎鼎大名的宋代学者洪迈，在《容斋俗考》中也说："今人多用不识一丁字，谓祖唐书。以出处考之，乃个字，非丁字。盖个与丁相类，传写误焉。"问题很明白，唐书原文如果是"不如识一丁字"，意思显然不够通顺。为什么不说"一天字"或"一人字"呢？其实，不管用什么字都很牵强，只有说"一个字"才最为妥帖、最为通顺。有的人自以为很熟悉古代的汉语，却不一定能够辨别"目不识丁"的错误何在。反之，读惯了"目不识丁"的人，你能说他是错误的吗？

这样看来，现在一般人公认的成语"目不识丁"分明是错了。那么，是不是就应该加以纠正呢？而且，这是不折不扣地读了错字，比念别字还要严重，岂可用"约定俗成"为理由，而轻轻地把它放过去呢！

从前面所引的材料中，我们已经看得很清楚，读错这句成语的责任应该由古人承担。近千年间，人们既然以讹传讹，变成了习惯，大家也完全懂得了这句成语的含义，那么，这在事实上难道还不是"约定俗成"了吗？如果勉强地加以改变，岂不会使大家反而觉得很别扭吗？

当然，我完全不反对我们的文化教员，把每个字句的原来意义，都向学生讲解得清清楚楚，让他们知道有几种读法，并且懂得它们的演变过程。但是，我们却不能因为学生读了"目不识丁"等等，就批评他们的错误，相反地，应该承认他们这样读也是可以的，不能算做错误。

自固不暇

前次谈论了"目不识丁"的例子以后，得到了各方面的反应。多数朋友都赞成，有个别的仍然表示不大同意。这是很自然的。对于这一类问题的看法，不一致完全没有关系，而且永远可以保持不同的意见，不必强求一致。也许过一些时候，个别同志也想通了，我们的认识就会一致起来。

赞成的朋友们要求多谈大家日常熟悉的成语，指出它的来源，介绍历来都有哪些不同的解释，辨别什么是对的和什么是错的。这种要求不能说没有道理。但是，把普通词典的内容搬到"夜话"中来，似乎大可不必。因此，这里只能举出平时不常见的例子来谈谈。

大家常常会听见"自顾不暇"这句成语。谁会想到这四个字里头有什么问题呢？实际上，问题恰恰最容易发生在人们以为无可怀疑的因而不加注意的地方。如果认真考查起来，"自顾不暇"终于要发生问题了。

究竟这个成语是从什么时候开始流行的呢？查了许多古书都找不到确切的答案。《书经》上虽有"罔敢湎于酒，不惟不敢，亦不暇"之句，《诗经》上虽然也有"心之忧矣，惮我不暇"之句，但是显然都不是"自顾不暇"的出处。

有人说，这句成语的出处，在《五代史》附录契丹传中。原来唐末五代时期的契丹王朝，在"大圣皇帝"安巴坚死后，由元帅太子德光继立，大举南侵，逼使晋少帝投降。德光摆驾入汴京的时候，据《五代史》附录契丹传载：

> 德光将至京师，有司请以法驾奉迎。德光曰：吾躬擐甲胄，以定中原，太常之仪，不暇顾也。止而不用。

这一段记载是否能够算做"自顾不暇"这个成语的出处呢？恐怕未必。

因为德光的本意无非表示谦逊一些，不要过于盛气凌人。他之所以不暇顾，仅仅是由于他亲身率领着军队，打平了中原的石晋王朝，直下汴京，不好意思就摆起帝王的銮驾，所以借口说顾不上用那十二面飞龙日月旗的"太常"仪节。这里边根本不包含任何消极和被动的意思，与"自顾不暇"这句成语的意思又有多少共同之点呢！

比较起来，这句成语的可靠出处，应该是《晋书》的《刘聪载记》。刘聪是两晋时代前赵刘渊的第四子，继其父自立为帝，攻陷洛阳，生擒晋怀帝，鸩杀之；又陷长安，执晋愍帝。当时晋将赵固攻河东，扬言要活捉刘聪的儿子刘粲，以赎天子。这一场战斗很激烈。晋兵企图偷渡洛水和汭水，袭击刘粲的部队。这时刘粲部下的将官王翼光看到晋兵要想渡河偷袭，把情况报告给刘粲。刘粲分析双方的形势，以为晋兵在河的那一边，惟恐地位不稳固，不可能渡河偷袭，因此满不在意。《晋书》上的这一段文字是这样写的：

王翼光自厘城觇之，以告粲。粲曰：征北南渡，赵固望声逃窜。彼方忧自固，何暇来耶！且闻上身在此，自当不敢北视，况敢济乎？不须惊动将士也！

刘粲因为轻敌，后来终于被晋兵打败，不在话下。光说这一段文字，乃是迄今为止我们能够找到的"自顾不暇"这句成语的唯一出处，这大概是比较可靠的了。

然而，这样追根究底的结果，却使以往所谓"自顾不暇"的成语发生了动摇。看起来这句成语恐怕是弄错了，应该改为"自固不暇"才对。宋代张君房的《云笈七签》中有句云："神之无形，难以自固。"这里说的"自固"，与刘粲说的意思也很相近，可见后来有更多的人采用这种语气，久而久之，就慢慢地变为成语了。

从此以后，我们是否应该把"自顾不暇"这句成语，普遍地改成"自固不暇"呢？当然没有这种必要性。我们还可以按照"约定俗成"的原则，继续承认"自顾不暇"是一个成语。而对于"自固不暇"，只要知道它在历史上有过这么一回事就可以了。

北京的古海港

古代的北京有海港吗？回答：有海港。

那么，什么地方是古海港呢？回答：就是什刹海和积水潭的那一片水面。

这个海港现在虽然已经不存在了，但是，这一段历史却很值得我们研究。

大家都知道，当着元世祖至元二十八年，即公元一二九一年的时候，精通天文、地理、历法和水利的大科学家郭守敬，奉了元世祖忽必烈的命令，负责修通元大都（即北京）到通州的运河，使往来于江南的漕运船舶，能够把南方的粮食，直接运到大都。

为了完成这一项巨大的工程，郭守敬做了艰苦的努力。他根据他的父亲郭荣和他的老师刘秉忠传授的知识，再加上自己实地调查和测量的结果，制订了细密的计划，并且亲自指挥施工，经过一年多的工夫，终于修成了从通州到大都的这一段运河，命名为"通惠河"。这在历史上是值得大书特书的一件事。

据《元史·郭守敬传》载，修建"通惠河"的主要经过是：

> 中统三年，……世祖召见，面陈水利六事。其一，中都旧漕河东至通州，引玉泉水以通舟，岁可省雇车钱六万缗。……至元二年，……又言：金时自燕京之西麻峪村，分引庐沟一支，东流穿西山而出，是谓金口。……今若按视故迹，使水得通流，上可以致西山之利，下可以广京畿之漕。……帝善之。二十八年，……守敬因陈水利十有一事。其一，大都运粮河不用一亩泉旧源，别引北山白浮泉水，西折而南，经瓮山泊，自西水门入城，环汇于积水潭，复东折而南，出南水门，合入旧运粮河。……帝览奏喜曰：当速行之。……三十年，帝还自上都，过积水潭，见舳舻蔽水，大悦，名曰通惠河。

元代的诗人傅若金，曾以《海子》为题，写诗吟咏什刹海，其中也有"舳舻遮海水，仿佛到方壶"的诗句，与《元史》所载忽必烈"过积水潭，见舳舻蔽水"的情形完全一致。这就表明，当时漕运的船舶可以直接驶到元代大都城的"海子"里来。由于船舶拥挤，以至水面都被遮住，几乎看不见了。这个海子当然只是人工造成的小内海，但是，它完全成了一个装卸漕粮的港口，则是毫无疑义的。

人们也许会觉得奇怪，郭守敬引白浮泉水入城是可能的吗？白浮泉水源在昌平城东南的凤凰山，那一带地势约为海拔六十米，中间经过沙河和清河两河谷，地势降低到海拔四十五米以下，而积水潭和什刹海周围的地势则是海拔五十米左右。按照这样的地势看来，怎么能够引白浮泉水入城呢？

原来郭守敬详细勘测了地势之后，设计了一条长达三十公里的河渠，引导白浮泉水先向西流，然后转向南流，再向东南流入昆明湖（即瓮山泊），然后继续向东南流，注入大都城。这一条渠道，就是著名的"白浮偃"。它的遗迹现在还隐约可以寻见。

根据同样的道理，从整个通惠河的地势来看，河床的坡度很大，非采取其他技术措施，那是无法通航的。但是，郭守敬很有办法，他设置了水闸和斗门，保证了船舶的顺利通行。《元史·郭守敬传》载：

> 运粮河每十里置一牐，比至通州，凡为牐七。距牐里许上重置斗门，互为提阏，以过舟止水。

这是郭守敬在工程开始以前就已经设计好了的。就是说，从大都到通州，设有七座水闸，距离每座水闸约半公里的地方，又设有斗门。水闸和斗门的关闭或打开，就调节了运河各段的蓄水量，控制了水位的高低，使船舶可以顺畅地通过。这些办法与现在外国先进的大运河采用的办法不是差不多吗？而郭守敬的这些办法却是早在十三世纪就有了的呀！

到了明代，据朱国祯的《涌幢小品》记载："禁城中外海子，即古燕市积水潭也。源出西山一亩、马眼诸泉，绕出瓮山后，汇为七里泺。纡回向西南行数十里，称高梁河。将近城，分为二，外绕都城，开水门，内注潭中，入为内海子。"可惜此时郭守敬开的这一段运河却已毁坏了。所以，在《明世宗实录》上写道：

> 通州河道，经元郭守敬修浚，今闸坝具存。……京城至通州五十里，地形高下才五十尺。以五十里之远近，摊五十尺之高下，无所不可。……迂回以顺其地形，因时以谨其浚治，此一劳而永逸之计也。

又据刘侗、于奕正合撰的《帝京景物略》称，嘉靖丁亥，御史吴仲请修通惠河，三月告成。然而，积水潭上一度出现的海港风光完全消失了。现在我们在研究北京城市建设的时候，如果把这一页历史重新翻阅一过，我想还是有意义的。

南陈和北崔

在中国画史中，各个时期的南北画坛上，都不断地出现过许多有代表性的画家，形成了各种不同的画派。把这些画派的画家及其作品加以比较研究，找出不同的特点，这是继承和发展中国画传统的一个重要方法。

当我们研究中国人物画的时候，大家就很注意明代人物画方面流传的所谓南陈北崔的说法。

何谓南陈北崔呢？先说南陈，这指的是明末江南大画家陈洪绶。他是浙江诸暨人，字章侯，号老莲。明清以来，人们一提到陈老莲的人物画，没有不赞赏的。他留下的作品较多。不但在明清小说等木刻本子上，我们常常可以看到他的插图；并且在各地博物馆以及北京琉璃厂等地，我们也还可以发现他的原作。据清代姜绍书的《无声诗史》载：

> 老莲工人物，衣纹圆劲，设色奇古，与北平崔子忠齐名，号南陈北崔。

那么，崔子忠是什么样的人呢？他的作品为什么几乎看不见呢？他的名声似乎也不像陈老莲那么响亮，这是什么缘故呢？

我们生活在北京的人，对于崔子忠自然会发生一种亲切的感情，一定想知道他的身世和为人，也很愿意看看他的作品，研究他的思想和艺术成就。清代孙承泽的《畿辅人物志》和孙奇逢的《畿辅人物考》差不多相同地写道：

> 子忠字道母。顺天府学诸生。文翰之暇，留心丹青。居京师阛阓中，蓬蒿翳然，凝尘满席，莳花养鱼，杳然遗世。

看来崔子忠在当时社会中，要算是十分孤僻高傲的人了。

当时山东莱阳有一位学者，名叫宋继登，他是崔子忠的老师，他的子侄，宋玫和宋应亨，与崔子忠也有交谊。宋玫是天启年间的进士，官至兵部侍郎。宋应亨是宋玫的族兄，官至礼部员外郎。因为他们都有强烈的封建势利观念，所以崔子忠很看不起他们。据《畿辅人物志》和《畿辅人物考》载，崔子忠"少时师事莱人宋继登，因与其诸子同学，而玫及应亨尤契合。应亨官铨司，属一选人，以千金为寿。子忠笑曰：若念我贫，不出橐中装饷我，而使我居间受选人金；同学少年尚不识崔子忠何等面目耶？玫居谏垣，数求画，不应，强索之，即强应之，终碎之而去"。你看这是多么倔强的性格啊！

还有一件事情，更足以表明崔子忠具有幽燕豪侠的气概。孙承泽和孙奇逢都曾记述这件事情的经过是：

> 史公可法自皖抚家居，一日过其舍，见肃然闭户，晨饮不继，乃留所乘马赠之，徒步归。子忠售白镪四十，呼朋旧，轰饮，一日而尽。曰：此酒自史道邻来，非盗泉也。

他对于史可法的馈赠没有当面拒绝，那是因为他尊敬史可法的为人；但是，他毕竟是要自食其力的，所以决不肯依靠别人的馈赠过日子。

崔子忠的一生都在贫寒中度过，即便当他画画的时候，目的也不在于卖很多钱来维持生活。然而，他却勤奋创作，非常认真对待自己的每一件作品。他用了许多笔名，有的人虽然喜欢他的画，往往因为不知道他的笔名而错过了机会。正如《无声诗史》所记，崔子忠"初名丹，字开予，又字道母，号北海，又号青蚓。善画人物，细描设色，能自出新意。与诸暨陈洪绶齐名，号南陈北崔，更以文学知名。一妻二女，皆从点染设色。性傲兀，凡以金帛请者，概不应"。他的作品所以特别可贵，原因也就在此。

现在我们能够看见的崔子忠作品，可惜已经太少了。曾见一幅《葛洪移居图》，可算得是崔子忠所画的精品。人物的衣褶和姿态刻画，充满着一家骨肉亲切动人的生活实感。这比起陈老莲笔下的和尚、道士之流，不食人间烟火，拉着一副长脸的那种怪样子，显然要高明得多了。在这幅画的上端，崔子忠自题一诗曰：

> 移家避俗学烧丹，挟子挈妻老入山。
> 知否云中有鸡犬？孳生原不异人间！

他画的虽然是葛洪的故事，而实际上这恐怕就是崔子忠自己的写照吧。

除了绘画以外，崔子忠的学问还很广博。据《畿辅人物志》《畿辅人物考》说，崔子忠"生平好读奇书，六经无所不窥，尤深于戴礼。发为古文诗歌，博奥不逊李长吉"。到了甲申以后，他"潜居委巷，无以给朝夕，竟以饥死"。总观他的一生，可以称得起是一个在文学艺术上造诣很高的有骨气的大画家。这是值得我们在中国画史和北京史上大书一笔的。

宛平大小米

在谈论北京的历史和文化传统问题的时候，我们应该提到十六、十七世纪之间的两位大书画家。这两人就是明末清初宛平的米万钟和米汉雯，当时号称大小米。他们祖上是陕西关中的人，后来落籍到顺天府宛平县，所以他们自己和后人都公认为宛平人。

提起大小米，人们往往会联想到宋代的米芾和米友仁。他们两人也被称为大小米，而且也都是有名的书画家。不过，米芾和米友仁是父子两人，是湖北襄阳人氏，并且生在宋代；而我们说的宛平大小米则是祖孙二人，又生在较近的明末和清初。这就使我们不能不对宛平的大小米感到更加亲切一些了。

米万钟是一位很有学问也很有骨气的人。他的生平为人确有许多值得称道的好处。他出生于明代隆庆四年，即公元一五七〇年。刚刚二十五岁就中了进士，当时是万历二十三年。第二年他就被任命为江宁令尹。不久以后，他奉命改任江西按察使。据称，米万钟为政清廉，关心民刑和文教事业，所到之处，颇受中下层人民和文士们的称颂。但是万历皇帝死后，光宗在位不到一个月也死了，在宫廷混乱的局面下，丑迹昭彰的大宦官魏忠贤乘机把持了朝政，许多正直的官员陆续遭到陷害，米万钟当然也不可避免地受到了严重的打击。

由于米万钟平日鄙视魏忠贤及其同伙，并且屡次评议时事，他就成了魏忠贤的眼中钉。特别是魏忠贤的走狗倪文焕极力诬陷好人，当时被他陷害的有几十人，重的严刑拷打致死，轻的则被削籍夺职。米万钟也受到了削籍夺职的处治。这是天启五年，即公元一六二五年的事情。

过了三年，到了一六二八年，即崇祯元年，明朝最末的一个皇帝，思宗朱由检上台的时候，魏忠贤及其走狗倪文焕等论死，米万钟才重新被任命太仆少卿。不幸他刚刚上任，就在这一年去世，当时他的年纪只有五十九岁。

他的生平，除在政治上参与了反对魏忠贤的斗争以外，一般地说，别的没有非常突出的表现。但是，他却有两种特殊的爱好。第一是喜爱书画，第二是爱玩石头。这两大爱好，使他获得了精神上很大的安慰和愉快。

爱玩石头，尤其是遇见各种奇石，他一定都要收蓄。如果有人要问：他有多少财产？那么，就可以回答说：他的最大宗的财产，就是奇形怪状的各种石头！正因为这样，所以他自己又起了一个名字，叫做"友石"，当时的人们也都称他为"友石先生"。在这一点上，他与宋代的米芾是有共同爱好的。米芾生平也收藏了大批奇怪的石头。

然而，他们的更重要的共同爱好却是喜爱书画。米芾是一个大书法家和大画家，米万钟也是这样。我们现在还可以看见米万钟的许多墨迹。例如他在一幅白绫上写了一首题《烂柯山》的绝句，笔墨飞舞，毫无馆阁气味。他写道：

双丸阅世怪他忙，为羡仙翁岁未央。

假尔片时成异代，人天却比洞天长。

这一首绝句的意思是什么呢？这显然是反映他对于明代政治上风云变化出人意外的心情。至于他的画，虽然也是一种标准的"文人画"，但是他并不师法于元代的倪云林画派，而师法于宋画。即便在细小的部分，他同样是一笔不苟的。我们看他的字和画，可以想见他为人的严肃认真而又有打破成规的创造精神。

他的孙子米汉雯，是清代顺治辛丑进士，在一六六八年前后，历任河南的长葛、江西的建昌两县知事，康熙十八年荐举博学鸿词，授翰林院编修。他由于家学渊源，继承他祖父的衣钵，书画也都有专长。现在我们还比较容易找到他的作品。

过去各地方编辑地方志的时候，照例要提出一批所谓"乡贤"的名单，然后收集资料，分别立传。我们现在如果要编辑北京志，那么，显然也应该考虑给宛平大小米以适当的地位。

米氏三园

好几位同志看了《宛平大小米》以后，颇感兴趣。有的很热心查访米氏故居和各种遗迹，有的还寄来了有关的文物拓本，并且提出若干问题，要求解答。这就促使我不能不再写这篇短文。

米万钟在北京历代人物志中，应该占什么样的地位呢？这个问题虽然不必急求出答案，但是，他在明代时期对魏忠贤等宦官坚持斗争、维护正义的精神，毕竟是值得称道的。正是由于这么一点关系，所以人们对于米万钟一家就自然而然地有了某种感情，很想多知道一些有关米家的历史资料。

有的来信开列了米家的几个人名，问他们与米万钟的关系。其中还有一张明代万历年间米万春题诗的石刻拓片，来信的朋友以为它就是米万钟写的，其实不然。

我们知道，米万钟的父亲米玉，字昆泉，有三个儿子：长子米万春是隆庆五年的武进士，当过通州参将；次子便是米万钟，字仲诏，万历二十三年进士，与他的哥哥恰算得一文一武；三子米万方，是锦衣卫的一名武官。米万钟的儿子米寿都，孙子米汉雯、米汉倬。他们在宛平有三个故居，就是三处园林，分别命名为漫园、湛园、勺园，遗迹至今尚存。

据清初朱彝尊的《日下旧闻》引孙国敉的《燕都游览志》称："漫园在德胜门积水潭之东，米仲诏先生所构，有阁三层。先生尝为湛园、勺园，及此而三。"漫园的地点这里已经写得很清楚了。至于湛园呢？《燕都游览志》载："先生自叙曰：岁丁酉，居长安之苑西，为苑曰湛。"又说："湛园即米仲诏先生宅之左。"这里所说的米宅就在现时西郊的海淀，而勺园也就在海淀米宅的范围之内。

明代蒋一葵的《长安客话》中有一段文字，非常清楚地写道：

> 北淀有园一区，水曹郎米仲诏新筑也。取海淀一勺之意，署之曰勺。又署之曰风烟里。中有市景曰色空天，曰太乙叶，曰松坨，曰翠葆榭，曰林于澄，种种会心，品题不尽。都人士啧啧称米家园，从而游者趾相错。仲诏复念园在郊关，不便日涉，因绘园景为镫，丘壑亭台，纤悉具备。都人士又诧为奇，啧啧称米家镫。

看来勺园在米氏三处园林中，居于主要地位，米家长期都住在这里，这是无疑的了。而在米氏的三处园林之中，勺园的材料也比较多，比较完全，应该首先把它弄清楚。

现在我们还可以找见从前燕京大学图书馆编印的《勺园图录考》，上面有米万钟画的《勺园修禊图》。从这里，我们不仅可以看出米万钟山水画的精美艺术，而且可以看出当年勺园的全貌。据这部图录所记，勺园故址就在现时北京大学的燕南园以西。那里有一座土坡，即米氏坟墓，一九二九年的夏天曾在这里挖出了《昆泉米公暨配安人冯氏墓志铭》。这是研究米氏历史的重要文物，值得加以重视和保护。

看了这一部图录，我们还知道，前燕大图书馆，即现在北大图书馆，收藏有米万钟"绢本画石长卷。每石后辄有题赞。署名莲花中人、漫园漫士、宛香居士、烟波钓叟、海淀渔长。最后跋云：'天启丁卯夏日，避暑奕园，予见怪石屏列，各令名，写貌，并赞。石隐米万钟。'所加图章则有多藏古书画、古今怪言知己、燕秦一畸人、研山山长、北地米万钟仲诏之印等。"如果我们能够把米万钟遗留的一些作品，都收集起来，选印一部分，供大家欣赏和参考，岂不甚好！

还有更多的米氏遗物分散各处的，也无妨做一个调查。如颐和园的乐寿堂前院，摆着的那一块"青芝岫"大石头，原先是米万钟从房山找到的。他曾写过一篇《大石记》，叙述这件事情。到了清代，乾隆把它移置乐寿堂，并且写了《青芝岫诗》，大加赞赏。这是大家比较熟悉的。其他材料还有不少，都应该逐渐征集。

关心北京历史文物的朋友们，只要遇有机会，进一步对米氏的三处园林分别访问，一定会有更多的收获，可以补充北京地方史料的不足。我等待着朋友们的好消息。

昆仑山人

明代的北京，有一位豪放不羁的文人，自称为昆仑山人。据清代孙奇逢的《畿辅人物考》载，此人"姓张名诗，北平人，初学举子业于吕柟，继学诗文于何景明，声名籍籍"。我们从北京地方史料中，看到这个人是很值得注意的。

张诗的成名大概与老师大有关系。他的第一个老师吕柟，乃是明代正德年间的著名学者，举进士第一，授翰林院编修，官至礼部侍郎。据《明史》列传载：

> 吕柟字仲木，……字者称泾野先生。刘瑾以柟同乡，欲致之，谢不往。……疏请帝入宫亲政事，潜消祸本。瑾恶其直，欲杀之。引疾去。瑾诛，以荐复官。……世宗嗣位，柟上疏，……以十三事自陈。……上怒，下诏狱，谪解州判官，摄行州事。恤茕独，减丁役，

劝农桑，兴水利，筑堤护盐池，行吕氏乡约。……年六十四卒，高陵人为罢市者三日，解梁及四方学者闻之，皆设位，持心丧。

在这样有骨气的一位大学者门下就学，张诗的气节和学问的确都有很好的师承。

虽然早年学的是"举子之业"，但是张诗却已经养成了不甘屈服的顽强斗争的性格。照清代孙承泽的《畿辅人物志》的记载看来，张诗早年参加考试的时候，就曾显露出一种倔强的反抗精神。当时有一个故事说："顺天府试士，士当自负几入试。诗使其家僮代之，试官不许，拂衣出。"

这从我们现在的观点来说，似乎张诗对待劳动的态度很有问题。为什么自己抬一个书桌都不肯，偏偏要叫家童去抬呢？这不是鄙视劳动吗？

然而，如果从当时的历史条件和具体情况出发，加以分析，那么，我们就不应该过分地责怪张诗，反而应该承认这是他对封建考试制度表示强烈反抗的一种方式。

当时还有一个大名鼎鼎的学者，叫做何景明。这个人是张诗的第二个老师。《明史》列传载：

何景明字仲默，信阳人。……弘治十五年第进士，授中书舍人。……李梦阳下狱，众莫敢为直。景明上书吏部尚书杨一清救之。……卒年三十有九。景明志操耿介，尚节义，鄙荣利，与梦阳并有国士风。……天下语诗文，必并称何、李，又与边贡、徐祯卿并称四杰。

张诗对于这位老师尤其钦佩，当何景明卧病时，张诗亲往视疾，在病榻旁侍候七个月。直到何景明逝世，张诗才回到北京。

由于他前后受到吕柟、何景明的深刻影响，所以张诗的一生完全无意于功名，而以诗、古文的创作自许。当时的人们称赞他"不狂、不屈、不惰、不骄，春风不足融其情，醇醪不足味其况"。这大概是有相当根据的吧！

孙承泽描写张诗的生活状况是：

> 所居一亩之宅，择隙地种竹。每遇风雨飘萧，披襟流盼，相对欣然。命酌就醉；兴到跨蹇信所之，虽中途遇风雨，受饥寒，不改悔。

他所作的文章，"雄奇变怪，览者不敢以今人待之"。可惜我们现在没有找到张诗的诗文集，不能详细介绍他的创作风格上的特点。但是，我们从已有的一些材料中，已经可以想见他的作品，一定是有很突出的风格的。

只是在偶然的机会，我们还可以碰见张诗的墨迹，他的草书奔放不羁，为明代一般书法家所不能比拟。正如《畿辅人物志》和《畿铺人物考》两书用共同的文句所介绍的："其字书放劲，得旭颠、素师遗意。人谓悬之可以驱鬼。"可见张诗的书法确实与众不同。

当然，说他写的字能驱鬼，完全是神话，不过把张诗的字与旭颠、素师相比，却也有些道理。所谓旭颠便是唐代的大书法家张旭，他爱饮酒，善草书，每每大醉狂呼，走笔疾书。人们叫他为张颠，又称为草圣。所谓素师便是唐代的和尚怀素，他本来姓钱，字藏真。也爱饮酒，也善于草书。把这两人来比张诗，未免过分夸扬，但是这也可以证明张诗的草书在当时影响之大了。

关于昆仑山人张诗的生平史料，如果有哪一位朋友知道得更多，希望能够尽量介绍出来。

保护文物

谁都知道，我们伟大的祖国，具有悠久的历史和无限丰富的文化艺术遗产。现在几乎在每一个城市和乡村，都可以遇见许多具有重要历史意义的文物古迹。

对于各种文物古迹，我们的人民政府一贯都很重视，并且积极地加以保护。一九六一年三月四日国务院发布的第一批全国重点文物保护单位，就有一百八十处。其中，在我们北京市范围内的有十八处，占十分之一。至于各省市自己规定的地方文物保护单位，当然还要多得多了。

最近有几位同志谈起北京郊区大房山的古迹，大家都觉得这是非常重要的文物区，它的历史价值仅次于周口店的旧石器时代遗址。在这里，集中了隋、唐、辽、金几个朝代的石经和其他遗物。只因它远离北京城区，所以没有引起人们的充分注意。其实，这里的名胜古迹十分优美。例如，在上房山，有一座钟乳石的溶洞，名叫"云水洞"。它是地质构造中典型的"喀斯特"现象。许多人认为它比广西桂林的"七星岩"决不逊色。然而，有人宁愿跋涉千里去七星岩游览，却不知道在自己城市附近就有像云水洞这样的去处，这岂不是怪事吗？

如果打开明代刘侗、于奕正的《帝京景物略》，人们就可以看到关于云水洞的一段描写：

> 秉炬帛杖，队而进洞。洞门高丈，入数十丈，……过一天地，入一天地矣。左壁闻响，如人间水声。炬之，水也。声落潭底，不知其归。又入，有黄龙、白龙盘水畔，爪怒张。导者曰：乳石也。焠炬其上，杖之而石声。乃前，扬炬，望钟楼、鼓楼，栏栋檐脊然。各取石左右击，各得钟声、鼓声、磬声、木鱼声。……

本来下面还有许多文字，是描写云水洞中由钟乳石形成的石塔、雪山等各种奇妙景致的，我想不必抄录全文了。同时，这部书上关于石经山等处许多名胜古迹的介绍，大家如能详细一读，也一定会引起很大的兴趣。

明代还有几个著名的学者，都曾到过房山，写了文章，如徐文长的《上房山记》、袁宏道的《游小西天记》、曹学佺的《游房山记》，都异口同声地称赞这里的名胜古迹和自然景色。清代以后的文字记载更多，用不着一一介绍了。

可惜的是，上房山的道路没有修理，云水洞等处更加年久失修了。这些地方现在所以不如七星岩等处知名，恐怕原因也就在此。但是，只要稍加修整，这几处都不难很快地繁荣起来。

特别应该提到保存在"小西天"的石经，从公元六世纪隋代僧人静琬开始募款雕刻，一直到明代末年，许多佛教的重要经典都刻成了碑板。据说小西天九个岩洞中封藏的石经碑板，大小共四千一百九十二块。另外，从云居寺压经塔旧址中，挖掘出来的辽金两代所刻的石经碑板，编号共达一万零八十二块。但是，这许多碑板经过几次损失，残缺的部分已经无法弥补了。

解放以后，在我们人民政府的大力保护与支持之下，由中国佛教协会于一九五六年重新整理拓印，共得大小经板一万四千多块。这是非常宝贵的一批文物。正确地利用这一批材料，不但可以校正历代印行的佛经，对于佛教典籍的研究大有益处；而且还可以借此研究隋、唐以来的书法变化以及有关的历史背景。

然而，这个山上值得保护的文物，还不只是这些。我们对于唐代以前开凿的雷音洞，还必须特别注意加以保护。这个洞又叫做千佛洞。它是就天然的崖石凿成的方洞。在周围洞壁上嵌了石经碑板一百四十五块，洞内有四根八角形的石柱，每根柱上都有各种形态的浮雕佛像。前二柱各刻佛像二百七十二尊，后二柱各刻佛像二百五十六尊。洞的中间又有一尊唐代雕塑的石佛。尽管有许多已经被文物的破坏者敲打得残缺不全了，但是看了这些雕刻，不能不令人钦佩古代匠人的艺术天才！

多少年来，这里所有的珍贵文物，不知遭受了帝国主义强盗、汉奸卖国贼、军阀、官僚、奸商等的多少摧残和破坏。如今剩下的这些，更加值得我们予以保护。希望首都各方面关心祖国文化遗产的人们，都来认真执行国务院的规定，进一步注意保护这些文物吧！

古代的漫画

在中国绘画史的研究中，有的人认为以讽刺为目的的漫画只是近代才有的，而且是从西洋传入中国；至于中国古代的画家，则根本不知漫画为何物，更没有什么漫画作品之可言。这种议论当然大有商榷的余地。

到底中国古代有没有漫画呢？回答不但是完全肯定的，并且还应该承认中国的漫画有它自己的传统特色。

《孔子家语》载：

> 孔子观乎明堂，睹四门牖，有尧、舜之容，桀、纣之像，而各有善恶之状，兴废之诫焉。

这就是说，古代的人已经懂得用绘画为武器，揭露恶人恶事，表扬善人善事。因此，以善恶对比为题材的绘画，就可以认为是中国古代漫画的一种表现形式。山东嘉祥县的汉武梁祠的石刻画像便是一个例证。从这些石刻画像中，人们不是可以看到"桀纣之像"了吗？那些骑在奴隶身上的奴隶主的残暴形象，在我们今天看来，是多么有力地揭露了古代奴隶制度的黑暗啊！

但是，一般地说来，历来的画家们对于当时的社会现实不但不可能进行分析和批判，而且毕竟还不敢大胆地揭露它的弊病。于是有一些画家就选择了特别含蓄的表现形式，以表达他们对当时的社会现实不满的情绪。

这种例子到了清代，可以举出的就更多。其中有的像清初的八大山人，常常是嬉笑怒骂皆成图画。正如人们所熟知的，八大山人出身于明代的宗室，对于清代的统治极端不满，因此在他的笔下所刻画的一花一鸟、一木一石以及山水人物，一切形象几乎都是变态的、畸形的，借此以发泄他内心的愤懑。虽然，由于他站在明代宗室的特殊地位上，不满于清代的统治，以致对客观世界的一切事物都加以歪曲，这是过火的；然而，八大山人的强烈讽刺的绘画艺术却具有创新的意义。这一点同他的全部作品的艺术价值一样，是不可抹煞的。

还有，龚半千是清代画派中所谓金陵八家之首，他的作品也有一些可以算做漫画的。比如，他为了讽刺当时社会上贫富极大悬殊的现象，画了一幅财神图，画面表现了一个穿红袍的财神，脚踏着两个元宝走路。从这幅画上，人们一望而知，作者是在讽刺当时社会上那些为富不仁者流，寸步不离钱财，同时，他又为自己的穷朋友们鸣不平，因为他们贫无立锥之地，简直寸步难行。

最突出的漫画，还应该说到所谓扬州八怪的作品。这些画家实际上都是当时南北各地不满于现实的文人，他们愤世嫉俗，满腹牢骚，不合时宜。因此，当时的人们称之为"怪"，而他们自己也坦然以"怪"自居。他们在这样的思想感情支配之下，画出来的东西，就必然非有一些"怪"气不可了。

在这里，就举罗两峰的作品为例吧。他本是地地道道的扬州人，在这里举出他来做扬州八怪的代表倒也适当。他生平最爱画鬼，并且以画鬼而成名。人们都知道他的成名之作乃是《鬼趣图》，这可以说是古代漫画的典型了。

罗两峰画的《鬼趣图》不少，而且每一个图都包含了好几个段落，各个段落的画面，或相连，或不相连。随便打开一卷《鬼趣图》就可以看见许多令人发笑的漫画。例如，他画了两个大头鬼。一个不但大脑袋，还加上大手大脚，头发直竖，每走一步都比跑步还吃力；另一个头重脚轻，两腮特大，看来食欲很强烈，可是他的身子却太小，行动更困难，只能徒唤奈何。作者题诗道：

> 头重如山强步趋，鬼穷还被鬼揶揄。
> 几人毛发无端竖；尔辈形骸太不拘。
> 大手凭空扇道路；丰颐随意插牙须。
> 当年却是衣冠客，一凿凶门貌便殊。

看了作者的题诗，我们就更清楚地知道他对鬼的讽刺，实际上却是对人的讽刺。但是在当时的社会上，画家如果直接用漫画去讽刺那班活人，一定要惹祸；如果只是讽刺一些死鬼，就不至于有什么危险了。也许正是经过了这些实际的考虑之后，画家终于选择了以鬼为讽刺对象的这种漫画手法。

由此可见，漫画决不只是近代才有的，也不是都从西洋传来的。我国古代也有漫画，它具有与西洋的漫画颇不相同的特点，形成了我们自己的漫画传统。希望我们的漫画家和研究画史的人，更多注意批判地继承中国古代漫画的传统，使它能够在今天完全新的历史条件下，为我们人民的漫画艺术创作而发挥它的作用。

书画同源的一例

我国古代有许多书画家，都承认"书画同源"之说。最早发现这个道理的是谁？有人说是元代大画家兼书法家赵孟𫖯，证据是现在北京故宫博物院陈列着赵孟𫖯的一幅画卷，上面有他本人的题跋，其中有这个说法。其实在元代以前，早有这种议论，不过到元明以后才盛行此说。

这个道理对于我们中国人来说是完全正确的。因为中国的书画不同于西洋各国。西洋的水彩画和油画等，显然与西洋各民族的文字没有很多共同之点；而中国传统的绘画和书法，却有很多相同之处，甚至于写中国字和画中国画，在用笔的方法上，简直如出一辙。

如果要列举书画同源的例子，我们可以写成许多文章，还未必能够包括无遗。我生平看到的最值得注意的例子，只有两个。一个是宋代的苏东坡，另一个是明代的黄梨洲。东坡的例子将来有机会要详细谈论，现在只把黄梨洲的例子拿来谈谈。

人们都知道，黄梨洲是明末清初的一位大思想家，有许多人还读过他的《明夷待访录》等著作。但是，大概谁也不会想到黄梨洲还会画画。实际上，这证明有许多人对于这位大学者的才能，还是估计不足的。他怎么不会画画呢？他有广博的学问，著作很多，当然能写一手好字，懂得用笔、用墨的许多方法。当他见到客观的某些事物，特别引起他的注意，兴之所至，用笔墨把它们的形象勾划下来，这不就是一幅画吗？这比他写诗、写文章有时更不困难，他又为什么不可以偶尔做这种笔墨的游戏呢？

我很幸运地有机会看到黄梨洲的一幅画。那是他在清代康熙年间为老友祝寿而作的。画面上有大块的太湖石，周围有翠竹数丛，构成了这幅画的前景。在竹石的背后，耸立着苍松古柏，两株巨干，交错而上，构成了全画的主体。画的右上角空白处有"岁寒坚贞"四大字，另一行小字写道："甲子寅春，吴中佩老兄丈年八袭矣，为作此图，以晋大齐之颂，兼致数月来惜别之怀。"下款书："弟黄宗羲。"字迹一看就是黄宗羲亲笔所写。款字下边打着一颗他常用的方形朱文大印，与一般书画家印章的形式迥然不同。这就证明，他是一个著作家，平素不画画，偶然画成一幅，仍不脱著作家的面目。这从他的用笔方法上充分地表现了出来。

在这幅画面上，黄梨洲完全以写字的笔法作画。他勾勒树干、树皮、石头的轮廓等几乎都用草书飞白的笔法，画竹枝、松针和小草等则兼用篆书和行楷的笔法，有一些皴法和渲染之处稍稍变换着使用干笔和湿笔，而就整幅画面来说，用墨大部分是半干半湿的，表现出特别和谐的色调，首尾贯通一气。所谓书画同源的道理，从这幅画面上看得非常清楚。

但是，我们还不应该仅仅从作者使用笔墨的方法上去理解书画同源的道理。如果光是这样看问题，认识还只能停留在表面上。我们应该进一步从作者的思想倾向和学术修养方面，去认识作者在从事创作的时候和表现在作品中的思想内容。

那么，要进一步认识黄梨洲的这一幅画，我们就不能不了解黄梨洲的生平。黄梨洲是余姚人，名宗羲，字太冲，生于明代万历三十八年，即公元一六一〇年。他的父亲是明代有名的学者黄尊素。尊素字真长，万历进士，天启年间当了御史，得罪了宦官魏忠贤那一伙人，被逮捕拷打致死。与黄尊素同时死难的还有杨涟、左光斗等十几个人。杀害他们的刽子手是魏忠贤的走狗许显纯。黄梨洲为了替他的父亲和同时死难的人们报仇，上书控诉魏忠贤阉党的罪状，并且自己在身上暗藏了一把长锥，要去刺杀许显纯。当时正好明代崇祯皇帝登极，将魏忠贤和许显纯等处死，对黄梨洲颇加赞扬，称之为"忠义孤儿"，并且让他回家奉养老母，努力治学，继续与阉党作斗争。不久清兵入关，明鲁王以黄梨洲为左金都御史。他跟随鲁王失败以后，又回到故乡余姚，致力于著作。康熙年间有人荐他参修明史、举博学鸿词，他都拒绝了。到康熙三十四年，即公元一六九五年，他以八十六岁的高龄，与世长辞。

这幅画作于甲子，推算起来，恰恰是康熙二十三年，即公元一六八四年。当时黄梨洲七十四岁，正是他努力著作的年代。以他的生平遭遇和思想怀抱，画出"岁寒坚贞"的画面，乃是理所当然。这样的作品在风格上，和它的作者在性格上，简直完全融化在一起了。所谓书画同源应该以此为典型，因为这无论从艺术形式或者思想内容方面，都是真正同一的东西。

替《宝岛游记》更正

偶然看了中央新闻纪录电影制片厂摄制的《宝岛游记》。它介绍了海南岛的风光，其中出现了一个画面：在海滨矗立着一块巨石，上面刻着"天涯"两个大字。这时候，影片解说员发出了洪亮的声音，说明这是宋朝苏东坡写的。

这是可靠的吗？影片的编制人员是否确有根据做这个说明呢？我对这个说明表示怀疑。因为一眼望去，银幕上出现的"天涯"二字，完全不像苏东坡的字体。这两个字多么软弱无力啊！苏东坡的浑厚、浓郁、苍老、拙劲的笔墨特点，都到哪儿去了呢？

我不敢说对苏东坡有多少深刻的研究，尤其是同某些专家比较起来，深感自己的知识太少了。但是，在这个问题上，我觉得可以拿它作为一个例子，借以说明对于历史材料的调查研究，应该采取什么态度和方法。

据《宋史·苏轼传》所载，苏东坡是在宋代哲宗绍圣四年五月"贬琼州别驾，居昌化"。这一年是公元一〇九八年，东坡六十二岁。按《东坡先生年谱》记载，"东坡先生谪居儋耳，置家罗浮之下，独与幼子过，负担过海。……七月十三日至儋州。"《宋史》本传还描写了东坡到儋州以后的情形说："昌化故儋耳地，非人所居，药饵皆无有。初僦居屋以居，有司犹谓不可。轼遂买地筑室。儋人运甓、畚土以助之。独与幼子过处，著书以为乐，时时从其父老游，若将终身。"当时筑屋三间，名为桃榔庵，东坡自己写了一篇铭文，其中说道："东坡居士谪居儋耳，无地可居，偃息于桄榔林中，摘叶书铭，以记其处。"当时他在《寄程儒书》中也说："近与儿子结茅数椽居之，劳费不赀矣。赖十数学者助作，躬泥水之役。"又说："新居在军城南，极湫隘。"这个地点，就在现今海南岛西北部的儋县那大镇附近。在东坡当年筑屋的旧址上，人们还可以看到清代所建的"东坡书院"。

从那时候起，苏东坡在儋耳住了四个年头，到他六十五岁的时候，才奉命移廉州，渡海北还，第二年就在常州逝世。前后在儋耳的四年间，东坡一直没有离开儋耳。这只要查阅一下东坡的年谱就能够知道。

年谱记载苏东坡六十二岁到儋耳的情形，前面已经说过了。第二年，据年谱载："先生年六十三，在儋州。……九月四日游天庆观。……是年，吴子野来访先生，而先生以诗赠之，其序云：去岁与子野游道遥堂，因往西山，叩罗浮道院，宿于西堂；今岁索居儋耳。"第三年，"先生六十四岁，在儋州。……上元夜，老书生数人相过曰：良月佳夜，先生能一出乎？先生欣然从之。步城西，入僧舍，历小巷，民夷杂揉，屠沽纷然。归舍已三鼓矣。"第四年，"先生六十五岁，在儋州。……五月大赦，……有诏徙廉州，向西而解。六月过琼州，作惠通泉记。遂渡海。"

这就证明，苏东坡在贬谪到儋耳以后，并没有离开儋耳到别处去活动的记录。按照当时的情况看来，被谪到哪里，就只能在哪里，未经"有司"准许，是不敢随便乱跑的。因此，如果东坡从儋耳要到海岛的最南部去，当时必有记载，可是，我们却没有发现这样的记载。

而且，海南岛最南部是属于古崖州地区，苏东坡的谪所则在儋州，相去还有六百多里。在《儋州志》中充满了关于苏东坡的活动记录及其诗文；而在《崖州志》中却找不到苏东坡的事迹和作品。这也可以证明苏东坡没有到过崖州，因此，崖州海滨石刻"天涯"等字迹，显然是后人所书，决不是苏东坡写的。

更重要的是，在清代重修的《崖州志》卷二舆地中有一条记载：

　　下马岭，城东六十里，斜峙海湾，有一径可通行人。乱石棊布，潮长即不能往来，为州治东路第二重关隘，有汛驻防。麓有巨石，高二丈，雍正间知州程哲刻天涯二大字于上，今通名此地为天涯。

这一段文字非常清楚地说明，"天涯"二大字是清代雍正年间知州程哲写的。那么，影片《宝岛游记》的说明当然是错误的了。

由此可以得出一条经验，今后凡是遇到这样的事情，务必要把具体情节反复查考得清清楚楚，千万不要道听途说，就信以为真。尤其不应该想当然地把不可靠的材料乱作宣传。

水上菜园

你看见过浮在水面上的菜园吗？我想可能有一些人肯定没有看见过，甚至不会相信真的有这样的事情。然而，这不但是事实，并且是合乎科学的，值得我们加以提倡和试验。

唐代有一部书，名为《玉堂闲话》，作者无名氏。书上有一段记载，是关于水上菜园的，它写道：

> 广州番禺，常有俚人牒诉云：前夜亡失蔬圃，今见在某处，请县宰判状往取之。诘之则云：海之浅水中有荇藻之属，风沙积焉，其根厚三五尺，因垦为圃，以植蔬。夜为人所盗，盗之百里外，若浮筏故也。

看起来，远在唐代，这种水上菜园在广东沿海地区就相当流行了，其他地区是否当时也有，虽然这部书上没有一一交代，但是后来在福建、浙江等地却有类似水上菜园的形式出现。

这种水上菜园的数量颇为不少，所以仅仅番禺县就"常有俚人牒诉……失蔬圃"。既然说是"常有"，显然不是个别的。而且这里所举的不过是提出控诉的一部分例子，至于没有提出控诉的当然还有。那么，我们不难推想得到，其他种植水上菜园而没有失盗的，无疑地就有更多了。

如何形成这样的水上菜园呢？番禺县的这个例子表明，这种水上菜园是由水中荇藻之属堆积而成，形如浮筏，厚度约有三五尺以上，可以种植蔬菜。明代徐光启的《农书》等也曾描写这种浮筏式的菜园，当时叫做"葑田"。这种菜园是"以铁索系于水边"，所以不容易被水漂走。

为什么会有这样的水上菜园出现呢？这个道理很简单。因为在南方人口稠密的地区，农民们十分重视园艺的经营。种菜园的人们，收入比普通农民要高出好几倍，生活水平自然也高得多了。但是，在这些地区，耕地面积却相对地少于他处，因此，人们不能不想出千方百计，力求增加耕地面积，特别是要增加蔬菜种植的面积。恰好在南方各地，江河、湖泊、沼泽以及沿海一带，水面较大，人们就想出了一些办法，与水争地。过去有许多圩田、围田等，便是人们与水争地的最常用的方法。而水上菜园则是另一种方法，实际上这种方法比圩田、围田远为高明。

凭什么能够判断水上菜园比圩田、围田的方法更好呢？这就因为水上菜园实际上并不占地，也就是不缩小实际的水面。它的好处就在于它无论水深水浅，都紧紧地依靠水面而又不与水争地。当着那些圩田和围田把水面挤得很小，以致洪水暴涨，又把圩田和围田冲垮的时候，水上菜园却随涨随落，升降自如。

由此可见，水上菜园确实是南方园艺经营中的一个重要创造。我们应该把这种经验再一次介绍出来，并且在北方做一点新的试验。

在北方，大部地区虽然人口不如南方的稠密，因而耕地的使用要比南方的粗放。可是，随着城市和工业区的发展，需要大量的蔬菜供应，北方的蔬菜种植面积正在日益扩大，而蔬菜的种植需要肥沃的土地，这种土地在北方却比较少。加上近些年来大兴水利，不少原先很肥沃的土地变成了水库，这在一方面固然使耕地面积相对减少了，而在另一方面则带来了很大的利益。利用这许多新修的水库，不但可以充分地灌溉原先干旱的土地，大量地改造旱地，成为水田，在水库周围的山上，便于造林，种植果树，发展牧畜业，并且在水库中还可以繁殖鱼类及其他水产。如果再把许多水库的水面尽量地利用起来，造成水上菜园，那么，北方的蔬菜种植面积实际上就可以大为增加。

要兴建水上菜园，并不需要什么特殊的条件。无论利用什么材料都可以编成浮筏，面积大小也可以随着实际需要而伸缩。要把浮筏拴在岸边，不使它漂走。在浮筏上面可以堆积各种杂草、野藤，和以泥土。如果在海边的水面上，由于海水是咸性的，就必须使用酸性的基肥。上面种植什么蔬菜，要根据土质、气候等条件而不同。这样的水上菜园，即便布满在水库四周的水面上，也丝毫不会妨害水下鱼类的正常活动，反而对于养鱼有益。

这又是一个大胆的建议，希望研究园艺学和其他有关的专家，考虑这个问题，设法进行一些小型的试验，看看结果如何。

金龟子身上有黄金

早于一九三四年，有一位捷克斯洛伐克的科学家，做了一种很特别的科学试验。他采集了一大批金龟子，把它们烧成灰，又把金龟子的灰拿去冶炼，结果从一公斤的金龟子灰中，居然能够提炼出二十五毫克的黄金。这实在是一项重要的发现。

人们也许会觉得奇怪，金龟子身上怎么会有黄金呢？其实，任何生物的机体中，或多或少地都包含有各种金元素。因为任何机体都必须由一定的物质组成，而任何物质总离不开一定的元素，所以从生物的机体中能够找到若干金属元素，也是很自然的道理，并不奇怪。

这个道理虽然被人类发现的历史还不太久；但是，这种现象却早已被人类所发现了。就以金龟子来说，我们中国古代的科学家，曾经对它们进行了详细的考察，并且发现了它们的机体结构的金属特点。

远在唐代，有一位专门研究风土物产的学者，名叫段公路，在他所著的《北户录》中，关于金龟子就有一段记载。他说："金龟，甲虫也。五、六月生于草蔓上，大于榆荚。细视真金贴龟子，行则成双，……土人收以养粉，云与养粉相宜。"很明显，段公路已经发现金龟子身上和真金贴成的一样。

到了宋代，与欧阳修齐名的大学者宋祁，在他所著的《益部方物略记》一书中，也有关于金龟子的记载。他写道："金虫，出利州山中，蜂体，绿色，光若金。里人取以佐妇钗镮之饰云。"又说："虫质甚微，翠体金光，取而桥之，参饰钗梁。"可见当时四川、陕西边境一带的居民，已经把金龟子看成和真金的首饰一样，直接拿来当金钗用。

至于明代的大生物学家李时珍，在他的《本草纲目》中，对于金龟子的介绍也说："此亦吉丁之类，媚药也，大如刀豆，头面似鬼，其甲黑硬如龟状，四足二角，身首皆如泥金装成，盖亦蠹虫所化者。"他还引述竺法真的《登罗浮山疏》说："山有金花虫，大如斑蝥，文采如金，形似龟，可养玩数日。"所谓泥金装成，或者说文采如金，都无异于把它们比做真金。

这一种昆虫，在现代昆虫学的昆虫分类上，的确是属于"金花虫"这一科。它们的形态很多，不下五六十种。其中最值得注意的有两种：一种学名便是金龟子，又名金虫；一种学名是金盾虫，形状像盾牌，尤其像龟。真正的金龟大概就是这两种。

历来还有不少文人，看见儿童们喜欢捕捉和玩弄金龟，发出了许多感慨。如宋代的薛士隆，写了一篇《金龟赋》。他在序言中说："金龟，瓜蠹也。似龟而小，首足介尾咸具，色若中金焉。惟其冒乎外者，轻明若云母。有翅，附甲而生。巨领双髯，腹下多足，与龟为异。"在这篇赋里，他一再赞叹金龟"体浑金之萃美兮，色耀日而舒光"。最后他非常惋惜地说："嗟彼服之不称兮，适以焚身；将儿曹之玩爱兮，毙焉无所！"同样，宋代的周密，在《葵辛杂识》中也写道："延寿寺，有金龟集游童衣袂，大如榆荚。……此物有甲，能飞，其色如金，绝类小龟。小儿多取以为戏。"如果大家都回忆一下，可能有许多人在儿童时期都曾玩过这种金龟子。

但是，过去的许多人却不曾确切地知道，在这种金龟子身上真的会有黄金。现在我们既然晓得捷克斯洛伐克的科学家做了试验，并且成功了，那么，我们何不也来试它一试呢？

当然，我这样讲，并不是为了耸人听闻，并不是要鼓动大家去大搞这种试验。凡是这一类事情，都只能由个别有条件的人，做一些小小的试验。特别是这里所说的金龟子，并非南北各地到处都能找到的。它们的出现有一定的季节，每年只在五六月间才能生长。而且金龟子身上的含金量，也只不过百分之零点二五，这样的含金量虽然不算很低，但是，显然也不算高。如果大量进行试验，在一般的条件下恐怕是不可能的。

一句话，我只希望有个别热心的朋友，在条件允许的时候，注意试验一下，看看结果如何。

青山不改

凡是读过中国旧式侠义小说，如《水浒传》等古代英雄故事的人，大概都会记得那些"绿林好汉"常用的语言。除了一部分"江湖黑话"以外，它们往往反映出人类社会生活以及自然界的一些最普通的现象。从它们所反映的现象中，如果加以分析，有时也能够发现很重要的道理。

比方，当着好汉们挥手分别的时候，常常异口同声地说道："青山不改，绿水长流，后会有期！"这样的豪言壮语，不但表示了古代被压迫人民对于自己的前途充满着希望和信心，同时也表示了他们对于祖国和家乡的壮丽河山怀着无限的热爱。然而，更重要的是这句话里头还包括了一条自然的规律。

就自然界的本来面目而言，青山总是不会改变的，这应该算是合乎逻辑的判断吧。正因为山是长青的，所以水也才能永远荡漾着绿波。谁不喜欢青山绿水呢？这不只是为了赏玩风景，而且是为了人民的健康和国家建设的需要。问题在于山怎么会青，而青山又怎能保持不改？这就涉及了一大套专门的知识和经验。

一般地说，有山必有林，所有的山林都是天然生长和天然更新的。不同的土质生长不同的林木，这也是由客观的自然条件所决定的。因此，如果没有特殊的灾害发生，青山自然不会改变，绿水自然也会长流。但是，由于人类社会长期经历了阶级剥削和战争破坏，自然界也不断发生洪水泛滥、火山爆发、地震山崩等巨大灾害，无数的森林被毁坏了。所以植树造林就成了我们不能不重视的一件大事。

历代对于山林的管理，曾经有过一些制度，设有专职的官吏。如《周礼》载"山虞掌山林之政令"，"林衡掌巡林麓之禁令"。所谓"山虞"可以说是林业专员，"林衡"可以说是林区警察。当时法令规定各村社必须植树造林。正如《周礼》所载："各以其野之所宜木，遂以名其社与其野。"在这一句下头，朱熹的注解是："所宜木，谓若松、柏、栗也。若以松为社者，则名松社之野，以别方面。"可惜这些早已成了历史的陈迹，否则，到处留下松树林、柏树林、栗子林等等，够多么好啊！由此可以想见，我们的祖先对于造林的积极性，确实也很不小。

为了使林木茂盛，能够不断地供应国家和人民的需要，当然必须保护森林。说到保护，并不是不许砍伐。关键是在于伐木林有计划。要把它同森林更新的措施结合起来，而不许滥伐森林。

在这一方面，有一些古老的经验同样值得我们参考。如《周礼》载："仲冬斩阳木，仲夏斩阴木。"东汉郑玄的注解说："阳木在山南者，阴木在山北者。冬斩阳，夏斩阴，斩木之法也。"《礼记》的《月令》中也写道："孟春之月，禁止伐木；孟夏之月，无伐大树；季夏之月，树木方盛，乃命虞人入山行木为斩伐；季秋之月，草木黄落，乃伐薪为炭；仲冬之月，日短至，则伐木取竹箭。"由这些古籍的记述中可以知道，采伐林木必须看清季节。所以孟子认为"斧斤以时入山林，材木不可胜用也"。这个意思就是说，按季节有计划地砍伐，木材就用不完。如果不管什么季节，盲目地乱砍一气，那就一定会把森林毁掉。

但是，这些还只是消极方面的做法，最要紧的还在于从积极方面培育林木，首先要想办法使栽下去的树苗普遍成活。

据后魏贾思勰的《齐民要术》所载，植树必须"先为深坑，内树讫，以水沃之，著土令如薄泥，东西南北摇之良久，然后下土坚筑，时时灌溉，常令润泽。埋之欲深，勿令挠动"。为什么栽的时候要东西南北摇它呢？因为"摇则泥入根间，无不活者。不摇，虚，多死"。栽好之后当然就不要摇动它了。至于"下土坚筑"，也要注意"近上二寸不筑，取其柔润也"。同时，还要注意"每浇水尽，即以燥土复之，则保泽；不复则干涸"。这些技术细节如不注意掌握，成活率是不可能提高的。

至于树木成长得好坏，全看培育的方法是否符合植物学的原理。现在懂得植物学原理的人，似乎很不少。但是，真正懂得实际运用的却不多，能把实际经验提炼为原理的就更少。因此，有必要广泛地总结一些实际经验，来充实和提高这个专业的干部水平。我们应该学习唐代的作家柳宗元，他写了《种树郭橐驼传》是人所共知的。其中有一段写道：

橐驼非能使木寿且孳也；能顺木之天以致其性焉耳。凡植木之性，其本欲舒，其培欲平，其土欲故，其筑欲密。既然已，勿动勿虑，去不复顾。其莳也若子，其置也若弃，则其天者全而其性得矣。故吾不害其长而已，非有能硕茂之也，不抑耗其实而已，非有能蚤而蕃之也。

这是许多人都曾读过的极平常的一篇古文，它所阐述的植树的道理非常重要，却又是最初浅的。可是，有的人即便学到了一套新的科学方法，如果把这样初浅的原理反而忘掉了，岂不可惜！

但愿在我们祖国广大的土地上，经过我们自己的亲手栽培，能够逐年出现更多的森林地带，让我国无数的青山绿水，永不衰老，永远壮丽！

一品红

目前在首都的许多公共场所的休息室和客厅等处，我们差不多到处可以看见一种鲜红美丽的盆花，像烈火一般射出耀眼的红光，它就是一品红。

一品红，又叫万年红。当着北国严寒的日子，万花凋零，此花独盛，点缀着冰天雪地的整个冬季。一直等到春回人间，群芳争艳的时候，它才完成了任务，悄悄地离开了。这种独特的性格，实在是值得赞赏的啊！

有的植物学书籍上说，一品红原产墨西哥和美洲中部各国。这么说来，似乎中国原来没有这种植物。其实不然。《尔雅·释草篇》上有"邛钜"之名，据晋代郭璞及汉代郭舍人的注解说："今药草大戟也。苗名泽漆。近道处处有之。生时摘叶有白汁，故名泽漆也。"又查《本草纲目》载："大戟，其根辛苦，戟人咽喉，故名。今俚人呼为下马仙，言利人甚速也。"李时珍描写这种植物的特征是："大戟生平泽甚多，直茎，高二三尺，中空，折之有白浆，叶长狭如柳叶，而不团其梢，叶密攒而上。"

根据这些记载看来，中国古籍上所谓大戟，或邛钜，或泽漆，或下马仙，实际上不就是与一品红同类的植物吗？如果说一品红是从外国传来的，那恐怕是不合事实的吧！

从前商务印书馆出版的《植物学大辞典》写道：

> 一品红，大戟科，大戟属。木本，培养于温室中。热带产者颇肥大。茎梢之叶呈鲜红色，如花瓣样。叶间攒簇小花。雄花只有一雄蕊，雌花只有一雌蕊。数花间，着生蜜槽，淡黄色，作小杯状。此蜜槽与红叶，俱所以招致昆虫，使为授粉之媒介者也。一品红为我国俗称，日本或名猩猩木。"

这一段文字写得还比较妥善。

但是，近来看见有一些别的植物学书籍，却又说一品红"因为开花期恰在圣诞节时，故亦名圣诞树"。这一点恐怕就有问题了。纪念耶稣诞生乃是西方的风俗，而西方人通称的圣诞树，都是指的枞树等松柏科的常绿乔木，不应该把一品红也列为圣诞树之一种。即便西方人编的植物学书籍上有此一说，我们似乎也可以不必抄袭这个名称。

如果用我国固有的名称，我想把一品红叫做"红大戟"，似乎也未尝不可。因为大戟可以有红的、紫的、黄的、白的几种。据五代韩保升的《本草图经》[1]注解，大戟"有黄花者，根似细苦参，皮黄，肉黄白，五月采黄，

---

[1] 此处《本草图经》，疑为《蜀本草》所附《图经》。韩保升，五代后蜀人，曾任翰林学士，奉诏主修《本草》，编成《蜀重广英公本草》，简称《蜀本草》，共二十卷，附有《图经》。

二月八月采根用"。宋代苏颂的解释是："大戟春生红芽，渐长，丛高一尺，叶似初生杨柳，小团。三月四月开黄紫花。"明代李时珍也说："杭州有紫大戟为上，江南土大戟次之，北方绵大戟色白。"由这些注解中可以看出，大戟的颜色确有多种，一品红实际上是一种红色的大戟，如果叫它做红大戟，有什么不可以呢？至于我们已经习惯把它叫做一品红，这个名称当然也不能取消。

而且，一品红的用处也不少。它不但可以供人们观赏，还可以用于医药。按《本草纲目》的记载，大戟的"气味苦寒有小毒"，"主治蛊毒、十二水、腹满、急痛、积聚、中风、皮肤疼痛、吐逆"；又可以治"颈腋痈肿、头痛，发汗，利大小便"。李时珍还说："大戟能泄脏腑之水湿，……唯善用者能收奇功也。"他又说："大戟味苦涩，浸水，色青绿，肝胆之药也。"这很可以说明大戟的药用价值了。

在《本草纲目》中，我们还可以看到一些以大戟为主药的方子。例如："水肿、喘急、小便涩及水蛊，大戟炒二两，干姜炮半两，为散。每服三钱，姜汤下，大小便利为度。"又如："水气肿胀，简便方用大戟烧存性，研末。每空心酒服一钱半。"另外有《千金方》写道："中风发热，大戟、苦参四两，白酢浆一斗，煮熟洗之，寒乃止。"药用的大戟是哪一种大戟，虽然这些药方上没有写明，但是看来红大戟也不能例外吧。当然，这类专门问题，要由医师和药物学家去判断，这里所提供的材料，只能作为研究的参考。

一品红既然有这么许多用处，它就更加令人喜爱了。我见过有的画家画它，有的诗人歌颂它，那是完全应该的。今后希望有更多的人注意研究它，并且充分地利用它。

雪花六出

历代诗人咏雪的诗太多了。喜欢旧体诗的人一定读了不少。现在，我倒要举出唐代的一个著名武将高骈的《对雪诗》给大家看看。这首诗写道：

六出飞花入户时，坐看清竹变琼枝。

如今好上高楼望，盖尽人间恶路歧！

诗意很浅显，用不着什么解释。这里说的"六出飞花"就是指的雪花。因为雪花的主要形状，是由六角形的小结晶体集合而成的。

再举宋代一位闻名天下的大将韩琦的《咏雪诗》吧。他写道：

六花来应腊，望雪一开颜。

歌舞喧侯第，风沙杂戍关。

余芳留草树，清兴入江山。

后夜高楼月，萧然昆阆间。

这里说的"六花"便是六出雪花的简称。韩琦是一位带兵的统帅，知识广博，不但关心政治，也常常留意经济。他见到腊前下雪就满心欢喜，这是因为腊月以前下雪，对于农业生产非常有利。

中国古书上有许多记载，可以证明古人在这方面的经验。相传春秋时代越国范蠡的《陶朱公书》有一段文字写道：

腊前得两三番雪，谓之腊前三白。谚云：若要麦，见三白。

这就是说，头一年腊月以前如果下三场雪，第二年的麦子就有一个好收成。然而，实际上也不一定都非在腊前下雪不可，如果阴历正月能下几场雪也就不坏了。所以，唐代张鷟的《朝野金载》有如下的文字：

正月见三白，田公笑吓吓。西北人谚曰：要宜麦，见三白。谓三度见雪也。

这么说就比较灵活一些，也比较合理。因为自然现象往往发生很复杂微妙的变化，不可能像刻板的一样。

下雪不仅仅对于农业生产有很大好处，而且它还能够杀菌、消毒、防止疾病。明代李时珍在《本草纲目》中，引汉代刘熙的《释名》，对于"腊雪"所下的注解是：

> 雪，洗也。洗除瘴疠虫蝗也。凡花五出，雪花六出，阴之成数也。冬至后第三戌为腊。腊前三雪，大宜菜麦，又杀虫蝗。腊雪密封阴处，数十年亦不坏。用水浸五谷种，则耐旱，不生虫。洒几席间，则蝇自去。淹藏一切果食，不蛀蠹。春雪有虫，水亦易败，所以不收。

这就把腊雪的好处，大加一番赞扬，并且与春雪做比较，有相当的说服力。

还有一些疾病，也可以用雪来治疗。所以李时珍又说：

> 腊雪甘冷无毒，解一切毒，治天行时气瘟疫、小儿热痫狂啼、大人丹石发动、酒后暴热。黄疸仍小温服之。藏器洗目退赤；煎茶煮粥，解热止渴。

这个道理极为明显，因为雪是"大寒之水也"，所以能治许多热病。

但是，李时珍说"雪花六出，阴之成数也"，这句话却没有指明雪花为什么六出的道理。究竟为什么雪花会是六角形的结晶体呢？古代的学者都没有说出它的所以然来。

汉代韩婴的《韩诗外传》载：

> 凡草木花多五出，雪花多六出，其数属阴也。

这当然不能算做什么道理，到了南北朝时代，据《宋书·符瑞志》载：

> 大明五年正月元日，花雪降殿庭。时右卫将军谢庄下殿，雪集衣。上以为瑞。于是公卿并作花雪诗。草木花多五出，雪独六出。

这更没有说出任何道理。宋代朱熹在他的《语类》中解释道：

> 雪花所以必六出者，盖只是霰下被猛风拍开，故成六出。如人掷一团烂泥于地，泥必溃开，成棱瓣也。又六者阴数。太阴元精石亦六棱，盖天地自然之数。

他用泥团掷地做比喻，当然有些勉强，后面说的自然之数也不够明白。

其实，雪花的六出乃是水的结晶体的分子排列规则。如果冷气在摄氏零下二十三度以内，雪花就成为细微的针状；如果寒冷超过摄氏零下二十三度，雪花就必然成为六角形的。然而，西方的科学界，一直到了十七世纪才解释雪花是六角形的。如果与他们相比，那么无论如何，要承认最早用文字说明"雪花六出"这个自然现象的，毕竟还是我们中国人啊！

守岁饮屠苏

一年的最后一天，按照中国古老的说法，就叫做除夕。据宋代高承的《事物纪原》所载，古来"除日驱傩，除夜守岁，饮屠苏酒"，乃是惯例。我们现在过新年虽然用不着这一套，但是，了解一下这中间究竟有什么道理，却又何妨？

除日驱傩当然是一种迷信。唐代李绰的《秦中岁时记》说："傩皆作鬼神状，二老人为傩公傩婆，以逐疫。"这一类跳神跳鬼的把戏，现在已经骗不了人，不用提了。可是，驱傩的意思是要驱逐疠疫之鬼，与我们现在说的送瘟神的意思相同。这表明了我们的祖先经常受到疠疫的侵袭和威胁，他们为了保全自己和子孙的生命，不能不千方百计地向疠疫进行斗争。这种精神未可厚非，不过他们迷信巫术能够驱傩则是完全错误的罢了。

至于除夜守岁也是很古的习惯。奇怪的是，高承在《事物纪原》中却认为这习惯是唐代才开始的。他说："士庶之家，围炉团坐，达旦不寝，谓之守岁。按守岁之事，三代前后典籍无文。至唐杜甫守岁于杜位家诗云：守岁阿戎家，椒盘已颂花。疑自唐始。"其实，唐以前已有守岁的习惯。在南北朝时代，梁朝的庾肩吾、徐君蒨等人都有守岁的诗文。徐君蒨《共内人夜坐守岁》的诗，从前私塾老师往往教学生背诵。这首诗写道：

> 欢多情未极，赏至莫停杯。
> 酒中喜桃子，粽里觅杨梅。
> 帘开风入帐，烛尽炭成灰。
> 勿疑鬓钗重，为待晓光催。

而杜甫的《杜位宅守岁》那首诗当然是晚出的了。这首诗在《杜工部诗集》中并不怎么引人注意，它的原句是：

> 守岁阿戎家，椒盘已颂花。
> 盍簪喧枥马，列炬散林鸦。
> 四十明朝过，飞腾暮景斜。
> 谁能更拘束？烂醉是生涯！

历来许多著名的作者，差不多都写了除夕守岁等诗词，内容大致也不外乎回顾过去、展望未来，做一些自我检查和总结。有的作者特别认真地这样做。例如，我们热爱的唐代大诗人贾岛，每逢除夕就要"祭诗"。请看唐代冯贽的《云仙杂记》写道：

> 贾岛常以岁除，取一年所得诗，祭以酒脯曰：劳吾精神，以是补之。

这里所谓"祭诗"。实际上等于做了一年创作的总结。至于一般人家，也要用种种行动，来表示除旧布新的意思，对新的年度表示衷心的祝愿。

大体说来，人们在除夕表示的最普遍的祝愿，是关于健康的种种保证。在

172

除夕的许多习惯，几乎都与防疫和保健有关。饮屠苏酒便是为了防疫和保健的目的。至少起初的时候是这样的，后来的人狂饮烂醉，就完全失去原意了。

"屠苏"本来是一种阔叶草。南方民间风俗，有的房屋上画了屠苏草作为装饰，这种房屋就叫做"屠厉"。有的书上说，住在屠厉里的人们酿的一种酒就叫做屠苏酒。它是用几种药草酿成的。据明代屠隆的《遵生八笺》[1]记载：

> 屠苏方：大黄十六铢，白术十五铢，桔梗十五株，蜀椒十五铢，去目桂心十八铢，去皮乌头六铢，去皮脐菝葜十二铢。

古人把一两分为二十四铢。照这些分量按方配制，就成为屠苏酒。

如果分析一下屠苏酒所包含的七味药草的药性和功效，我们就很清楚地知道它是防治瘟疫的。大黄的功能是排除各种滞浊之气，推陈致新，所以被称为药中的将军。白术是健胃、利水、解热的药，久服能轻身延年。桔梗能补血气，除寒热，祛风痹，下蛊毒。蜀椒也能解毒、杀虫、健胃。桂心的功能是化瘀、活血、散寒、止痛。乌头能去风痹，去痞，温养脏腑。菝葜能驱毒、防腐、定神。综合这些药的功能，可以肯定它是防治疫病的有效药方。

由此看来，古人守岁饮屠苏的习惯，也颇有一些道理。尤其是饮屠苏，可以说是群众性的防疫运动，很值得研究群众卫生的同志们作为参考资料。

"玉皇"的生日

每年阴历正月初九，按照过去民间的风俗，这一天算是"玉皇诞"。人们在这一天，都得恭恭敬敬地去向"玉皇上帝"叩头行礼，贡献祭品，祈

---

[1] 原著称《遵生八笺》作者为"屠隆"有误，应为"高濂"。高濂，明代戏曲家、养生学家、藏书家，字深甫，号瑞南道人，所撰《遵生八笺》是一部内容丰富且实用的养生专著。

求上天降福消灾。

谁都知道，这是一种落后的迷信，现在决不会有人相信它了。但是，作为一种风俗，它的产生和发展，却有一定的历史背景。换句话说，它在一定的历史时期，反映着一定的社会经济生活，反映着一定的生产力水平。因此，就以"玉皇"的生日作为一个例子，我们也可以进行分析研究，找出一些道理。

"玉皇"的生日定在正月初九，这是从什么时候开始的？现在很难考查。但是，明代已经有此一说，这是可以断定的。据明代王逵的《蠡海集》记载：

> 神明降诞，以义起者也。玉帝生于正月初九日者，阳数始于一，而极于九，原始要终也。

明代黄道周的《月令明义》也说："正月初一日，天神地祇朝三清玉帝；初九日，玉皇大帝圣诞。"还有清代黄奭的《月令注解》也有同样的记载。这部书据说是唐明皇所撰，黄奭加以编辑。这样说来，好像所谓"玉皇诞"，在唐代就已经定在正月初九了。然而，这是否可靠，还有待于证明，不过，唐代已经祭祀"玉皇"却是事实。

值得注意的倒是阴历正月初九这一天的意义。据王逵的解释，因为"阳数始于一，而极于九"，所以"玉皇诞"就定在正月初九。这个解释，大体上是有根据的。王逵是一个贫苦的知识分子，生于浙江钱塘县，跛一足，行动不便；家庭穷困，幼年受尽欺凌。到了成人以后，为生活所迫，卖药糊口，仍然不得一饱。又常常替人卜卦，猜测吉凶祸福，当然都是骗人的。他自己很不愿意过那样的生活，所以努力读书，博览诸子百家的典籍，居然有了很丰富的知识。后来他著书立说，常常解释一些别人不能解释的问题。他对于"玉皇诞"为什么是在正月初九，做了这个解释，倒也合乎封建时代一般人的认识水平。当然这里头也包含某些科学的道理，因为正月初九是与立春的季节相适应的。

按《孝经纬》记载："大寒后十五日，斗指东北维，为立春。"又《礼记·月令》注云："距冬至日四十六日，为立春。"明代陶宗仪的《辍耕录》

中有一首《推立春歌》写道："今岁先知来岁春，但隔五日三时辰。"接着，作者解释说："如今年甲子日子时立春，则明年合是己巳日卯时立春。"这样看来，按照中国旧的历法计算，每年正月初九日，在一般的情况下，都是在立春的节气刚过的时候。而每年的第一个月份的第九天，恰恰是"一阳初始"的时令，这是大自然开始"万象回春"的一个关键性时刻。所以，古人把这一天当做大自然的主宰——"玉皇"的生日，似乎也颇有道理。

我们从古代的人们祭祀"玉皇上帝"的时候，向"玉皇"祈祷的内容上，就不难看出人们的目的何在了。

例如《唐书·礼乐志》载："显庆二年，定南郊祈谷，及明堂大享，皆祭昊天上帝。"当时制定了一种乐曲，名为"享昊天乐"，其中有许多歌词，都表示了祈谷的意思。比如说："九秋是式，百谷斯盈"；"玉烛红粒，方殷稔岁"。这些意思不是很明显吗？一直到清代，据《大清会典》记载：顺治元年定每年正月上辛日，祭上帝于大享殿，行祈谷礼。"

这里所谓"昊天上帝""上帝"和"玉皇"都是相同的。古代的人对于农业特别重视，除了许多专门掌管农事的天神以外，还一定要把玉皇上帝看做掌握农业生产的主宰。这从古代的许多文章中可以得到证明。例如，三国明代的曹植，写了一篇《诰咎文》。他在序言中说：

> 聊假天帝之命，以诰咎祈福。"文中写道："效厥丰年，……雨我公田，爰暨于私。黍稷盈畴，芳草依依；虚禾重穗，生彼邦畿；年登岁丰，民无馁饥。

在曹植的时代，虽然还没有"玉皇诞"的风俗，但是，他已经把玉皇上帝当做大自然的主宰，特别是掌握农业生产的主宰，这是很明显的了。

在古代的中国，处于长期的封建社会阶段，社会生产力发展的水平，远不足以控制自然，不能抵抗自然的灾害。在那样的历史条件下，农业生产不得不经常受到各种自然灾害的袭击。广大的农村，时常由于严重的水、旱、风、蝗等天灾的为害，而形成了连续不断的荒年。这就使得人们不能不靠天吃饭，迷信大自然的盲目力量，把它神秘化起来。虽然，在那些年代里，也有个别大胆的科学家，敢于揭发大自然的秘密，找出一些客观的规律，但是，作为一切旧时代的主导思想，总是带有盲目迷信色彩的宿命论思想。

只有到了我们现在这个翻天覆地的新时代，人们对于客观的自然规律，才能逐步地完全克服盲目迷信的成分，而达到了自觉的科学认识阶段，从这个方面说，我们最近两三年来提倡敢想敢说敢干和实事求是相结合的科学精神，是具有重大意义的事情。

大家都知道，现在我们的人民群众再也不会迷信玉皇上帝，再也不会去向老天爷祈求丰年了。我们的人民群众用自己洪亮的声音，到处唱出了这样的新歌谣：

> 天上没有玉皇，地上没有龙王。
> 我就是玉皇！我就是龙王！
> 喝令三山五岳开道，我来了！

由此可见，古老的"玉皇诞"，在现时我们的心目中，只是一个历史的讽刺罢了。我们应该从古人的迷信中彻底解放出来，更进一步掌握客观的自然规律，使自己成为命运的主宰！

中医"上火"之说

常常听见有人说："这几天身子不舒服，医生说是上火了。"于是吃下一两服清凉剂，很快就好了。这里所谓"上火"，到底是什么回事呢？回答这个问题对于我们每个人的修养似乎也颇有益处。

据一部最老的中医经典《黄帝素问》[1] 的论述，"上火"的原因是"发

---

[1]《黄帝素问》，即《黄帝内经素问》，医经著作，9 卷，81 篇，与《黄帝内经灵枢》为姊妹篇，合之而为《黄帝内经》，约成书于战国至西汉。

热"，而"发热"的原因，有的由于外界的感染，如烤火等等；有的由于身体虚亏，所谓"元气损耗"的结果；有的由于气郁，如忧恐、盛怒等所激起。《素问》中有许多名言，为一般中医所传诵。比如说："南方生热，热生火"；又说："阴虚生内热"。看来"上火"的原因虽然有好几种，但是外界的感染比较好治，麻烦的在于虚亏和气郁这两方面。

因此，如果有人想要讲求养生之道，最好劝他平素注意保持心平气和，就不至于出毛病。而要做到心平气和，当然与涵养功夫的深浅有关。但是，除此以外，锻炼身体、预防疾病无疑也是重要的。

那么，究竟应该怎样注意，才可以避免"上火"呢？古代有许多著名的中医，都曾教人以摄生之术。他们的方法，主要是从疾病的根源上着手，这可以叫做治本或根治的方法。其次，临时治标的方法当然也不应该放弃，不过那只能是头痛医头、脚痛医脚罢了。

从根源上说，火既然被认为是由热而来，那就一定要防热了。金朝的名医刘完素，在他所著的《六书》中说："诸热皆属于火。"因此，他认为要"驱火"必须"退热"。元代的名医李杲，在他所著的《十书》中也认为，"饮食劳倦"都会"损耗元气"，都会"生火"，而"火与元气不两立，一胜则一负"。照他的看法，我们在日常生活中，必须注意饮食不可失节，寒暖不可失调，更不可喜怒无常，任性放纵。

李杲的学说还有一个重要的内容，就是他认为"火分内外虚实"。这又进一步对于上火的症状，做了比较深入的分析，从现象找出原因，确定几种不同的性质。明代的著名中医张介宾，在这一方面的学说，基本上是按照李杲的著作加以发展。

在我们的日常生活中，要区别内外之火并不困难，而要区别虚实之火却较难。但是，只要记住劳损则虚、积郁为实，这样也就大致可以区别了。当然，具体分析病情，并且对症下药进行治疗，这是医生的事情。我们只不过从卫生的知识方面大略懂得一点而已。

具体的情况是复杂的，要区别虚实也不能简单化。比如，有的人也许饮食不消化，造成积滞，但是他的身体素来衰弱，这是虚实交错的一种情况；反过来，有的人也许几天没有休息，以致过度疲劳，但是他的身体素来强壮，这又是虚实交错的另一种情况。如此等等，可以类推。

一般说来，对于自己的身体应该有基本的估计，找出一种规律，遇到上火之类的小病，自己稍稍加以调摄，自然就会痊愈，即便到边僻的地方，万一有病也不致张皇失措。如果又懂得一些医学常识，就更加心里有数了。

当然，问题是要看那已经懂得的一点医学常识是否正确。如果不懂装懂，并且生搬硬套，那还不如不懂的好。

比如，张介宾的《景岳全书》，有一节《论治火》。他的中心思想是说："实火宜泻，虚火宜补。"然而，这两句话只能算是一般的原则，实际运用起来，不能不发生种种变化。所以，张介宾接着又说："虚中有实者，治宜以补为主，而不得不兼乎清；实中有虚者，治宜以清为主，而酌兼乎补。"可见，对于一切实火并非不管三七二十一，统统投以清泻之剂，而对于一切虚火也决不可统统投以滋补之剂，必须处处注意虚实交错的种种情况，详细分析这些虚火或实火发生的具体情况和部位。

在这一点上，中医的科学性并不比西医为差。正如西医能够具体分析人体的某一部分有发炎的症状一样，中医也能够区分心、肝、肺、胃、脾、大肠、小肠、肾、膀胱等各部分的虚火或实火，并且能够找到黄连、栀子、石膏、黄芩、天门冬等三十几种不同的药物去治疗它们。

为了普及医学知识，最好有一些研究中医的朋友，仿照其他科学小丛书的方法，编写若干种中医常识的小册子，把人们经常见到的疾病和医疗原理，做一番通俗的解释。附载一些单方。这是我顺便提出的一项小小的建议。

三七、山漆和田漆

很多人都喜欢中药，我也喜欢中药，因为时常闹病，慢慢地熟悉了一些中药，听到和看到不少关于中药的材料，觉得这里边有许多道理，还有待于专家们做进一步的研究。

最近我对于三七感到特别的兴趣。它出产于云南等地，可以算是中药宝库中的一颗明珠。它的用途正在日益扩大。它对于各种疾病的治疗价值，正在逐步地被人们所认识。但是，现在人们所已经知道的它的药用价值，仍然极不完全。它的用途究竟有多大，真是未可限量啊！

为什么叫做三七呢？这个名称的由来已经说不清楚了。历来流行的有三种解释。李时珍在《本草纲目》中说：

> 人言其叶左三右四，故名三七；盖恐不然。或云本名山漆，谓其能合金疮，如漆粘物也；此说近之。金不换贵重之称也。

看来，三七、山漆、金不换，这三个名称由来已久，而以山漆的名称为较合理。

我听到还有一种解释，说三七是指这种药要生长二十一年的意思。但是，据云南的朋友说，这是根本不可能的，事实也决非如此，这正如说左三叶、右四叶一样失于牵强。如果因左三右四而名三七，则为何不叫做三四呢？如果因为要生长二十一年而名三七，则为何不叫做念一呢？可见三七的名称确有问题。

然而，我们还可以看到，广西也有一种土药，名叫田漆。它的形状和药性简直同山漆没有什么差异。从这里，我得到一个启发，似乎三七可以肯定是由于音误而产生的一个名称，它的真名应该是山漆。而山漆和田漆应该肯定是相同的药物。这样解释就能避免关于三七的种种不合理的说法，使中医的药物命名更加符合科学的要求，也更加符合于实际。

山漆和田漆的形状和特性，确实没有什么差异。《本草纲目》说它"根曝干黄黑色，团结者状略似白芨，及长者如老干地黄。有节，味微甘而苦，颇似人参之味"。不过田漆的效力似乎不如山漆。因此，在中医药物学中，应该以山漆为主要的名称，而以田漆附属于山漆之下。至于三七的名称，当然可以取消不用，因为在药物学上这个名称是站不住脚的，不比口头上可以随便称呼都没有多大关系。

中国医药有独特的宝藏，这从山漆的功效上又一次充分地表现了出来。

首先，它是最强烈的一种补药。云南人常常用山漆炖鸡，给年老体衰的病人吃。如果年青强壮的小伙子吃上几口，就要流鼻血，全身发热。但是，它还有更大的作用，是用于止血、散血、定痛等等。李时珍说："此药近时始出南人军中，用为金疮要药，云有奇效。……凡杖扑伤损，淤血淋漓者，随即烂嚼，罨之即止。青肿者即消散。若受杖时，先服一二钱，则血不冲心。杖后尤宜服之。产后服亦良。大抵此药气温、味甘微苦，乃阳明厥阴血分之药，故能治一切血病。李时珍还说明，无论吐血、血痢、妇女血崩、经水不止、产后恶血不下，以及痈肿、虎咬、蛇伤等症，都可以用山漆治愈。

不过，必须特别注意掌握用药的分量，没有经验的千万不要自作聪明随便用药，而必须请教有经验的中医，这种药用得不适当，稍稍过火，就会出乱子。这个道理好比其他事物运动的规律一样，只是表现得更加激烈，如果你掌握得正确，它对人就非常有益；如果超过了限度，就变成荒谬绝伦，立刻会致病人于死地。所谓"庸医杀人"往往如此。

这个事实可以引起我们更进一步认识：事物都有正面和反面。好和坏，利与弊，在一定的条件下，往往同时存在；并且各有一定的限度。凡是超过了限度，则条件发生变化，好的可能就变成坏的，有利的就可能变成有害的。至于在条件根本不适合的时候，那么，即便有最好的东西也将毫无用处，甚至无益而有害。这些就更不必说了。

"无声音乐"及其他

随着资本主义制度的日趋腐朽，西方资产阶级的文化也日益走向没落。所谓"无声音乐"的出现，可算得是资本主义世界"一无所有的艺术"的又一次彻底的暴露。

音乐怎么会是无声的呢？据说美国现时大出风头的作曲家——拉蒙特·扬格的新作品，便是所谓"无声音乐"的杰作。演奏这部新乐曲的人，只要往台上一站，放出一只蝴蝶，让它在场子里任意飞来飞去；等到蝴蝶从窗口飞出了场子以后，这部音乐作品就宣告演奏完毕。而在这部作品演奏的过程中，根本听不见任何音乐的声响，所以，这就叫做"无声音乐"。

听众们当然不承认这是音乐，表现极为不满。然而，属于那一伙的音乐评论家却解释说："蝴蝶在场中飞舞，这件事情本身便是音乐；音乐的世界不能只靠声音来表现，还要加上视觉的因素，使它更加具有戏剧性。"这样，听众们就只好怪自己不懂得音乐，不会欣赏无声的妙处了。

但是，听众们可以一次受骗，难道还会继续受骗吗？拉蒙特·扬格明知用一个法子骗不了人，于是他不得不时常变换花样，以便欺骗听众，有一次他作了另一支乐曲，定名为"三四三"。演奏者用胳膊肘在钢琴的键盘上连续敲打了十二分钟，敲足了三百四十三下以后，便站起来向听众深深地鞠一个躬，表示演奏结束了。听众们虽然再一次受骗，不过，这么一来，所谓"无声音乐"实际上被打破了，仍然变成有声的了。

这又如何解释呢？于是他们又创造一种名目，把这些音乐作品统称为"先锋派音乐"。这个意思就是说：音乐是从没有声音的地方开始的，所以音乐的先锋一定要达到无声的境界。

以这类胡诌的"理论"为根据，西方资产阶级的这一批音乐家，就大肆制作无声的或接近于无声的作品。

有一个留学于美国纽约朱丽雅音乐学院的日本作曲家——一柳慧，在一九六一年八月回日本之前，曾将他创作的一部乐谱先寄回日本。他的朋友们把这一部乐谱打开一看，简直莫名其妙，因为无论翻开哪一页也找不出任何乐谱，只看到有几滴墨水滴在纸上。这样的乐谱怎么能够演奏呢？据日本的"先锋派"音乐评论家黛敏郎称，他曾在纽约听过这部乐谱的首次演奏，当时演奏者在自己面前摆上刚从菜市买回来的几颗绿色的豆子，凝视了足足十分钟以后，这部乐谱就被演奏完毕了。像这样的例子，当然可以作为"无声音乐"的代表了。

为了遮盖"先锋派"的音乐"理论"的空虚，他们故意装模作样，宣称要抛弃传统的音乐创作规律，而依照数学方法创作新音乐，甚至还要采用"量子力学的方法论"，或者用谁也不懂得的什么"新的数量记述方法的情报理论"来作曲。在这种"理论"的指导下，他们又创造了所谓"图形乐谱"。

那么，什么是图形乐谱呢？天晓得。他们随便在纸上乱画了一通，就算是乐谱了；而演奏者则"完全可以根据自己的理解或当时偶然的冲动随意演奏"。并且，当他们演奏的时候，既可以不用任何乐器，也可以随便用破瓶子、纸盒子、木箱子、洗脸盆以及任何东西当乐器；既可以不必有人配合歌唱，也可以随便念咒、呻吟、发出任何莫名其妙的声音。

这一切证明了西方资本主义社会生活的极端空虚和无聊。在那里，生活本身就充满着欺骗、胡混、死一般的沉寂，反映到文化艺术上当然也是这样。对于这种现象，不可能有别的解释。虽然也有人引用古代希腊的毕达哥拉士的话，说"世界是个音乐"，来为"无声的音乐"等的出现进行辩解，但是，这显然是徒劳无功的。尽管这位希腊的数学家发明了直角三角形的著名定理，然而，他在哲学思想上相信灵魂和轮回的学说，被后人称为神话人物，他对于宇宙现象的解释有许多是不科学的。何况他所说的"世界是个音乐"。意思无非是认为自然界存在着和谐的天籁，这同所谓"无声的音乐"又有什么相干呢？

西方资产阶级的音乐界自欺欺人的音乐理论、音乐创作、音乐演奏以及对音乐欣赏的水平，已经降落到难以想象的地步了。在这个时候，代表无产阶级和一切劳动群众的心声和时代呼声的人民音乐，必须更好地去完成它的光荣伟大的历史任务！

你赞成用笔名吗？

写文章不署真姓名，而用笔名，这本来是很平常的事情，过去许多作者都曾经这样做，现在仍然有许多作者这样做，这又有什么问题呢？

问题在于有的同志不赞成使用笔名。其理由是：写文章应该采取严肃的态度，认真负责，郑重从事；而不应该抱着随便乱写，不负责任的轻率态度。为了表示严肃的态度，文章的作者就必须写出真实姓名，以示负责；而使用笔名则是不严肃的、不负责任的一种表现。

写文章确实是一件严肃的事情，决不允许轻率不负责任的随便乱写。但是，写文章要采取负责的态度，这是一回事；可不可以使用笔名却是另一回事。如果说，使用笔名便是不负责的表现，这就不尽然了。

一个作者对于他自己写的文章，是否抱着严肃负责的态度，这是一个重要问题。然而，这不能够仅仅根据他使用笔名与否来做判断。我们曾经见过，有个别政治上极端不负责任的作者，抄袭别人的文章，却署了他自己的真实姓名。你难道能够因为他写了真实姓名就认为他是一个好作者吗？显然，我们无论如何也不能以片面的观点来看待这个问题。

历来许许多多严肃认真的作者，他们往往使用各种各样的笔名。中国古代的许多作家，几乎都有别号或笔名。例如，唐代的诗人杜荀鹤，有时署名为九华山人；宋代的文人黄庭坚，有时署名为八桂老人；元曲大作家关汉卿，有时署名为己斋叟；明代大学者王夫之，有时署名为一瓢道人，时至今日，人所共知的鲁迅、茅盾、老舍等都是笔名，他们岂不都是严肃认真的作者吗？可见一个作者的态度是不是严肃认真，与他们用不用笔名简直没有多大关系。

当然有人会说，过去那许多作者使用笔名，都是因为受了环境的限制，不得已而为之。特别是国民党反动派的政治迫害，经常威胁着许多进步作者的生存。在当时的黑暗统治之下，许多作者使用笔名是情有可原的。现时我们生活在社会主义制度下，自己成为社会的主人，再也不受什么威胁和迫害了，还有什么必要再用笔名来写文章，而不写真实姓名呢？

这种说法，乍听起来，似乎很有道理，其实也不然。笔名的作用是颇为复杂而微妙的。著名的《唐诗三百首》的编者孙洙，偏偏不用真实姓名，而用了"蘅塘退士"的笔名，谁能解释其原因何在呢？假如说那是封建时代的事情可以不论，那么，即便我们今天有了这样优越的社会制度，仍然没有完全取消笔名的理由。正如现在人们虽然都知道茅盾便是沈雁冰、老舍便是舒舍予，如此等等，可是，我们仍然没有理由要求他们取消茅盾、老舍等笔名，而无论在任何时候和任何场合，都一律只用沈雁冰、舒舍予等本来的姓名。

如果说这些著名作家的笔名和本来姓名已经没有多大差别了，他们不管用的是什么名字都是完全负责的；那么，现在许多新的作者使用笔名或真实姓名，不也是一样都要负责任的吗？

现在的新作者发表文章的时候，几乎无例外地都把自己的真实姓名告诉了报刊的编辑部。这就是说，无论署什么名字，作者都是负责的。但是，正因为这个缘故，有的同志更加坚持己见，认为使用笔名已经毫无意义了。殊不知在现时条件之下，使用笔名还是有若干正当理由的。

谁也不必讳言，有些人看文章的好坏，是以作者有没有名声和名声大小来做判断的。这使作者本人有时也很苦恼。署一个笔名就省去这种麻烦，说好说坏只看文章如何了。

更重要的是，我们常常遇见许多作者，有些学习和研究的初步心得，但是还不很成熟，用他的本名写文章发表，似乎反而觉得不够郑重，用一个笔名发表就比较好。好处表现在两方面。一则在作者方面，既不必考虑万一意见有错误会发生什么不良影响，又可以对自己发表的意见大胆负责。二则在读者方面，对于这种意见如果有不同的看法，更可以毫无顾忌地提出自己的见解，甚至于发表某些批评和商讨的文章。

由此可见，写文章用笔名的，只要作者完全负责，就决无坏处，反而有好处。那么，请问你赞成用笔名吗？

第四集

编余题记

这一集又选了三十篇，重复编校，现在付印了。

在前三集出版以后，远处的读者来信渐多，据说，外地报刊有的转载了《夜话》的某几篇；也有的只采用了其中若干主要的材料，另行编写，而未转载原文。这些读者都热情地把剪报寄来，使我直接了解到更多读者的意见和要求，对于改进《夜话》的内容很有帮助。

许多文章中提出的观点和论证，得到朋友们的赞同，这固然是令人兴奋和鼓舞的；但是，有时听到个别不同的意见，却也使自己有所启发或警惕。特别是当别的作者发表了不同意见的文章，无论采取什么样的形式，我觉得都不应该把不同的意见"顶回去"，而应该让读者有机会充分地研究不同的意见，做出他们自己认为正确的判断。

有的同志问我：为什么近来有个别问题，分明有不同的意见，却不见你们正面交锋，互相辩驳呢？这种态度你以为是正确的吗？

我认为这是涉及如何正确看待百家争鸣的原则问题。多听听各种不同的意见，只有好处，决无坏处。如果听到一点不同的意见，马上就进行反驳，这样做的效果往往不大好，甚至于会发生副作用。正确的方法应该首先让别人能够各抒己见，畅所欲言，真正做到百家争鸣。即便有的意见在你看来是十分错误的，也不要随便泼冷水，读者自然会辨别是非。假若一时弄不清是非，那又何必着急呢？至于有些问题根本难断谁是谁非，就更不要操之过急了。也许有的问题提出来，又搁下去，经过多数人慢慢研究，原先不同的意见慢慢地又可能一致起来。因为是非终究有客观的标准啊！

还有一些读者大概没有看到《夜话》已发表的全部文章，他们来信所提的问题，实际上已经讲过了，恕我不再重复。

马南邨

一九六二年七月二十三日

共通的门径

读书，做学问，进行研究工作，到底有什么窍门没有？这是朋友们在谈论中提到的一个问题。

记得有一次《夜话》的题目是《不要秘诀的秘诀》，中心意思是劝告大家不要听信什么"读书秘诀"之类的东西。直到现在，我的这个意见仍然没有改变。因此，本来不想再谈这个问题。

但是，近来仍然有许多读者来信，要求多讲些学习方法。他们说："不一定要什么秘诀，指出一点门径就好。"为了答复这个要求，现在另外提出一点意见，供大家参考。

有的读者也许以为我喜欢看古书，所以来信要我"开列几本古书，作为学习的入门"。这是一个很大的误会，我不主张大家以古书为入门。古书要在一定的条件下才能读的，否则越读越要糊涂。而且即便有了一定条件能读古书，也不可陷在古书堆里拔不出来。

明代有一位学者曹于汴，在他所著的《共发编》中就曾经说过："古人之书不可不多读，但靠书不得，靠读不得，靠古人不得！"这个见解很对。曹于汴的为人处事，也正表现了他的这种独立不阿的精神。他在明代万历年间举进士，官至左金都御史，力持正义，终为魏忠贤那一伙奸臣所不容，那是必然的。

当然，这样的读书态度并不只曹于汴一人。从来有学问的人都懂得："尽信书不如无书"。何况于盲目地靠读古书，那能够解决什么问题呢？

其实，无论读书，做学问，进行研究工作，首先需要的本钱，还不是什么专门问题的知识，而是最一般的最基本的用来表情达意和思考问题的工具。这就是要学习和掌握语言文字和一般逻辑的知识。

如果一个人不会正确地运用语言文字，就很难谈到做学问、进行研究工作等问题，这是非常明显的。不能设想，一个文字不通的人，怎么能够充分表达自己的思想？又怎么能够通晓各科知识呢？

如果一个人连一般的逻辑都不懂得，当然就很难进行正确的思维，很难对自己接触的客观事物进行科学的概括，更不可能进行科学的判断和推理了。事实证明，有的人正是因为缺乏逻辑的基本训练，常常说了许多不合逻辑的十分荒谬的话，自己还不觉得它荒谬，甚至于还自鸣得意。也有的人因为不懂得逻辑，对于别人不合逻辑的荒谬言论，竟然也不能觉察它的荒谬，甚至于随声附和，人云亦云。

根据这两方面的情况，所以我一直认为，如果自己要研究什么学问的话，最好想想自己是否学会了语言文字和一般逻辑。如果不会，就必须先把语言文字和逻辑常识学会，这是做一切学问的基本功。

这个基本功学会以后，还要不断地练习，越练越熟，当然就越善于读书，越会做研究工作。没有练好基本功以前，并不是完全不能做专门的学问，只是效果可能不会很好。但是，也不必等到基本功完全练好了，然后才去做专门的学问，尽可以同时并进，双管齐下。

当着自己掌握了一定的基本功，能够独立思考和写作的时候，就可以进一步找到自己要研究的专门问题的书籍，抓住适合自己需要的最重要的著作，哪怕只有一两本也行，把它读得烂熟。透彻地理解它的全部内容。然后，在这个基础上，就无妨广泛地阅读其他书籍和参考资料，越多越好。这样日久天长，自己的知识必然会丰富起来，再加上实际调查研究和亲身实践的体验，就不难在某一专门问题的研究上，做出一点半点的成绩来。

有的朋友在来信中还再三谈到博与专的关系问题，认为这个问题不好解决，表示很苦恼。实际上这个问题不难解决。博与专都是相对的，不是绝对的。没有无所不知的博学之士，也没有只知一事一物而不知其他的专门家。同时，在一个专门的学术领域之内，仍然有博与不博、专与不专，也就是广与不广、精与不精之分。一般说来，在博的基础上求专，或者在专的基础上求博；先求博而后求专，或者先求专而后求博，都是可以的。

在练习基本功和学习专业基础知识的时候，书要一本一本地精读。正如明代胡居仁的《丽泽堂学约》上写的："读书务在循序渐进，一书已熟，方读一书，勿得卤莽躐等，虽多无益。"打好了基础之后，为了扩大知识的领域，就要多读多看，如汉代王充那样，"博通众流百家之言"，才能在学问上有所成就。

无论如何，每个人的情形不同，水平不同，要求不同，上面说的这些当然不能完全适合于每一个人。这里只不过提出一个共通的门径而已。

主观和虚心

平常说话、做事、写文章，往往发现有主观片面的地方，心里就很后悔，同时也很快就会受到朋友的批评。但是，这种主观片面的毛病，又往往很不容易彻底克服。这是什么缘故呢？

回答可以很简单，就是因为不虚心。这个回答，应该承认，在根本上是正确的。因为我们对于客观事物的各种复杂情况，对于世界上的一切知识，不可能都懂得，更不可能都懂得那么完全、那么确切。因此，要想对客观的东西认识清楚，就必须虚心。这是对的。

同时又应该指出，虚心却不等于心中无数，没了主张；对客观事物的认识离不开主观的作用，只是主观主义才要不得。这个提法也是必要的和正确的。我们对于主观和虚心这两个概念，同样不应该做片面性的解释。

大家都记得毛主席经常教导我们的话："虚心使人进步，骄傲使人落后。"不论对待什么问题，我们都应该采取虚心的态度，力求少犯错误或者不犯错误。特别是有许多学术方面的问题，必然会有各种各样的不同意见，完全应该按照百花齐放、百家争鸣的原则，各抒己见，决不能强迫别人接受自己的意见。

过去许多知名的学者，为了追求知识，总是长年累月地向别人虚心学习，虚心问道。这种虚心做学问的态度，是我们应该取法的。宋代的林逋，在《省心录》中说："知不足者好学，耻下问者自满。一为君子，一为小人，自取如何耳。"明代方孝孺的《侯城杂诫》中也写道："人之不幸莫过于自足。恒若不足故足，自以为足故不足。"他又说："虚己者进德之基。"这些都是十分中肯而切要的话。

当然，所谓虚心，既不是心中无数，也不是没有信心。我们对于自己研究的问题，经过反复探讨之后，应该心中有数，做出了判断，就应该有信心。如果进一步研究的结果，发现了新的问题，证明了原先的判断是错误的，那时候也要坚决丢掉错误的判断，而肯定新的判断的正确性。在没有发现新的问题，做出任何新的判断以前，对于自己认为正确的判断，必须具有充足的信心，不要半信半疑，动摇不定，不敢明确表示自己的意见。有些人发表的意见，从表面上看，似乎很虚心，没有主观成见；实际上有时不免模棱两可，很不明确，表现了心中无数，毫无信心的状态。这当然是不好的。

这样说来，虚心和不虚心要从实质上加以区别，不是仅仅看表面的态度如何。所以，明代的何景明，在《何子杂言》中说："器虚则贮，满则扑之，……故虚可处，满不可处也。"他用扑满做比喻，未必恰当，但是也有相当道理。因为虚心或不虚心，主要的应该看它的内容；至于它的外表是什么样的则是不重要的了。王阳明也曾说过："谦受益，满招损。器虚则受，实则不受，物之恒也。"这个意思也是不管表面如何，只问它的内容如何。

但是，无论怎么说，虚心对于任何人，在任何时间和任何地点，做任何事情都是非常必要的。凡是不虚心处理的问题，往往不容易得到完满正确的结果。

以人们熟悉的调查研究工作为例吧。我们大家也许多多少少都曾经进行了某些调查研究工作。请问：当着我们正在进行调查研究的时候，是不是真正虚心了呢？现在回想起来，这恐怕是一个很大的问题。

经验证明，有的时候对某个问题，如果有先入为主的观念，那么，在进行调查研究的过程中，就很容易发现许多符合自己口胃的材料；而对于不合自己口胃的材料和意见，就看不进去，也听不进去。这种情形所以会发生，其原因就在于调查研究的人在思想上有主观主义的成分，还没有做到真正虚心的地步。

真正的虚心，是自己毫无成见，思想完全解放，不受任何束缚，对一切采取实事求是的态度，具体分析情况，对于任何方面反映的意见，都要加以考虑，不要听不进去。等到各个方面的情况全部集中起来，然后再做综合的研究，有所批判，有所扬弃，最后形成正确的判断。这样才有可能在某种程度上避免错误。

正如列宁在《帝国主义是资本主义的最高阶段》的法文版和德文版序言中所说的："因为社会生活现象极端复杂，随时都可以找到任何数量的例子或个别的材料，来证实任何一种意见。"我们的经验难道不是这样吗？这种以个别或少数的例子，来证实某种现成意见的所谓调查研究，不管其程度如何，实质上都是主观主义的。

为了彻底防止和克服思想上不同程序的主观主义成分，我们惟有要求自己，遇事都一定要保持真正的虚心。这一点对于我们每一个人都具有实际的意义。因此，我愿意在这里就这个题目说了这许多，以此共勉，并与朋友们共勉之。

三种诸葛亮

谈起诸葛亮，一般人对他大概都有好感。是不是每个人都喜欢他呢？那也不尽然。

有的人对于诸葛亮不但没有好感，反而很有恶感。比如在云南，有的少数民族同胞就很不喜欢诸葛亮。在他们那里，流传着一些民间故事，都以诸葛亮为讥嘲讽刺的对象。这是为什么呢？大概因为诸葛亮生在公元第三世纪的三国时代，不像我们现在懂得讲究民族政策，当时他不可避免地存在着大民族主义的错误思想，得罪了一些兄弟民族。

正是由于这个缘故，所以我们在《三国演义》中看到的所谓"七擒孟获"的故事，在云南有的兄弟民族的民间故事中，就变成了"七擒诸葛亮"；而孟获则受到同情和赞扬。他们认为孟获是联合许多山峒的少数民族兄弟，共同反抗诸葛亮的民族英雄。这是完全可以理解的事情。

如果从各个方面搜集各种材料，一一加以比较研究，我们将不难发现，人们所设想的诸葛亮这个历史人物，可能有多种多样的面目。例如，在陈寿的《三国志》中描写的诸葛亮，乃是一种面目，这可以算是历史家笔下的诸葛亮吧。在罗贯中的《三国演义》中，诸葛亮又是一种面目，这可以算是小说家笔下的诸葛亮。而在现时仍然流行于京剧舞台上的《借东风》等剧目中，诸葛亮的面目又是一种样子，这只能算是舞台上的诸葛亮。

这些当然还是赞颂诸葛亮的居多。因为这些史籍和小说、戏剧之类，基本上都是在汉族人民群众中流行的。他们历来把诸葛亮当做先知先觉、多谋善断的伟大人物，似乎一切人的聪明智慧都无过于诸葛亮，都要以诸葛亮为代表。

但是，我现在并不打算来谈论这些，而只想另外谈谈三种诸葛亮，即：事前的诸葛亮、事后的诸葛亮和带汁的诸葛亮。

人所共知，传说中的诸葛亮料事如神，不论遇到什么事情，他差不多都能够预先做出种种安排。所以，一般人提到诸葛亮，总认为他有先见之明。并且由此推论，凡是有先见之明者，都可以称之为诸葛亮。这就是我们说的事前的诸葛亮。这种诸葛亮当然是最可贵的了。

为什么诸葛亮会有先见之明呢？是不是因为他懂得天文地理，熟悉阴阳五行，甚至于真的会呼风唤雨，驱使六丁六甲之类的天兵天将，简直像神仙一样的呢？当然不是。他之所以会有先见之明，主要的还是因为他平素注意调查研究各种情况，熟悉各地山川形势、道路里程、民情风俗等等，并且有丰富的知识，对于政治、经济、历史的背景，了如指掌。如果缺乏这些条件，任何先见之明就都不过是吹牛而已。

但是，诸葛亮的先见之明也不宜于过分加以夸大。实际上，他并非在任何时候对任何事情都有先见之明的。误用马谡，以致失守街亭，这不是缺乏先见之明吗？不过，话又说回来了。我们评论古人，如果提出这样的要求，也未免太苛了吧！

说一句公平话，在千变万化的新事物面前，我们也不必过分强调事前的诸葛亮，宁可多一些事后的诸葛亮，倒也不坏。问题就要看我们对于事后的诸葛亮，究竟应该如何看法？

常常可以听见，有些人把事后诸葛亮当做了一种讽刺。如果对于那种光在旁边说风凉话，临事毫无主张，事后就哇啦哇啦的人，讽刺是应该的。否则，就是不应该的，因为诸葛亮的先见之明，不能不是从无数次事后研究各种经验教训中得来的。有许多事情，在它们没有发生的时候，根本无法预断它们是什么样子；只有当它们已经发生了，至少是已经露出了萌芽之后，才有可能对它们进行分析研究，才有可能做出某些判断，估计它们的发展前途。

因此，应该承认，在这种意义上，事后的诸葛亮还是有用处的。由事后的诸葛亮到事前的诸葛亮，这是一个正常的必经的认识过程。

只有带汁的诸葛亮是最要不得的。这个名目见于岳飞的孙子岳珂的《桯史》第十五卷《郭倪自比诸葛亮》的一条记载中。据称：

> 郭棣帅淮东，实筑二城，倪从焉。……议论自负，莫敢撄者。一日，持扇题其上曰：三顾频频烦天下计，两朝开济老臣心。盖意以孔明自许。……余至泗，正暑，见其坐上客扇，果有此两句，然后知所闻为不诬也。倬既溃于符离，仆又败于仪真，自度不复振，对客泣数行。时彭法传师为法曹，好谑，适在座，谓人曰：此带汁诸葛亮也。传者莫不拊掌。倪知而怒，将罪之，会罢去，遂止。

像郭倪这种带汁的诸葛亮，简直令人发笑，也令人发呕。然而，这也证明，冒充诸葛亮，假装诸葛亮是吓不住人的，总会有一天要原形毕露，被天下人所耻笑。

王道和霸道

读古代历史，处处可以发现有王道和霸道这两派人物，两派做法。过去的历史家，对于王道和霸道，也有不少评论。用我们现在的观点，对于王道和霸道，究竟应该怎样看法呢？

汉代有一位大学者，名叫刘向，博通经术，评论历朝政治得失，有独到见解，兼晓天文地理三教九流之学。汉元帝叫他负责校阅天禄阁藏书，他一边读书，一边著书。在他所著的《新序·善谋篇》中写道："王道如砥，本乎人情，出乎礼义。"他在同卷的另一处又写道："三代不同道而王，五霸不同法而霸。"看来刘向是称赞王道，而不赞成霸道的。他把王道看做是由于人情和法律道德相结合的结果。这也有道理。因为《礼记》老早就写道："礼、乐、刑、政，四达而不悖，则王道备矣。"

这样说来，所谓王道，实际上就是人们在一定的历史时期，处理一切问题的时候，按照当时通行的人情和社会道德标准，在不违背当时的政治和法律制度的前提下，所采取的某种态度和行动。反之，如果不顾一切，依靠权势，蛮横逞强，颐指气使，巧取豪夺，就是所谓霸道了。

但是，这种解释仍然是很不够的，尤其不是我们现在的看法。用我们现在的眼光看去，古人的所谓王道和霸道，从本质上说是没有多大区别的。在古代奴隶社会和封建社会中，实行王道和实行霸道，结果可以完全相同；而赞成王道的人和赞成霸道的人，虽然有时分为两派，甚至互相攻击，各不相让，然而，有时是同一种人，甚至是同一个人，忽而提倡王道，忽而又提倡霸道。特别是春秋战国时代的所谓"纵横家"之流，往往随机应变，朝秦暮楚。他们既能宣扬王道，又能宣扬霸道，完全是以政治投机为目的。

在这一方面最突出的代表人物是商鞅。据司马迁写的《史记·商君列传》所载：

（商鞅）西入秦，因孝公宠臣景监，以求见孝公。孝公既见卫鞅，语事良久。孝公时时睡弗听。罢，而孝公怒景监曰：子之客妄人耳，安足用邪？景监以让卫鞅。卫鞅曰：吾说公以帝道，其志不开悟矣。后五日，复求见鞅，鞅复见孝公，益愈，然而未中旨。罢，而孝公复让景监。景监亦让鞅。鞅曰：吾语公以王道而未入也。请复见鞅。鞅复见孝公，孝公善之而未用也，罢而去。孝公谓景监曰：汝客善，可与语矣。鞅曰：吾说公以霸道，其意欲用之矣；诚复见我，我知之矣。

卫鞅复见孝公，公与语，不自知膝之前于席也。

　　同是一个商鞅，他前后四次见到秦孝公，说的话却变化了几个样子。头一次，他敷敷衍衍地说了一通所谓"帝道"，目的是做一下试探，觉得不对头；在第二次谈话的时候，他就改变了腔调，说出了关于所谓"王道"的一些议论，结果仍然不好；在第三次谈话中，他就又改变了腔调，说了一套所谓"霸道"，结果显然比以前两次谈话要好得多，却还不够满意；因此，在第四次见面的时候，商鞅就索性充分发挥他关于实行"霸道"的一大套意见，结果就完全达到目的了。这个例子非常清楚地表明，古人有时不管谈论王道和霸道，或者随便谈论其他什么道，都只是当作进行政治投机的一种方法，简直像闯江湖的骗子一样，信口胡说而已。

　　但是，古来关于王道和霸道的两派做法，在实际效果上仍然有很大的差别。只是古人对于王道和霸道的解释，在我们今天看来，未免太不确切了。

　　那么，照我们现在的观点，用我们的语言来说，究竟什么是王道，什么是霸道呢？所谓王道，可以做一种解释，就是老老实实的从实际出发的群众路线的思想作风；而所谓霸道，也可以做一种解释，就是咋咋呼呼的凭主观武断的一意孤行的思想作风。不过，这种解释是不能强加于古人的，用这种观点去评论古人也是不合实际的。

　　但是，无论如何，从古代的历史中，人们却也不难找出经验教训，说明即便在古代，王道也毕竟要比霸道好得多。《汉书》的作者班固，追述秦汉以前诸侯争霸的局势时，在好几个地方都对霸道有所讥刺。例如，他说："晋文公将行霸道，遂伐卫，执曹伯，败楚城濮，再会诸侯。"这使人一看就会感觉到当时要想做霸主的，到处树敌，多么不得人心！

　　至于历来也有一部分人，对于王道和霸道两派之间的斗争，采取所谓不偏不倚的态度，企图找到一条折衷的道路。如汉代韩婴的《韩诗外传》写道："怀其常道，而挟其变权，乃得为贤。"这便是想在王道和霸道之间，寻找折衷的"常道"，加上某些权宜变通的方法，并且自夸为"贤"人政治。其实，这种折衷的道路也只能用以自欺欺人，因为它事实上是不存在的啊！

智谋是可靠的吗？

看《三国演义》的人，都很佩服诸葛亮足智多谋；而对于张飞，多半都笑他有勇无谋。古来许多政治上著名的人物，也常常以智谋的高下，作为衡量和选拔属僚的标准。看来，智谋似乎是很重要的一种政治才能，我们应该怎样对待它呢？

所谓智，便是指人们的聪明智慧；所谓谋，便是指人们对问题的计议和对事情的策划。智是谋之本，有智才有谋，所以智比谋更重要。

但是，人的智慧决不是无限制。要想任何东西都知道，拥有无穷的智慧，那不过是愚夫的妄想而已，实际上绝对不可能做到。所以，人们的聪明智慧可以区别为虚、实、真、假、大、小等各种类型。有一种人看来好像很聪明，严格说来，只不过是假聪明或者是小聪明罢了，算不得真聪明，更算不得大聪明。司马迁写《史记》的时候，介绍"樗里子滑稽多智，秦人号曰智囊"。他给我们留下的印象，总觉得樗里子很"鬼"，有些小聪明，但是未必称得起是真正有智慧的人。

历史上还有许多被称为明智的人物，结果也并没有什么真正值得佩服的聪明智慧。司马迁在《史记》中描写战国时代的情形是："当是时，齐有孟尝，赵有平原，楚有春申，魏有信陵。此四君者，皆明智而忠信，宽厚而爱人。"然而结果如何呢？齐、赵、楚、魏难道不是被秦始皇吞并了吗？

这就说明，要是人们光凭着聪明智慧，想解决一切问题是行不通的。老子早在他的《道德经》中就大声疾呼："绝圣弃智，民利百倍。"然而，孟尝君、平原君、春申君、信陵君等都不能照着老子的主张去做，这又是什么缘故呢？

殊不知老子和后来的六国诸君，各执一偏，要么就主张绝圣弃智，否定一切；要么就凭着自己的明智，盲目自信。结果当然都不美妙。他们的毛病就在于不重视群众的智慧。从这一点来说，后来的《淮南子》却比他们都要高明。

汉代淮南王刘安，在他所撰的《淮南子》一书中说："积力之所举，则无不胜也；众智之所为，则无不成也。"这个道理说得很对，他的意思也可以解释为对群众智慧的赞颂。我们还可以进一步加以解释，就是说，所谓聪明智慧只能来源于实际知识。而任何个人的实际知识，都比不上广大群众的实际知识那样丰富。如果一个人对于实际情况根本不了解，连一些基础的知识也很缺乏，那么，他就更不可能会有什么了不起的聪明智慧了。

因此，我们可以看到，从来只有实际知识丰富的真正有智慧的人，才是能够深谋远虑的人。历史上这样的例子很不少。比如《史记》的《越王勾践世家》载："范蠡事越王勾践，既苦身戮力，与勾践深谋二十余年，竟灭吴，报会稽之耻。"当时的范蠡不但自己有丰富的知识，而且集中了群众的智慧，在这个基础上再加一番深谋远虑，就必然会有成就。假若丢掉这个基础，把一切策划都当成诡诈的谋略，那就将弄巧成拙，终不免于失败的结局。

最好的计谋只能从群众中产生。汉元帝时的宰相匡衡，曾经在他的奏议中说："臣闻广谋从众，则合于天心。"这里说的"天心"，当然只能理解为客观的自然规律。汉光武帝时著名的学者郑兴，也曾经劝告刘秀，要"博采广谋，纳群下之策"。宋代范仲淹的儿子范尧夫，曾经劝告司马光说："愿公虚心以延众论，不必谋自己出。谋自己出，则谄谀得乘间迎合矣。"这些古人的见解都很不错。特别是范尧夫所说的"不必谋自己出"，这一点尤其值得注意。有的人常常喜欢自己逞能，自作聪明，看不起群众，不管什么事情总是要自己出主意，企图出奇制胜，而不接受下面群众的好意见。有这种毛病的人，如果自己不觉悟，不改正这种毛病，终究会有一天要吃大亏。

可见任何智谋都不是神秘的，不是属于少数天才的，而是属于广大群众的。完全否定任何智谋，这固然不对；但是，过分相信智谋，甚至于依靠智谋，以求出奇制胜，那就更不对了。庄子说过："智谋不用，必归其天；此之谓太平，治之至也。"这两句话如果不把它解释为消极无为的思想，而把它解释为按照事物发展的客观实际和自然规律去做事情，又有什么不可以呢？

现在，让我们回到题目上来。究竟智谋是可靠的吗？回答是要否定一部分，也要肯定一部分。任何片面的极端化的命题都是错误的。

握手与作揖

大家平日相见，往往以握手为礼。这种礼节究竟好不好，似乎还值得研究。

为什么这样提问题呢？问题首先是由卫生的角度提出的。但是，除了卫生问题以外，实际上还有其他应该考虑的问题。

人的手是最不容易保持清洁的。因为人的一切活动，差不多都离不开手。无论饮食起居、生产劳动、工作和学习等，几乎全靠手的动作来进行。手既然要接触一切东西，就不可避免地会沾染各种细菌。即便经常洗手，也不容易使细菌完全消灭；而且刚洗了手，又可能重复受到沾染。

特别是自己有病，或者家里有病人，手上就更难避免病菌的沾染。如果与朋友见面，一一握手，病菌必然要随着握手的机会而传染给许多人。社会上的接触极为频繁，疾病的流行时刻威胁着人们的健康。这些虽然不能完全怪罪于握手，可是，握手毕竟是传染疾病的一个重要原因啊！

由此看来，朋友之间见面握手的举动，实在是有害无益的举动。我们对待朋友，本来为了表示友谊而握手，结果反而给朋友的健康以不利的影响，这岂不是违背了友爱的精神吗？因此，如果没有特殊的必要，一般朋友见面还是不握手的好。

可是，有许多人看见朋友不握手，总觉得非常别扭，态度很不自然。在他们的心目中，握手是普通的礼貌；不握手当然会被认为是不礼貌。这怎么办呢？这就只有看不同的场合，加以区别对待。

比如在外交场合，握手为礼节所必需。在这种场合活动的人，应该特别注意保证客人的健康，同时要保证自己的行动符合礼节。除此以外，在一般公共集会的场合，可以不握手的，就尽可能不要握手。至于在经常见面的朋友之间，握手更是不必要的了。

那么，有什么可以代替握手，来表达友情的呢？要回答这个问题，应该按照本民族的传统礼节，取其简便易行者，去其繁杂无用者。而对于其他民族的传统礼节，即便自己感觉很不习惯，也应该加以尊重。

握手这个礼节，在欧洲最为普遍。而在我们中国，情况却不一样。《史记·滑稽列传》所谓"握手无罚，目眙不禁"，实际上是把它看做轻佻的举动。三国时代著名的诗人阮籍，在《咏怀诗》中写道："携手等欢爱，宿昔同衣裳。"这又证明，古人对于手拉着手的这种举动，都认为是特殊感情的表现，而不是一般的礼节。《后汉书·马援传》载："公孙述称帝于蜀，（隗）嚣使援往观之。援素与述同里闬，相善。以为既至当握手，欢如平生；而述盛陈陛卫，以延援入，交拜礼毕，使出就馆。"马援以为他与公孙述从小在一块儿厮混长大，见面一定手拉着手地亲热得不得了，哪晓得公孙述却以正式的"交拜礼"来待他，这就出乎马援的意外了。这个例子，更进一步证明，握手并非我国传统的正式礼节。

按照我国传统的正式礼节，难道见面就都用"交拜礼"吗？当然也不是。我国古代有许多礼节，严格区分各种等级，早已成为历史的陈迹了。清初的顾炎武，在《日知录》中写道："古人席地而坐，引身而起则为长跪；首至手则为拜手；手至地则为拜；首至地则为稽首。此礼之等也。"现在我们既非席地而坐，又无等级制度，什么长跪、拜手、拜、稽首的那一套礼节，永远不能让它们复活！

我们从古礼中唯一可以斟酌采用的便是"作揖"。古人作揖的方法有许多种。《周礼·夏官司士》写道："孤卿特揖；大夫以其等，旅揖；士，旁三揖。"大概所谓"特揖"是一个一个地作揖；"旅揖"是按等级分别作揖；"旁三揖"是对许多人笼统地作揖三下。《周礼·秋官司仪》又写道："土揖庶姓，时揖异姓，天揖同姓。"这里所谓"土揖"是手前伸而稍向下；"时揖"是手向前平伸；"天揖"是手前伸而稍上举。这些作揖的方法仍然不免要区分许多等级，尽可以不去管它。我们只要吸取最简便的作揖方法就行了。

从许多种作揖的方法中，要找出一个共同点，那就是举手。宋代陆游的《老学庵笔记》说："古所谓揖，但举手而已。"清代的阎若璩，在《论语·述而》的注释中说："古之揖，今之拱手。"这两人的解说可以认为基本一致。如果我们吸取这种作揖的方法，去代替握手，再加上大家常见的点头或轻微的鞠躬，那么，这在一般的场合下，应该是行得通的吧。

不要滥用号码

从一本通讯登记册上，我看到了现时很常见的一些通讯地址。比如，"二一八工区十四段第六幢住宅三楼一〇七号"，这样的地址一个挨一个，出现在眼前，不禁令人感到头昏眼花。

"干么要这么多数字号码？真难记！"收发室的同志向我表示了他的意见。据他说，现在用数字号码的太多了，除了有一些部队的番号、保密的工厂必须用数字号码代替真名以外，还有一大批数字号码是很不必要的。可是，不知道为什么，好多单位，甚至许多零售店、缝纫社等也都用起数字号码来了。把这么一堆数字号码登记在一起，密密麻麻一大片，简直没法记，常常弄错了。

"你说，这一套办法是从哪儿来的呀？是从外国学来的吧！我们中国也有这一套吗？"他问。显然，他对于这许多以数字号码代名的现象很不满意。我觉得这个问题虽然不大要紧，倒也有加以考虑的必要。

应该肯定，以数字号码代名，如果使用得当，并无不可。因为无论什么人的姓名以及工厂、学校、机关、部队、街道、商店等的命名，本来都不过是一些符号而已。况且，我们知道有许多古人的姓名，就是数字号码。从一到万，历代曾经出现过不少的著名人物。翻开明代凌迪知的《万姓统谱》和廖用贤的《尚友录》，就能找到很多例子。

由一字说起吧。不论是一、乙或壹，都有人用以为姓。明代成化年间，河北定州有人姓一名善，曾任嵩明县丞。宋代嘉熙年间，福建宁化的知县便是姓乙名太度。明代永乐年间，兴化府经历是壹震昌。还有姓第二的。唐玄宗的中尉就有一个姓名是第二从直。至于姓三的，元代有一个三旦八，官居云南行省右丞，相当出名；姓四的也有一个著名人物，他是越王勾践的臣子，叫做四水。

也有姓五、伍和第五的。三国时代蜀汉后主朝中，有一位谏议大夫，姓五名梁。据宋代郑樵《通志》载："五氏本伍氏，避仇改为五。"可见五和伍本来相通。姓伍的如伍子胥，早已是人所共知的了。至于姓第五的就更多了。后汉时会稽太守第五伦比较有名，他的曾孙第五种，官居衮州刺史，也很知名。后来魏有第五文体，晋有第五猗，唐有第五峰，宋有第五宁远，元有第五居仁，明有第五规等等，就不必一一介绍了。

这些还只是前五个数字的大略情形，后面几个数字，包括六、陆、七、柒、八、捌，九、百、千、万等的情形也差不多。其中有的姓，如姓陆、姓千和姓万的，至今仍然十分常见，完全用不着举例，需要引用例证的是：明代正德年间永春县训导，姓七名希贤；弘治年间宣化府举人有一个姓柒名文伦；正统年间有个礼部主事姓八名通；宣德年间有个利港巡检姓捌名忠。还有，早在汉代王莽篡位时期，有一个讲学大夫叫做第八矫。唐高祖武德年间有一个翰林应诏姓九名嘉。此外，据郑樵《通志》载："代县有九百里，为小吏。"这是姓九百的重要例证。明代福建泉州还有一个学者姓百名坚。

也许可以说，这些例子虽然都是以数字为姓，但是并没有以数字为名的呀！其实不然。古人的确有姓名全用数字号码的。清代有几个最好的例证：

六十七，字居鲁，官至给事中，著有《游外诗草》《台阳杂咏》。

七十一，字椿园，乾隆进士，著有《西域闻见录》。

七十五，乾隆时正黄旗武将。

八十六，乾隆时江宁将军。

九十，嘉庆时广西提督。

"如果照这些例子推广起来，好不好就干脆把人名、地名、厂名、店名等一律用数字号码来代替呢？"那位收发同志似乎对我有点生气了。我的意见当然并非如此。我认为数字号码可以用，但是不要滥用。有时用一些数字号码会给人以新鲜的感觉，增强人们的印象，更好地起一种符号的作用；滥用数字号码，以致千篇一律，到处雷同，结果必然使人无法辨认，也无法记忆，势将丧失符号的作用。

那么，用老一套的命名方法，难道就不怕千篇一律吗？我说：不怕！理由很简单，因为数字号码顶多不过十几个，无论如何摆布，变化总是有限，不可避免会发生雷同。汉字数量很多，如果安排得法，绝大多数则不至于雷同，即便有的雷同了，也能够设法区别。

尤其是用文字命名的时候，我们可以根据具体对象的具体特点，挑选恰当的字眼，力求确切、生动、富有吸引力，使人印象深刻，不容易忘记。这不是比干巴巴的数字号码要好得多吗？

口吃、一只眼及其他

应该感谢读者们给我出了许多题目。近来我在《夜话》中多次谈论的都是大家要求回答的问题。今天我再把读者来信中询问的几个相关的问题，做一次漫谈。

今年初中二年级《语文》课本第四册的第六课，据说用了"期期艾艾"这个典故来形容口吃。有的语文教师对于书本上的注解发生了一些疑问。我们的谈话就从这里开始吧。

《汉书》卷四十二列传中有《周昌传》，记述一个故事说：

> 高帝欲废太子，而立戚姬子如意。……昌廷争之强。上问其说。昌为人吃，又盛怒，曰：臣口不能言，然臣期期知其不可；陛下欲废太子，臣期期不奉诏。

在这一段文字下面，唐代的颜师古注曰："以口吃故，每重言期期。"宋代的刘攽注曰："期，读如荀子曰欲綦色之綦。楚人谓极为綦。"

这个例子大家都比较熟悉，意思也很明白。周昌是汉高祖刘邦的同乡，沛县人。他是跟随刘邦起义、入关破秦的功臣之一，官拜御史大夫，封为"汾阴侯"。所谓"期期"是形容他口吃的。有的来信以为"期"是他的名字，那是误会。因为他越急越口吃，所以就屡屡出现"期期"的声音。"期期"二字并没有什么特殊的意义，如果最初用"极极"或"綦綦"也无不可，也能表达口吃的声音。不过后来已经成了曲故，并且人们已经习惯于用"期期"，当然就不必改变了。

与此相似，南朝宋刘义庆，在《世说》中叙述了另一个故事：

邓艾口吃，语称艾艾。晋文王戏之曰：卿云艾艾，定是几艾？对曰：凤兮凤兮，故是一凤。

陈寿在《三国志·魏志》卷二十八《邓艾传》中只说他口吃，没有说这个故事。看过《三国演义》的人，大概记得，这个邓艾就是偷渡阴平，攻破绵竹，直入成都，消灭西蜀后主的小朝廷的那位大将军。所谓晋文王便是司马懿的儿子，那个野心勃勃为路人所皆知的司马昭。

看来，邓艾的口吃表现得最突出的是当他称呼自己的时候。这一点与周昌不同。有的来信认为，"艾艾"是由于邓艾说自己的名字而引起的；那么，"期期"可能也是由于自称名字而引起的。其实不然。口吃最容易发生在齿音、喉音上面，不一定都是在念他们自己名字的时候才发生口吃的，至于"期期""艾艾"的口吃声音，实际上也不一定都只有两音，很可能重复出现三四声不等。

对口吃的人进行嘲笑，并且把口吃的声音记下来，写在历史典籍上，这本来是不必要的，也太不严肃了。正如其他以人们的生理缺陷作为嘲笑资料，是属于刻薄和无聊的表现一样。但是，历来这一类例子却有不少。

宋代尤袤的《全唐诗话》中说：

施肩吾与崔龂同年，不睦。龂旧失一目，以珠代之。施嘲之曰：二十九人及第，五十七眼看花，元和十五年也。

这两位唐代著名诗人，都是唐宪宗元和十五年的进士。两人因为关系不好，互相嘲笑以至于中伤，实在是文人的恶习，简直无聊得很。

但是，他们两人是同辈，这种嘲笑造成的后果似乎还不太明显。有的在上下级之间进行这种嘲笑，结果就引起了极大的不愉快。《世说补》中有另一个故事，写道：

> 　　刘谅为湘东王所善。湘东一目眇。一日与谅共游江滨，叹秋望之美。谅曰：今日可谓帝子降于北渚。湘东曰：卿言目渺渺而愁予耶？由此嫌之。

　　可见这种嘲笑毫无益处，徒然伤害彼此的感情。

　　宋代的刘攽，就因为生平最爱嘲笑别人，以致引起当时像王安石那样的当权人物的极大不满，造成很深的嫌隙。而他自己晚年得恶疾，须眉脱落，鼻梁断坏，于是别人也群起而嘲笑他，使他深以为苦。这样的事例还多得很。至于有的以上对下，肆意嘲嘘，近于侮辱，使对方不能容忍，那种仗势欺人的事情，在封建统治的时代，更是司空见惯，不必说了。

　　这些事实说明，无论口吃、一只眼以及其他生理上的缺陷，对于有这种缺陷的本人来说，一定是感到痛苦的。因此，旁观的人对于他们首先应该表示同情和关怀，而不应该加以嘲笑甚至侮辱。

　　当然，这不等于说"期期艾艾"之类的典故都是不好的，不应该选在课本中，不应该教给学生。让学生知道有这种典故，增加一种知识完全可以。而且像周昌那样忠诚坦率，在历史上是值得称赞的；邓艾对司马昭的回答，更显得他的聪慧敏捷。这些方面对学生会有启发。但是，我们却不希望学生仿效这些例子，去挖苦别人的生理缺陷。

向徐光启学习

　　我们在农村工作的同志们，当着总结农业生产经验的时候，不但应该向全国各地农业劳动模范和老农们虚心请教，应该注意吸收现代先进的农业科学技术，而且应该向我国历代著名的农学家们学习，接受他们已经总结的农业生产的丰富经验和他们总结经验的方法。

明代杰出的科学家徐光启，在农业科学方面，和在其他科学方面一样，对我们的祖国有巨大的贡献。他生于明代嘉靖四十一年，即公元一五六二年；死于明代崇祯六年，即公元一六三三年。今年（一九六二年）四月二十四日正好是他的四百周年诞辰。他曾经编写了许多科学书籍，包括天文、历法、数学、测量、农业、水利、机械、兵器等内容。其中特别著名的是《农政全书》六十卷，约一百万言。这一部书总结了我国在十七世纪以前农业生产的丰富经验。这是特别值得我们学习的。

这一部《农政全书》虽然是未完成的科学著作，但是，它汇集了我国古代农学书籍和有关文献二百五十多种，成为资料最完备的一部农学著作，它的科学价值应该受到足够的估计。

大家知道，我国原是古老的农业国，历代农学著作，种类和数量都很多。远在西周时代，《诗经·豳风》中已经记载了一年四季农事的安排。《周礼》中的《天官》《地官》《冬官》等篇也记载了农官的各项职责。《礼记》的《王制》《月令》等篇同样说明了对农业的基本要求。至于春秋战国时期的诸子百家著作，也有不少涉及农业的内容。不过在那个时候，农业生产的经验还缺乏比较详细的记述，只留下许多零星琐碎的片断文字罢了。

到了汉代，氾胜之当黄门侍郎的官职，在关中督导种麦，比较系统地研究和总结了农业生产的经验，著农书二卷。这就是著名的《氾胜之书》，为我国最早流传的农学著作。

自此以后，农书种类日益增多。其中有许多是专讲一门的，如专讲种稻、养蚕、植棉等等。但是，更重要的是一些综合性的农书。如南北朝时代后魏的贾思勰，编撰了《齐民要术》十卷；宋代的陈旉，撰《农书》三卷；元代的王祯，撰《农书》二十二卷，这些都是较为有名的综合性农学著作。而在明代，除了徐光启的《农政全书》以外，还有佚名的《沈氏农书》、黄省曾的《农圃四书》等几种，但是内容最丰富的莫过于徐光启的著作。这是因为徐光启采取的是属于比较进步的科学方法。

据《明史》卷二百五十一《徐光启传》载：

徐光启字子先，上海人。万历二十五年举乡试第一，又七年成进士，由庶吉士，历赞善。从西洋人利玛窦学天文、历算、火器，尽其术。遂遍习兵机、屯田、盐筴、火利诸书。光启死后，帝念光启博学强识，索其家遗书。子骥，入谢，进农政全书六十卷，诏令有司刊布。

后来的许多资料证明，徐光启一生所进行的科学研究工作，对于当时的社会生产，发生了积极的推进作用。他终于成为我国科学史上的著名人物，决非偶然。特别是他对于我国农业科学的建立和发展，更有显著的功绩，这是不可抹杀的。

例如，在《农政全书》中，徐光启对于"浚渠""水井"的解说，与其他许多问题相同，都曾经提出了值得重视的论点。

他总结了"秦凿泾为渠，又关西有郑国、白公、六辅之渠，外有龙首渠，内有史起十二渠，范阳有督亢渠，河北有广庚渠，朗州有右史渠，今怀孟有广济渠"等经验，认为必须"因其地利水势，继此而作，益国富民，可见速效"。如果不懂得地利水势，当然就要吃亏。他对于开井也很重视，认为是"水利之中所不可缺者"。

又如，关于"架田"的记载，同样是相当重要的经验。这就是我们曾经说过的水上园田。它又叫做"葑田"。徐光启介绍它是："以木缚为田丘，浮系水面，以葑泥附木架上而种艺之。其木架田丘，随水高下浮泛，自不淹浸。"现在正值春耕季节，我们在个别条件具备的地方，无妨照他介绍的经验，试一试吧。

可惜，《农政全书》旧本因为不是徐光启自己编定的，而是经过陈子龙、谢廷祯等人，在徐光启死后加以整理刊行的，所以内容还存在不少缺点，甚至有许多错漏，需要重新整理、重新编辑、重新出版。然而，无论如何，凡是负责农业生产领导工作的人员，对于这样重要的古代农书，应该予以充分的注意，仔细地阅读和研究它，并且要学习徐光启的研究精神，运用比他更加进步得多的新的科学方法，来总结我们现在的农业生产经验。

围田的教训

听说南方水乡，有人在议论如何开辟围田，以求农业增产，并且有人说北方也可以采用。这，作为一种主张，说说倒也无妨，大家尽可以各抒己见，可是千万不要贸然采用。因为围田在许多世纪以来，已经有不少惨痛的教训，这是稍读历史的人都知道的。

所谓围田，照徐光启《农政全书》的介绍，是"筑土作围以绕田也"。他解释说：

> 盖江淮之间，地多薮泽，或濒水，不时淹没，妨于耕种。其有力之家，度视地形，筑土作堤，环而不断，内容顷亩千百，皆为稼地。后值诸将屯戍，因令兵众分工起土，亦仿此制，故官民异属。

与围田相同的，还有一种圩田。徐光启也说："复有圩田，谓垒为圩岸，捍护外水，与此相类。"的确，圩田和围田是大同小异的。围田往往是四周环水，而圩田则只有两面或三面临水。

对于围田和圩田的利弊，可惜徐光启没有全面地加以详细的论述。他说："虽有水旱皆可救御，凡一熟余，不惟本境足食，又可赡及邻郡，实近古之上法，将来之永利。"这显然是对于围田和圩田的过高评价。

其实，历史上有关围田和圩田的利弊问题，一直都有争论。当然，在过去封建时代，从少数地主官僚的立场上说，在湖泊河川地带，排水筑堤，围起一大片肥沃的土地，变为自己的园田，收获丰富，岂不是好得很吗？可是，从直接生产者的农民立场上说，那许多围田和圩田，占去了大片土地，势必使湖泊河川的水面缩小。一旦洪水暴发，被缩小了的湖泊河川更容易泛滥。这时候，围田和圩田力图自保，可以无虞，而广大农民的土地则必然受灾。如果遇到天旱，围田和圩田占据有利地势，可以充分进行灌溉，而广大农民的田地却更要干旱了。由此看来，围田和圩田在封建时代的农民心目中，就只有坏处而没有好处了。

把利害权衡一下，究竟围田和圩田对于农业生产是利多害少还是害多利少呢？要回答这个问题先要看看历史事实。

以围田和圩田最发达的宋代为例子吧。据《宋史》卷一百七十三《食货志》上关于农田部分的记载：

> 绍兴五年，江东帅臣李光言：……本朝庆历、嘉祐间，始有盗湖为田者，其禁甚严。政和以来，创为应奉，始废湖为田，自是两州之民，岁被水旱之患，余姚、上虞每县收租不过数千斛，而所失民田常赋动以万计。莫若先罢两邑湖田。其会稽之鉴湖、鄞之广德湖、萧山之湘湖等处尚多，望诏漕臣尽废之。其江东西圩田、苏秀围田，令监司守令条上。

这就证明，围田和圩田等都是与水争地，盗湖为田，其结果必遭水旱之灾，农业生产将受到严重损失。这个道理在绍兴二十三年谏议大夫史才的奏疏中，说得更加清楚。他写道：

> 浙西民田最广，而平时无甚害者，太湖之利也。近年濒湖之也，多为兵卒侵据，累土增高，长堤弥望，名曰坝田。旱则据之以溉，而民田不沾其利；涝则远近泛滥，不得入湖，而民田尽没。

后来又有一位户部尚书袁说友，在庆元二年的一篇奏疏中说：

> 浙西围田相望，皆千百亩，陂塘娄渎，悉为田畴。有水则无地可潴，有旱则无水可戽，不严禁之，后将益甚，无复稔岁矣。

由此可知，围田和圩田的害处是主要的，而且它们的害处并不因为人们兴修许多水利工程，就能够从根本上被克服。如果有的地方由于特殊需要，打算筑起围田，那倒不如采用浮筏式的水上园田，即所谓架田、葑田等，完全不与水争地，却同样可以扩大耕种面积，增加农业生产，这比围田的效果要好得多了。

有人说，搞围田的地方总是因为耕地不足，不得不搞，所以历代围田常常废除了很久以后又兴起了。我们如能批判地接受这个经验，难道不好吗？

这个论调显然还是不对的。殊不知我们现在的社会历史条件，根本不同于过去的任何时代。如果说，过去在人多地少的南方水乡，人们与水争地似乎出于不得已，那么，我们现在一切都能通盘筹划，又何必偏偏要在人多地少的地方与水争地，而不肯另想办法去扩大耕地面积呢？

地下水和地上水

一封读者来信从新疆寄给我，问我"关于地下水和地上水的关系，应该如何处理"？这位读者最近看到《燕山夜话》第一集，他对于其中的《堵塞不如开导》一文特别注意，问题就是"从这篇文章联想起来的"。因为他猜想我"写那样的题目一定懂得水利"，所以把问题提给我，要求解答。

很惭愧，我根本不懂得什么专门的水利知识，只能讲一些很普通的外行话。我觉得从"地下水和地上水的关系"这个角度提出问题，倒也新鲜。这恐怕不仅仅是这位读者碰到的特殊问题，可能还有不少读者对这个问题也有兴趣。因为这实际上是解决土地盐碱化问题的一个关键。

研究水利的人，首先必须知道如何防止水害；能够防止水害，才能变水害为水利。否则，水利反而会变为水害，不可不慎。

《管子·度地篇》中说："善为国者，必先除其五害。"他解释这五害是："水一害也，旱一害也，风、雾、雹、霜一害也，厉一害也，虫一害也。"他还特别指出："五害之属，水最为大。"由此可见，管仲把水列为五害之首，而我们的任务则是要把这最大之害，转变成为最大之利。

要想变水害为水利，又要对各种不同的水，加以区别。管仲讲了五种水，即所谓经水、枝水、谷水、川水、渊水。管仲认为："此五水者，因其利而往之可也，因而扼之可也，而不久常有危殆矣。"所以他向齐桓公建议，要找有经验的水利人员，担任水官，随时修浚水道。后来讲水利的人，虽然有许多见解远远地超出管子之上，但是管子讲的道理仍然不可轻视。无论秦代的李冰，汉代的贾让，唐代的吴师孟，宋代的王十朋，元代的郭守敬，明代的虞翊、潘季驯等各家关于治水的意见，大体都离不了疏导和堵塞这两个方面。

从根本上说，堵塞不如疏导。传说中鲧的失败和禹的成功，具有极其深刻的历史经验和教训。这在以前的《夜话》中已经说过，现在不必重述了。如果就地下水和地上水的关系而论，疏导远胜于堵塞，这道理就更加显而易见了。

我们对于地上水如果不善于利用，不加以正确的引导，使它能灌能排，而把它堵塞起来，使它停留在一个地方，只能灌而不能排，甚至于既不能灌、又不能排。在这种情况下，如果水道没有水门汀等防止渗透的设备，地上水必然会漏到地里，逐渐同地下水连接起来。这样，地下水的水位就会很快上升，把地下土壤中所含的盐分，推到土地的表层，并且蒸发到地面，于是土地盐渍化的现象就产生了。任何肥沃的农田，一旦盐渍化，如果不赶紧采取措施加以治理，而任其发展，这块地板就算毁了。再要恢复地力，还得经过相当长期的努力。

那么，对于已经盐渍化的土地，应该怎么办呢？办法当然也不少，但是最根本的办法，是赶快排水。正如釜底抽薪，火自然就会熄灭，这是同样的道理。只要地面上能够顺畅地排水，地下水位就会随着下降，土壤中的盐分也就不会继续上升，盐渍化的过程自然能够停止，接着采取其他措施才能发生效力。如果不加紧排水，则地下水位不能下降，盐分继续上升和蒸发，即便采取其他多种措施，都将徒劳无功，至少是事倍功半，吃力不讨好。

当然，排水工程如果太大，切不可要求过急，不要企图"毕其功于一役"；应该因地制宜，分几个步骤，逐渐争取实现。在这些步骤中首要的一步，是促进土壤脱盐，并且防止返盐。为了这个目的，有的地方可以造林，有的可以种植苜蓿等牧草。这些都是有效的办法。还有一种主张，是对盐渍化的土地进行深翻，配合着灌溉，冲涮盐分，促使土地加快脱盐。采用这个做法的，似乎有必要对当地的水土情况做具体的分析。在某种条件下，翻耕土地反而会把盐分翻上来，促成了返盐的现象。这一点应该经过细心的研究，才好决定具体的措施。

除了这些办法以外，我觉得特别应该提出的，是要进一步利用地层深处的泉水，抽出地面，进行灌溉。这是一举两利的好办法。我们平常说的地下水，一般都不包括地层深处的泉水。如果能把深层的泉水抽出，用来灌溉，一方面将促使地下水位迅速下降，另一方面又可以用来冲涮地表的盐分。这样不是两全其美吗？

这个办法用在平原地区最为适宜。我们在河北平原到处可以看见许多机井，它们所抽取的正是地下深层的泉水。虽然，打机井花费较多，有的地方未必办得到。但是，这毕竟是处理地下水和地上水的一个有效方法啊！

大豆是个宝

有几位研究农业科学的朋友在一起谈话，大家兴高采烈地谈到我们伟大的祖国是大豆的原产地，而大豆的全身都是宝，值得大大提倡，多多种植。我非常赞成这几位朋友的意见，并且愿意加以补充和阐述。

大豆的确是我们中国最古的原产作物之一。《诗经·豳风·七月》有一句说："七月烹葵及菽。"《小雅·小宛》又有一句说："中原有菽，庶民采之。"宋代朱熹注曰："菽，豆也。"清代顾炎武在《日知录》中更详细地引证说：

> 战国策张仪说韩王曰：五谷所生，非麦而豆；民之所食，大抵豆饭藿羹。姚宏注曰：史记作饭菽而麦，下文亦作菽。古语但称菽，汉

以后方谓之豆。

事实的确是这样。汉以前的典籍中，只称"菽"而不称"豆"，到了汉以后才开始称"豆"。

约在公元一世纪前后，"菽"的种子由中国本部传到西域各地，后来又从西域传到欧洲各国所以大豆的译名，在俄语里称为"соя"，在英语里称为"soy"，都是"菽之遗"也。

虽然大豆在中国古语中称为"菽"，而"菽"却不仅仅指的大豆。据宋代罗愿在《尔雅翼》中解释：

> 菽，豆也。其类最多。故凡谷之中居其二。又古人说百谷，以为粱者黍稷之总名，稻者溉种之总名，菽者众豆之总名。

这就证明，不只大豆在古代被称为菽，一切豆类都被称为菽。我们现在特别称赞大豆，意思无非是把它作为豆类的代表罢了。

宋人编的《延年秘录》，有一段文字对大豆备加称赞。这个秘录的编者，根据故老相传的经验，写道："服食大豆，令人长肌肤，益颜色，填骨髓，加气力，补虚能。"无怪乎历来吃素的佛教徒，用大豆制成各种食品，却有延年益寿的好处。这些足以表明大豆有很高的营养价值。不过，古人缺乏像现代科学一样的分析方法，所以对大豆的营养价值还不能做出准确的说明。

我们现在的农业科学研究机关，对大豆进行化学分析的结果，更加证明大豆含有丰富的营养成分。据说，大豆中含有百分之四十的蛋白质和百分之二十的脂肪。这就比瘦肉、鸡蛋、牛奶等蛋白质和脂肪的含量，都要多得多了。从蛋白质的含量来说，瘦肉只有百分之十九点二，鸡蛋只有百分之十四点八，牛奶只有百分之三点二，显然都比不上大豆。从脂肪的含量来说，瘦肉只有百分之十点七，鸡蛋只有百分之十点五，牛奶只有百分之三点五，也都比不上大豆。虽然，植物性蛋白质的生理价值，比动物性蛋白质的生理价值为低，但是，植物性蛋白质所含的、为人体所必需的氨基酸的种类和数量，并非绝对不能改变的。而且，除了大量的蛋白质和脂肪以外，大豆中还有胡萝卜素、硫铵素、核黄素、尼克酸等为人体所必需也最容易吸收的营养素。这更是瘦肉、鸡蛋、牛奶以及其他畜产品所少有的。

我们平常把大豆拿去榨油，主要目的是为了提取它所含的脂肪，殊不知榨油以后的豆饼，仍然保存着很多营养素。据化学分析的结果，豆饼中还有百分之四十二到四十五的蛋白质含量，也还有百分之二点一到七点二的脂肪含量。如果用豆饼催肥"克郎猪"和饲养乳牛，那是最好不过的。至于用豆饼做肥料，它的肥效更比牲畜粪肥的效能要高得多，这更是人所共知的了。

许多地区的农民，往往还把大豆当做间作和轮作的最好作物。这是因为大豆自身具有一种独特的作用，它能够把空气中游离的氮素固定下来，供应它本身生长和发育的需要，使土壤肥力的消耗量降低，更多地节省地力，对农田大有益处。

大豆的秸秆同样有许多用处。最明显的是把它作为家畜的饲草。据分析，大豆秸的营养价值也比谷子秸、水稻秸、小麦秸都要高。正因为这样，所以北方的牧民们，每年秋收的时候，就大量收集豆叶、豆皮、豆蔓等，留作冬季的主要饲草。至于用大豆秸作青饲草，虽然不如苜蓿草等来得合算，但是它的营养价值却又比苜蓿草等为高，这一点大概也没有疑问。

特别值得重视的，是大豆在工业上的作用。按照专家的估计，用大豆做原料制成的工业品已有约三百种以上，其中包括了化装用品、医药用品、纺织用品、塑料、胶体以及军需用品等，将来还有可能在某些方面代替钢铁，它的前途真是不可限量啊！

在我国的广大地区，自然条件基本上都能适合于大豆的生长，各个地区又适合于其他若干豆类的生长。因此，除了其他豆类可以因地制宜广泛种植以外，大豆的种植范围显然有进一步扩大的可能条件，希望各地家业科学家共同努力，多加提倡、试验，并在条件具备的地方适当地加以推广。

多养蚕

读了《北京晚报》发表的言佳同志写的《蓖麻蚕》一文，我很高兴，愿借此机会，也来谈谈养蚕的问题。

先要来"正名"。蚕字现在流行的简体字写成"蚕"字，这是不妥当的，似乎应该考虑改正。

李时珍在《本草纲目》释名中说："蚕从朁，象其头身之形；从虫，以其繁也。俗作蚕字者非矣。蚕音腆，蚯蚓之名也。"

我们对于李时珍在几百年前说过的意见，虽然不能盲从，但是，如果他的意见正确，为什么不可以采纳呢？假定可以接受李时珍的意见，为了简化，我以为把"蚕"字改为"蚕"字似乎要好一些。

蚕的种类很多。据《尔雅·释虫篇》所列举的有："蟓，桑茧；雔由，樗茧、棘茧、栾茧；蚢，萧茧。"晋代郭璞的注解，在"蟓，桑茧"下注："食桑叶作茧者，即今蚕。"在"雔由，樗茧"下注："食樗叶"；在"棘茧"下注："食棘叶"；在"栾茧"下注："食栾叶"；在"蚢，萧茧"下注："食萧叶"。然后总括一句说："皆蚕类。"宋代邢昺的解释是："此皆蚕类作茧者，因所食叶异而异其名也。食桑叶作茧者名蟓，即今蚕也；食樗叶、棘叶、栾叶者，名雔由；食萧叶作茧者名蚢。"这个解释就很清楚了。

从这些注解中可以知道，我们现在用桑叶喂养的家蚕，原先都是野蚕，而且只是野蚕中的一种。还有吃樗树叶的野蚕。樗权就是臭椿，它的叶子是另一种野蚕——雔由的食物。雔由也能吃棘树的叶子。棘就是小酸枣树，它的叶子也是雔由这种野蚕的好食物。还有栾花树的叶子也是雔由爱吃的。至于蚢，则是吃蒿草的又一种野蚕，萧就是蒿草，又叫做野艾。臭椿、酸枣、艾蒿等都是北方常见的，所以雔由和蚢也是北方野生的。

我们还可以看看，后魏贾思勰的《齐民要术》中有一节专论"种桑柘"的。他写道：

永嘉有八辈蚕：蚖珍蚕，三月绩；柘蚕，四月初绩；蚖蚕，四月初绩；爱珍，五月绩；爱蚕，六月末绩；寒珍，七月末绩；四出蚕，九月初绩；寒蚕，十月绩。

蚕有八辈，这在南方并不稀奇，北方恐怕很不容易做到。但是，其中柘蚕是吃柘树叶的，和吃柞树叶的柞蚕差不多，这在北方却也容易生长。

历史上有不少关于野生的蚕茧丰收的记载。如《后汉书·光武本纪》写道："王莽末，天下旱，蝗。黄金一斤，易粟一斛。至是（建武二年）野谷旅生，麻尗尤盛；野蚕成茧，被于山阜，人收其利焉。"又如《宋书·符瑞志》载："宋文帝元嘉十六年，宣城宛陵广野蚕成茧，大如雉鷇，弥漫林谷，年年转盛。"到了宋孝武帝大明三年，又载："五月癸巳，宣城宛陵县石亭山，生野蚕三百余里，太守张辩以闻。"唐代贞观十二年，据《册府元龟》载："六月，楚州言野蚕成茧于山阜；九月，楚州野蚕成茧，遍于山谷。"这些例子也只是说明南方的情形。

至于在北方，这里无妨再举一些例子为证。据《宋史·五行志》载："（哲宗）元祐六年，闰八月，定州七县，野蚕成茧。"又一条记载是："元符元年七月，藁城县野蚕成茧；八月，行唐县野蚕成茧；九月，深泽县野蚕成茧，织纴成万匹。"还有，"政和元年九月，河南府野蚕成茧"。以及其他等记载，在这里用不着一一抄录了。

如果说，用雄的樗蚕蛾和雌的蓖麻蚕蛾进行杂交，经过选育后得到的杂种蚕，就能适应我国的环境，便于保种过冬，传种接代。那么，无妨再做一个小小的试验，把其他野生的蚕蛾与家蚕蛾杂交，或者用两种野生蚕蛾杂交，看看是否能够得到便于大量培育的、能吃各种野生树叶和草叶的新品种，使我国的蚕丝生产有更进一步的发展。

言佳同志在文章中提到，蓖麻蚕的经济价值很高，它的茧可以制造许多纺织品，蚕粪能做肥料，蚕蛹可以榨油或者做酱油。我想还应该提到蚕的药用价值。

据李时珍说："凡食叶蚕类，俱可入药。"比如"白僵蚕"能"治小儿惊痫"；"为末，封疔肿，拔根，极效"。蚕蛹"为末，饮服，治小儿疳瘦，长肌退热，除蚘虫；煎汁饮，止消渴"。蚕茧用以"烧灰，酒服，治痈肿无头，次日即破。又疗诸疳疮及下血、血淋、血崩。煮汁饮，止消渴、反胃，除蚘虫"。蚕蜕"治目中翳障及疳疮"。甚至于缫丝汤，李时珍也说它能够"止消渴，大验"。

趁着现在大家注意养蚕的时候，我希望能有几位研究过这些问题的专家和热心的朋友，把北京郊区附近的野蚕种类及其生长情况，做一番调查研究，并加以小型试验，以便早日提出发展养蚕的有益建议。

咏蜂和养蜂

不论平地与山尖，无限风光尽被占。
采得百花成蜜后，不知辛苦为谁甜？

这是唐末五代的著名诗人——罗隐《咏蜂》的七言绝句。从前四年制的中学生大概都读过这首诗。有的老师还出了一个作文的题目——《读罗隐咏蜂七绝有感》。更有的老师叫学生自由地写一首和诗，可以交卷也可以不交卷，谁交了的就多给几个分数。我当中学生的时候，就曾经写过一首和诗，并且是步罗隐原韵的。和诗的原句是：

踏遍溪山十二尖，艰难生计不须占！
世间多少伤心客，何惜捐输一滴甜？

现在看起来，我的和诗当然十分幼稚。不过，那时候对于蜜蜂的辛勤劳动和人间为生计而操劳的广大群众，已经有了相当的同情。这许多年来，进一步从生产的角度认识了养蜂的重要。前些日子，有两位记者访问了香山的养蜂场。他们的报道又引起了我在这方面的一些回忆和新的兴趣。

蜜蜂对于人类的益处很大，而它们自己的寿命却很短。酿蜜的工蜂顶多能活七八个月，有许多只活了一二个月就死了。它们酿造一斤蜜，大约要采五十万朵左右的花粉。所以，在采蜜最忙的季节，许多工蜂往往飞在中途就力竭而死。

一群蜜蜂，除了一个蜂王和几个雄蜂以外，主要是由工蜂组成的。每个蜂群一般要有两三万头工蜂，达到此数或者多于此数的称为强群，少于此数的则是弱群。养蜂要养强群才有利于生产，否则不但不利于当前的生产，而且有长期不利的影响，甚至于蜂种都会变坏了。

凡是养蜂的人都知道，好蜂要有好种。而品种优良的蜜蜂，古书中叫做"螱"，或叫"范蜂"。李时珍在《本草纲目》中说：

> 蜂尾垂锋，故谓之蜂。蜂有礼范，故谓之螱。礼记云：范则冠而蝉有绥。化书云：蜂有君臣之礼。是矣。

只要稍加观察，我们就会发现，每一群蜜蜂都是一个组织严密的集体。它们内部有分工，无论营巢、采蜜、保育幼虫、清理蜂房等杂务，都有专责。并且所有的蜂群，照例"一日两衙"，非常有规律。李时珍还说：

> 凡取其蜜不可多，多则蜂饥而不蕃；又不可少，少则蜂惰而不作。……取惟得中，似什一而税也。

可见李时珍简直把蜂群看成和人类社会差不多，把割蜜也比做"什一之税"，主张不过多又不过少。与李时珍的这些观点相似的，在明代还有一个宋应星，他在《天工开物》中写道：

> 凡蜂不论于家于野，皆有蜂王。王之所居，造一台，如桃大。……王每日出游两度，游则八蜂轮值以侍。蜂王自至孔隙口，四蜂以头顶腹，四蜂傍翼飞翔而去。游数刻而返，翼顶如前。畜家蜂者，或悬桶檐端，或置箱牖下，皆锥圆孔眼数十，俟其进入。凡家人杀一蜂二蜂皆无恙，杀至三蜂则群起蜇人，谓之蜂反。凡蝙蝠最喜食蜂，投隙入

中，吞噬无限。杀一蝙蝠，悬于蜂前，则不敢食，俗谓之枭令。

历来论述养蜂问题的书籍还有不少，我想不必列举。只是明代刘基的《郁离子》一书，不大受人注意，其中有一段关于养蜂的记载，仍有介绍的必要。他说：

> 昔灵丘丈人之养蜂也，园有庐，庐有守，刳木以为蜂之宫。其置也，疏密有行，新旧有次；坐有方，牖有向；视其生息，调其暄寒，以巩其架构。如其生发，蕃则析之，寡则哀之；却其蛛、蟊、蚍蜉，猕其土蠚、蝇豹。夏无烈日，冬不凝澌。飘风吹而不摇，淋雨沃而不渍。其分蜜也，分其赢而已矣，不竭其力也。丈人于是不出户而收其利。

刘伯温的这一段话，我觉得是比较全面地论述了养蜂的方法，很值得养蜂的人员做参考。

在北京的各个农场中，就现有的条件说来，养蜂业显然大有发展的可能。这是大家公认的用力少、成本低、得利大的一项副业生产。如果我们能够到处多栽花果树木，增加蜜源，那么，不止养蜂业可以发展，北京的自然风光和物产状况也会更加丰美。

下雨趣闻

一九六二年四月二十六日的《人民日报》第五版，刊登了"有关雨的趣闻"，共有三则，都是外国的，大概因为那一版全是国际资料的缘故。但是，我却因此想到我们中国古书记载的下雨趣闻，比外国的更多得多。

虽然，从前许多作者，对于各种自然现象，不能理解，只把它们记录下来；而后来的许多读者，甚至于又都把它们当做神话看待，这就使大批可供科学研究的资料长期被埋没,实在可惜。不过,历代记录的这类材料,有许多总算保存下来了,谁有兴趣,尽可以把分散的材料,集中到一块,加以分析研究,也许可以解答某种特殊的问题,也未可知。

例如,说到钱雨。人民日报登载的材料中,叙述"一九四〇年的一天,苏联高尔基州突然下了一阵带有大量古老铜钱的雨,人们把这种雨叫做铜钱雨"。而在我们中国,这样的例子就很不少。据南北朝时代的任昉在《述异记》一书中载:"周时,咸阳雨钱,终日而绝。""王莽时,未央宫中雨五铢钱。""汉世,颍川民家雨金铢钱。"又据《宋史·五行志》载:"绍兴二年七月,天雨钱,或从石甃中流出。"明代的《稗史汇编》也有这样的记载:"成化丁酉六月九日,京师大雨,雨中往往得钱。"可见钱雨并非奇事。

而且,我们还知道有金雨。《竹书纪年》载:"夏禹八年夏六月,雨金于夏邑。"后来任昉也写道:"先儒说:夏禹时,天雨金三日。古诗云:安得天雨金,使金贱如土。是也。"他在《述异记》中又写道:"周成王时,咸阳雨金。今咸阳有雨金原。""汉惠帝二年,宫中雨黄金、黑锡。""汉世,翁仲儒家贫力作,居渭川,一旦天雨金十斛于其家。"像这样的金雨不知道外国是否也有。

还有五谷雨。任昉说:"吴桓王时,金陵雨五谷于贫民家,富者则不雨矣。"照他这么说,好像老天爷居然也会区别贫富似的。这当然是一种附会。宋代刘敬叔的《异苑》又载:"凉州张骏,字公彦,九年天雨五谷于武威、敦煌,植之悉生。"在五谷之中,有降稻米的。如晋代崔豹的《古今注》载:"惠帝三年,桂宫、阳翟俱雨稻米。"也有降黍的。崔豹又写道:"宣帝元康四年,长安雨黑黍。"《宋史·五行志》也说:"元祐三年六月,临江县涂井镇,雨白黍;七月又雨黑黍。"同样,《元史·五行志》载:"至元十一年十月,衢州东北雨米如黍;邵武雨黑黍,如芦穄;信州雨黑黍,郡邑多有,民皆取而食之。"又有雨粟的。崔豹说:"武帝建元四年,天雨粟。""宣帝地节三年,长安雨黑粟。"当然也有雨麦。晋代张华的《博物志》载:"汉武帝时,光阳县雨麦。"在各地县志中还有许多同样的记载,我没有一一去查阅,这里就不列举了。

如果只看上面所举的几部书,我们还不能完全发现其他各种下雨的趣闻。其实二十五史和笔记小说中的材料，多至不可胜数。随便再打开《汉书·五行志》，其中就写道："元帝永光二年八月，天雨草，而叶相胶结，大如弹丸。"这大概可以叫做草雨吧。此外，崔豹还说过："汉帝永和中，长安雨绵，皆白。"又说："宣帝元康四年，南阳雨豆。"《宋史·五行志》也载："元丰二年六月，忠州雨豆；七月甲午，南宾县雨豆。"这些绵雨、豆雨等例子可以说明，下雨的时候，能够随雨下降的东西还有不少，决不止于我们所说的这一些。

那么，我们应该怎样解释这类现象呢？这些是神怪现象吗？显然不是。这些现象实际上都是由旋风所引起的。旋风又叫做回风，古人早已知道它的厉害了。

明代《管窥辑要》一书，引唐代天文学家李淳风的话说："回风卒起，而圆转扶摇，有如羊角，向上轮转，有自上而下者，或磨地而起者，总谓之回风。"当回风刮起的时候，飞沙走石，平地而起，直冲到高空中去。因此，地面的东西往往会被刮到天上，刮到很远的地方，然后又落到地面上来。这样就形成了所谓钱雨、金雨等奇怪的现象。实际上这些现象的产生，道理却很简单。

我们走到郊外旷野去，常常看见一阵旋风卷起沙土，变成一条黄色的飞龙。据说，人要是处于这个龙卷风的中心，就非常危险。甚至天上的飞鸟，如果碰上这股龙卷风也逃不了。

所以，《宋史·五行志》说："庆元二年十二月，吴县金鹅乡铜钱百万自飞。"这当然是被旋风刮跑了的。《续文献通考》[1]载：明代"洪武八年，库钱飞。时南台民家屋上有钱，竖立瓦上，各贯以竹，或得一二十文，皆库钱也"。明代蒋一葵的《长安客话》也写道："涿州旧有塔在桑乾河中，名镇河塔。嘉靖元年，塔崩，内有古钱，皆飞空如蜻。"把这些记载同前面所举的例子连起来看，问题的真相就表现得非常清楚了。

从下雨的趣闻中，我们不难知道，有许多离奇古怪的现象，只要仔细

---

[1]《续文献通考》，是典章制度史书《文献通考》的续编，作者是明代王圻，共254卷，所纪上起南宋嘉定年间，下至明万历初年。

研究，其中都有一些道理。因此，我们对于古人遗留下来的各种记录材料，甚至包括许多神怪记录在内，也不要随便一概抹杀，而要从中寻找有用的东西。

发现"火井"以后

前几天，遇见一位老乡。他告诉我："就在咱们住的那个村庄，发现'火井'了。"这真是一个喜事。从来不知道有火井的地方，现在居然也有了火井，怎么不叫人高兴呢？

可是，在发现了火井以后，就应该赶快加以利用，千万不要让它白白地浪费掉，这是最要紧的。即便由于它是新发现的，人们对它的资源状况，还不能一下子就了解清楚；或者因为技术设备不够，还不能很快加以利用。然而，无论如何，我们总得赶快采取措施，尽可能地利用它，而不应该使它受到无谓的损耗。

我们所说的火井，照现代科学的名称，就叫做天然气。这是一种气体燃料，即天然产生的可以燃烧的气体。它的主要成分是沼气，化学名称是甲烷；此外，也包含有少量的二氧化碳、氮气、氢气及其他气体。这就是说，它是一种混合的气体，外文译名又叫做"瓦斯"。它的产生，如同煤炭和石油一样，也是由于埋藏在地下的有机物长期变化而来的。正因为这样，所以它不但可以单独存在，也常常与煤炭或石油共生，因而同时存在。这种气体聚集的地方，只要打一口井，它就会自然地喷出来。在喷口上一点就着，火力很强，所以我国民间和古书上都把它叫做火井。

据宋代刘敬叔的《异苑》一书的记载，我国最早发现火井的地方是四川临邛县。他写道：

> 蜀郡临邛县有火井，深六十余丈。汉室之隆，则炎赫弥亘；桓灵
> 之世，炎势渐微；诸葛一窥而更盛。

这里说到东汉桓帝和灵帝的时期，火井已经不如最初那样旺盛了，可是诸葛亮去看了一下，火势却又旺起来。这当然有点近乎神话，十分牵强。不过，天然气流动的情形，有时也会在某个时候旺盛，某个时候衰微，后来又转为旺盛的。

尤其值得注意的是，这个记载证明，我们早在汉代就发现了天然气，就已经知道火井的用处。在科学史上，这恐怕也是应该大书特书的。

同书又说：

> 北狼山、遥火山西有火井，深不可见底，炎热上升，若微电。以草爨之，即火发其山矣。

又据《邛州府志》载：

> 在州治西南八十里有火井。蜀都赋：火星荧于幽泉，高焰煽于天陲。注曰：欲出其火，先以家火投之。须臾焰出，以竹筒盛之，其火无灰。井有水、火，取井火煮水，一斛得盐五斗。家火煮之则盐少。

现在我们如果到四川自流井等地，看看煮盐的情形，仍然和《邛州府志》的记载差不多。

翻开《潼川府志》，我们同样也能看到类似的记载。如：

> 在蓬溪县伏龙山下，地洼若池。以火引之，有声隐隐出地中，少顷炎炽。夏月积雨停水，则焰生水上，水为之沸，而寒如故。冬月水涸，则土上有焰，观者至焚衣裙。

这些都可以证明，在四川各地，历代都有许多火井，终年不断地喷出瓦斯，遇火即燃。同时，在南方其他不少地区，同样也有火井存在。

至于在北方，是不是也有火井呢？这在过去一般人的心目中，一直是个疑问。甚至有的人很肯定地认为北方没有火井。然而，事实却不是这样。

不但我们现在已经发现北方也有火井，而且从历史文献中同样可以找到证明。

例如，在河北省的阳原境内，据地方志载，这里是古弘州地，有"火井，深不见底。炎气上升，常若微电。以草爇之，则烟腾火发，故名曰莹台"。可见北方也有火井，并非只在南方才有。至于在甘肃玉门附近地区，因为出产石油，同时也有大量的天然气，更是人所共知的了。

因此，用现代科学观点来说，所谓火井大体可以分为三种，即气井、油井、煤井。这三种井都能喷出天然气，都可以点燃，都可以叫做火井。我们应该设法充分利用这几种火井的天然气，以代替煤炭的燃烧，节约用煤；并且用以代替加工所需要的动力，节约大量的劳动力；同时可以改善劳动环境，减少灰渣和高温辐射等对环境卫生的不良影响。

更重要的是，如果天然气发现得多了，还可以用来制造碳黑、肥料、人造石油以及其他许多化学工业产品。我们看到国外进口的许多合成纤维、人造橡胶、人造羊毛、合成氨化肥、酒精等，有相当大的部分都是从天然气中提炼制造的。

由此可见，发现了火井以后，如果善于利用它，那么，它在人民群众日常生活和生产上的用途，将日益增大；它对于我们社会主义的国民经济建设，将发挥日益巨大的作用。

茄子能成大树吗？

请你想想，栽一棵茄子，会长成一株大树，这是可能的吗？就普通常识来说，这无疑地是不可能的；然而，这又是有确实根据的。

宋代高怿的《群居解颐》中有一段记载：

　　岭南地暖，草菜经冬不衰。故园圃之中，栽种茄子，宿根多二三年者。渐长，枝干乃成大树。每夏秋熟时，梯树摘之。三年后，树老子稀，即伐去，别栽嫩者。

这里所说的茄子，到底是不是茄子，似乎还值得研究。人们很有理由怀疑，变成大树的茄子也许不是茄子，而是别的一种植物。

可是，早在高怿以前，晋代嵇含的《南方草木状》中，就有一则专讲"茄树"的，文字与上面所引的大同小异。只是高怿说到这种茄子"宿根多二三年者"，而嵇含说"宿根有三五年者"；高怿说"三年后，树老子稀，即伐去"，而嵇含说的是"五年后"。

由此人们又会怀疑，这两则文字相差不多，是否以讹传讹？但是，再查其他古书，也有同类的记载。唐代刘恂的《岭表录异记》[1]中，有一段记载与高怿的记载相同。还有《岭南异物志》一书，也写道：

> 南土无霜雪，生物不复凋枯。种茄子十年不死，攀缘摘之，树高至二丈。

茄子竟然能活十年，并且长到两丈高，这真是一株大树了。这能够说是以讹传讹吗？为什么这许多作者都会信以为真呢？不仅如此，并且有的作者还确切地证明有人亲眼看见了。例如唐代的段成式，在《酉阳杂俎》中说：

> 岭南茄子，宿根成树，高五六尺，姚向曾为南选使，亲见之。

看来这的确是一种茄子，并非传讹。因为茄子的品种很多，在气候、土壤等特殊的条件下，也有可能会长成了大树。或者这种茄子树和茄子的区别，正如木棉树和棉花的区别一样，也未可知。

实际上，不只在南方有许多特殊品种的农作物，就在北方，也有许多

---

[1] 原著《岭表录异记》书名有误，应为《岭表录异》，地理杂记，共3卷，唐刘恂撰，记述岭南异物异事。

普通的农作物，在特殊的条件下，同样会出现异于寻常的发展形态。我们常常听说，在北方农村中，有的公社生产队种植的马铃薯，一个就有六斤重，白薯一个就有十多斤重，这些确实不算稀奇。至于在某些试验农场中，也有的棉花宿根，长了两三年，这也是事实，并非传讹。

说到棉花，大家都知道，也确实有特殊优良的品种，亩产可达八九百斤籽棉的。这是经过特殊的栽培，不但土壤的条件要好，肥料充足，灌溉得法，而且整枝等技术细节都要掌握一套特殊的方法。比如，发现"赘芽"和"边心"就要去掉；不必要的"油条"和"空枝"也要打掉，并且要打得适当；"顶尖"要根据棉花的生长情况、又按照季节，分几次剪除；中耕、培土等更要及时结合进行。有的专家估计，经过有计划的若干年不断的培育，枝干高大、结桃多的棉花新品种就可能出现。这是有科学根据的。

由此可见，我们不但应该相信，茄子长成了大树是可能的；而且其他农作物以及其他植物，同样有可能经过培育发展成为新的特殊品种。这中间存在着一个重要的道理，就是说，在一般的品种和特殊的品种之间，存在着互相区别又互相依存的关系；从一般到特殊，又从特殊到一般，在条件具备的时候，是可以相互转化的。这个道理很普通，但是又很重要，凡是关心农业生产的人，都应该注意加以研究。

现在假定有人说，某处的茄子长成了大树，你听了一定不会相信，以为这个人扯谎。但是，我劝你首先要表示相信他，因为在一般的茄子中完全可能出现特殊的品种。这样，你才能够进一步具体地分析和研究其中的道理。同时，假定有人提议要按照某处种茄子的经验，马上在你的菜园里实行起来，你也许很热情地接受这个建议。但是，我却劝你不要急于实行它。因为你的具体条件也许很差，照别处的经验实行起来有种种困难，不如慎重一点为好。

总之，我们应该承认一般中有特殊，所以茄子能成大树；但是，同时又要指出，这是在某种条件下才有可能，换句话说，这只是特殊的现象。如果要使这个特殊现象，又变成为一般的现象，要使许多地方的茄子都变成大树，那还必须使许多地方普遍地都具备一定的条件。这是一个前提，它不但符合于茄子的变化规律，而且符合于一切事物变化的规律。

讲点书法

近来有许多书法家在传授书法，更有许许多多青年学生，非常认真地在学习书法。这些现象一方面叫人高兴，另一方面也叫人担心。

大家这么热情地传授和学习我们祖国传统的书法艺术，这难道不是令人高兴的事情吗？又有什么可以担心的呢？

问题发生在书法教学的根本态度方面。这就是说，我们应该用什么态度去看待书法？应该如何传授书法？又应该如何学习书法？

现在有的人把书法讲得未免太死板了，好像非把老一套全搬出来，叫学生全部接受不可。这就不能不使人有点担心了。

其实，对于初学写字的小学生，只要使他们知道写字的正确姿势，怎样执笔，怎样运动腕肘，怎样下笔提笔，这就行了；不必弄得死死板板的，更不要把书法说得那么复杂。至于对程度较高的人，尤其不必给他们套上种种束缚。因为有些书法问题还需要斟酌，讲死了不好。

请问当代的书法家们，是不是能够把各家关于书法的见解都统一起来呢？这显然还做不到。那么，为了发展我国的书法艺术，我们就只有在百家齐放、百家争鸣的原则下，让各种都书法充分地得到发展。

就以执笔的方法来做一个例子吧。比如，现时流行的一种意见是"要紧握笔管"，特别要求学生"着力握笔"，"以全身之力，由肘而腕，由腕而指，由指而笔管，而注于笔尖"。这一点，学生很难掌握。虽然老师也说"执笔不可过紧"，但是究竟紧到什么程度才适当呢？于是，有经验的老师又搬出他自己从前学会的一种方法来了。这就是站到学生的背后，出其不意地去拔学生手里的笔管，以拔不掉的为好。

这种意见和这种做法，到底好不好呢？宋代的苏东坡早已做了结论，认为这是不好的。他说了一个故事：

献之少时学书，逸少从后取其笔而不可，知其长大必能名世。仆以为不然。知书不在于笔牢。浩然听笔之所至，而不失法度，乃为得之。然逸少所以重其不可取者，独以其小儿子用意精至，猝然掩之，而意未始不在笔。不然则是天下有力者莫不能书也。

苏东坡的这一段议论，应该承认是讲得对的。尽管王羲之是我国晋代大书法家，他对他的儿子王献之的那种教导方法，却未必全都是很高明的。

再从握管时的指法来说，许多老师都教学生，要使"五个指头各有其使命，分别放在一定的位置上"。这是否也是天经地义不可改变的呢？

显然，对于这一点，古人同样早有不同的做法。明代文徵明的《甫田集》中也说了一个故事：

李少卿谓徵明曰：吾学书四十年，今始有得，然老无益矣。子其及目力壮时为之！因极论书之要诀，累数百言。凡运指、凝思、吮毫、濡墨与字之起落、转换、小大、向背、长短、疏密、高下、疾徐、莫不有法。盖公虽潜心古迹，而所自得为多，当为国朝第一。其尤妙者，能三指搦管，虚腕疾书，今人莫能及也。

请注意，这里的重要关键在于三指握管。李少卿的全部笔法都只靠他的三个指头来实现。如果把五指的用法说死了，那么，对此又该作何解释呢？

可见我们对于书法的许多问题，还有待于商讨和斟酌，不要把它们全都说成死死板板而不能活用的。

特别要注意，有的人从刻字合作社那里，直接搬来了方块图章上的字体结构，当做书法艺术的准则。这是不应该提倡的。宋代赵崇绚的《鸡肋集》[1] 中有关这个问题的意见，很值得参考。他写道：

[1] 原著称引文出自"赵崇绚的《鸡肋集》"有误，赵崇绚著有《鸡肋》一书，但引文实际出自"晁补之的《鸡肋集》"。晁补之，北宋著名文学家，"苏门四学士"之一，著有《鸡肋集》《晁氏琴趣外篇》等。

学书在法，而其妙在人。法可以人人而传，而妙必其胸中之所独得。书工、笔吏竭精神于日夜，尽得古人点画之法而模之。浓纤横斜，毫发必似，而古人之妙处已亡。妙不在于法也。

这就说明，即便是最高明的书工、笔吏能够模仿古代书法家的笔迹，但是，不能得其妙处，那又有什么艺术价值呢？

当然，话还得说回来。这个意思并不等于说根本不要讲究书法。讲一点书法的最一般最基本的要求，完全有必要。宋代的沈括，在《梦溪补笔谈》中说得好：

世之论书者，多自谓书不必用法，各自成一家，此语得其一偏。譬如西施、毛嫱，容貌虽不同，而皆为丽人。然手须是手，足须是足，此不可移者。作字亦然。虽形气不同，掠须是掠，磔须是磔，千变万化，此不可移也。若掠不成掠，磔不成磔，纵具精神筋骨，犹西施、毛嫱，而手足乖戾，终不为完人。杨朱、墨翟贤辩过人，而卒不入圣域。尽得师法，律度备全，犹是奴书。然须自此入，过此一路，乃涉妙境，能兀逸则规，然后入神。

沈括的见解，确有独到之处。我们无妨照这个意见，讲一点起码的书法原理，不要讲得太死板，不要做书法的奴隶，而要懂得灵活运用，这就好了。

选帖和临池

前次谈了书法问题之后，刚巧孩子从学校回来，叫嚷着要买字帖，要练习写字。做父母的当然很高兴。

选什么帖子呢？孩子转述教师的话，说要颜体的《多宝塔》。孩子问：

这个字帖好不好？这一下可难住了大人。怎么回答这个问题呢？只好含糊其词了。

说心里话，我是不大喜欢颜体的，可能还有人不大喜欢，连古代的人也有不喜欢颜体的。宋代魏泰的《东轩笔录》中，就有一段文字写道：

> 江南李后主善书，尝与近臣语书。有言颜鲁公端劲有法者，后主鄙之曰：真卿书有楷法，而无佳处，正如叉手并脚田舍汉耳。

在这里，他用田舍汉做比喻虽然不妥当，但是，由此可见颜鲁公的字，作为书法艺术来说，确实不算好。

明代杨升庵的《墨池琐录》中，也有一段批评颜鲁公书法的文字。他写道：

> 书法之坏，自颜真卿始。自颜而下，终晚唐无晋韵矣。至五代，李后主始知病之，谓颜书有楷法，而无佳处，正如叉手并脚田舍翁耳。李之论一出，至宋米元章评之曰：颜书笔头如蒸饼大，丑恶可厌。又曰：颜行书可观，真便入俗品。米之言虽近风，不为无理。

那么，为什么历来传授书法的，常常先用颜体字帖，当做学习的入门呢？这大概有两方面原因。一方面是由于颜鲁公的书法仍有可观之处；又一方面更重要的是由于古人公认颜真卿为忠臣。因为敬仰他的为人，所以也重视他的墨迹。这是很自然的。杨升庵在《丹铅总录》中另有一段文字写道：

> 朱文公书，人皆谓出于曹操。……刘恭文学颜公鹿脯帖，文公以时代久近诮之。刘云：我所学者唐之忠臣，公所学者汉之篡贼耳。

当时还有陈继儒在《妮古录》中也写道：

> 欧公尝云，……古之人皆能书，惟其人之贤者传。使颜公书不佳，

见之者必宝也。

这是从政治上来看问题。尽管他们当时是从封建政治立场出发，然而，这个原则是无可非议的。

同样从政治上看问题，我们现在既不提倡封建的政治主张，而是为了学习我们祖国的书法艺术，那又何必硬要孩子们去临颜鲁公的字帖呢！

也许有人会说，我们这里除了颜体以外，还印了另一种字帖——柳公权的《玄秘塔》，你看如何？殊不知柳体并不比颜体好多少。初学者如果就临摹柳体的字帖，也没有什么好处。柳公权的字虽然也是好字；但是，古来也有人对柳公权的书法做了批评。米南宫就曾批评过柳体。据杨升庵的《墨池琐录》记载："米元章目柳公权书为恶札。如玄秘塔铭，诚中其讥。"这个例子进一步证明，选字帖要求各方面都满意，实在很困难。

可以断定，从书法学习的一般要求来说，死抱住一种字帖，临之摹之，并不是好办法。唐代北海太守李邕，擅长书法，当时名满天下，许多人士都学他的字体，而李邕自己却不以为然。他劝人们不要死板地学他的书法，后来明代的陈继儒在《岩栖幽事》一书中，曾经把李邕的话记载下来。他写道：

李北海书，当时便多法之。北海笑云：学我者拙，似我者死。

像李邕这样的态度，我以为是正确的。他没有骄傲自满，好为人师，把自己的书法当做了不起的典范，叫别人都来学习。相反的，他表现比较谦虚，同时也是严肃负责地对待向他学习的人们。

从这里，我们应该得到启发。要知道，无论学习哪一种字帖，对于初学者都未必适宜。最好在开始学字的时候，只教一些最基本的笔法，然后练习普通的大小楷。等到笔法完全学会，能够运用自如的时候，随着各个人的喜爱，自己选择一种字体，同时尽量多看各种法帖墨迹，融会贯通，就能写一手好字。

当然，要想写出好字，必须用心练习。古人学书法，每日临池，非常勤奋。比如晋代的王羲之，便是一个典型例子。许多古人的笔记都描写他"临池学书，池水尽黑"。这种精神是令人敬佩的。但是，人人不必都做书法家，究竟怎样用功，可以随各个人的需要和爱好而定。所以，临池之法，也不必过于拘泥。

《南史·陶弘景传》描写他"以荻为笔，画灰中"。宋代米芾的《书史》也写了许多古人学字的故事。比如钟繇，"居则画地，……卧则画被，穿过表"。这些也可以说明，临池的方法应该灵活运用，同样不必拘于一格。

为了节约起见，我想向大家介绍一个老方法。你可以随便找到一块方砖，用一束麻绑成一枝笔，放一盆水在旁边。每天早起或者睡前，用麻笔蘸水在砖上写字，随写随干，极为方便，又可以省去笔墨纸张的消耗。如果你愿意，就请试试吧。

从红模字写起

对于一部分老师选定一种字帖，给初学写字的学生临摹，我曾表示了不同的意见。有一位研究书法的老朋友大不以为然，他认为必须选定一种字帖，不能没有字帖，并且批评我太主观。

我承认有些意见免不了带着主观成分，如果事实证明那些意见有错误，我一定要改正。但是，说起书法艺术，这不同于小学生练习写字的问题，每个人都可以有不同的意见，应该平心静气地摆事实、讲道理。最后能一致起来当然很好；既便还不一致，彼此保留个人的意见，又有何不可呢？

在谈论颜真卿书法的时候，我在前次《夜话》中已经说明了，我决不否认他的书法仍有可观之处，更没有低估他在当时政治上的作用。老实说，我自己早年也临写过颜帖；个人对颜鲁公书法的端正、浑厚和刚劲也很佩服。但是，我却认为不必硬要孩子们去临颜鲁公的字帖，正如不必临摹其他字帖一样。我的老朋友却一口咬定颜体楷字最讲规矩，初学非临摹它不可。这个意见难道就没有一点主观片面的成分吗？

其实，我的意见有两层。头一层意思是说，我们不要选定一种字帖，教初学的学生死抱住它，照样临摹，因为很难找到各方面都很完美的字帖。无论颜帖、柳帖、欧帖、赵帖等，如果死学一种总不是好办法。又一层意思是说，学会了基本的笔法，多练习普通的大小楷，等到能够运用自如的时候，自己选一种喜欢的字帖，同时多看各种法帖和墨迹，融会贯通，就能写一手好字。把这两层意思合起来看，我觉得并没有什么原则错误。

宋代陈师道的《后山谈丛》记载了一段事实，他说："世传张长史学吴画不成而为草；颜鲁公学张草不成而为正。世岂知其然哉？"这就是说，唐代草书大家张旭，本来要学吴道子的画，因为学不来，所以变成写草字；而颜真卿本来是要学张旭的草书，也因为没有学成，结果变成写楷字。可见照着一种字体去临摹，并不一定能学得成。

同样的道理，晋代王羲之的书法，本来是学卫夫人的，然而五代时期的书法家杨凝式却指出他不应该学卫夫人。杨凝式有一首诗写道：

十年挥素学临池，始识王公学卫非。
草圣未须因酒发，笔端应解化龙飞。

可见书法是要依靠自己掌握，不要死死地去学古人，也不能依靠喝醉了酒乱写乱涂。

正因为这个缘故，古来有人主张临摹王羲之的字帖，也遇到了反对。据《南史·张融传》载：

融善草书，常自美其能。（齐高）帝曰：卿书殊有骨力，但恨无二王法。答曰：非恨臣无二王法，亦恨二王无臣法。

张融的话说得对，为什么一定要学王羲之父子的书法呢？应该有后来居上的自信心，要怪王羲之父子生得太早了，看不到后人的书法啊！

还有其他学者也曾表示过这样的意思。例如，宋代张邦基的《墨庄漫录》就有如下的文字：

吾每论学书，当作意使前无古人，凌厉钟王，直出其上，始可自立少分。若直尔低头就其规矩之内，不免为之奴矣。

他也批评一些人学柳公权的书法，认为那是"张筋努骨，如用纸武夫，不足道也"。的确，让学习书法的人，陷在古人的字帖之内，作古人的奴隶，或者变成一个用纸的武夫，决不是我们所希望的。

何况一个时代的书法应该有一个时代的气息，死板地学古人的字体，既不必要，更无意义。这个问题不但我们现在了解得很清楚，古人也已经注意到这个问题了。明代的王世贞，在《弇州山人藁》论书法的文章中，曾经写道："书法故有时代，魏晋尚矣，六朝之不及魏晋，犹宋元之不及六朝与唐也。"虽然他的意思是说，书法有一代不如一代的趋势。可是，他的意思也可以做另一种解释，就是说，后人要学古人的书法总是学不到的。这是为什么呢？这就是因为时代变了。

试想一想，我们不是曾经见过有些人死学颜、柳、欧、赵等字体的吗？有的学得很像，但是有什么意义呢？所以教学生抱住一种字帖不放，未必有什么好结果。

这样反复说明，我的正面意见应该更容易被朋友们所理解了。我已一再说过，学生在开始学写字的时候，老师应该教一些最基本的笔法，然后练习多写普通的大小楷，等到完全学会并且能够运用自如的时候，随他自己高兴选择哪一家的字帖去学习都可以，如果他能够多看各种字体的书法墨迹就更好。所以古今流行的各家碑帖尽可以大量翻印出版，多多益善，以便学者自由选择。我仅仅要求不要过早地把任何一家书法强加于初学的人。

这里留下的唯一问题只在于：初学书法的人如何练习写普通的大小楷呢？我以为最方便的办法，就是描红模字。大家以前常见到的红模字都是普通的楷体字，学生只要照着红模字，按老师教给的笔法，一笔一笔描划，不用多久就会写熟了。等到熟了以后，自己就能整段整段地默写或抄写诗文小品，就像古人每天默写或抄写千字文一样。在这个基础之上，学生要学什么字帖，岂不是很自由也很容易吗？

我的这一个意见，不知道多数朋友们以为如何？不过有一点应该郑重声明，我决不想把自己的意见强加于人，所以无论朋友们赞成或反对，都不至于影响实际教学，可以放心！

创作要不要灵感

曾经有人认为，所谓创作的灵感是唯心的概念，实际上并不存在什么灵感。这种认识对不对呢？在一切文艺创作活动中，究竟要不要灵感呢？

应该承认，过去有许多资产阶级作家和文艺理论家，的确是把创作的灵感做了唯心的解释。特别是有一些解释也说了一些道理，文章也写得不坏，推理的方法也符合形式逻辑的一般要求。虽然它的前提本身往往违背事实，站不住脚，但是它所举的例证颇能迷惑不明真相的人们，而且有时叙述也颇生动，因此，有不少读者常常被那些解释所欺骗。

大概有许多读者，早年都曾经读过一些谈论创作的灵感问题的文章吧。我从前就曾读过梁仕公的题为《烟士披里纯》的文章，当时觉得他的解释很有道理，文笔又富于情感，心中大为所动。后来慢慢地懂得了他的解释多半强词夺理，主观武断。真正要想了解灵感的实质是什么，这个问题决不能从唯心的观点中求得解答。那些关于灵感问题的唯心解释，根本上是错误的。对于那些错误的说法，应该心里有数，懂得用批判的眼光去看待它们。

但是，这并不等于说，我们可以完全抹杀创作的灵感。事实上，许多作家在从事创作活动的过程中，不可能是毫无灵感的。问题是要看我们对于创作的灵感，怎样认识它的实质，怎样分析它的实际作用。不应该把有关灵感问题的研究，看得很神秘，也不应该害怕研究这个问题，不要躲避这个问题。难道一提起创作的灵感，就只能是唯心的概念吗？我们能不能对创作的灵感做出唯物的解释呢？

很明显，创作的灵感无非是一切作者思维活动的高潮的产物。它是人体这个物质结构中最高级最精密的物质构造——大脑的注意力最集中的时候所产生的。因此，不但艺术家在进行形象思维的时候，要有灵感；科学家在进行论理探讨的时候，也要有灵感。当然，任何思维过程，如果非常平静，没有什么波澜，大脑的活动不紧张，甚至于没有出现兴奋状态，不能形成高潮，那么，在这种情况下，所谓灵感一般地是不会产生的。

照这样说来，灵感是人的创作思维高度集中的产物，而不是人的一切思维过程中都会出现的产物。但是，无论如何，灵感毕竟是大脑活动的产物。因此，它是物质性的。它对于文学艺术的创作和科学技术的研究，都有巨大的作用。因为，只有在思维活动最紧张的时候，大脑才能把对于客观事物的各种反映，加以分析和综合，得出全面的系统的认识，产生了鲜明的形象，或者掌握了科学的规律。我想这就是关于灵感的唯物主义的一个浅显的解释。

在这里，有人要问：那么，我们平常说的灵机一动的思想状态，能不能算是灵感呢？当然，我们不能把偶然的灵机一动和灵感混为一谈。偶然的灵机一动往往没有经过对客观事物进行系统的分析和综合的过程，而仅仅根据临时的某些直觉的印象做出不完全的判断。这和灵感有什么共同点呢？

对于创作的灵感来说，特别是对于一个艺术家的灵感来说，只有在平日对于实际生活深入体验的基础上，才有可能在某些时候接受某种偶然的刺激，或者由于某些事物的启发，引起某种联想，因而触动了蕴藏已久的灵感。但是，这和偶然的灵机一动是迥然不同的啊！至于说唐代的大诗人李白"斗酒诗百篇"之类的传说，那只能作为谈笑的资料罢了。

说到这里，使我想起唐代著名画家吴道子的一个故事来了。据唐代的朱景玄编的《唐朝名画录》记载：

> 吴道元……浪迹东洛时，明皇知其名，召入内供奉。开元中驾幸东洛。吴生与裴旻将军、张旭长史相遇，各陈其能。时将军裴旻厚以金帛，召致道子于东都天官寺，为其所亲将施绘事。道子封还金帛，一无所受，谓旻曰：闻裴将军旧矣，为舞剑一曲，足以当惠；观其壮气可助挥毫。旻因墨缞，为道子舞剑。舞毕，奋笔俄顷而成，有若神

助。张旭长史亦书一壁。

这个例子说明，裴旻将军的舞剑，对于吴道子和张旭的书画创作的灵感是有启发作用的。但是，这种启发作用，无论如何不能代替创作的灵感。真正的创作灵感，只能来源于现实生活，这是毫无疑义的。

这是不是好现象

每次经过王府井大街，我总要走进新华书店门市部和东安市场旧书门市部，看看有什么新书和罕见的旧书。

这些门市部几乎每天都相当拥挤。有许多人走来走去，又有许多人站着或者蹲着看书。我只怕妨碍了别人，所以每次都只匆匆忙忙地向业务员问一两句话，或者赶快买一部书就走出来了。

但是，毕竟因为接触的次数多了，我对于这些门市部的顾客们，逐渐有所了解。在我的印象中，他们大体可以分为两种人：一种人是来逛的，另一种人是来读的。那些走来走去的人们，就属于来逛的一种；而那些站着或者蹲着看书的人们，则属于来读的一种。

这两种人的情况，如果详细分析，当然还很复杂。逛的人有各种各样，读的人也有各种各样。特别是逛的人，情形最为复杂，实际上还可以细分为好几种。不过，那样细分是没有必要的，笼统一些也没有关系。比如，像我这样的人，列入逛的一种，也是完全可以的。

历来逛书店的都有许多种人。起初没有新式的书店，只有玻璃厂那样的旧式书铺。逛书铺的不但有许多贫苦的读书人，还有不少知名的学者。他们经常去逛书铺，寻找他们所需要的图书资料。清代康熙年间有一个著名的诗人，名叫王渔洋，他常常到宣武门外下斜街的慈仁寺去逛旧书摊。有人要找他，去他的家里往往找不见，到慈仁寺书摊里反而很容易碰见。在《古夫于亭杂录》中，他自己写道：

> 昔有士欲谒余不见，以告昆山徐司寇。司寇教以每月三、五，于慈仁寺书摊候之。已而果然。

《桃花扇传奇》的作者孔尚任，有一首七言绝句，就是记载这个情形的：

> 弹铗归来抱膝吟，侯门今似海门深。
> 御车扫径皆多事，只向慈仁寺里寻。

原诗末尾有作者的一则注解，他说："渔洋龙门高峻，不易见。每于慈仁寺购书，乃得一瞻颜色。"

像王渔洋那样逛书摊的人，在当时非常惹人注目，因为在那个时候，能够去逛书摊的，只是极少数人，而他又是极少数人中的突出人物。现在我们广大的群众，都有条件去逛书店，都有力量随便选购各种图书，这真是古人梦想不到的事情。

有人认为现在逛书店的人太多，恐怕秩序会很乱，不好管理。其实，这是多余的顾虑。应该完全肯定，现在逛书店的人空前增多，是大好现象，管理秩序等只要努力跟上去，就没有什么了不起的问题。

还有的人对于在书店看书的现象，表示不满。他们认为要看书就应该到图书馆去，不该到书店里看，妨碍书店的营业。我觉得这个意见也不一定对。

不是我爱拿古人的事来做比，我总以为我们现代人的一切，都应该远远地超过古人。而古人站在书摊边读书的可是不少啊！大家都知道，汉代有一位具有唯物主义思想的大学者，名叫王充。据《后汉书·王充传》载：

> （充）师事扶风班彪，好博览而不守章句。家贫无书，常游洛阳市肆，阅所卖书，一见辄能诵忆，遂博通众流百家之言。后归乡里，屏居教授。

从这个简短的记述中，我们不难设想，距今一千九百年前，在洛阳城里的书摊旁边，有一位年青的读书人，时常站着或者蹲着看书。他看了一本又一本，日子久了，差不多把书摊上的书籍全都读完了。凡是读过的书，他常常都会背诵。这个青年人后来成了一位著名的学者，就决不是偶然的。我们现在的青年读者，如果能够学习王充的精神，勤苦读书，又有什么不好呢？

当然，我并不提倡在今天有大规模的图书馆存在的条件下，偏偏不去图书馆，而要到书店去读书。但是，有些书籍在各处书店的门市部里就能找到，不必老远跑到图书馆去，那么，在书店里读书不但是应该允许的，而且应该承认这还是一种好现象。

变和不变

许多国画家近来正在谈论：某人的画变了，某人的画还没有变。听见他们的谈论，在我们这些外行人心里，总不免觉得有点纳闷。究竟他们所说的"变"是什么意思呢？为什么要"变"？怎样"变"才好呢？

仔细一想，这些实际上不只是国画家所遇到的问题。在其他文学艺术的创作领域中，人们同样会遇到这样的问题。

正如其他文艺作家一样，每个国画家在长期的创作实践中，必然会逐渐形成自己的风格。风格相同的画家，又必然会逐渐形成一个画派。这里所说的风格，内容是多方面的。它不仅仅指的中国画特有的民族形式和艺术传统，而且还包括一个时代的精神风貌和社会生活的特征，包括画家所属画派特有的艺术色彩，以及每个画家个人的艺术表现手法，每一个作品所体现的内容和形式，等等。任何风格的形成，都离不开一定的历史背景和社会条件，更离不开画家本身的生活内容和思想内容。

当然，任何风格都不是一朝一夕能够形成的，它是在不断的发展变化中逐渐形成的。在它已经形成之后，仍然会有新的发展和变化，决不可能完全停止不变。

这样看来，现在国画家们所谈论的"变"或"没有变"，只能是就某些风格而言。但是，风格既不是一朝一夕所形成的，显然也不是一朝一夕就能变的。风格的变和不变，并非徒托空言或光凭勇气所能奏效。

石涛和尚在他的《画语录》中说过：

> 凡事有经必有权，有法必有化。一知其经，即变其权；一知其法，即功于化。夫画，天下变通之大法也，山川形势之精英也，古今造物之陶冶也，阴阳气度之流行也，借笔墨以写天地万物而陶泳乎我也。

这是石涛论变化的一章中最精辟的见解。历来论画的著作很多，与此相同的意见似乎也有，但是没有石涛说得透彻。我们从石涛的言论中可以理解，中国画是有它的特殊技法的，正如其他艺术创作有自己的技法一样。但是画家不应该被这些技法所束缚，而应该善于变化运用这些技法，创造新的技法。

从前听说齐白石"晚年变法"，面目一新，大家都很佩服。画史上还有许多画家"变法"成功的例子，也常常受到称赞。看来，他们的"变法"都是自然而然地如水到渠成似的。如果不管三七二十一，盲目地乱变，急于求变，以至于为变而变，那恐怕就不对头了。变不应该是我们的目的。如果仅仅满足于变，以变为目的，不管怎么变，只要变了，就以为都是好的，这有什么意义呢？

实际上，所有的国画家虽然画的都是中国画，有他们的共同点。可是，不同的画派有不同的风格，不同的画家又有不同的风格上的特点。这些不同的风格或风格上的特点，总是在不断地形成中，也在不断地发展变化中。换句话说，任何画派和任何画家，无时不在形成着一定的画风和画法，也无时不在发展变化中否定原有的画风和画法，而创造新的画风和画法。从这个意义上说，变化总是有的，只是多少不同，快慢不同，有的明显，有的不明显罢了。因此，用不着揠苗助长，硬要它变。

尽管有的人宣称，他已经变了，你倒无妨冷静地看看到底他变了什么。比如说，有的人拿出来的作品，在思想内容、表现形式、构图和手法等方面并没有什么新东西，仅仅在用笔或用墨的时候，或浓、或淡、或软、或硬、或干、或湿，有了某些变化。甚至于这种变化，有的还不如原来的和谐、一致，反而造成了风格上的不协调。那么，我们能不能说这样的变也是好的呢？

由此可见，变不一定都好，不变也不一定都不好。在这些地方非常需要对具体问题进行具体分析，提倡实事求是的态度。关键在于创造条件，积极鼓励画家们，不断地努力提高自己的思想政治水平，对客观事物做到深刻的研究，根据不同的题材和描写对象，运用正确的艺术手法，把我们这个时代的面貌，从各个角度表现出来。

有书赶快读

我有许多书，没有好好读；有的刚读完还记得清楚，过些日子又忘了；偶然要用，还要临时翻阅，自己常常觉得可笑。

这种情形别人不了解，总以为我有什么读书的秘诀，不肯告人。其实我的确什么秘诀也没有。把真相坦白地告诉读者，还有一些人仍然不相信。几个学校的青年同学来信约我去讲读书的经验，我很惭愧不能答应他们的请求。听天到书店门市部走，遇见几位同学，不客气地拉住我，说要"聊一聊"。我们终于就目前读书的问题聊了一阵子。

看来他们都在找书读，而以找不到自己需要的书籍为苦。我们的话题就从这里展开了。

有书的人不一定读书，没有书的人却到处找书读，这是多么不合理的现象！然而，这又是很自然的现象。因为没有书的人如果不向别人借书，不到图书馆借书，也不来书店门市部看书，那就简直毫无办法；而有书的人，总觉得书已经属于自己所有，随时都可以读，满不在乎，反倒不急于读书或者不想读书了。这种现象不是人人都能遇见的吗？

大家也许还记得，以前报纸介绍过宋代苏东坡写的《李氏山房藏书记》和清代袁枚写的《黄生借书说》这两篇文章吧。我们要学习古代读书人的勤奋精神，千万不要藏着一大堆书而不加以利用。

我想在这里向大家介绍另一个故事。明代有一部笔记，名为《泽山杂记》，不知作者是谁。这部笔记中叙述了明代洪武年间的一位御史大夫景清的事迹。景清与方孝孺齐名，为反对永乐政变而同时殉难的明代杰出人物。他在青年时代，勤奋读书，过目不忘，为同辈之冠。据载：

> 景清倜傥尚大节，领乡荐，游国学。时同舍生有秘书，清求而不与。固请，约明旦即还书。生旦往索。曰：吾不知何书，亦未假书于汝。生怂，讼于祭酒。清即持所假书，往见，曰：此清灯窗所业书。即诵辄卷。祭酒问生，生不能诵一词。祭酒叱生退。清出，即以书还生，曰：吾以子珍秘太甚，特此相戏耳。

像景清这样勤学强记的人，实在难得。但正因为他自己没有秘本，而如饥如渴地想读同舍朋友的秘本，所以他特别努力，只用一夜的工夫，就能背诵全书。反之，他的同舍朋友虽然藏有秘本，却没有读它，所以经不起考问。显然，景清的目的是要警告他的朋友，要朋友注意利用书籍，不要死死地藏书不用，而不是想要强占他朋友的秘本。

从这个故事中，我们得到什么体会呢？我以为，最重要的体会是：有书就要赶快读，不论是自己的书，或是借别人的书。即便有些书籍本头太大，内容很多，无法全读，起码也应该扼要地翻阅一遍，知道它的内容，以免将来要用，临时"抓瞎"。

清代的一位著名学者包世臣，留下一些名言，对我们理解这个问题也很有启发。他曾经写过许多对联，一直流传至今。其中有一副对联，我忘了他写的上联，只记得下联是："补读平生未见书"。这一句给我的印象特别深。还有一副对联，我也只记得下联，他写道："闭户遍读家藏书"。这一句同样使我受到很大的鼓励。后面这一句似乎不是包世臣自己的，而是用宋代陆放翁的诗句。

古人每到书多的时候，往往也有了相当的地位，正如袁枚说的："通籍后，俸去书来，落落大满，素蟫灰丝，时蒙卷轴。"这不能不引起认真的读书人的警惕，他们时常写下许多座右铭、对联之类以鞭策自己，生怕一天到晚忙忙碌碌，什么书也没有读。以古喻今，那么，我们现在就更要趁着年青的时候，抓紧机会，赶快读书。

有的青年同学认为，景清能够读到秘本，真"带劲"，我们可惜没有什么秘本可读，这怎么办呢？其实，古人所谓秘本，内容并不稀奇，我们现在的图书馆拥有成千成万的历代秘笈珍本，如果你需要，就可以借来阅读。何况古人所谓秘本，有许多现在都已经大量翻印了，很容易买到手，又有什么稀奇呢？更重要的是，我们这个时代最伟大的革命经典著作，人人都可以读到，这个条件实在太好了，古人又怎么能够比得了我们呢？

最后，我奉劝青年朋友们，你们手上哪怕只有几本政治理论和科学研究的书籍，也要赶快先把它们读得烂熟。因为它们所包括的知识内容，是非常丰富的。这些是最重要的基础知识。只有让自己的基础打好了，将来读其他参考书才能够做到多多益善。如果现在丢开这些基本的书籍不认真苦读，一心想找秘本，只恐望梅止渴，无济于事。一句话，我认为你们现在手上已经有书，希望你们赶快读吧。

"半部《论语》"

读书不必求多，而要求精。这是历来读书人的共同经验。为了突出地表明读书要少而精的道理，我想最好把宋代赵普的"半部《论语》治天下"的例子拿来作证。

大家都知道，在宋代赵匡胤、赵光义兄弟利用兵变，取得天下，建立了宋代封建政权的时候，第一个著名的宰相便是赵普。据《宋史》卷二百五十六《赵普传》载：

> 普少习吏事，寡学术。及为相，太祖常劝以读书。晚年手不释卷，每归私第，阖门启箧，取书读之竟日；及次日，临政处决如流。既薨，家人发箧视之，则《论语》二十篇也。

本来赵普读书很少，平素又不喜欢说话，所以人们总以为他没有读书。宋太祖赵匡胤常常劝告他，甚至于很严厉地批评过他。据说有一天，宋太祖"登明德门，指其榜问赵普曰：明德之门，安用之字？普曰：语助。帝曰：之乎者也，助得甚事！普无言"。类似这样的故事，在宋人的笔记中还能找到一些。可见赵普的文化水平确实不高，连拟定一个门楼的榜额都不会，啰里啰嗦地叫做什么"明德之门"。宋太祖看了很不高兴，所以责问他为什么要加个之字。

但是，深入一步看去，赵普实际上早已知道读书的重要，而且暗地里很努力学习。特别是对于《论语》这一部书，赵普读得烂熟。所以后来在宋太宗赵光义的面前，赵普就敢于说："臣有《论语》一部，以半部佐太祖定天下，以半部佐陛下致太平。"在这里，他说的分明是一部《论语》，想不到人们却把他的话断章取义，变成了"半部《论语》"，并且历代相传，居然成了典故。

我们现在不管他说的是一部《论语》也好，是半部《论语》也好，都应该由此体会到少而精的读书方法。虽然，在赵普和其他古人的心目中，《论语》是他们"修身、齐家、治国、平天下"的唯一法宝，他们只要熟读这一部书就足以应付一切了。这一点，我们与他们根本不同。如果我们现在也还是死抱住《论语》这一部书，读得烂熟，尽管也有用处，却仍然无补于实际，这是可以断言的。但是，我们却无妨按照我们的需要，从马克思列宁主义的经典著作中，选定任何一部书，读得烂熟，正确地掌握和运用其中的原理原则，来解决我们所面临的许多实际问题。

比如说，对于马克思和恩格斯合作的《共产党宣言》这一部书，我们假使能够读得烂熟，那么，我们就决不至于对马克思主义的根本问题，发生认识上的错误。又比如说，对于马克思的《资本论》，我们假使能够熟读其中的一卷或半卷，那么，在我国现阶段的社会主义建设中，这就有很大的作用。同样，对于毛主席的《关于正确处理人民内部矛盾的问题》这个报告，我们假使反复地加以研究，用来解决当前的许多重大问题，显然是有极大作用的。

无论读的是哪一部经典著作，只要真的读得烂熟了，能够深刻地全面地掌握其精神、实质，在这个基础上，再看有关的其他参考书，就一定会做到多多益善，开卷有益。所谓精与博的关系，在这里也就自然而然地会得到合理的解决。当然，精读的书多一些更好，参考书更是看得越多越好，这些都是无止境的，决不要以一部书为满足。我之所以引用"半部论语"的典故，无非是要提醒大家特别注意这个问题罢了。

至于在读书的时候，尤其对于必须精读的书籍，态度务须认真，精神务须集中，遇到不了解的或者不完全了解的地方，总要查问清楚，不应该一知半解自以为是。如果自己选定了一部经典著作，自己又懒得读，想找便宜，假借集体学习等名义，只听别人朗诵或讲解，以代替个人专心的阅读，结果一定学不到什么东西。

唐代一个节度使韩简读《论语》的故事，应该引起我们的警惕。宋代高怿的《群居解颐》和五代孙光宪的《北梦琐言》都记载了这个故事。据说：

> 节度使韩简，性粗质。每对文士，不晓其说，心常耻之。乃召一孝廉，令讲《论语》。及讲至为政篇，明日谓诸从事曰：仆近知古人淳朴，年至三十方能行立。外有闻者，无不绝倒。

不要以为只有韩简小把"三十而立"，错误地理解为"年至三十方能行立"。谁要是自己不专心读书，而一知半解自以为是。那就难免要做韩简第二、第三或者等而下之了。

读书也要讲"姿势"

看见这个题目，一定会有人觉得很奇怪。可不是吗？我们要养成读书的习惯，这是可以理解的。为什么读书也要讲"姿势"？这就难以理解了。

其实，这个问题还是不难理解的。无论做什么活动，都要讲究一定的姿势。人们日常的每个动作，如果仔细加以观察，几乎都有与它相适应的某种姿势。正确的姿势和不正确的姿势，产生的结果往往很不相同。从我们大家熟悉的学校生活情况来看，这个问题就更加容易理解。

走到操场，有一个最突出的感觉，就是人人都特别讲究姿势。跑步要有跑步的正确姿势，打球要有打球的正确姿势，举重要有举重的正确姿势，跳高、跳远也要有跳高、跳远的正确姿势，如此等等，不胜枚举。如果姿势不对，不但身体得不到良好的锻炼，甚至会扭伤、跌倒，后果很坏。因此，体育老师和熟练的运动员，生怕年青的同学下操场活动没有经验，积极地在现场进行辅导，讲解各项动作的正确姿势，纠正许多不正确的姿势。下操场的同学也很注意练习各种姿势，互相督促，成绩显著。

同样，在生产实习和参加实验的时候，大家也很认真听取老师傅和熟练工人关于操作规程的讲解，并且在机器旁边从事操作的过程中，很注意每个动作都保持正确的姿势，以防止意外事故的发生。

但是，当我们走到学生自习的教室和图书阅览室一看，情形却很不一样。在这些地方，一部分同学往往表现得很随便，有的顶着阳光，有的背着光线，或者斜倚在书桌旁边，或者蹲在阴暗的角落里，埋头在看书、做习题。还有的虽然坐着写东西，可是，偏偏又把头侧向左边，搁在左臂上，斜着眼睛看右手的笔尖在练习本上移动。为什么他们在这些地方，对于自己读书和写字等，就完全不讲究姿势呢？

我想劝告这些同学，要努力纠正不正确的读书姿势，讲究正确的读书姿势。事实早已证明，有的同学因为马虎大意，缺乏正确的读书姿势，以致身体已经出现了一些严重的不健康状态，如近视、驼背等等。如果许多青少年都戴上了眼镜，岂不令人惋惜？现在只要努力纠正，他们之中除了极少数由于先天性的原因以外，一般是能够逐渐好转，或者停止发展的。希望教师们、家长们，配合同学们自己，共同创造条件，形成风气，促使每个青少年都具有正确的读书姿势。

有的人说，姿势问题只是外表现象，与内在精神无关；我们有饱满的精神，努力钻研学问，顾不上什么姿势问题。这种论调，似乎很有劲，精神可嘉，而实际上是非常有害的。姿势问题在本质上说，恰恰是精神状态的一种反映。试想一想，如果摆着东歪西斜的凌乱散漫的种种姿势，这算得是什么样的精神状态呢？

明代薛冈的《天爵堂笔余》中有一则记载，可以说是谈论读书姿势问题的。他写道：

> 读书、作文俱要一副真精神。坐则神奋，卧则神驰，此常情也。然卧常可以作文，而必不可以读书。曹操有欹案可卧读，杨盈川有卧读书架，二君不知何见。今之对书而睡者当效之。

薛冈的意见照我们现在的观点看来，也应该承认他基本上是正确的。不管是读书或者是写作，不拿出真精神就一定搞不好。坐着比较容易提起精神，这完全符合生理规律。即便我们现在不一定都要强调像古人那样"正襟危坐"，但是，能够坐得端端正正，也决无害处，只会有好处。而且坐的地方还必须注意光线，不要阳光直射，也不可背光。如果能够做到"窗明几净"就更好了。

至于躺着看书等，固然不必绝对反对，可是的确不应该当做正确的姿势。对于一般健康的人来说，如果认真阅读重要的书籍，最好不要躺着。所谓"卧常可以作文"也只能是思索文章的若干要点，或者是病人口授文章的内容而已。三国时代的曹操和唐代的杨炯，虽然都是有杰出才能的，特别是作为初唐四杰之一的杨盈川，在儿童时期就被称为神童，这两人可能有独异于常人之处，但是他们卧读的例子也仍然不足为训。

如今青年同学们读书的风气很盛，大家对于读书的姿势问题，就越来越需要引起足够的重视。昨天刚好有几位青年同学座谈这个问题，因此，我愿意把这意见公布出来。

观点和材料

这是讲在写文章的时候，怎样处理观点和材料的关系。因为有的读者来信提出这个问题，并且反映了不同的意见，所以要谈一谈。

观点和材料的关系，也是虚和实的关系。近年来常听到说"要务虚""也要务实""以虚带实""就实论虚"等等。这里所说的虚，大体是指的理论、原则、思想、观点方面的，而所谓实则大体是指的实际情况、具体材料方面的。

据读者的反映，对于虚与实，即观点与材料的关系，在一些人中间曾经有不同的意见。那些意见归纳起来不外两种：一种强调要重视观点，而比较不重视材料；另一种却强调要重视材料，而比较不重视观点。持这两种意见的人，虽然也都承认观点和材料必须统一，但是实际上往往各执一偏，统一不起来。

的确，把观点和材料割裂了的现象，在目前并非少见，而是相当普遍的。读者反映："有的文章只讲概念，讲观点，缺乏具体事实，既不能令人信服，也不能启发人的思考。"这是一种情形。另外一种情形是："资料堆砌，缺乏必要的分析，看起来杂乱无章，茫无头绪。"这两种现象反映了两种片面性。把这两面正确地结合起来，才能产生我们所希望看到的好文章。

要结合得好，当然也不容易。有的人思想水平不低，就是没有掌握资料；也有的人搜集一大堆资料，就是缺乏概括的能力，提不出什么观点。要取长补短，也不是一朝一夕就能做到的。因此，在实际工作中，首先应该提倡有观点的提供观点、有材料的提供材料，互相帮助，谁也不要看不起别人，不可沾染"文人相轻"的恶习。

在这一方面，前人已经有了不少的经验教训。如明代的陆楫，在《兼葭堂杂抄》中说过一个故事：

> 成化、弘治间，刘文靖公健，丘文庄公浚，同朝，雅相敬爱。刘北人，在内阁独秉大纲，不事博洽。丘南人，博极群书，为一时学士所宗。一日，刘对客论丘曰：渠所学如一仓钱币，纵横充满，而不得贯以一绳。丘公闻之，语人曰：我固然矣；刘公则有绳一条，而无钱可贯，独奈何哉？士林传以为雅谑。

刘健和丘浚这两人友谊并不差，这一段"雅谑"也还不能算做"文人相轻"的典型。然而，特别值得注意的，是他们用了钱和绳的关系来做比喻，这一点对我们颇有启发。我们常常把一篇文章的中心思想，比做一根红线，贯穿全文；他们当时也以一条绳和钱币为比喻，这同我们现在的比喻一样，具有很强的形象性。

这个比喻当然也有缺点。因为我们说观点和材料相结合，虚实结合，是要把观点和材料融会消化而为一，这只有经过创造性的精神劳动才能成功，决不是生拉硬凑、加减乘除就能成功的。在这个意义上说，绳和钱之类的比喻则不够完善。

不过，每一篇文章如果都有一根思想红线，把最重要的材料贯串起来，总是好的。我们起码的要求应该如此。而要做到这一点，必须慢慢锻炼，切勿要求过急，对于有偏缺的人，无论他是偏重于观点而缺少材料，或是偏重于材料而缺少观点，都不应该加以责备；只要他有一点进步就应该给以鼓励。如果有人互相提供观点和材料而合作得很好的，更应该给以鼓励。

古人合作写文章也有许多很成功的例子。千万不要以为只有我们现在合作写文章才是可能的。为什么古人就不可能做到呢？请看《晋书》卷四十三《乐广传》载：

> （广）累迁侍中、河南尹。广善清言，而不长于笔。将让尹，请潘岳为表。岳曰：当得君意。广乃作二百句语，述己之志。岳因取次比，便成名笔。时人咸云：若广不假岳之笔，岳不取广之旨，无以成斯美也。

这样的事例，在我们的眼前不是仍然存在吗？不过我们现在合作的范围比古人要大得多，写作的内容更非古人所能比拟的了。

大家知道，我们现在的合作形式，远不止是一个人授意，另一人写作，更有集体研究，一人执笔，或者一人拟稿，集体讨论修改等各种形式。这些合作的形式当然是古人所不能设想的。但是无论任何一种合作的形式，都可以说是观点和材料相结合，即虚实结合的一些形式。通过这些形式，逐渐锻炼和提高，一定就会出现新的更好的合作形式，更完善地体现出观点和材料的统一。

当然，虚实结合的最根本要求，是同时掌握观点和材料，既要了解实际情况，又要随时研究理论原则问题，做到两方面如水乳之交融。这才算达到了我们的理想境界。

文章长短不拘

看了这个题目，也许有人不了解是什么意思。文章的长短问题不是早有定论了吗？为什么又要提起它？难道它还没有解决不成？是的。文章的长短问题从表面上看好像已经解决了，实际上并没有真正解决。

文章爱看短的，怕看长的，这是一般读者的呼声；近来许多作者写文章，力求短小，适应读者的要求，这是应该受到普遍欢迎的一种好现象。由此看来，似乎文章短的总比长的好，问题不是已经解决了吗？

然而，有些读者来信说："翻看近来报刊上发表的短文章，有一部分不能令人满意。它们有的内容还不错，也有些新鲜的观点；但是，有的内容十分空洞，既无新材料，又无新观点，看了毫无所得。这一些短文章，仅仅是比其他文章短一些，但是，不能认为它们是好文章。"从读者的这种反映看来，仅仅要求文章写得短还不能真正解决问题，或者说，还没有完全解决问题。

本来，文章无论长短，关键是要看内容。如果内容很好，即便文章写得长，读者还是愿意看的。如果没有什么内容，写得很长固然没人爱看，假使分开写几篇短文章，是否有人愿意看呢？也不见得。因为内容空虚的文章，纵然作者费尽心机，化整为零，把一大篇改成几小篇，表面看去，文章似乎很短，但在实际上不过是为短而短，内容仍旧换汤不换药，而且篇数更多了，不仅骗不了读者，反而会更加引起读者的反感。

晋代的陆云，寄给他哥哥陆机的信中写道：

有作文唯尚多。而家多猪羊之徒，作蝉赋二千余言，隐士赋三千余言，既无藻伟体，都自不似事。文章实自不当多。

　　在这封信里，陆云骂尽那些以多为胜的作者。他认为两三千字的文章已经是够长的了，而又没有文彩，内容也空虚，简直不像一回事，这样的文章当然不应该多写。

　　大家知道，陆机和陆云兄弟二人，都是西晋的辞赋名作家，特别是陆机的声名更大。当时另一个有名的辞赋作者，叫做崔君苗。他见到陆机的文章比他的更好，自愧不如陆机，气得要把自己的笔砚都毁掉了。陆云在另一封信中写到："君苗文，天才中亦少尔。……见兄文，辄云欲烧笔砚。"这证明，陆机的文章确实写得好，人们都爱读，而不厌其多。甚至于在他的文章中，虽然有时存在一些缺点，也无伤大体。所以陆云又说：

　　兄文方当日多。但文实无贵于为多。多而如兄文者，人不餍其多也。屡视诸故时文，皆有恨文体成尔。然新声故自难复过。九悲多好语，可耽咏，但小不韵耳；皆已行天下，天下人归高如此，亦可不复更耳。兄作大赋必好，意精时故愿兄作数大文。

　　当时所谓大赋及其他大文章，大约只有两三千字左右，在我们现时看来，这又算得什么长文章呢！我们目前常见的文章，动辄万言以上，有些作者还嫌字数少了，意思说不清楚。可是，要等到他们把意思全都说清楚的时候，字数不知道还要增加多少！

　　这里所说的长文章，当然不包括若干重大历史性的文献和经典著作在内。这些文献和著作都总结了丰富的革命和建设的经验，一字一句都是集体智慧的结晶，虽长无妨，人们都愿意读，何况还并不很长。人们读不下去的文章主要的是文风不正的产物，其特点是大量地重复人所共知的论调和事例，而很少或者没有新东西。这种文章写长了固然没有人愿意读，写得短仍然不会受人欢迎。道理很简单，就因为它不耐读。

　　短文章要能耐读，必须有精彩新鲜的内容，最好要比长文章更多地解决问题，不为陈言肤词，不为疏慢之语。唐代冯贽的《云仙杂记》对此早

250

有中肯的评论，他说："人之为文，语意疏慢者，真脱丝布。文士之病，莫大乎此。"他用了"脱丝布"这么富有形象性的比喻，批评那些非常枯燥、干瘪、没有光泽的文章，这是很恰当的。

按照这个道理，我们日常写文章，不但应该力求其短，更应该力求其精。内容不精，形式无论怎么短也是枉然，内容精彩，文字长短可以不拘，该长就长，该短就短，那毕竟是次要的问题了。

编一套"特技"丛书吧

我们中国是"特技"非常发达的国家。各行业的劳动人民，世代相传，都有一整套独特的本领，这是极其可贵的。

举出最普通的例子来说，当你随便走进一家澡堂的时候，你就会发现有些老工人，能够在滚开的热水中拧手巾，神情自若，并不烫手。在一个茶馆里，也有些老伙计，提一个大水壶，距离茶杯两尺左右，能够非常准确地冲开水，而不会溅出一滴在客人身上。像这样的事例到处都有。这些就是所谓"特技"，也叫做"绝招"。

过去有一班知识分子，很看不起民间的特技，把各种各样特殊的技巧和手艺，都当成"下流卑贱"的玩意儿，以致许多特技不能登上"大雅之堂"，逐渐被埋没，甚至失传了。解放以来，我们虽然改变了整个社会制度和人们的思想习惯，各行各业都有了新的发展。但是，由于自然规律不可抵抗的作用，有特技的老师傅越来越少了。他们的经验有的没有好好传授下来，以致后继无人，如果不赶紧设法补救，那就太可惜了。

也有一些人认为，我国历代已经大量出版了农、医、工、艺的各种专书，其中也包括了特技在内，只要把这些古书进行一番科学的整理，就算是接受了遗产；再想从所谓特技的领域中，多搞出什么名堂来，似乎是不可能的。这种看法说明，还有相当一部分人，对于我国民间丰富的特技还不够了解。

历代的农、医、工、艺之书，是不是包括了特技在内呢？这个问题还需要通过实践去证明。内行人看书，也许会发现一些特技，而一般读者从这些书里却很难找到关于特技的具体经验。

比如说，汉代的《尹都尉书》，虽然记载了种瓜、种芥、种葵、种蓼、种薤、种葱等古老的经验，但是，你无妨把它讲解给我们郊区种菜园的"老把式"听，让他下个评语，看他怎么说吧。恐怕他未必承认这部古书，能包括他的特技经验在内！

当然，这决不等于说，对古书可以不加以整理了。现在农业科学和医学研究机关，很注意整理我国历代的农书和医书，这是非常有意义的工作。推而广之，其他研究部门，同样应该进一步更有系统地整理对本部门有用的古书，把古人珍贵的遗产好好地继承下来，加以发展。

在整理这些古书的同时，更重要的是对于现在各行各业老师傅特有的"绝招"，务必详细访问，一一记录下来，其中非文字所能表达的部分，还应该尽可能用摄影图片加以补充说明。

大家知道，春秋时代秦国有一个相马的人，姓孙名阳，字伯乐，他能在万马群中发现千里马，因此，历代相传他著了一部《相马经》。后来又有人写了同类的书籍，如宋代徐咸的《相马书》也比较有名。但是，这些书籍顾名思义就不能完全解决现在养马和驯马的许多技术问题。我们还必须把现在赶马车的许多老把式以及马戏团中驯马的实际经验，包括他们的各种绝招都编写出来，成为一部内容完备的《马经》。

我曾听说，有些赶骡马大车的老把式，善于驾御最调皮的骡马。别人没办法的时候，老把式走过来，在骡马身上推一下，或者只扬一扬手，骡马就完全听他的指挥。赶车的鞭子在老把式手里也特别出神。必要的时候，他挥一鞭子，就能叫烈性的牲口趴倒在地上。这些都是特技，也可以说是绝招，在任何书本上往往都学不到。

同样，古书中还有其他各种专门技术的书籍。例如，装裱书画的技术，清代周嘉胄写了一部《装潢志》，这几乎是现在装裱老工人的唯一参考书。然而，我们现在的装裱技术问题，早已超出了这部书的范围。日渐增多的化学药品在装裱过程中的应用，显然就是古人意想不到的新技术。

至于手工业生产的特殊经验，过去的文字记载也都太简单了。虽然在几大套丛书中，我们可以翻阅这类书籍几十本。可惜内容已经非常陈旧，往往经过了几百年的时间，没有人加以修订和增补。以制糖工业为例，宋代的洪迈和王灼，各自编撰了一部《糖霜谱》，从种甘蔗到制糖，都讲到了。"糖霜"是指的白糖，它在我国唐代以后才盛行，比红糖的制法要复杂。无奈年代久远，这两部书与后来的许多经验相比，不能不显得落后了。明代宋应星的《天工开物》中关于制糖的部分，也没有增加多少新内容。

尤其是我们知道有若干特技，为历来各类技术专书所不载。这在今天更加有必要把它们著录下来，传之后人。在可能条件下，我们甚至于无妨把过去所谓"飞檐走壁"的那一套特技，也加以著录。这样分门别类，重新编写出一套特技丛书，应该承认是我们义不容辞的责任。

知识是可吃的吗？

这个题目太奇怪了，谁会把知识当成可以吃的东西呢？

想不到，在现今的世界上，居然有一种"科学家"，进行"科学的试验"，有了"新发现"，得出了结论，认为"知识是可吃的"。你说这是怪事吗？然而，世界上无奇不有，这么一点怪事也不足为奇了。

记得在一次《夜话》中，我曾以《不要空喊读书》为题，说到读书的态度必须老老实实，认真地坐下来用功，不要空喊，不要想取巧的方法。当时我举出了后汉马融的故事。相传他做梦吃花，醒来的时候"见天下文章无所不知"。我说这不过是痴人说梦而已。

然而，就在那篇文章中，我猜想有些懒人，也许会希望有一位科学家，能够发明一种神奇的办法，比如用注射针之类，对人脑进行注射，来代替读书；或者吃一服药，就能吸收多少部书。这么一来，只消一个早上就能培养成千上万的知识分子和专门人材，岂不妙哉！

当时却没有料想到，如今的世界上居然会有这么一种"科学家"，做出比打针、吃药更加荒唐的"科学试验"来。

据前几天来自美洲的新闻报道，最近美国密歇根州大学的一位研究教授，名叫麦康尼尔，他宣布了一项惊人的"科学发现"，就是说，"知识是可吃的"。他的这个"新发现"是用蛔虫试验成功的。

这个试验的主要情况是：麦康尼尔训练了一部分蛔虫，使它们"聪明"起来，对于一定的刺激能够发出一定的反应。它们的各种反应证明，它们具有了一定的"知识"。然后，麦康尼尔又另外找到一批没有经过训练的蛔虫，它们完全是没有"知识"的。但是，麦康尼尔却把受过训练的蛔虫去喂养没有经过训练的蛔虫。于是，新的情况就出现了。当着没有经过训练的蛔虫吃掉了已经受过训练的蛔虫之后，也变得"聪明"起来了，不必训练就能够对一定的刺激发出一定的反应。这样，麦康尼尔的"科学试验"就"成功"了，他宣称已经找到了"获得知识的新途径"，就是"吃掉有知识的同类动物"。照他的这个说法进行推论，任何无知识的人要想得到知识，最好是吃掉有知识的人。这真是充满着血腥的吃人的"科学试验"啊！

像麦康尼尔之流，为了迎合垄断资本家们的残暴本性，为了适应那一班脑满肠肥的寄生阶级子弟的懒惰哲学，进行这样的"科学试验"，做出这样的"科学论断"，是毫不足奇的。大概垄断资本家们都想垄断全人类的各种知识，但是，他们又决不肯付出辛勤的劳动，而只希望"吃掉有知识的同类动物"。他们的这一副狰狞的嘴脸，露骨地表明了他们是人类文明的死敌。

由此可知，要想不劳而获得知识，正如其他不劳而获的思想一样，从本质上说，是极端丑恶的剥削阶级的意识形态。但是，无论如何，在我们的社会中所能碰见的任何懒人的思想，和以麦康尼尔为代表的吃人"科学"，决无丝毫共同之点。

我们所见的懒人，虽然也想寻找终南捷径，并且有许多离奇的梦想，类似后汉马融那样的例子。不过，这些都只是在梦中的幻景，而不是真事。历来记述这类故事的作者，还特别运用了所谓"因果报应"的公式，使故事具有"劝世"的色彩。

例如，明代的陈继儒，在《珍珠船》中写过一个故事，他说：

刘赞文思甚迟，乃恳祝乾象，乞文才。一夕梦吞小金龟，如钱许，自后大有文思。孟氏朝为学士，有玉堂集。一日又梦吐金龟，投水中，不久而卒。

这里说的是梦中吞下了小金龟，而文思大进；后来又在梦中吐出了小金龟，不久就死了。也许有人认为，刘赞吞食小金龟与马融吃花，虽然都在梦中，但是，一个吃的是植物，一个吃的却是动物，这一点大不相同。不过后者也只是在梦中所做的，而且这决不是"吃掉有知识的同类动物"所可比。何况他吞下的东西，到后来还要照样吐出来呢！

如果麦康尼尔之流企图推行他的"科学发明"，那么，在麦康尼尔生活的社会中，有被吃危险的人们就应该团结起来，迫使吃人者用他自己的生命抵偿被吃者的生命。以眼还眼，以牙还牙，以血还血，以生命还生命，这是现代人类从革命斗争中学到的最重人的知识之一。人类积累的一切知识是吃不了的，谁要想吃掉它，谁就要准备毁灭他自己！

五集

奉告读者

由于近来把业余活动的注意力转到其他方面，我已经不写《燕山夜话》了。现在将三十二篇未编的文稿重阅一遍，选得二十九篇。又把在别的报刊上发表的短文选了一篇加上，补足三十篇。这一集仍按以前的办法编定付印，疏漏之处恐怕还很难免，请大家指正。

据熟悉各地报刊情况的同志告诉我：在《燕山夜话》出版之后，其他地方有些报纸，为了满足读者的要求，也采取了同样的形式，发表知识性的专栏杂文。如山东《大众日报》在第三版右上方开辟了这样的专栏，名为《历下漫话》；《云南日报》在第三版右上方也开辟了这样的专栏，名为《滇云漫潭》。我衷心祝愿这些报纸的专栏杂文，能够长期坚持下去，并且不断地改进内容，更好地为读者服务；同时希望读者们也能够从这些报纸的专栏杂文中得到有益的知识。

许多朋友来信问我，对这样的专栏杂文应该如何看法？如何写法？应该提出什么要求？我认为这问题可以有种种答案，但是，最重要的一点是要开门见山。我在别处发表文章讲过这个意见，我认为现时文章的通病，就在于不能开门见山。许多文章的作者，即便有一二可取的见解或新鲜的知识，以及动人的事迹要传达给读者，但是他们往往不肯直截了当地写出来，却要写上一大套人云亦云的废话，然后才夹杂着写出自己的一点点新东西。如果这一点点新东西确有可取之处，那么，这样的作者未免不智，他好比把珍珠丢进了沧海，让泥水冲掉了金沙，多么可惜！如果连这一点点东西也不新，并无可取之处，那么，这样的作者就未免令人可恼，他似乎没有什么真本领，只是存心骗人而已！至于有许多文章不属于这两种情况，而仅仅因为作者写惯了长文章，扭不过来，那就需要大家给以帮助，劝告作者极力写得越短越好，否则要使广大读者每天花很多时间和精力，才能得到很少的一些收获，未免太浪费了。

其实，我们每个人既是作者又是读者，大家应有同感，因此，人人也都有责任督促报刊编辑部，在发表文章的时候，尽可以大胆地删去来稿中人云亦云的重复内容，使作者自己的新内容开门见山地摆到读者的面前。如果因此招致报刊缺稿，那倒是好现象，大报就应该缩为小报，杂志期刊就应该减少篇幅，书籍也可以少而精了。

这一番议论并非只说别人，不说自己。我对自己也是非常不满意的，每写一点东西，到了发表出来一看，就觉得自己没有写好，心里很惭愧。前一个时期写《夜话》是被人拉上马的，现在下马也是为了避免自己对自己老有意见。等将来确有一点心得，非写不可的时候，再写不迟。

马南邨

一九六二年十月中旬

谁最早研究科学理论

法国人摩里斯·纳明阿斯，在一九五三年出版了一部著作，名为《原子核能》。这本书的第一章说到古代人研究科学理论的时候，有如下的一段话：

> 除了希伯来人和希腊人以外，其他古代民族都只对实际问题感到兴趣。他们只注意于提炼金属，制造玻璃，航海，绘制便利的旅行图，寻找水源等，除此以外，很少激起其他更高级的思想。甚至进行天文观测也是为了实用的和政治的目的。

该书的作者接着介绍了古希腊哲学家德谟克里特、伊壁鸠鲁等人的原子理论，而特别贬低了甚至抹杀了古代东方人研究科学理论的成就。这当然是反映了西方资产阶级科学家的片面观点。

对于这种观点，读者提出了疑问。有的青年同学在来信中说："在二千五百多年前，在比德谟克里特等人还早些的年代里，我们中国人的祖先是否也产生过类似的科学理论呢？"换句话说，究竟是谁最早研究科学理论的呢？

应该承认，中国近代自然科学的发展是远远落后于西方的。但是，中国古代的学者对于科学理论的研究，却有极为广泛的浓厚的兴趣。我国最早的纯粹抽象的科学理论著作应该以《周易》为代表。直到现在，人们对于《易经》的研究虽然还是很不够的；但是，可以断定它是人类最早的关于宇宙观和一切事物发展变化的规律性研究的知识总汇。《易经》认为宇宙万物没有例外地处于不断运动的状态，每个事物都有相生相克的矛盾斗争，从而引起不同的发展变化过程。如果用现代科学的观点来解释，我认为《易经》中的六十四卦和三百八十四爻，在某种特定的意义上，也可以说是原子结构的不同类型。今后最好有人从这一方面对《易经》进行新的系统研究和说明。

在春秋战国时代的诸子百家之中，从事理论研究的著作日益增多，特别是像邹衍等所谓阴阳家者流，他们的学说往往包括了哲学上的宇宙观以及天文、数学等自然科学的理论，并且在这些理论的基础上，形成了对社会现象进行分析研究的历史观和各种社会科学理论。他们用阴阳来解释一切事物的变化，正如现代原子科学注意原子内部电子和质子带有正电和负电的现象一样。

在诸子百家中，尤其值得重视的是所谓道家的主要代表人物——老子。他的著作传世的有《道德经》五千言，这一部书可以认为是我国古代哲学、社会科学和自然科学最早的理论著作，其中包括了丰富的辩证法学说和原子论思想。

老子所谓"道"，便是宇宙的本体，即物质的存在。他说"反者道之动"显然是说明物质结构内部的对立物的斗争，引起了物质的运动。同时，所谓"道生一，一生二，二生三，三生万物"，则是物质运动发展的辩证过程。这种辩证法的思想早已为人们所公认；并且有许多学者发表了专门的论著，这里用不着一一介绍。我想特别要介绍的是老子的原子论思想。

与希腊古代哲学家德谟克里特和伊壁鸠鲁的原子论相比较，我国古代老子的原子论思想无疑地更早得多。德谟克里特是公历纪元前五世纪中叶到四世纪中叶的人，伊壁鸠鲁是纪元前四世纪中叶到三世纪中叶的人，老子则是纪元前六世纪中叶到五世纪中叶的人，早于德谟克里特约一个世纪，早于伊壁鸠鲁约两个世纪。老子的原子论思想，我认为是值得我们进行新的探讨的重要课题之一。

在《道德经》中，老子说明宇宙万物的起源和本质的时候，指出了"玄又之玄，众妙之门"。汉代张衡认为"玄者无形之类，自然之根，作于太始，莫之能先"。扬雄也认为"玄者，幽攡万类而不见形者也"。这里所说的"玄"，用我们现代所谓的"原子"来解释它，似乎更为恰当。而且，玄、元、原三字本来可以通用。清代刊本将玄改为元，一方面是为了避讳；另一方面也因为这两个字可以相通。我们要是把原子这个译名，改称为元子或玄子亦无不可。现在研究原子理论的人，认为德谟克里特发现了最高的不可分的单元，即所谓"万有分子"，并且竟然把它解释为原子核；那么，我们更有理由解释老子所谓众妙之门的玄，便是原子，而玄之又玄甚至也可以说是原子核了。

老子又说："道冲，而用之；或不盈。"有些注释家，把"冲"字看作"盅"的假字，解释为空虚。其实，冲字在这里分明也有相冲的意思。不过，这并不排斥空虚之义。正如德谟克里特认为物体的起源有两个，即原子和虚空，而原子有时互相冲撞，形成原子的旋风一样，老子也有这种思想。

还有，老子认为："天地之间，其犹橐籥乎。虚而不屈，动而俞出。"又说："谷神不死，是谓玄牝。玄牝之门，是谓天地根。"橐籥即是风洞，不屈意即不竭。这个意思也很像德谟克里特说的旋风式的原子运动，形成着无穷的物质世界的道理。至于德谟克里特认为任何物质都是由原子和原子间的空洞构成的；物质的密度和强度，跟物质内部空洞的分布有关。这一点似乎也没有超出老子关于谷神和玄牝的概念。

什么是谷神？什么又是玄牝呢？据宋代司马光的解释："中虚故曰谷，不测故曰神；天地有穷而道无穷，故曰不死。"这个解释比较浅显易懂。但是，玄牝却很少有人解释得清楚，有的人公然宣称因为这些文字"通俗不雅"，所以不便做什么解释。我们现在如果大胆地把"玄牝"解释为原子核，那么，这句话的意思也就容易弄明白了。现代科学家解释伊壁鸠鲁的原子学说，认为他把万物都当做是核子的运动和冲击的结果；而处于等速运动中的核子都有互相冲击的可能。我们从老子的《道德经》中完全可以看出，老子很早就提出了这样的概念。

关于中国古代科学理论的探讨，还有许多事情需要我们去做。我希望年青的科学理论工作者，对古代文献也能进行一番研究。这个工作只要认真去做，一定会有重要的收获。

学问不可穿凿

几位应届毕业的同学在一起谈论，中心的问题是：经过大学文科四年的学习之后，能不能独立地进行学术研究？他们比较一致的意见是能够独立研究，但是有一个前提，就是必须树立正确的治学态度。

他们征求我的意见，我表示同意他们的看法，并且做了一些补充。归纳起来，我补充的意见集中到一点，就是说，为了树立正确的治学态度，必须从积极方面努力学习马克思列宁主义的思想方法论，认真地把自己武装起来，千万不可使我们的学术研究工作，沾染了不正确的思想作风。

对于各种不正确的治学方法，我们都要注意防止。其中特别值得警惕的，是古来一般学者最容易患的穿凿的毛病。有这种毛病的人常常强词夺理，把许多说不通的道理，硬要说通，因而随意穿凿，牵强附会。

然而，学问之道是穿凿附会不得的。《易传·乾卦·文言》中说："君子学以聚之，问以辨之。"可见学问是要集中大量的材料进行分析研究的结果，决不是穿凿附会的产物。

古来不管何等大名鼎鼎的人物，凡是做学问不踏实，而有穿凿附会之病者，几乎没有不闹笑话的。比如，宋代王安石虽然是一位大政治家，但是，他也有若干缺点，不容掩饰。他写过一部《字说》，据当时名家的评论，认为其中许多解释便有穿凿的毛病。如苏轼《调谑编》所载：

> 东坡闻荆公《字说》新成，戏曰：以竹鞭马为笃，不知以竹鞭犬，有何可笑？公又问曰：鸠字从九从鸟，亦有证据乎？坡云：诗曰，鸤鸠在桑，其子七兮；和爷和娘，恰似九个。公欣然而听，久之，始悟其谑也。

这虽然是一个笑话，可是也证明了穿凿附会的毛病，对于做学问的人，是多么有害的啊！

其实，这种穿凿的毛病，影响所及，并不仅仅限于学术的范围。据宋代罗点《闻见后录》[1]记载：

---

[1] 原著称《闻见后录》作者为"罗点"有误，应为"邵博"。邵博，南宋学者，字公济，邵伯温之次子，续其父《闻见录》撰《闻见后录》。

> 王荆公好言利，有小人诣曰：决梁山泊八百里水以为田，其利大矣。荆公喜甚，徐曰：策固善，决水何地可容？刘贡父在坐中，曰：自其旁别凿八百里泊，则可容矣。荆公笑而止。王荆公会客食，遽问：孔子不撤姜食何也？刘贡父曰：本草书，姜多食损智；道非明民，将以愚之；孔子以道教人者，故云。荆公喜，以为异闻。久之，乃悟其戏也。荆公之学，尚穿凿类此。

这样的笑话是不是苏东坡等人故意挖苦王安石的呢？当然不能说完全没有这种成分，这样的笑话并非凭空捏造，却是事实。这样的笑话，大可以说明任何学问决不可以穿凿。做学问的人，如果患了穿凿的毛病，就将不可救药。在这里，我不打算也不可能讨论王安石这位宋代大政治家的思想、学问和事业，只是随便引用这些材料做个例子而已。

话说到这里，大家自然要问：照你这样说，那么，什么是正确的治学态度呢？这个问题对于今天的我们是很容易回答的。答案就是"实事求是"四个大字。

大家知道，最早讲实事求是的，要数汉代的班固。他在《汉书》卷五十三《河间献王传》中写道：

> 河间献王德，以孝景前二年立，修学好古，实事求是。

在这一句下面，唐代的颜师古做了一个注解，他说："务得事实，每求真是也。"这个意思很明显，照我们现在的话来说，就是要占有大量材料，分析研究客观的情况，辨明是非，寻求真理。

毛主席在一九四一年五月所作的《改造我们的学习》的报告中，对于实事求是做了最确切的解释：

> "实事"就是客观存在着的一切事物，"是"就是客观事物的内部联系，即规律性，"求"就是我们去研究。

这里所说的实事求是，不但是我们大家公认为最好的学习态度，而且也是我们做好一切工作所必需的正确态度。

做学问的人，要树立正确的治学态度，毫无疑问，除了实事求是以外，再也不能设想还会有别的什么态度了。这种态度，和任何穿凿附会的作风，决没有丝毫共通之处。只有用这样实事求是的态度，去进行独立的科学研究及其他一切工作，才有成功的希望。

自学与家传

昨天，一位六十八岁的老医师来信说：

我有一个十九岁的独生女，本在××学院读书，因听力较差（患先天性右耳道闭塞，X光线检查证明，不能动手术），读到一九六一年夏季，赶不上功课，以致退学。今夏本拟应北京师范大学文科考试，昨健康检查证明，以听力关系不及格，如是只好在家。……我的爱人又于一九六一年去世，因此父女相依为命，不愿她登记远行。小女及我都为此十分彷徨。……请问应如何改变现状，不令小女闲坐在家？

这个问题似乎有必要在《夜话》中谈谈，以供更多的读者参考，因此，我又在这里作公开的答复。

无论是什么原因不能升学，学生本人和家长都应该抱定一个正确的态度，寻求适当的解决方法。

就这位老医师所述的情况而论，他的女儿既然因为耳朵有病不能升学，又不宜离家远行，那么，正确的办法是什么呢？我以为她应该有计划地在家自学。古来不知有多少著名的学者都是自学成功的。现在我们需要什么参考书籍，到外可以找得到，又有许多辅导学习的组织，自学的便利条件比古人优越千万倍，并且现在自学的效果也不比在学校读书的差多少。而这位老医师的女儿更有比别人特殊优越的条件，她可以跟她的父亲学医，使家传的学问进一步发扬光大起来。在这位医师父女二人"相依为命"的情况下，他们正好可以把自学与家传相结合，一方面解决女儿的学业前途问题；另一方面解决父亲的家学继承问题。这样不是一举两得吗？

南北朝时代大名鼎鼎的文人江总，就是自学成名的。据《陈书》卷二十七《江总传》称："总七岁而孤，依于外氏，幼聪敏，有至性。……及长，笃学，有辞采。家传赐书数千卷，总昼夜寻读，未尝辍手。……年少有名"，时人"雅相推重"。同样的例子，每个朝代都有。如元代的王冕出身于牧牛童，终于自学成名；明代的朱恕是樵子出身，后来成为泰州学派的继承人。这些已为一般读者所共知，就不必说了。

仅仅以历代名医的事迹为证，我们也不难断定，自学与家传相结合是完全可行的有效办法。例如，宋代的名医庞安时，便是家传医术、自学成名的一个典型人物，而且他恰巧也是耳朵有病的人。据《宋史》卷四百六十二《方技列传》载：

> 安时字安常，……儿时能读书，过目辄记。父世医也，授以脉诀，……独取黄帝扁鹊之脉书治之，未久，已能通其说，时出新意，辨诘不可屈，父大惊，时年犹未冠。已而病聩，乃益读灵枢、太素、甲乙诸秘书；凡经传百家之涉其道者，靡不通贯。

当时他的医名传播全国，许多学者在笔记中常常提到庞安时的事迹。苏东坡在《东坡杂记》中特别写下了他和庞安时谈话的情形，颇为有趣。东坡写道：

> 庞安时常善医而聩，与人语，书在纸，始能答。东坡笑曰：吾与君皆异人也。吾以手为口，君以眼为耳，非异人而何？

看来庞安时不只是听力不好，简直是耳聋得厉害，所以东坡与他谈话，不能不用笔谈。然而，这一点也没有妨碍他对医学愈来愈深入的研究，甚且正因为他耳朵听不见了，倒更加能够专心于研究，而达到了极高的造诣。当时另一个著名学者张耒，在《明道杂志》中说：

> 高医庞安时者，治疾无不愈，其处方用意，几似古人。……庞得他人药，尝之，入口即知此何物及其多少，不差也。

他生平还有许多事迹，流传久远。我觉得他的事迹特别值得介绍，所以多费了一些笔墨。

至于元代的名医余士冕，也是因自学与家传而成名的。据《歙县志》载：

> 冕字子敬，父幼白，精岐黄理，辑有苍生司命。冕尤能世其家学，沉疴立起，试多奇中。

明代的名医潘仁仲，相传四世皆为"回春妙手"。我想这些就不需要详述了。

《礼记》上说："医不三世，不服其药。"这句话的意思固然不应该机械地加以解释，但是大体上说，学医的要几辈相传才能积累可靠的经验，这不是没有道理的。我希望给我写信的这位老医师和他的女儿，能够在我们今天崭新的社会制度下，以自学和家传相结合的办法，做出新的成绩。

当然，这种自学与家传的途径和办法，绝不限于医学一个方面，其他方面同样可以采取这个办法，以解决与此类似的其他困难问题。

行行出圣人

家中父母叫我毕业以后，赶快回乡参加生产。一是跟我父亲种菜，二是跟我哥哥去学理发，三是在农场的公共食堂里当炊事员。我想了又想，我家没人读过书，只我一人现在初中刚毕业，干么又回去生产呢？再说，种菜、理发、做饭有什么学的？将来见到同学们一个个升学干大事，自己也怪难为情的。请你说说，我该怎么办？

这是抄录一位青年读者来信中的一段。我把他提出的问题，认真地做了一番考虑。估计到这个问题也许不是极个别的，所以我决定在这里做一个公开的答复。

我并不认为父母之命是不可违抗的。但是，如果父母的意见正确，当然就应该服从。这位青年读者的父母，要求儿子在初中毕业后回乡参加生产，这无疑是正确的。现在乡村里需要劳动力，各种生产事业都等待着年青人去经营，这是客观的实际需要。我们每一个人都应该服从客观的需要，自觉地把客观的需要变成我们主观的志愿。这样，主观的志愿和客观的需要，自然而然就统一起来了。

参加生产劳动的这个志愿如能确定，那么，具体选择种菜、理发、做饭或其他，就好说了。不管你干哪一行，只要你肯努力，一定会有显著的成就。谁要是轻视任何一种劳动，那至少证明他是一个目光短浅的庸人。对于这种庸人，你又何必说什么呢！

俗语说："行行出状元。"你果真努力，将来也许会成了状元。不过，所谓状元本来是专指进士的第一名，它是唐代以后科举制度的特殊名称。如今人们借用状元来称呼各行各业有显著成就的人，其实并不很恰当。对于这些有显著成就的杰出人物，我以为应该称他们为"圣人"。按《尚书·洪范》篇载："恭作肃，从作乂，明作哲，聪作谋，睿作圣。"宋代蔡沉注云："睿者通乎微也，圣者无不通也。"可见彻底精通一门知识的人，都应该称为圣人。各行各业既然都有精通业务、成就显著的人物，因此说"行行出圣人"也无不可。

先以种菜为例。要种好一片菜园子，可真不容易啊！老菜农都有一整套内容丰富的技术知识。最有经验的种菜的老把式，无疑地可以称为圣人。大家知道，在我们中国古老的历史上，孔子总算是被公认为最博学的圣人了；但是，孔子对于种菜的老农民却非常尊重，他说过"吾不如老圃"这样谦逊的话，你以为是偶然的吗？绝对不是。历来因为种菜而成名的人很不少。比如，宋代有一位苏云卿，就是种菜的高手。据《宋史·苏云卿传》载：

> 苏云卿，广汉人。绍兴间来豫章东湖，结庐独居。……披荆畚砾为圃，艺植、耘芟、灌溉、培壅皆有法度。虽隆暑极寒，土焦草冻，圃不绝蔬，滋郁畅茂，四时之品无阙者，味视他圃尤胜。又不二价，市鬻者利倍而售速，先期输值。

当时张浚当宰相，派人去请他出任重要的官职，苏云卿坚决推辞不干。其实像他这样的人，各个时代都有不少。在我们今天的社会制度之下，种菜是不可或缺的生产事业之一，当一个种菜的好手，比古代逃避现实的隐士更要高尚得多了。

再以理发为例。这个行业也有很长久的历史。虽然古人理发没有像现在这么多的样式和复杂的操作技术，一般人都能自理。明代屠隆的《考槃余事》中说：

> 小文具匣以紫檀为之，内藏小裁刀、锥子、挖耳、挑牙、消息、修指甲刀、剉指剔指刀、发刡、镊子等件，旅途利用，似不可少。

这就证明当时一般旅客要理发、修面等，自己都能做。但是，古时候也有专门替别人理发的工匠。宋代张端义的《贵耳集》中有这样的记载：

> 京下忽阙见钱，市间颇皇皇。忽一日，秦会之呼一镊工栉发，以五千当二钱犒之。谕云：此钱数日间有旨不使，早用之。镊工亲得钧旨，遂与外人言之。不三日间，京下见钱顿出。

这个例子中说的秦会之，便是遗臭万年的卖国贼秦桧，他当时如何祸国殃民，自不必说。我们引用这个例子只是为了说明，宋代不但已经有了专门理发的工匠，而且有的理发匠手艺很高，所以秦桧一次就赏了他五千当二钱。至于从前理发业供奉黄帝轩辕氏为祖师，也不是毫无根据的。张华《博物志》说："轩辕作镜、镊、剃刀。"有了这一条做根据，当然也可以说理发是由远古圣人创始的了。

如果再说做饭，那么，传说中的庖牺氏就是以庖厨而得名的。司马贞在《补史记·三皇本纪》中写道："太皞庖羲氏，……养牺牲以庖厨，故曰庖牺。"还有，古代另一个大圣人伊尹，也是由厨师出身，后来当了商汤的宰相，这在《史记·商本纪》中同样记载得很清楚，恕我不再征引。

总之，无论哪一个行业，都会有精通业务技术知识的圣人出现。古代尚且如此，何况我们这个时代呢？今天的中学毕业生，各方面的有利条件很多，只要自己努力，毫无疑问都能做出显著的成绩。否则，即便继续升学，将来也干不成什么大事！

一块瓦片

偶然同编辑同志谈定了这个题目。这意思是说，我写的文章可能比抛砖引玉的砖头还不如，只能算是一块很平常的瓦片。

对于一块瓦片，谁会重视它呢？然而，仔细想想，问题却也不少。

我们的祖先老早就会烧瓦片。相传三国时代西蜀的大学者谯周所撰的《古史考》说："夏世昆吾氏作屋瓦。"晋代张华的《博物志》说："桀作瓦。"看来古代学者对于瓦片的起源，只上溯到夏代为止。可惜他们当时不懂得考古发掘，这也没有办法。但是，我们的祖先却很重视瓦片，把它大书特书，传之千古。后来瓦片太多了，人们慢慢地熟视无睹，也是很自然的。

为了在无数的瓦片中能够知所区别，历来造瓦的匠人，往往独出心裁，运用各种材料，制成各种花样，以引起人们的注意。

走进北京的故宫，到处看见的琉璃瓦，就是屋瓦的高级品种之一。宋代王子韶的《鸡跖集》说："琉璃瓦一名缥瓦。"这种屋瓦在宋代以前已经相当普遍了。所以唐代诗人皮日休《奉和鲁望早春雪中作吴体见寄》的诗中写道："竹根乍烧玉节快，酒面新泼金膏寒。全吴缥瓦十万户，惟君与我如袁安。"当时盖琉璃瓦的房屋，居然动辄有十万户之多，这样豪华的建筑与皮日休、鲁望的卧雪生涯相对照，恰恰反映了唐代封建社会的阶级对立。而皮日休这一派诗人大胆地揭露了唐代封建制度的黑暗面，这正是他们进步性的表现。

除了琉璃瓦以外，历来的封建贵族还不断出奇制胜，采用许多贵重的材料，造出种种比琉璃瓦更加稀罕的屋瓦。你说什么材料最贵重，他们就用什么材料去造瓦。尤其是金属，由恶金到美金，几乎都被历代的贵族豪门用去造瓦，简直无一例外。

铁，古人称为恶金，用它造瓦自然是不奇怪的了。《大明一统志》载："庐山天池寺，洪武间敕建，殿皆铁瓦。"明代诗人，号称十大才子之一的李梦阳，在诗中写道："庐山绝顶天池寺，铁瓦为堂石为柱。"这座"天池寺"虽然早已毁坏了，但是有一部分铁瓦却一直保存到现在。

再说用铜造瓦，也不奇怪。《天中记》有一节文字，描写"西域泥婆罗宫中，有七重楼，复铜瓦，楹栋皆大琲杂宝"。由此不难想见，在那样大建筑的屋顶上，尽是铜瓦，光辉灿烂，多么富丽堂皇！然而，那又是古代多少劳动人民血汗的结晶啊！

这还不算，还有一些古代国家的贵族阶级，竟然要用银子造瓦，以装饰自己豪华的宫殿。据《新唐书》的《南蛮传》记载："骠……自号突罗朱阁婆，……王居以金为甓，厨复银瓦。"这一段文字记载用不着解释，一看便知。当然这是历史的往事了。在中国南方的一些地区，像这种银瓦的建筑物似乎也有的一直保存了相当长的时期。

至于五代时期蜀主王建诗中所谓"月冷江清过腊时，玉阶金瓦雪澌澌"。这里说的"金瓦"是否真的用金子造的，谁也不能断定。但是，至少可以相信，它也决非普通的屋瓦可比，也许是涂了泥金的，或者比泥金更为讲究。那么，这些不也够奢侈了吗？

与历代贵族们穷奢极侈的各种金属屋瓦相比，过去无论在什么时候，中国一般人民建筑的房屋可就简陋得很了。

在北方，我们到处都能看到农民们的屋顶铺着石瓦。这种石头的瓦片由来已久。南北朝时期梁元帝的九贞馆碑文中就曾写道："日晖石瓦，东眺灵寿之峰；月荫玉床，西瞻华盖之岭。"可见石头瓦片之用于建筑，已经有了长久的历史。令人奇怪的是，如今新式的建筑物，为什么对于这样坚固、耐久而又富有民族特色的建筑材料，却不多采用了呢？

在南方，因为大量生长着竹子，一般人民更普遍地用竹片做屋瓦。这种竹瓦也有很久的历史。唐代大诗人元稹写过"竹瓦风频裂"的句子。王禹偁在《黄冈竹楼记》中写道："竹之为瓦，仅十稔；若重复之，得二十稔。"明代钟惺的《江行俳体》也写道："处处葑田催种麦，家家竹瓦代诛茅。"历来还有许多类似的诗文，都可以证明竹瓦在南方的大量出现。

还有许多穷到无立锥之地的贫苦农民和手工业工人，既然连立锥之地都没有了，当然也不可能有房子，不可能有一块瓦片了。正如《新唐书》的《五行志》所载："咸通十四年，成都童谣曰：……头无片瓦，地有残灰。"又如蔡珪在《花亭图》诗中写道："头无片瓦足无土，不犯清波过一生。"这的确可以反映中国历史上被剥削阶级极端穷困的生活情况。"

可见就讲一块瓦片，也有种种复杂的情形，需要进行历史的分析。而且这里同样用得着阶级的分析。看是什么样的阶级，就用什么一种瓦片，界限分明，混淆不得。无论你是学历史的也好，学建筑的也好，学工业的也好，似乎都应该由小小的一块瓦片开始，对一切客观的事物，继续不断地进行仔细的分析研究。

讲一点教授法

在高等学校读书的同学们，暑假在一起谈心，偶尔批评到他们的老师中有的人太不讲究教授法，使得学生们不愿意听他的课。这个问题很值得注意。教授法的好坏，对教学的质量关系重大。一切为人师者都不能不注意教授法的问题。

同学们批评有的老师在课堂上讲课往往似懂非懂，叫人听不明白，讲得很费劲，好像老师自己也不明白似的。再加上有的老师对学生的预习和复习又抓不紧，不好好进行帮助，学生听讲时就抓不住要点，没有明确的目的，下课以后总是忙于补习听不懂的课，精神十分被动，深感苦恼。对于平时作业，老师也很少深入检查，学生只要把作业交了，老师带起就走，过几天退回，对的就对了，错的老师就改了，彼此不闻不问。日常的考查更少，一到了大考的时候，免不了要手忙脚乱。特别是自然科学的课程，本来要重视在实验室中的实验操作，可是有的老师不能进行确切的指导，操作对不对，往往也不清楚。大考之前的复习也缺乏认真的帮助，以致学生不知道应该怎样进行全面的系统的复习。这些都可以说明，有的老师还没有掌握一套教授法，因此，要想进一步提高教学质量就有困难。

为了改进教学，我们的各级学校领导干部，帮助教师们讲究教授法，我看是很必要的。毛泽东同志早于一九二九年在红四军第九次代表大会的决议中，就特别提到了教授法的重要性。他当时提出了十条教授法，这就是：一、启发式（废止注入式）；二、由近及远；三、由浅入深；四、说话通俗化（新名词要释俗）；五、说话要明白；六、说话要有趣味；七、以姿势助说话；八、后次复习前次的概念；九、要提纲；十、干部班要用讨论式。这十条教授法实际上不单适用于人民的革命军队，而且是可以普遍适用的，任何教学方法都离不开这十条原则。毫无疑义，毛泽东同志所规定的这些教授法，乃是总结了前人的丰富教学经验的结果。

在文化历史悠久的古中国，最早讲到教授法的要数《礼记》的《学记》篇。它说：

> 时教必有正业，退息必有居学。不学操缦，不能安弦；不学博依，不能安诗；不学杂服，不能安礼。不兴其艺，不能乐学。

这就是说，一年四时都要有一定的教学内容，课外必须认真自习，加以辅导。正课和辅导课要密切结合。没有一定的辅导课，正课就学不好。不努力自习，也学不好正课。正课与课外作业结合得好，学生的学习兴趣就更高，学习的成绩一定也更好。《学记》中还说了教师和学生应当注意的其他许多事项。比如说：

> 君子之教喻也，道而弗牵，强而弗抑，开而弗达。道而弗牵则和，强而弗抑则易，开而弗达则思。和易以思，可谓善喻矣。

又说："学者有四失，教者必知之。人之学也，或失则多，或失则寡，或失则易，或失则止。"这些的确都是教学两方面应该注意的重要问题。

除了《学记》以外，其他书籍记载教学方法和经验的还多得很。例如《国语》载：

> 朝而受业，昼而讲贯，夕而修复，夜而记过。

这就把教学的程序规定得非常清楚。照我们现在的话说，这就是要求老师给学生讲授课业的时候，必须当场讲解透彻，使学生完全懂得，下课以后再让学生自修和复习，容易记错的地方特别要多记几遍。

历代封建统治阶级设定的学校制度，虽然教学的目的是落后的或反动的，但是教授法仍有许多可取之处。汉代的儒学是人所共知的，可以不说；且说蒙古族统治的元代。据《元史·选举志》载，元世祖至元二十四年"立国子学而定其制，设博士通掌学事，分教三斋生员。……复设助教，同掌学事，而专守一斋；正录申明规矩，督习课业。……博士、助教亲授句读音训，正录伴读，以次传之。讲说则依所读之序，正录伴读，亦以次而传习之。次日抽签，令诸生复说其功课。"这样的教授法，明清以后基本上没有改变。

而且，从前有许多知名的学者，往往私人讲学，他们的教授法更有特色，如宋代廖莹中的《江行杂录》描写了司马光的教授法，他说：

> 温公之仕崇福，春夏多在洛，秋冬在夏县，每日与本县从学者十许人讲书，用一大竹筒，筒内贮竹签，上书学生姓名，讲后一日即抽

签令讲，讲不通则微数责之。

我们的教师对学生的要求似乎应该比司马光更严格一些，而决不应该比他还不如。

具体说来，各科有各科的要求，当然说不完。但是，不管什么学科，教师总应该经常考查，直到学生真正懂了为止。复习的题目尤其应该使学生觉得有兴趣，而不觉得是负担。教师自己更要经常努力学习，对自己讲授的学科内容，如果学得烂熟，教起来自然就能生巧了。

"科班"的教育法

读了盖叫天老先生的艺术经验谈《粉墨春秋》以后，有许多感想。偶尔跟朋友们谈起这本书，特别对于其中所述的旧科班的教育法——量体裁衣，总觉得意味深长。

所谓量体裁衣，在这里实际上是指的老师培养学生的方法，也就是老师对每个学生的前途，表现出严肃负责的精神。这对于我们现在教养子女、培育青年、训练干部等方面，都有重要的参考价值。

盖叫天老先生的这一部书，绝大部分是根据他自己亲身的经历写成的。当他讲到量体裁衣的时候，虽然他声明自己并没有亲身经历，不过他还是亲眼看见过那些情形的。他说：

> 早先，孩子们进科班，与现在学校招生相仿佛，也有一种考试的办法。不过这考试不是决定录取不录取，而是决定孩子们在生、旦、净、末、丑中学哪一行当。

你看，旧戏班的老师一开始就要替学生决定他应该学习什么行当，这是何等认真负责的态度啊！我们对自己的子女和青年学生，似乎都还缺乏这种负责的精神。这是为什么呢？我想这大概是因为一般人不注意培养青年的方法，特别是不善于掌握对每一个青年的具体情况进行具体分析的方法。这种方法实际上就是量体裁衣的方法。盖叫天老先生详细地介绍了这种教育方法。他说：

入科班那一天，老师坐在屋子里，孩子们都守在屋外面，静候老师的传呼，叫一个名字进去一个。第一个被叫到的，推开房门，一闪身进去，站定。老师一看是个身体魁梧的孩子，大大的个儿，长得粗眉大眼。老师吩咐：上前走五步。他应声朝前迈了五步。一步步迈得很扎实。咳嗽一声！老师又吩咐。哈哼！他大声咳了一下，很响亮，听上去粗壮中透着正气，有那么一点类似二进宫里的徐延昭气派。于是，在花名簿上这个孩子的名下，老师给暗暗地注上个铜锤字样。然后让这孩子退过一边。

就这样一个又一个地进行了初步的了解，有的像"老生"，有的像"二花脸"，有的像"小生"，还有像"青衣""花旦""彩旦"的等等，"老师都按孩子的身材、形态、声音，分角色不同的行当和类型，先暗暗记上一笔"。虽然，这些只不过是一个初步的印象，还需要做进一步的考察；但是，有了这么一些具体的初步印象却是非常重要的。

接着，老师还要进行比较深入的考察，以便更加了解学生的兴趣和特点，好给他们选择适宜的行当。为了这个目的，下面的过程是必要的：

孩子初入班，头几天老师们不给他们一点儿规矩，让他们和大家一样，任自己的野性子，自由自在地爱怎么玩就怎么玩，不感到一点拘束。清晨起来，科班里练功的时候，让新入科的孩子们在一旁观看，老师同时也在那里暗暗观察每个孩子的表情，看他们对哪一路行当有兴趣。……这样老师对每个人的性情爱好便有了更进一步的了解。于是又在这些孩子的名下暗记一笔。……经过几天的观察，孩子们又再一次给叫到老师面前。……你愿意学什么？老生？花旦？武生？小生？

还是花脸？孩子想了一想，说出了自己的愿望。老师把他所说的和这几天观察的结果对照一下，没错，他的举止行动和他自己的愿望常常是相一致的，于是这才按生、旦、净、末、丑，决定下每人应学的行当，而孩子的命运也就这样大体上被确定了。

看来旧科班的这一整套方法是符合于教育学原理的。我国古代对于人才的培养和使用，也很注意"量才而教之，量才而用之"的原则。如《汉书·董仲舒传》记载，董仲舒在一篇奏疏中提出建议："兴太学，置明师，以养天下之士，数考问以尽其才。"他还建议："量才而授官，录德而定位。"类似这样的主张，历代都有，可以说是老生常谈，简直很不容易引起人们的重视。

然而，这种量体裁衣地培养和使用人才的方法是比较科学的，也是从实际出发、符合实际需要的。整个社会全面地采用这种方法，就能够有计划地造就各种各样的人才。但是，这和近代西方资产阶级的所谓"天才教育"那一派学说，必须区别清楚。旧中国反动的资产阶级学者如胡适之等人，曾经对于所谓"天才教育论"随声附和，极端片面地主张只让少数"天才"去受教育。比如《胡适论学近著》中写道："从那绝大多数的青年学生里，选拔那些真有求高等知识的天才的人去升学。"这就等于把成千成万的青年学生都关在"高等知识"的门外了。这种所谓"天才教育"岂不是荒唐之至吗？

我们绝对不能赞成那样的"天才教育"。我们主张聚天下人才而教育之，教育的方法是因才施教，也就是量才而教。这种教育方法，是集体教育和个别辅导相结合的方法。根据社会各方面的实际需要，允许各行各业培养和使用必要数量的人才，让每个青年学生在受教育的过程中，都能得到老师的具体帮助，而每个老师对学生也都能负责到底，量体裁衣，使各种人才各得其所。

写到这里，旁边有同志问道：你这不是主张恢复旧科班制度吗？我说：这是取其精华，去其糟粕，有何不可！

"烤"字考

生活在北京的人，都知道北京西城宣武门内大街有一家著名的"烤肉宛"。但是，很少有人去注意这家的招牌有什么值得研究的问题。其实，这个招牌的头一个字，"烤"字就很值得研究。

前几天，一位朋友给我写来一封信，他说：

> 烤肉宛有齐白石所写的一个招牌，写在一张宣纸上，嵌在镜框子里。文曰：清真烤肉宛。在正文与题名之间，夹注了一行小字（看那地位，当是写完后加进去的），曰：诸书无烤字，应人所请，自我作古。（原无标点）看了，叫人觉得：这老人实在很有意思！因在写信时问了朱德熙，诸书是否真无烤字；并说，此事若告马南邨，可供写一则燕山夜话。前已得德熙回信，云：烤字说文所无。广韵、集韵并有㷍字，苦浩切，音考，汪云：火干。集韵或省作㷊，当即烤字。㷍又见龙龛手鉴，苦老反，火干也。烤字连康熙字典也没有，确如白石所说，诸书所无。

我很感谢这位朋友，他引起了我的兴趣，也引起了报社记者同志的兴趣，他们还把烤肉宛的匾额等拍了照片。原来这个匾额的款字写着：八十六岁白石。计算齐白石写这个匾额的时候，是一九四六年，还在解放以前。

据说，当时白石老人常到宛家吃烤肉，多次写字画画送给店主人。比如有一次，白石老人画了几枝梅花，题两句诗："岁寒松柏同精健，知是无生热血多。"这似乎是在国民党反动统治期间表示一种不甘屈服的意思。他用这幅画送给烤肉宛，当然也包含有对店主人的勉励之意。过了两年，白石老人八十八岁的时候，又画了一幅寿桃送给店主人，题曰：仁者多寿。不难了解，这不但是老人自寿，而且也为店主人祝寿。齐白石和店主人之间这样亲密的关系，实际上不过是烤肉宛和各阶层市民群众的亲密关系的一个反映而已。

因为烤肉宛服务的对象，主要的是城市的劳动人民，所以这一家的招牌也是按照人民群众的口头语来命名的。你看这个招牌多么通俗，多么容易上口啊！为了适合于劳动人民的口语，用字是否要考证出处，当然就不算什么重要的问题了。

特别是在解放以后，按照群众的习惯和需要而产生的许多简体字，逐渐被社会所公认，成为正式通行的文字，因此，像烤肉宛这样的招牌，就更加使人一见如故，不以为奇了。

应该提到，梅兰芳同志生前，曾于一九六〇年十月为烤肉宛题了一首诗。他写道：

> 宛家烤肉早声名，跃进重教技术精。
> 劳动人民欣果腹，难忘领导党英明。

的确，烤肉宛三字，对于北京的劳动人民实在是太熟悉了。拆开来，光说一个烤字，人们也会马上联系到烤肉或烤肉宛。

这个"烤"字虽然是"诸书所无"，但是并非完全不可稽考的毫无根据的杜撰文字。前面摘引的信上已经查考了《广韵》《集韵》都有"燺"字，《集韵》又省作"熇"字，就是"烤"的本字。不但这样，《说文》中也有"熇"字，段玉裁注云：

> 火热也。大雅板传曰：熇熇，然炽盛也。易：家人嗃嗃，郑云：苦热之意，是嗃即熇字也。释文曰：刘作熇熇。

由此可见，"熇"字的出处应该追溯到《诗经·大雅·板》八章中。原文是：

> 天之方虐，无然谑谑。老夫灌灌，小子跷跷。匪我言耄，尔用忧

谑。多将熇熇，不可救药。

最初显然没有烤字，而只有熇字，这是可以肯定的。那么，后来为什么变成烤字呢？看来这大概因为熇字是"苦浩切，音考"，日久天长，人们为了便于记忆，索性把它改为从火从考。从火则表示以火烘热；从考表示它的读音。这是很合理的一个改变，它符合于我国文字推演和发展的一般规律。

近几年来，大家在推行简体字的过程中，都比较熟悉"约定俗成"的道理。"烤"字的长期演变过程，恰恰就是约定俗成的一个典型。

然而，对于这么一个早已被公认了的俗字，齐白石采用它的时候，却要郑重注明是"自我作古"，这是多么认真的态度！比起白石老人来，我们现在对于简化字体的工作，有时态度就未免轻率了一些。

以"烤"字为例，我们似乎可以试将新的简体字，一个一个地进行查考，看看它们是否都是有来历的和合理的。

十日一水，五日一石

我家昨天接待了一个学美术的青年人，他要我给他题字，我就写了八个字：十日一水，五日一石。

青年人要求解释这八个字的意思。他对这八个字并不感到陌生，但是他要求作进一步的了解。我当时说了许多，也不知道他是否听明白了。

鼓励青年人勇敢进取的精神，我想这无疑是完全必要的；但是，提醒青年人不可骄傲自满，我想这同样是非常必要的。站在我面前的青年人是美术学校今年应届毕业生，我当时直觉地认为有必要把这八个字送给他。

这八个字的出处是唐代伟大的爱国诗人杜甫的一首诗，它的题目是《戏题画山水图歌》。原诗写道：

十日画一水，五日画一石。能事不受相促迫，王宰始肯留真迹。壮哉昆仑、方壶图，挂君高堂之素壁。巴陵、洞庭、日本东，赤岸水与银河通，中有云气随飞龙；舟人、渔子入浦溆，山木尽亚洪涛风，尤工远势古莫比，咫尺应须论万里。焉得并州快剪刀，剪取吴松半江水。

对于这首古诗，尽管别人可以做许多解释，我却认为最重要的是作者告诉我们：从事艺术创作，必须聚精会神，认真严肃，深入客观世界，观察和分析事物的特点，进行艺术的概括和描写。这个道理对于年轻的艺术学徒和成名的艺术大师都是通用的。特别是形象艺术，如绘画、雕塑等的创作，古今中外的艺术家在这一方面有成就的，没有一个不曾付出了巨大的劳动。

所谓十日一水，五日一石，这句话当然不能被机械地加以解释，认为艺术创作过程越慢越好。关键是在于如何深入实际生活，观察客观事物，抓住一水一石的本质特征。我们曾经见过齐白石画虾，好像下笔便是，容易得很；殊不知他的每一笔都经过了无数次细心观察，反复练习，到了惟妙惟肖而后已。从他实际观察到酝酿构思以至下笔落纸，整个过程也许要费很长的时间，远不止十日、五日而已。

同样的道理，也有的山水画家看到一个奇特的景色，马上构成了一个美妙的画面，他迫不及待地要把它画下来。这个过程似乎很短，并不花很多时间；然而，画家笔下一山一水、一草一木的勾勒、刻画以及皴、擦、渲、染的技法，实际上却是在长期绘画实践中逐渐形成的。有时画家为了表现眼前山水的特点，试图改变自己熟习的技法，采用某种新的技法，就往往要花费许多工夫，结果还不一定能够满意，甚至十日、五日也画不成一水、一石哩！

古今中外著名的艺术家，有的创作过程特别困难而费时费力，但其成就往往十分惊人。这是因为他们的作品几乎每一幅都是一个新面目，绝无相似之处。这样的创造力不能不令人敬佩。宋代有一位最著名的山水画家，名叫郭熙，他在《林泉高致》一书中说：

凡一景之画，不以大小多少，必须精注以一之，不精则神不专。必神与俱成之，不与俱成则精不明；必严重以肃之，不严则思不深；必恪勤以周之，不恪则景不完。故积惰气而强之者，其迹软懦而不决，此不注精之病也；积昏气而汩之者，其状黯猥而不爽，此神不与俱成之病也；以轻心挑之者，其形脱略而不圆，此不严重之弊也；以慢心忽之者，其体疏率而不齐，此不恪勤之弊也。故不决则失分解法，不爽则失潇洒法，不圆则失体裁法，不齐则失紧慢法，此最作者之大病也。

这一段话非常精辟，不但说出了山水画创作的关键问题，而且也指出了其他艺术创作的成败关键。他的儿子郭思在这一段后面加注道：

思平昔见先子作一二图，有一时委下不顾，动经一二十日不向，再三体之，是意不欲，意不欲者岂非所谓惰气者乎？……已营之又澈之，已增之又润之，一之可矣又再之，再之可矣又复之，每一图必重复始终，如戒严敌，然后毕。……天下之事不论大小，例须如此，而后有成。

看了郭熙父子的文字，我们不能不佩服古人的创作精神。他们的作品能够流传至今，放出耀眼的光辉，决不是偶然的啊！古今中外还有许多画家、雕刻家等同样的例子，只要我们不自满于已得的成就，而肯虚心学习他们的长处，那么，前人的经验对于我们的艺术创作将永远是有用的。

由张飞的书画谈起

近来北京出版社印行了颜、柳、欧几种字体的《标准习字帖》。在这几本字帖的《编后》中，有如下一段话：

我国书法家很多，不能一一介绍。……我国书法家并不限于文人，武将中亦不少，如张飞、岳飞等，文武兼备的将领中尤多，如颜真卿、范仲淹等。

有的读者看见这里说到张飞，很惊奇，来信问道：

> 张飞是身长八尺，豹头环眼，燕颔虎须，声若巨雷，势如奔马，长坂坡一声吼，喝断了桥梁水倒流的人物，怎么也会是书法家呢？会不会这是姓名的巧合呢？若不是，请把张飞的书法介绍一下，并设法让大家欣赏欣赏张飞的字迹。

现在我就按照来信的要求，谈谈这个问题。

相传张飞不但能写字，还会画画。而且这位被称为书法家兼画家的张飞，并非姓名巧合，他恰恰就是三国时代蜀中的大将燕人张翼德也！你说这是难以置信的吗？然而，这个传说却很有影响，事实上也不是全无根据的。

有关张飞书法的记载，最早见于南北朝时代梁陶宏影的《刀剑录》[1]。他写道：

> 张飞初拜新亭侯，自命匠炼赤朱山铁，为一刀。铭曰：新亭侯，蜀大将也。后被范疆杀之，将此刀入于吴。

一部分人解释说，这个《新亭侯刀铭》便是张飞自己写的。但是现在原物既已失传，此说也无从对证了。

此后似乎很少有人谈起张飞的书法。到了明代，出现了一部《丹铅总录》，其中另有一条关于张飞书法的记载：

> 涪陵有张飞刁斗铭。其文字甚工，飞所书也。张士环诗云：天下英雄只豫州，阿瞒不共戴天仇。山河割据三分国，宇宙威名丈八矛。

---

[1]《刀剑录》，即《古今刀剑录》，南朝陶弘景撰，记录了中国古代的刀剑及其锻造工艺。

江上祠常严剑珮，人间刁斗见银钩。空余诸葛秦川表，左袒何人复为刘！

从这一则记载看来，铭文似乎是张飞自撰自写的。可惜我从来没有见过这个铭文，不知道是否有哪一位朋友能够找到它的真迹或可靠的拓本。特别是四川彭水县的读者，最好就在当地查一下，到底有没有张飞写的刁斗铭。如能找到并且把它发表出来，供大家研究和欣赏，那就太好了。

另外，大约也在明代，四川流江县又发现了一个摩崖石刻。这便是所谓《张飞立马铭》，又叫做《八濛摩崖》，明代陈继儒的《太平清话》等书早有记载。这个铭文是：

汉将军飞，率精卒万人，大破贼首张郃于八濛，立马勒铭。

这个铭文现在只能找到清代光绪年间的一个拓本。据清末胡升猷的题识称："桓侯立马勒铭，相传以矛镞石作字，在四川渠县石壁。今壁裂字毁。光绪七年六月，检家藏拓本，重钩上石。"对于这个拓本，曾经有许多人鉴定讨，认为它不像是汉代的碑刻，可能是后人所造。同时，据《四川总志》所载，铭文中"军"字作"张"字，"铭□□作"仓"字，与拓本又有出入。原迹是在流江县或是渠县，说法也不一致。如果四川的读者，能够到这两个地方去看看是否还有这个摩崖石刻的残迹或古拓本，凭实物下判断，我想不难把真相弄清楚。

除了这几件相传为张飞的字迹以外，我们无妨顺便提一下张飞的画。据明代卓尔昌编的《画髓元诠》载：

张飞……喜画美人，善草书。

可惜的是我们现在再也找不到张飞画的真迹了。而且光凭这一条记载似乎证据也太薄弱，不能确切证明张飞的画究竟如何。

照此看来，无论对于张飞的书或画，我们都没有理由随便就下肯定或否定的断语。我们既不能武断地说他不会写字画画，或者说他写不好画不好；也不能武断地说他就是书法家和画家。因为无论你下哪一种断语，你恐怕都拿不出可靠的证据来。但是，现在既然有人正式宣布张飞是我国古代的书法家，读者当然有理由要求发表张飞的字迹。解铃还需系铃人，恕我不能越俎代庖了。

说到这里，我愿意再提出一点，请读者注意，就是历来相传的岳飞字迹，如"还我山河""前后出师表"等，现在也已经证明并非岳飞的真迹。岳飞写的字根本不是那个样子，而是与"还我山河"等字迹很不相同的另一种面目。近年来上海文管会收集到的南宋拓本《风墅帖》上刊载有岳飞的信札，他的字体非常接近于苏东坡。我希望有朝一日再发现古代的拓本或图籍，其中也许很幸运地载有张飞的书画，那就谢天谢地，大家可以皆大欢喜。

这并不完全是一种幻想，因为古人和今人一样，如果敢写敢画，即便不好，也能写出和画出一点东西来。张飞是三国时代的大英雄，难道他就没有大胆写字画画的勇气不成？

老鹰能比英雄吗？

常见古今著名的诗词和图画，往往把老鹰比做英雄。例如，画一只老鹰立在高岩或大树之上，题诗一首，或命名曰：英雄独立图。这个题材数见不鲜，谁也不觉得有什么不恰当的地方。

但是，有一位在部队工作的老同志，却提出了相反的意见。他根据自己养鹰的经验，认为老鹰是很不中用的，不应该把它来比英雄。因此，他不赞成人们以"雄鹰""神鹰"等作为对人民空军的赞词。

这位老同志把他的意见告诉我，并且希望我替他查考一下，看看他的意见在文献上有无根据。我很高兴这样做。虽然我一直没有发觉以老鹰比英雄有什么问题，但是，经过了一些查考，现在对于老鹰的知识就比较具体一些了。

本来以为老鹰很有神气，十分英武，这种印象也不能说是错误的。我记得清代上海的大画家任阜长有一幅画，也是用"英雄独立"的传统题材，上边写了一首七言绝句：

青葱曾否受秦封？大气盘旋欲化龙。

独立英雄据高处，昂头四顾意无穷。

你看，他把老鹰写得多么了不起？其实，这一类赞颂老鹰的诗句，在古人的作品中还多得很呢！别的不说，只说唐代大诗人杜甫的作品吧。他咏鹰的诗大约可以找到十来首，试举他题《画鹰》的一首诗为证：

素练风霜起，苍鹰画作殊。㧈身思狡兔，侧目似愁胡。绦镟光堪摘，轩楹势可呼。何当击凡鸟？毛血洒平芜！

在这里，杜甫以他的如椽之笔，充分地写出了老鹰英雄无敌的气概，真是一首好诗至于宋代苏东坡、欧阳修、黄庭坚、陆放翁以及后来的著名作家，几乎都有赞颂老鹰的诗句。

我们平常说的老鹰，泛指苍鹰。在动物学中，苍鹰为鸟类之一科，它所属有鹫、鸢、鹰、隼、鹞等品种。历来中外学者公认，它们是凶猛的鸟类，正如兽类中的虎豹一样。我国古书最早的记载，对于鹰隼似无严格区别。《小雅·采芑》写道："鴥彼飞隼，其飞戾天。"这里只有隼而没有鹰。《礼记·月令》写道："春夏之月，……鹰乃学习。"又说："季夏……行冬令，……则……鹰隼早鸷。"这里则并提鹰隼。后来许多书上的用法都很随便。到了宋代，陆佃的《埤雅》才分别有《释鹰》和《释隼》两篇。此后出版的书籍，对于鹰隼的区别，虽然比较清楚了，但是仍然不很严格。有的书上说，"大曰鹰，小曰隼"；有的说，"北方曰鹰，南方曰鹞"。这些都不一致。

那么，历来养鹰的人到底养的是什么呢？现在看来，人们所养的大概是兔鹰或雀鹰，也就是隼和鹞之类，未必是真正代表苍鹰科的典型品种。

据清初流行的利类思著的《鹰论》一书所述:"鹰分别种类有本地产者,有远方来者。本地产者或取之在巢,或得之始飞,或得之成长,各等不一。远方来者亦多种。"养鹰的人对于本地鹰,无论是喂小鹰或者是教生鹰,都很容易使它们驯服;对于远方之鹰也不难驯服它们。据说它们"性情和平,不怒,极听人命令"。从这一点上看,普通被豢养的鹰隼的性格确实并不刚强。所以,驯鹰的人很容易抓住它们的弱点而制服了它们。

例如,《鹰论》中说:

> 为驯服其性,栖之拳上,令鹰多夜不睡。又将布造一宽松小套,蒙其头,常除而复套。除后即以小枝竿轻摩其头、脖、肩、背,不致鹰恨。

这就是我们常听说的熬鹰的方法。还有"以蒜头心或亚乐厄即芦荟敷在板上,抹入鹰嘴,即不能堪。盖蒜气及芦荟苦味,令鹰之恨性消,而容易受教也"。如此这般驯鹰的方法,书上介绍得很详细,这里不必要一一列举了。

值得注意的是其中有关于"神鹰"和"山鹰"的介绍。所谓神鹰是什么神气呢?据说"其力勇而迅速,卓越诸鹰。又比之鸦基稃,即羽王也。……此鹰力最大,而最勇。不拘何种巨鸟,立时如攫,能击野雁、野鹅及兔、獐、麂、鹿等,每抉其眼而食其脑。声音猛厉。往往飞越于云端之上,从高击下,不知自何而来,且飞之极能耐久"。显然这不是普通的鹰隼所可比。

而所谓山鹰的性格就更为突出。据说,它"较别鹰性最僻野,……胆大易怒,难受教。不宜抗之,如抗则愈怒;不抗亦自潜消。专攫大鸟,不屑于小雀。连杀多鸟,只作顽嬉。逐鹊不获,则甚忿。若叫回则啄司放者之首及面,并啄所骑之马。……忿怒之际,恒不顾本身,间有忿怒而毙者"。这就说明,山鹰的性格非常激烈。所以,山鹰与神鹰相斗,必致两败俱伤而死。

由此可见,老鹰中有许多品种是不好的,不足以比于英雄;但是,有的性格十分坚强,确有英雄气概。这就必须加以分析,区别看待,不能笼统而论。对于老鹰是如此,对其他事物也应该如此。

谈谈养狗

我国人民两千多年来都有养狗的习惯。养狗不但为了守卫之用，而且也为了食用。南方人固然常吃狗肉，北方人同样也吃狗肉。所以，如果养狗大概不至于遭到反对。

然而，事情往往有出乎意外的。估计没有人反对的事情，有时竟然也会听见种种非议。比如，有人说：养狗太讨厌，又不能圈住它，到处乱跑，到处痾屎撒尿，不合卫生。也有的人，一听说要吃狗肉就害怕，不敢吃。这些人即便不一定坚决反对养狗，但是也不一定就会赞成养狗。因此，要想养狗，还得做一番思想工作，把事实摆出来，说通道理，并且把养狗的区域和范围划分清楚，才能得到人们的支持。

事实上，我们的祖先从来把狗当做不可缺少的家畜。古籍上有关狗的记载多得很。《礼记·月令》篇写道："孟秋之月，……天子食麻与犬"；"仲秋之月，　　　天子以犬尝麻，先荐寝庙"；"季秋之月，……天子乃以犬尝稻，先荐寝庙"。《王制》篇又说："士无故不杀犬豕。"《周礼》《地官》载："藁人掌豢祭祀之犬。"郑康成注曰："养犬豕曰豢。"可见古人把狗看得同猪一样重要，如果就"犬豕"这两个字的先后次序来说，似乎古人把狗看得比猪更重要了。

狗之受重视，还有许多证明。《周礼》中记载"祭祀奉犬牲"的地方就有好几处。春秋诸子的著作中论述"犬豕鸡豚"的也不少。如《墨子·非攻》篇云："攘人犬豕鸡豚者，其不义又甚入人园圃、窃桃李。"《文子·上德》篇云："犬豕不择器而食。"《上仁》篇云："先王之法，犬豕不期年不得食。"这些居然都把犬列在首位，显然不是没有道理的。

过去屠狗的职业，如屠宰猪、牛、羊的同样流行于全国各地。古代南方和北方以屠狗为职业的，有不少著名的英雄。《汉书·樊哙传》载："哙沛人也，以屠狗为事。"这是当时南方著名的屠狗英雄；《史记·荆轲传》载："轲既至燕，爱燕之狗屠……高渐离。"这更证明在当时的北方，到处都有许多屠狗的英雄。后来不知道在什么时候，屠狗业衰落了，不过吃狗肉的人并不因此而减少。

在食用肉类中，狗肉的营养价值很高，并且能防治许多种疾病，所以古人时常屠狗，常吃狗肉。李时珍在《本草纲目》中说："狗类甚多，其用有三：田犬，长喙善猎；吠犬，短喙善守；食犬，体肥供馔。凡本草所用，皆食犬也。"《本草》中还列举了吃狗肉的种种好处。如：安五脏，轻身，益气，宜肾，补胃，暖腰、膝，壮气力，补五劳七伤，补血脉，实下焦，等等。书上还特别说明："凡食犬不可去血，去则力少，不益人。"如果详细介绍狗的全部用途，包括狗蹄可以下乳汁，狗宝可以治噎食及痈疽疮疡，狗皮可以制皮袄及其他许多方面，简直可以写一本专门小册子，这篇短文是说不完的。

有一点需要着重提出的，就是狗粪的用途。李时珍说："狗屎能治诸症，皆取其解毒之功耳。"它能治痘疮、倒靥、霍乱、症积、心腹痛，并能解一切毒。但是，它的最重要最普遍的用途是作为农田的肥料。狗粪的肥效顶得上最好的粪肥。在南方农村中，人们拾粪主要的是拾狗粪。因为猪、牛、羊都有圈，算在圈肥之内，只有狗才到处痾屎。这虽然不免令人讨厌，特别是在大城市中一般不宜养狗；但是，在乡村和小市镇，狗粪对于卫生并无大碍，容易收拾得干净。

除了这些以外，养狗对于保护羊群还有很大的作用。在山区农村中，牧羊人日夜担心狼来吃羊，如果能带一条狗就不怕狼了，因为狗能与狼搏斗，协助牧羊人，保卫羊群的安全。狗还能看守猪圈、场院。至于无论城乡，凡在空旷的仓库等处，养狗以充守卫，更有用处。

如此说来，养狗的用处很不少，为什么现在许多地方不重视养狗呢？原因当然是多方面的。其中有一个原因，可能是与过去长期战争的特殊情况有关。

记得在华北平原抗日根据地的冀中区，早在抗日战争初期，每当我们的游击队和工作人员，在敌人的据点和交通线附近活动的时候，经常因为狗叫而被敌人发觉，因此，冀中军民曾经发起了一个杀狗运动。其他根据地有的也这么做了。这就当时的对敌斗争来说，无疑地是非常必要的。从那以后，河北一带的狗几乎绝迹，日子长了，人们逐渐忘记了养狗的习惯，甚至于反而不习惯于养狗了。现在，我们的生活环境，和抗日战争时期完全不同，在农村养狗完全有条件，完全合乎实际的需要。

最后还有一点附带说明，养狗尤其合于经济的原则，因为对它可以不必供给饲料，它主要以"食秽"为生。这也是它惹得一部分人不喜欢的原因。然而，狗毕竟是狗，人又何必因它食秽而嫌弃它呢？

养猫捕鼠

《谈谈养狗》的短文刚发表，有一位同志就提醒我：狗和猫应该并提。人类养猫狗有同样的历史，它们都是有益的动物，如果房子里有老鼠，就更会想到养猫。所以，养狗、养猫无妨一起谈谈。

此话有理。我们要彻底消除四害，老鼠是四害之一，为了彻底消灭它，养猫也有不小的作用。只是一篇短文不容易把养狗和养猫两件事都说清楚，还是分开来谈比较好。现在就专讲养猫吧。

养猫的目的主要是为了捕鼠。记得宋代黄庭坚写过一首《乞猫》的七绝，原诗如下：

秋来鼠辈欺猫去，倒箧翻床搅夜眠。
闻道狸奴将数子，买鱼穿柳聘衔蝉。

大概当时黄山谷家里的老鼠闹得很凶，竟然倒箧翻床，搅得他夜里总睡不好。其原因就在于他那一阵子不养猫了。他原先养过一只猫，老鼠在他家里不能活动，他每个晚上都睡得很稳。这就使他麻痹大意了，以为根本没有老鼠，养不养猫关系不大，于是就决定不再养猫。没想到，猫一去，老鼠就闹起来了。这一下子把他弄得好苦，到处打听，知道别人家养的猫快要生小猫，就赶紧准备，打算再抱一只来养。

我自己也有这样的经验。前几年，同院有好几只猫，加上除四害运动中掏窝灭鼠，效果很好，从那以后，久已不闻鼠患。近来我们的院子里，大家都不养猫，也没有继续用其他办法灭鼠，因此，老鼠又开始活动了。最近有一次，我们发现大小老鼠，鱼贯穿行于室内，公然示威，可谓嚣张已极。现在我也很希望能够打听到谁家的猫快要生产，好准备去讨一只小猫。

我想只要继续积极灭鼠，再养一只猫，鼠患就一定可以迅速消除。但是，到那时候又要注意，千万不可再抹杀猫儿的功绩，而嫌它"尸位素餐"了。记得宋代的林逋也写过一首《猫儿》诗，他说：

> 纤钩时得小溪鱼，饱卧花阴兴有余。
>
> 自是鼠嫌贫不到，莫惭尸素在吾庐。

林和靖似乎以为老鼠不到他家里，是因为他家里穷，而不直接承认这是猫儿捕鼠的功劳，这也许是写诗的时候故作波澜之笔，并非真意。但是，他看到猫儿吃饱了就在花荫中一躺，无所事事，却并不责怪，这恰恰表明他确实懂得了养猫的作用。我们如果养猫，也应该采取这样的态度。

明代的文徵明曾经派人从朋友家里抱来一只小猫，他写了一首律诗，题曰《乞猫》，原诗写道：

> 珍重从君乞小狸，女郎先已办氍毹。
>
> 自缘夜榻思高枕，端要山斋护旧书。
>
> 遣聘自将盐裹箸，策勋莫道食无鱼。
>
> 花阴满地春堪戏，正是蚕眠二月余。

此诗表明了一个地地道道的文人对于养猫所抱的态度。他的希望只是夜间能够高枕而眠，自己心爱的图书卷轴不至于被老鼠咬坏，如此而已。虽然他没有买鱼喂猫，但是，这并非表示他对猫儿捕鼠的功绩估计不足。我们现在喂猫，也不必都要有鱼。喂得太好了，它反倒不一定努力捕鼠；如果饿了它，更会使它努力捕鼠，这是一般人都有的经验。

在农村中，许多农民养猫的目的，当然又有所不同。农民们知道，猫儿对于保护农田作物是有积极作用的。特别是田鼠多的地方，不养猫要想消灭田鼠，几乎没有什么好办法。

据说，猫之所以得名，就因为它能够捕捉田鼠，保护禾苗。宋代陆佃的《埤雅》中，解释猫字的意义，说：

> 鼠善害苗，而猫能捕鼠，去苗之害，故猫之字从苗。诗曰：有猫有虎。猫食田鼠，虎食田豕，故诗以誉韩奕。记曰：迎猫为其食田鼠也，迎虎为其食田豕也。

明代李时珍总结各家的解释，写道：

> 猫，苗、茅二音，其名自呼。陆佃云：鼠害苗而猫捕之，故字从苗。礼记所谓迎猫为其食田鼠也，亦通。格古论云：一名乌圆；或谓蒙贵即猫，非矣。

可见在农村中提倡养猫，具有特殊重要意义，因为田鼠偷吃粮食和传染疾疫，比家鼠有过之无不及。而这些鼠类繁殖力都非常强盛。据统计，家鼠牝牡一对，四年之间能繁殖一百七十六万三千四百头；田鼠牝牡一对，四年之间能繁殖一亿一千六百八十二万七千九百二十头。这又证明，无论在农村或城市，消灭鼠害始终是一个重大的任务，随时都要抓紧，不可放松。

照上面所说的理由，我们完全可以肯定养猫捕鼠是有必要的。因为我们大家日常忙于生产和工作，不可能经常捕捉老鼠，放毒药、设机关又有副作用，都不如养猫捕鼠比较切实有效。

楮树的用途

山野之中，有一种落叶的乔木，叫做楮树，在我国南方生长茂盛，北方也能生长。但是，过去有许多人认为它不是好木材，不愿意栽培，因此，这种树木似乎越来越少了，这是很可惜的。

楮树除了一些土名以外，在古籍中也叫做榖树。《诗经·小雅·鹤鸣》篇中就有关于楮树的记载，它写道：

> 鹤鸣于九皋，声闻于天；鱼在于渚，或潜在渊。乐彼之园，爰有树檀；其下维榖。它山之石，可以攻玉。

朱熹注云："榖，一名楮，恶木也。"这位道学先生一开口就否定了楮树的价值，未免武断。但是，他总算证明了楮和榖是一物而异名。这一点大概是没有疑问的。据《山海经》记载，我国各处山野都有榖或楮大量生长。汉代许慎的《说文解字》说："榖者楮也。"这更直截了当地肯定了两者是同一个东西。后魏贾思勰的《齐民要术》一书，也做了相同的记载。

那么，为什么有两个名称出现呢？究竟这两者之间有什么区别没有呢？回答却不一样。一种答案是说，由于各地方言不同，所以变成两个名称。如三国陆玑的《毛诗草木鸟兽虫鱼疏》云："幽州人谓之榖桑，荆扬人谓之榖，中州人谓之楮。"另一种答案说，两者稍有差别。如《本草纲目集解》引苏恭曰："此有二种。一种皮有斑花文，谓之斑榖，今人用皮为冠者。一种皮白无花，枝叶大相类，但取其叶似葡萄、叶作瓣而有子者为佳。"还有的书上把楮、榖和构树当做同一个东西，那是有待专家研究的问题。我知道的一些旧书上，对构树的种属也有相反的两种记载。榖和构在现代植物学中虽系同科同属，确有不同点。至于榖和楮则是一物而异名，断无可疑。

对于这个问题解释得最明白的是李时珍。他不但说出了两个名称的来源，并且用科学的观点分析了所以产生两个名称的道理。他说：

> 楮榖乃一种也，不必分别，惟辨雌雄耳。雄者皮斑，而叶无桠杈，三月开花成长，穗如柳花状，不结实。歉年人采花食之。雌者皮白而叶有桠杈，亦开碎花，结实如杨梅，半熟时水澡去子，蜜煎作果食。二种树并易生，叶多涩毛。

可见楮树是雌雄异株，雄株与雌株具有不同的特征，所以有的人就把它们起了两种名称。李时珍又说：

> 楮本作柠，其皮可绩为纻故也。楚人呼乳为榖，其木中白汁如乳，故以名之。

这个解释也很有道理，问题算是解决了。但是，更重要的是李时珍说明了楮树的用途很多，有的简直出乎人们意料之外，过去大家不注意加以利用，所以它有一部分作用就被埋没了。现在我们应该切实加以利用，使它更好地发挥效益。

过去我们只知道楮树皮是造纸的好原料，却没有想到它的树叶、枝、茎、果实、皮下黏液等都是一些非常难得的特效药。

先说树叶，它能治"刺风身痒"；吃嫩叶可以"去四肢风痹、赤白下痢"；把叶子炒熟，研成细末，和面，作饼吃，"主治水痢"。李时珍归纳楮树叶的治疗效果，有以下几种：一、利小便；二、去风湿；三、治肿胀；四、治白浊；五、去疝气；六、治癣疮。这最后一项有人试验过，的确效果很好。

再说枝、茎，它们性质相同，都能治皮肤病。据说患癜癣的皮肤刺痒难止，可将楮树枝或茎部煮汤洗涤患处，严重的可以全身沐浴，必有奇效。李时珍还说："捣浓汁，饮半升，治小便不通。"只是这一点还没有试验过，不知道效果如何。

至于说果实，据《本草纲目》列举它的疗效很广，比如说它能治阴痿和水肿，又能益气、充饥、明目，久服不饥、不老、轻身。又说它能壮筋骨、助阳气、补虚劳、健腰膝、益颜色。在这里应该提到晋代葛洪的《抱朴子》中有一段记载：

> 柠木实赤者服之，老者成少，令人彻视。道士梁须年七十，服之更少壮，到百四十岁，能行及走马。

葛洪的话是否可信，虽然仍有待实验证明，但是，吃楮树的果实，如果服法恰当，对人身大概会有益处的。

最后特别要说一说楮树汁的用途。它的最普通用途是用做糨糊，黏性很好。但是，除此以外，还有更重要的用途。如果你患脚气病，或者长黄水疮及牛皮癣，拿楮树汁来涂擦，一定很快就会好。所以《本草纲目》说它能治疗癣疮，疗效比它的树叶和枝、茎都更快。有一位读者来信说：

> 有一个夏天，我被脚气缠在家里，全脚都是水泡，奇痒难熬，行动不得。几次就医，都是好而复发。后来涂楮树汁，每天两三次，一礼拜后竟然痊愈了。我把此法推荐给十几个朋友，他们有的患脚气，有的是长癣，也都药到病除。楮树在北京西郊钓鱼台有一些，清华园内到处都有。只要拿一把小刀，将树皮横着割断，就有乳状液体流出，将它涂在患处，最初奇痒钻心，很快就过去了。如果水泡已破，涂擦效果更好。

这个经验是值得重视的，我把这位读者的经验公布出来，有同病者无妨一试。

白开水最好喝

近来喜欢喝白开水，渐渐发觉白开水对于人的身体健康有极大好处，因此，我常常宣传白开水最好喝。特别是对于亲近的同志，我总劝他们喝白开水。

"那么，你的意思是不是说喝茶就不好，或者有害呢？"有的同志向我提出反问。

我的意思决不是这样。我从前也喜欢喝茶，并且很讲究品茶。如果要我说茶经，我也能勉强发挥一点个人见解。但是，我现在不喜欢喝茶，而喜欢喝白开水。所以，我要讲喝白开水的益处，却不必硬说喝茶有什么害处。但要说明，任何好茶、好酒、好药等，都离不开好水。这是最明显的道理。

白开水之有益于人身，实际上无须乎与别的饮料做比较。它是天然的最好的饮料。当人类还不知道用火的时候，喝的是生水；到了知道用火和熟食以后，就常喝白开水，也就是熟水了。而无论生水或熟水，都是生命的源泉。《礼记》上说："啜菽饮水尽其欢，斯之谓孝。"古人把饮水提高到"孝"的原则上来，这就证明水对于生命的重要性。没有水就没有生命，这是自明的真理。所以，《春秋纬》的《元命苞》篇云："水者天地之包幕，五行之始焉，万物之所由生，元气之津液也。"可见天然的唯一饮料就是水；而在人类知道熟食之后，把生水烧开，就使它成为天然的最好饮料了。

按照现代自然科学的常识，我们知道水是氧化的流质矿物，它包含了空气、二氧化碳和钙、镁等盐类，它在人体中能够溶解其他物质，促进循环作用，使人体便于消化和吸收各种营养成分。不过，天然的生水，不管它怎样纯洁，总不免夹杂着细菌，对人体不利；只有烧开的水才能消灭细菌，而更有利于人的健康。

虽然古人也常常喝生水，或者只在冬天才喝开水，其他的季节都喝生水。正如孟子说的："冬日则饮汤，夏日则饮水。"这里所谓"汤"，便是烧开的水；而一般地所谓"水"都是指的生水。但是，古人对于开水的益处却有很高的评价。晋代王嘉在《拾遗记》中曾说道："蓬莱山有冰水，沸而饮者千岁。"看来，水不但是开了的好，还要区别是什么水。例如，河水、井水、泉水、雨水等，显然有清、浊、甘、涩之分，因为水中所含的矿物质不一样。有的地方，故泉水能治某种疾病，并且特别有效。这些具体材料不胜枚举。

古人也有把天下各种水，分别次第，评定优劣的，未免过于牵强，不尽合理。只有明代的李时珍在《本草纲目·流水集解》一节中说的比较恰当。他说：

流水者，大而江河，小而溪涧，皆流水也。其外动而性静，其质柔而气刚，与湖、泽、陂、塘之止水不同。然江河之水浊，而溪涧之水清，复有不同焉。观浊水、流水之鱼，与清水、止水之鱼，性色迥别；淬剑、染帛色各不同；煮粥、烹茶味亦有异，则其入药，岂可无辨乎？

这话虽为煎药用水而发，却包含普遍的道理，不能说什么水都一样。

李时珍还列举了井泉水、新汲水、温泉水、碧海水、山岩水等不同的气味和治病的效果，很有参考价值。其中特别应该提出的是关于"醴泉"的解释。他说：

醴，薄酒也。泉味如之，故名。出于常处。王者德至渊泉，时代升平，则醴泉出，可以养老。瑞应图云：醴泉，水之精也，味甘如醴，流之所及，草木皆茂，饮之令人多寿。东观记云：光武中元元年，醴泉出京师，人饮之者，痼疾皆除。

其实，我们平常所说的"甜水"都可以叫做醴泉。正如《礼记·礼运》中说的："地出醴泉。"朱熹注引严陵方氏曰："醴泉，泉之味其甘如醴。"所以醴泉又叫做"甘泉"。它不但能使"痼疾皆除"，而且它"可以养老"，"饮之令人多寿"。这样说来，如果我们把甜水烧成开水，喝了岂不是好得很吗？

我国各地有的是甜水，它们的泉源到处涌现。远处不说，就以北京附近为例，据《畿辅通志》所载，北京郊区有许多著名的甘泉。如玉泉山的泉水，昆明湖上流的龙泉，碧云寺后面的卓锡泉，小汤山的温泉，昌平城西的一晦泉，城南的冷水泉，城东的古榆泉，城西南的百泉、蕙泉、千蓼泉，上房山的一斗泉，房山城北的七斗泉等，都是历来卓著声名的。至于名声不大，或者不被人注意的甘泉以及甜水井之类，更加多得很了。

这些无非证明，到处都有清甜的泉水，把它们烧成白开水最合乎卫生的要求，真是养生妙品，任何珍贵的玉液琼浆也比不上。陆放翁说得好："金丹九转太多事，服水自可追飞仙。"古人每日常服之水便是白开水，喝白开水胜过吃仙丹。在这里，我们可以断言，陆放翁说的，决非欺人之谈！

长发的奇迹

北京广播学院的一个同学来信，告诉我说，他最近发现了长发的奇迹。事情是这样的：

> 今晚我从实验剧场看戏回来，乘坐十三路公共汽车的末班车。在车上看到了只有在浪漫主义的神话传说和古典戏剧中才能看到的长头发。有一个二十多岁的女人，上中等个儿，坐在我旁边。她的头发厚得出奇，背后挂着两个大辫子。过一会儿，她挪了一个位子坐下。我发现她的发辫末梢露出在座椅下面，直拖到小腿部，又粗又长，我心里暗暗惊奇。这时她又站了起来，准备下车，我再一看，原来她的两条黑得透亮的大粗辫子，竟然令人难以置信地垂到了两个脚后跟，几乎拖到地板上了。她姗姗地走着，我望着这个奇迹出神。……请你说说这样的长发对我们有一点什么启发吧。

古代除了神话传说和文学艺术的夸张以外，现实生活中，长发的奇迹却也不少。例如，陆翙的《邺中记》载：

> 广陵公陈逵妹，颜色甚美，发长七尺，石虎以为夫人。

陈逵的妹妹是历史上有名的长发美人，陆翙说她发长七尺，由我们现在看来似乎太长了，也许有人怀疑他可能是故意夸张，其实不然。晋代的尺子与我们现行的市尺不同。那时候的一尺，等于现行市尺的七寸。虽然这样，陆翙描写的陈逵妹妹的头发，差不多也有现在的五尺长，这不能不

298

算是一个奇迹了。

南北朝时代，南朝陈后主叔宝的贵妃张氏，也是一个有名的长发美人。当时陈宫有所谓堕云髻，据说就是张贵妃所创。《南史·张贵妃传》称：

> 贵妃发长七尺，鬓黑如漆，其光可鉴。特聪慧，有神彩。进止闲华，容色端丽，每瞻视眄睐，光彩溢目，照映左右。尝于阁上，靓妆临于轩槛，宫中遥望，飘若神仙。

看来张贵妃的头发和陈逴的妹妹头发一样长，这大概是女人长发的最高限度了吧。事实也不尽然。宋代的《谢氏诗源》中曾经记载了另一个长发的美人，她的头发甚至于比陈逴之妹或张贵妃的更长。据称：

> 轻云鬓发甚长，每梳头，立于榻上，犹拂地；已缩髻，左右余发各粗一指，结束作同心带，垂于两肩，以珠翠饰之，谓之流苏髻。于是富家女子，多以青丝效其制，亦自可观。

这一段文字并没有说明轻云长得有多高，显然她不是特别娇小的身材，总是普通的个子，那么，她的头发无疑地要长得多了。

当然，这些例子都只能证明，世上有许多长发的女子。至于男子呢？难道就都没有长发的吗？据说三国时代魏国曹丕的儿子曹叡的头发最长。《魏志·明帝纪》注云：

> 孙盛曰：明帝天姿秀出，立发垂地。

后人公认孙盛是一位正直的历史家，他的话应该是可信的。不过他没有说明曹叡的头发的长度到底如何。还有同样的记载见于《北齐书·王琳传》，它写道：

> 琳体貌闲雅，立发委地，喜怒不形于色。

这个王琳乃是北齐著名的大将，是"聪敏强记，轻财爱士，为时称许"的人物。可惜史籍上也没有确切地记载他的头发的长度。类似这样笼统的记载还有许多。如唐代苏鹗的《杜阳杂编》中说：

> 罗浮先生……颜色不老，立于床则发垂至地。

至于有确切的长度可考的，则有《神仙传》所说的"孙登，……发长丈余"的记载。这种记载虽然不完全可信，但也不是毫无根据的。人的头发长到一丈上下很有可能。现代生理学家的研究结果证明，头发每天能长出零点三五毫米，一个月能长出一厘米，五年就能长到六十厘米，等于一尺八寸。如果五十年间头发不脱落，就能长到一丈八尺，岂不是长得很吗？

不过，一般地说，要长出这么长的头发是不可能的。它不同于身体的其他部分的健康状态可以依靠锻炼得来，它更多的是由于先天的特殊条件造成的。比如说，某一部分的内分泌机能特别旺盛，超过了平常人，就很可能出现长发的奇迹。但是，也有人认为这种长发现象可能是智力不发达的象征。这一点恐怕也不尽然。我们从上述例子中，看到古人长发的并不愚蠢，便是证明。比较稳妥的说法应该承认两种情况都有存在的可能。而历来大思想家、大科学家却不见有长发的，这也是事实。宋代郑厚的《艺圃折中》说：

> 须、眉、发皆毛类；分所属，毛发属心火也，故上生。贵人劳心故少发。

不管他说的什么贵人不贵人，也不管他说的什么心火，事实证明，用脑力过多的必然会引起头发脱落。明代李梦阳的《空同子》说：

> 发，血之余。血，阴也。发黑者水之色也。白者反从母气也。凡物极则反。

我们如果撇开他说的阴阳五行的词句，从实质上看，他的话还是有道理的。古人因为忧愁过度，"一夜头白"或者"须发尽落"的多得很。唐代大诗人白居易便是早年落发的人。他有许多诗篇是为发落而写的。这里只要举出他的一首七绝就够了。他写道：

多病多愁心自知，行年未老发先衰。

随梳落去何须惜？不落终须变作丝。

因此，我们见到短发白头或脱发秃头的人，完全不要悲观；同时，看到长发的奇迹也不必感到惊讶。

为什么会吵嘴

在北京市公共汽车公司第四路环行汽车上，前天发生了一场吵嘴的事情。一位目击者叙述当时的情形说：

当着四路环行汽车经过东单站的时候，上车的人很多。快要开车了，车门就要关上，有一个四十来岁的壮年人，一股劲地往车上挤。售票员说服无效，终于在车子已经开动的时候，再一次打开车门，让这个乘客上车。不料这个人上车以后，对售票员竟然大发脾气：你们把车开回家去吧，不用拉客啦！这么难听的一句话，立刻激怒了同车的人们。没有等售票员说话，有一位二十多岁的青年人就接话了：你为什么硬要挤上车来？那个壮年人接着又是一个挑战的语气：你是干什么的？你管得着吗？青年人理直气壮地说：不合理谁都可以说！壮年人毫不让步地吵起来：你懂个屁！这一场吵嘴就这样越吵越难听了……

他们为什么还会吵嘴呢？这样的吵嘴不是我们在旧社会里才遇见的坏现象吗？为什么经过解放后十多年的社会主义改造和几年的大跃进之后，现在还有人这样爱吵嘴呢？读者在来信中不禁表示极大的惊奇，因而提出了这些问题。我认为这是值得重视的现象。

吵嘴在旧社会本是司空见惯的，在解放前的北京，你随便走在大街小巷，到处都能遇见人们因为一些小事而争吵不休，甚至于打起架来。那时候，社会秩序混乱，人与人之间充满着政治上的压迫、经济上的剥削，并且必然由此而产生了社会风气方面的欺骗、讹诈、恫吓、斗殴、争吵等恶劣的现象。解放后十多年来，经历了伟大的社会主义革命运动，我们的首都北京和全国各地一样，社会面貌已经根本改变，人们的精神面貌也随着起了巨大的变化，社会主义的高尚风格已经逐渐树立了起来。但是，旧社会的残余在许多方面远没有完全消除。因此，吵嘴作为旧社会的恶习之一，当然也不免还有残余存在。并且，在群众性的社会运动中，有些坏现象即便匿迹于一时，而日久玩生，又可能重新出现。这是不足为奇的。

有人说，吵嘴的现象所以会继续发生，是因为人们还缺乏"谦让的美德"。这个意思似乎是要以古人的所谓"谦让的美德"，照样搬来作为我们今人社会道德的准则之一。这样看问题究竟对不对呢？

不可否认，在近代资本主义的所谓"西方文明"没有传到中国以前，我们中国人历代相传，都以谦让为美德。《易经》有《谦卦》。象曰："天道亏盈而益谦，地道变盈而流谦，鬼神害盈而福谦，人道恶盈而好谦，谦尊而光，卑而不可逾，君子之终也。"《书经·大禹谟》利用大禹的传说故事来说教，提出了"满招损、谦受益"的口号，显然是为了维护当时占统治地位的贵族阶级的利益。《礼记》更直截了当地主张"君子恭敬撙节退让以明礼"。《周礼》也说："以阳礼教让，则民不争。"这些就是古人的所谓谦让，但是这些提法与我们现在反对自满、提倡谦虚的精神，从根本上说决无共同之点！

很明显，古人所谓谦让，往往是虚伪的，是"欲取而故让"。正如三国时代的曹操在《让礼令》中说的："让礼一寸，得礼一尺，斯合经之要矣。"可见"让"的目的是在于"得"，让一寸是要得一尺。这可以说是古代提倡礼让者的不打自招，这也是历代一切反动统治阶级提倡礼让的真意所在。

旧社会中种种坏事正是在这样虚伪的以谦让为美德的幌子下干出来的。我们现在再也不要听信那一套了。然而，古人所谓谦让尽管是虚伪的，毕竟还不敢露骨地争吵，这一点也应该承认。

我们现在可以看到，像四路环行公共汽车上发生的这一场吵嘴，并不是由于缺乏什么谦让美德的缘故。这一场吵嘴在实质上显然反映了在我们今天的社会中新与旧的斗争。那个四十来岁的乘客，不管他是否意识到，他实际上代表了社会上很少数的落后分子，这种人对于社会主义的风格，对于我们今天的社会生活原则没有真正的理解，他们满脑子还是旧思想意识和旧社会的坏习惯、坏作风的残余，有时就不免会暴露出来。而在广大的人民群众中，社会主义的互助协作和集体精神已经日益深入人心，成为我们社会生活的基本原则。在广大群众的心目中，少数落后分子残余的坏思想、坏作风是不堪容忍的，它们一旦暴露，就一定要遇到广大群众正当的反对。

我这样说，决不是小题大做，故作惊人之语，也不是企图进行"煽动"叫大家给一些人乱扣落后分子的帽子，斗他一通。我们决不能这么做。对于那些落后分子，我们主要的是应当进行耐心的说服教育。我在上边说了许多话，我的意思只是要指出这种小事的社会背景和实质，引起大家注意而已。

总之，我认为四路环行公共汽车上的这一场争吵，虽然只是偶然发生的一件小事，但是，它却表明了我们现时社会生活中新旧斗争的不可避免性。对于这一类事情，既不必大惊小怪，也不应该熟视无睹。我们应该提倡什么，应该反对什么，必须认识清楚。要知道，任何重大原则的分野，常常是隐伏在不被注意的细微末节之间，有识者不可不察！

生活和幽默

许多外国朋友常常给人一种印象，似乎他们比较富于幽默感；而在他们的心目中，似乎我们中国人多半是一本正经的，不喜欢幽默。

为什么会形成这样的看法，姑且不必管它。但是，说我们中国人不喜欢幽默，却不是事实。问题还在于对幽默的理解，我们和外国的一些朋友未必相同。

幽默这个词汇，本来是照拉丁文的读音，直译为汉语的。我国古来不说幽默，只有滑稽一词，最早见于司马迁的《史记》。打开《史记》卷一百二十六《滑稽列传》，首先就能看到司马贞的《索隐》，他解释滑稽的含义是：

> 滑谓乱也，稽同也。以言辩捷之人，言非若是，说是若非，能乱同异也。……崔浩云：滑音骨，稽流酒器也。转注吐酒，终日不已，言出口成章，词不穷竭，若滑稽之吐酒。

显然所谓滑稽，在我国古文中的含义，比幽默的含义要宽广得多。它不像我们现在区分得这么清楚。我们现在随着中外思想的交流和社会生活的多样化，已经可以区分幽默、讽刺和滑稽的不同含义了。

从我们现在的观点看来，所谓幽默，它的表现形式主要是由于人们对生活中的矛盾和缺陷，引起了一种同情的苦笑，有时也会变成讥笑，但是，它并不等于讽刺。因为讽刺的对象往往是相当严重的缺点和错误，所以它所采取的只能是一种比较尖锐的批评。至于现在人们公认为滑稽的含义，显然与幽默和讽刺都不大一样。现在人们所说的滑稽，主要是指那种夸张的打诨，甚至于是粗野的逗趣。这同我国古书上所说的滑稽的含义，广狭大有区别。以《史记·滑稽列传》为例，就可以证明，我们的古人是把滑稽当做一个大概念，它既包括了幽默，也包括了讽刺。

据《史记·滑稽列传》载，齐国的淳于髡"滑稽多辩"，但是传中所举的例子都属于幽默和讽谏，并非我们现时的滑稽所可比。同样，楚国的优孟、秦国的优旃也都不是用滑稽的形式，而是用幽默和讽谏的形式，揭发和纠正了当时的错误。虽然，汉朝的东方朔有一些表现近于滑稽，但是，他的主要事例仍然属于幽默和讽谏。

由此可见，我国自古以来实际上已有幽默的传统。如果说我们中国人不喜欢幽默，那是没有根据的。不过，我们也应该承认，在相当长的历史时期，这种幽默的传统没有被充分发扬出来，因此，在人们的日常接触中，自然会觉得幽默感比较少，甚至于有许多人过分板起脸孔，令人望而生畏。在这种情况下，如果善意地提出，希望大家在生活中要有一点幽默，这大概不至于会遇到许多人的反对。特别是在劳动人民中，我们经常会发现他们的幽默感是很强的。我们有许多工人和农民都具有爽朗而诙谐的性格，同他们在一起往往能听到许多幽默的谈笑。留心采风的人，多多注意收集这类谈笑的资料，就能更多地了解民情。古来这样的例子不胜枚举。

宋代郑文宝，在《江表志》中叙述了一个故事。他说：

> 申渐高尝因曲宴，天久无雨，烈祖曰：四郊之外，皆言雨足，惟都城百里之地亢旱，何也？渐高云：雨怕抽税，不敢入城。异日市征之令咸有减除。

在封建时代，苛捐杂税多得很，申渐高说出了"雨怕抽税，不敢入城"这么一句话，充分表现了幽默和讽谏的内容；后来市征果然减少了，更可以证明这句话并不是一句空话，而是有实际意义的。

一般说来，幽默并不一定都有实际意义，尤其是在我们的新社会中，任何问题都可以直接提出，得到解决，没有必要采取那样曲折隐晦的形式。然而，无论如何，人们的生活中总会有某些矛盾的现象，不免会叫人觉得可笑，因此，就不会没有一点幽默感。总之，我们的生活本身，自然会带来种种幽默，也需要有一点幽默啊！

他讽刺了你吗？

华君武同志的漫画《……遭灾》最近在《光明日报》副刊上发表了之后，有一位编辑同志对我说，不久以前，他处理了一篇很长的稿子，恰恰是在办公室的电话上，给那位青年作者耍了态度，大概这幅漫画便是取材于此。我听了这些话，起先颇不在意。

不料隔了两天，另一位中年的作者竟然也以为漫画所讽刺的对象就是他，并且忿忿不平地说："文章写得太长了是事实，要说我掺水太多那可不一定。"啊呀！这真叫我吃了一惊，不知如何对答才好。当时我只轻轻地反问了一句："呵，他讽刺了你吗？"

我真不了解，为什么有的人如此神经过敏，以致变得非常脆弱，缺乏有则改之、无则加勉的精神。这种人几乎经不起一点讽刺，哪怕是善意的规劝性的讽刺，也受不了。其实，华君武同志的内部讽刺画充满着善意的规劝，这是大家所公认的。我同多数读者一样，很喜欢他的漫画。因此，我对于前面那两位朋友的反应，大不以为然。当时我没有想起什么话说，现在倒要说一说我的看法。

看到这幅内部讽刺画，我以为先要检查自己有没有同样的毛病，这是实质的问题；至于说取材于何处，以谁为讽刺对象等，就用不着详细考证了。无论自己是否有同样的毛病，也无论漫画是否以自己为对象，唯一正确的态度是：有则改之，无则加勉。除此以外不应该采取任何别的态度，更不应该去查究他讽刺的是谁。因为，漫画的作者，也和其他的作者一样，可以根据某一人物、某一现象的特点，也可以把许多人物、许多现象的特点集中起来，构成漫画中的形象。如果你觉得他讽刺的就是你，那很好，你应该虚心检查自己，改正自己的缺点；如果你觉得他讽刺的不是你，那也好，你也应该引以为戒，勉励自己不要发生同样的毛病。但是，你千万不可因此抱怨，更不可怀恨。

相传唐代李邺侯写过一首咏杨柳的诗，被杨贵妃的从兄杨国忠看见，认为是讽刺他身居宰相而不得人心，跑到唐明皇面前去控告。这个故事，载在唐代尉迟枢的《南楚新闻中》中。据称：

李泌赋诗讥杨国忠云：青青东门柳，岁晏心憔悴。国忠诉之明皇。上曰：赋杨者讥卿，赋李者为联可乎？

这个李泌便是有名的李邺侯，他七岁能文，唐明皇召令供奉东宫，后

306

来封为邺侯，家藏图书极多，所谓"书城""邺架"都是他的典故。这首诗流传不完全，只有这两句见于《邺侯家传》，不能认为这一定是讥讽杨国忠的。即便是讥讽杨国忠的，这在当时也是属于规劝的性质。然而，杨国忠却因此怀恨在心，诉之于唐明皇，欲加罪于李泌。稍明事理的人都知道这是无理取闹，所以唐明皇也不好支持杨国忠的控告，只得解释说："赋杨者讥卿，赋李者为朕可乎？"

虽然这是非常陈旧的故事，我未曾见过有人与杨国忠一般见识的，不过，从这个例子中，我们也可以领会得到，对待这类讽刺应该采取什么态度了。

或者有人会说，现在谈论的这一幅漫画，用杨国忠的例子来做比喻不大确切。那么，我们无妨再说一个知识分子的故事吧。这个故事仍然是发生在唐明皇的时代。据宋代高怿的《群居解颐》载：

> 秘书监贺知章，有高名，告老归吴中。明皇嘉重之，每事优异。将行，泣涕。上问：何所欲？曰：臣有男，未有定名，幸陛下赐之归乡里之荣。上曰：为道之要莫如信，孚者信也，履信思乎顺。卿之子必信顺人也，宜名之乎！再拜而受命焉。久而语人曰：上何谑我也。我是吴人，孚乃瓜下为子，岂非呼我儿瓜子耶？

像贺知章这样的知识分子，也太多疑了。这位自号"四明狂客"的大文学家，生活放诞不羁，往往饮酒作乐，歌哭无常，当时被列为"饮中八仙"之一。大概因为他平日饮酒过度，酒精中毒，神经有些不正常，所以性情乖舛，疑心忒大。他要求唐明皇给他的儿子起个名字，唐明皇以信孚中外的孚字为他儿子的名字，这本来是出于好意，他却怀疑唐明皇讥刺他的儿子是瓜子。这不是神经过敏又是什么呢？

看来有一种多疑的人，不管你说什么话，他都有可能怀疑你是在讽刺他。对于这种多疑的人，漫画是绝对看不得的，如果漫画上画的又是与他有关的题材，那就更不得了，准保他会怀疑这漫画是讽刺他的。这一次华君武同志的漫画，引起了两位朋友的怀疑，虽然是很偶然的，而且情况也不严重，可是，我想类似这样的事情恐怕不是个别的。因此，愿意借此机会提请朋友们共同注意，对漫画要采取正确的看法，不要处处从个人立场出发，动不动就发生怀疑，那样是没有什么好处的。

马后炮

现时爱下象棋的人很多，象棋中的用语也就往往变成人们日常的口头用语了。"马后炮"便是属于这种日常的口头用语之一。有几位读者来信问道：马后炮怎么会变成了口头语呢？马后炮的原意究竟是什么？现在我们说的马后炮与它的原意是相符的吗？

要回答这些问题，首先必须弄清楚：人们口头上常说的马后炮，到底尽包括些什么意思呢？我没有进行普遍的调查，似乎也不需要甚至不可能对这一类问题进行普遍的调查，因此要想对以上问题，做出完全肯定的回答还有困难。但是，大体说来，人们日常所谓马后炮，主要是指的人们主观认识和行动落后了客观实际的某些情况。

当着一件事情发生以后，如果我们没有及时地采取必要的措施，而是过了许久才采取一些措施，那么，照一般人的口头语，这就叫做马后炮。如果我们对于这件事情发生的原因、经过等，也是在很久以后才弄清楚，那就更要被批评为马后炮了。这就可见，马后炮在一般人的口头语中，总是带着消极的涵义。这一点似乎是很明显的了。

然而，马后炮原来的意思是否果真如此，却还需要再做一番查考。从何处去查考呢？这又是一个难题。在历史上象棋出现的时间可能稍晚，起先人们只下围棋，而不下象棋。据汉代许慎的《说文解字》载："弈，围棋也。"这就可见围棋出现的时间最早，所以凡是下棋都指的围棋。又据晋代张华的《博物志》说："尧造围棋，以教子丹朱。或云：舜以子商均愚，故作围棋以教之。"把围棋说成是尧舜所创造，这当然是荒唐的；但是，张华此书至少可以证明围棋在晋代以前就出现了。其他类似这样的说法还很多。

周秦诸子及《山海经》上也都有关于弈棋的记载，大概围棋早在春秋战国时代已经很流行，当无疑义。

不过，围棋只有黑白之分，无法运用什么马后炮之类的战法。马后炮只能用于象棋，这也是毫无疑问的。而象棋的出现，据汉代刘向的《说苑》所载，也在战国时代。这是否可信还待考。至于有人说象棋也是创始于舜，那是杜撰。还是刘向说的创于战国时代较有可能性，他说："雍门周谓孟尝君曰：足下燕居斗象棋，亦战斗之事乎？"又说："燕则斗象棋而舞郑女。"照这个说法，战国时代已经有了象棋。不过，当时的象棋究竟是什么样子就不得而知了。

根据多数古籍的记载，象棋被公认为北周武帝所创。如明代的杨慎、胡文焕、谢肇淛等人都抱这样的看法。而且北周庾信有《象戏赋》《进象经赋表》两篇作品可以作证。所谓象戏指的就是下象棋的游戏，所谓象经乃是讲解象棋的图经。有了象棋以后，马后炮也就出现了。

古代的象棋当然和我们现在的象棋还不一样。按明代胡文焕的《事物纪原》[1] 所载："象棋乃周武帝所造，有日月星辰之象，与今象棋不同。"这里虽然提到日月星辰之象，实际上什么样子还不能确切知道。而明代上距北周，历时太久，传述也未必可靠。倒是宋代司马光的《古局象棋图》颇有参考的价值。此图以战国七雄并峙之局，列为象戏。七国各有一主将、一偏将、一裨将、一行人、一炮、一弓、一弩、二刀、四剑、四骑。这就是说，一盘棋分七个部分，代表七国，下棋的人可以七个，也可以六个、五个、四个、三个，采取合纵连横的方法；每一国有十七个棋子，其中四骑等于四个马，但是只有一个炮。这个炮的行动规律与现在象棋中的炮差不多。图中说明：

> 一炮，直行无远近，前隔一棋乃可击物；前无所隔，及隔两棋以
> 上，则不可击。

---

[1] 原著称《事物纪原》作者为"明代胡文焕"有误，应为"北宋高承"。高承，北宋学者，编撰类书《事物纪原》，旨在考证世间万事万物的起源沿革。

这个规定显然与现在象棋中的炮基本相同。至于马的行动规律，图中又说明：

　　　　四骑，曲行四路，谓直一斜三。

不难设想，有四个马，可以曲行四路，那么，尽管只有一个炮，而马后炮的出现机会一定要比在今日的象棋中更多一些。因此，我们无妨下一个断语，就是说：马后炮是随着古象棋的出现而同时出现的。

但是，在古象棋中出现的马后炮，是很厉害的一着，它往往可以"将死"对方，正如现在象棋中的马后炮也常常是能致对方于死地的绝招一样。这么看来，马后炮原来的涵义是积极的，根本不同于现时人们口头所说的马后炮的那种消极的涵义。

从积极的涵义转为消极的涵义，这个变化太大了。然而，这类事情却也是常有的，岂只马后炮而已哉？

"三十六计"

看到一本题名为《三十六计》的油印小册子，据说原书是一九四一年从陕西邠州一个旧书摊上发现的，后来由成都兴华印刷所翻印。原书是手抄本，题下注有"秘本兵法"字样，著作的年代及著者姓氏不可考。这个油印本是照翻印本重印的。

仔细一看，这个油印本的错字很多，文字也有许多地方不通，似乎可以断定它所根据的原本决非古书，也不是名家高手所作。不过，它列举了三十六计的名目，并且引述了古代兵家用计的实例作为证明，这是它的可取之处。

以前曾经有人讲解过三十六计的内容，与这本小册子稍有不同。这本小册子所说的三十六计是：瞒天过海、围魏救赵、借刀杀人、以逸待劳、趁火打劫、声东击西、无中生有、暗渡陈仓、隔岸观火、笑里藏刀、李代桃僵、顺手牵羊、打草惊蛇、借尸还魂、调虎离山、欲擒故纵、抛砖引玉、擒贼擒王、釜底抽薪、浑水摸鱼、金蝉脱壳、关门捉贼、远交近攻、假途伐虢、偷梁换柱、指桑骂槐、假痴不癫、上屋抽梯、树上开花、反客为主、美人计、空城计、反间计、苦肉计、连环计、走为上。这里头没有增兵减灶、十面埋伏、虚张声势、诱敌深入、拖刀计、疑兵计等名目，而把打草惊蛇、无中生有、树上开花等都开列进去，似乎也不算妥当。

究竟三十六计应该包括哪些内容？解释有出入是什么原因呢？这个问题，多想想就能明白，因为古人所谓三十六计，原来并没有详细的内容，只是借太阴六六之数，表示阴谋诡计多端而已。后人加以推演，才出现了不同的解释。其实，像这一类问题，大可不必过于拘泥，以致食古不化。

那么，在古代是否有人谈到三十六计呢？最早谈到它的是谁呢？据我所知，最初提到"三十六"这个数目的很多，例如说"三十六郡""三十六兽""三十六禽""三十六国""三十六行"等都是，而引申为三十六计的，大概以《南齐书·王敬则传》为最早。

王敬则是南北朝时代齐高帝萧道成的辅国将军，封寻阳郡公，不识字，性甚警黠；齐明帝萧鸾嗣位，杀害旧臣，王敬则起兵造反，大败被杀。当时齐明帝病危，他的儿子东昏侯萧宝卷听见王敬则造反，正要准备逃走，这消息传到王敬则耳里，才引出了三十六计的一段话来。《南齐书》卷二十六《王敬则传》中关于这一段话有如下的记载：

时上疾已笃，敬则仓卒东起，朝廷震惧。东昏侯在东宫……谓敬则至，急装欲走。有告敬则者，敬则曰：檀公三十六策，走是上计，汝父子唯应急走耳。

同样，在《南史》卷四十五《王敬则传》中也有这一段记载，并且有"汝父子唯应急走耳"的一句后面，还加了一句话：

盖讥檀道济避魏事也。

由此可见，所谓三十六计与檀道济避魏的故事直接有关，必须进一步追根究底，把它弄清楚。究竟檀道济是什么人呢？他避魏的故事情节如何呢？

檀道济生活的时代稍早于王敬则。他是南朝宋武帝刘裕的开国武将；宋文帝刘义隆即位以后，他被进封为武陵郡公，拜征南大将军，督师伐魏，三十余战皆捷，后以粮草不继，巧计退兵。可惜《宋书》卷四十三《檀道济传》中对当时情形记载极不完全，它写道：

> 道济进至济上，连战二十余日，前后数十交，虏众盛，遂陷滑台。道济于历城全军而返。

这个记载过分简略，看不出什么情形。但是，《南史》卷十五《檀道济传》却写得比较清楚，它说：

> 道济都督征讨诸军事，北略地，转战至济上，魏军盛，遂克滑台。道济时与魏军三十余战，多捷。军至历城，以资运竭，乃还。时人降魏者俱说粮食已罄，于是士卒忧惧，莫有固志。道济夜唱筹量沙，以所余少米散其上。及旦，魏军谓资粮有余，故不复追；以降者妄，斩以徇。时道济兵寡弱，军中大惧，道济乃命军士悉甲身，自服乘舆，徐出外围，魏军惧有伏，不敢逼，乃归。道济虽不克定河南，全军而反，雄名大振，魏甚惮之。

照这样的情形看来，檀道济当时所用的计策，并不只是以"走为上"；如果没有其他计策，他要走也走不了。可是他用了疑兵、反间等几种计策，互相配合，使魏军不敢追逼，才能安全退走。王敬则讥笑檀道济避魏之事，现在看来，恰恰证明王敬则乃是无谋之辈。

从上面所引的有关材料，加以综合判断，我们对于所谓"檀公三十六策走是上计"这句话，已经了解它是什么意思了。那么，由此引申发展而构成的所谓三十六计究竟是什么一回事，不是也就很明白了吗！

说大话的故事

看过《三国演义》的人都记得，诸葛亮挥泪斩马谡的时候，曾经提到刘备生前说过，马谡言过其实，不可大用。演义上的这一段话是有根据的。陈寿在《三国志》的《蜀志》中确曾写道："先主谓诸葛亮曰：马谡言过其实，不可大用。"看来，刘备对于马谡的了解，实在是很深刻的。马谡在刘备的眼里就是一个好说大话的人。说大话的害处古人早已深知，所以，管子说过："言不能过其实，实不得过其名。"这就是告诫人们千万不要说大话，不要吹牛，遇事要采取慎重的态度，话要说得少些，事情要做得多些，名声更要小一些。

历来有许多名流学者，常常引用管子的这些话，作为自己的座右铭。然而，也有的人并不理会这个道理。据汉代的学者王充的意见，似乎历来忽视这个道理的以书生或文人为最多。王充在《论衡》中指出："儒者之言，溢美过实。"他的意思显然是认为，文人之流往往爱说大话。其实，爱说大话的还有其他各色人等，决不只是文人之流而已。

古人的笔记小说中写了许多说大话的故事。明代陆灼在《艾子后语》中写了几个故事，我看很有意思。一个故事写道：

艾子在齐，居孟尝君门下者三年，孟尝礼为上客。既而自齐返乎鲁，与季孙氏遇。季孙曰：先生久于齐，齐之贤者为谁？艾子曰：无如孟尝君。季孙曰：何德而谓贤？艾子曰：食客三千，衣廪无倦色，不贤而能之乎？季孙曰：嘻，先生欺予哉！三千客予家亦有之，岂独田文？艾子不觉敛容而起，谢曰：公亦鲁之贤者也；翌日敢造门下，求观三千客。季孙曰：诺。明旦，艾子衣冠斋洁而往。入其门，寂然也；升其堂，则无人焉。艾子疑之，意其必在别馆也。良久，季孙出见。诘之曰：客安在？季孙怅然曰：先生来何暮？三千客各自归家吃饭去矣！艾子胡卢而退。

这个故事大概是杜撰的。不但艾子是作者的假托，而且季孙氏也是由附会得来的。凡是春秋战国时代鲁国桓公的儿子季友的后人，都称为季孙氏。陆灼讽刺季孙氏嫉妒孟尝君能养三千食客，就胡乱吹牛说自己也有三千食客，可是经不住实地观察，一看就漏底了。陆灼写出这个杜撰的故事，其目的是要教育世人不可吹牛。我们应该承认他是善意的，似乎不必用考证的方法，对它斤斤计较。

在同书中，还有类似的一些故事。例如说赵国有一个方士好讲大话，自称见过伏羲、女娲、神农、蚩尤、仓颉、尧、舜、禹、汤、穆天子、瑶池圣母等，以致"沈醉至今，犹未全醒，不知今日世上是何甲子也"。恰好当时"赵王堕马伤胁，医云：须千年血竭敷之乃瘥。下令求血竭不可得。艾子言于王曰：此有方士，不啻数千岁，杀取其血，其效当愈速矣。王大喜，密使人执方士，将杀之。"这才吓得方士不得不"拜且泣曰：昨日吾父母皆年五十，东邻老姥，携酒为寿，臣饮至醉，不觉言词过度，实不曾活千岁。艾先生最善说谎，王其勿听。赵王乃叱而赦之"。

这个方士最后要求饶命的时候说的这一段话，当然还是一派胡言，并且倒打艾子一耙，诬他说谎，可见方士的用心颇为不善。这又反映了一种情况，就是说大话的人也有秉性难移，死不觉悟的。

历史上说大话的真人真事，虽然有许多，但是这些编造的故事却更富有概括性，它们把说大话的各种伎俩集中在典型的故事情节里，这样更能引人注意，提高警惕，因而也就更有教育意义了。

两则外国寓言

有空的时候，看看外国的民间故事和寓言，益处很多。它们短小精悍的文字，不但可以使我们增加许多知识，并且可以帮助我们彻底识破西方世界的贵族老爷们传家的衣钵。如果你有举一反三的理解力，那么，无论什么妖魔鬼怪，耍出多少花招，都将被你的慧眼——看穿。

尤其是那些著名的寓言，较远的如古代希腊的《伊索寓言》，较近的如俄罗斯的《克雷洛夫寓言》，现在几乎也已经为我国一般读者所熟悉的了。这些寓言，显然都包含了深远的意义，以致在马克思列宁主义的经典著作中，它们也常常被引用。马克思引用《伊索寓言》，列宁引用《克雷洛夫寓言》不是大家都熟知的吗？

且看《伊索寓言》吧。比如，那上边有一个故事说：

有五种竞技的人，平常因为缺少勇气，被城市的人所非难，暂时出外旅行去了。过了些时回来的时候，很说些大话，说在别的各城市屡次英勇地竞赛。在罗陀斯地方，曾跳得那么远，没有一个奥林匹克选手能及得上。他还说，那里在场的人可以给他作证，假如下回到那里去的话。当时旁边有一个人喊道：喂！朋友！假如这是真的，你也不要什么见证，因为这里就算是罗陀斯，你跳好了！

事实显然证明，说大话的只能胡吹牛皮，决不可能采取行动。直到如今，这样吹牛的人物，随时随地都还可以遇见。他们之中，牛皮吹的大小虽然有所不同，但是，其为吹牛则一。

马克思在《资本论》中谈到资本产生和转化的时候，曾经提到了这个寓言，它不能不引起人们的深思。实际上，在许多不同的场合，这个寓言同样可以启发人们辨认出诡计多端的吹牛家，便于揭穿他的牛皮。

与伊索的这个寓言有异曲同工之妙的，还有克雷洛夫的另一个寓言。他说：

山雀飞到海上去，它夸口说，要把海水烧干。这话立刻传遍了全世界。恐怖包围着海神京城里的居民；鸟儿成群地飞翔；许多野兽都从林子里跑出来观看，海洋将怎样烧旺起来。甚至于有人说，爱听谣言的人，听了迅速地传播开来的传说，首先就带了汤匙到海边去赴宴，去喝那丰美的鱼汤。这种鱼汤就连包税专卖的人和顶阔绰的人，也从来没有请官署的秘书们喝过。人们都汇集拢来。大家默默地凝视海洋，等待着；偶而有人低声地说：快要沸滚了，马上就要烧起来啦！可是，事实并不这样。海水并没有烧着。至少总沸滚了吧？也没有。这伟大的计谋结果怎样呢？山雀害羞地飞去了；它放了一通谣言，海可没有烧着。

请问，你听见山雀的夸口没有？你看见带汤匙赴宴的没有？这些在西方贵族老爷及其子孙们的交际场合中，简直是司空见惯，毫不稀奇。他们动不动就宣称要把海水烧干；或者用其他吹牛的方法，想要吓倒什么人。然而，一次又一次的事实证明，海水根本没有被烧着，而那些爱喝鱼汤的人们终于大失所望。这类事情发生在充满阴谋诡计的贵族老爷及其子孙们身上，应该承认完全是历史发展的必然结果。

列宁在他的《唯物主义和经验批判主义》这部著作中，讽刺马赫派的反科学理论的时候，曾经引用了这个寓言。马赫派夸大他们所谓"心理要素"的作用，大吹牛皮。这同山雀要把海水烧干的胡说岂不是一样的吗？然而，马赫派自以为凭着他们的心理要素的作用，就能够为所欲为，而其结果，只能在实际的事物面前碰得头破身流，最后必然要宣告马赫派的破产。

山雀在牛皮吹破以后，只不过害羞地飞走了，这当然是幸运的；应该看到，在另外的情况下，牛皮既已吹破，受骗的人们就决不会轻易地放走吹牛的骗子。

古迹要鉴别

听说山东电影制片厂最近拍摄了一部纪录片，是介绍泰山的名胜古迹和自然风光的。其中出现了古迹"舍身崖"的镜头。有的同志因此对舍身崖这个古迹的来历和意义发生了兴趣，要做一番查考。我觉得这是十分必要的，也愿意借此提一点关于鉴别古迹的意见。

我国名山大川到处有文物古迹，它们各有不同的来历，必须加以鉴别，区分哪些是有意义的，值得保护和宣传的；哪些是没有意义的，不值得保护和宣传的；还有哪些是有反作用的，应该抛弃的。在这几种当中，特别是末后的一种，实际上根本不应该放在名胜古迹之列。但是，我们如果不查考它们的来历，就往往把它们也当做什么了不起的古迹，也笼统地加以保护，甚至替它们做了义务宣传，这就太不值得了。

泰山的舍身崖究竟算不算得是一个名胜古迹，我希望文物专家和有关同志进行认真的研究，做出正确的判断。如果确认它是一个有价值的古迹，就应该提出正面的解释；如果认为不是什么古迹，也要把理由说清楚，以免人们难辨是非。

原来所谓"舍身"是佛教的用语，意思是舍出性命，避免轮回的苦厄，祈求来生的幸福。泰山的舍身崖便是由此而来。在汉明帝时，佛教传入中国，此后一些信奉佛教的人，便到处传播轮回之说，并且劝人舍身。有的是许愿舍身，再用钱去赎身。如南北朝时代梁武帝萧衍，因为信奉佛教，曾经三次舍身于佛寺，都用钱赎回。萧衍是个皇帝，他当然不可能真的舍身。所以《梁书·武帝本纪》载：

> 中大通元年……九月……癸巳，舆驾幸同泰寺，设四部无遮大会，因舍身，公卿以下以钱一亿万奉赎。冬十月己酉，舆驾还宫，大赦改元。

这样的舍身对于封建帝王和贵族是很容易做到的，而被剥削阶级群众则绝对不能做。所以，除了许愿舍身而又用钱赎身的以外，还有另一种舍身，那就是真的把性命舍了出去。有的人登上高山削壁，跳崖舍身。泰山的舍身崖就属于这一类。据明代万历年间刊印的《岱史》卷四载：

> 舍身崖其北联属日观峰，下余三面，崖壁陡削数百丈，中有石凸起丈许。愚民往往舍身投崖，徼轮回之福。尚书何起鸣设垣墙示禁，因勒石曰爱身崖。

何起鸣虽然是封建官员，也看不惯那些人舍身的行为，他尽力设法禁止跳崖舍身的不幸事件发生，并且把舍身崖改名为爱身崖，这个用意是很好的。可是，在过去那样黑暗的时代，有许多人为现实生活所迫，不得不走上了舍身崖，企图摆脱一辈子的痛苦，避免所谓轮回的厄运，追求虚空的未来幸福。那些舍身投崖的人，并不因为何起鸣等人的告示而有所悔悟。所以后来的《山东通志》又写道：

> 舍身崖在泰山顶，东南削壁直下，约千丈余。四方愚民惑于轮回之说，多舍身其中。官设藩篱御之，亦不能禁。

这就证明，那些跳崖舍身的行为，并非一段围墙和一纸布告就能阻止的。这是封建社会制度下的一种悲剧，恰如解放以前南京燕子矶常常发生跳崖自杀的事件一样。同时，这又是宗教迷信对于人们的最大毒害。在这一点上说，宗教比鸦片的毒害更要猛烈得多了。

过去游览泰山的人们，在他们的诗文中极少提到舍身崖，因为绝大多数人对它都不抱好感。有许多游客知道它的来历，根本不把它当做什么名胜古迹。偶然有人提到它，也是对它表示不满的情绪。如明代有一位不大知名的诗人李炯然，为舍身崖写过一首绝句，他说：

> 舍身崖下深难测，每怪轻生世上人。
> 我亦有身偏自重，舍身除是为君亲。

不管他说的什么君亲，这首诗毕竟表明，古代有许多人对舍身崖都是表示反对的。

那么，我们现在何必又把舍身崖看做泰山的名胜古迹而拍入镜头呢？如果已经拍入影片而不可更改的话，我以为就应该把它的来历说清楚，做一些消毒的工作。并且只能把它当做一个普通的风景来看待，而不必说是什么舍身崖。然而，这对于介绍泰山的影片来说，会不会有点煞风景呢？我想也不一定吧！

由此应该得到经验，今后无论用什么形式介绍名胜古迹，首先要认真地把古迹做一番鉴别才好。

为李三才辩护

在北京的历史人物中，明代通州李三才的事迹，似乎久已被湮没了。这是研究地方史的人感到遗憾的事情。

最近我同史学界的个别朋友，偶然谈起此人。回来翻阅一些史料，才发现旧史家对李三才的评论颇有问题，应该重新加以研究。

李三才字道甫，别号修吾，明代万历二年进士，曾任"右佥都御史""凤阳巡抚""户部尚书"等官职。他反对当时征收矿税的办法，并且积极支持东林党人。他是《明史》上的有名人物。

清初张廷玉等撰修《明史》，其中有《李三才传》。这一篇列传的末段，有几行带总结性的文字。它写道：

> 三才才大而好用机权，善笼络朝士，抚淮十三年，结交遍天下。性不能持廉，以故为众所毁。其后击三才者，若邵辅忠、徐兆魁辈，咸以附魏忠贤，名丽逆案；而推毂三才者，若顾宪成、邹元标、赵南星、刘宗周，皆表表为时名臣，故世以三才为贤。

看了这段文字，我们就不难想见，历来关于李三才的评论，存在着完全不同的两派观点。一派人说他好，一派人说他坏。这两派爱憎分明，旗鼓相对。这对于研究历史人物的评价问题者，却也是个值得重视的例子。虽然，李三才远不能与历史上最著名的大人物相比，可是像他这样的历史人物，数量更多，更需要进行具体的分析研究。

《明史》说李三才"好用机权，善笼络朝士"。这句话并不是好话。如果照这样说，李三才似乎是惯于耍手段，弄权术的人。可是，事实却不是这样。据明代《神宗实录》的材料，李三才于神宗万历二十七年和二十八年，曾一再上疏，陈述矿税的弊害。他大胆地揭发了太监利用征收矿税的名义，大肆勒索，为非作恶的罪行。万历三十年和三十一年，他又一再上疏反对矿税，并且提议修浚河渠、建筑水闸、防治水旱。这些主张都没有被采纳，反而被"夺俸五月"。这怎么能说是"好用机权，善笼络朝士"呢？

因为多次上疏没有结果，李三才曾经请求辞官回家，却又有许多朝士上疏加以挽留。当任职"凤阳巡抚"的期间，他也曾搜抄了太监陈增的爪牙程守训的几十万赃款及奇珍异宝、龙文服器等等，并将程守训"下吏伏法，远近大快"。这大概就是被认为"好用机权，善笼络朝士"的证据吧！

当然，在那个时候还出现了攻击封建黑暗政治的"东林党人"，而"三才与深相结"。因此，当时有一班顽固腐败的势力，极力攻击顾宪成、高攀龙等东林党人，同时也极力攻击李三才。后来魏忠贤的一伙人，更把李三才和东林党人同样当做不共戴天的仇敌，那是毫不足怪的。

那一班顽固腐败势力，以邵辅忠、徐兆魁等人为代表，在太监们的嗾使之下，自然要大肆攻击李三才。他们攻击李三才"大奸似忠，大诈似直，列具贪、伪、险、横四大罪"。甚至在李三才终于退归故里以后，他们还要把"盗皇木营建私第"等罪名，加于李三才身上。这也许正是《明史》说他"性不能持廉"的事实根据吧。但是李三才又一再上疏，"请遣中官按问"，"请诸臣会勘"，"请上亲鞫"。看来他是理直气壮的，而万历的朝廷却不敢彻底查究这个事实。问题的真相如何，这不是很明白了吗？

孙承泽的《畿辅人物志》和孙奇逢的《畿辅人物考》都说：

（李三才）尝语其子：身殁之日，用柳木棺一具，牛车载出，一效张汤故事。亦足悲矣。公殁后，圹无志，墓无碑，所著无自欺堂稿、双鹤轩集、诚耻录诸书，无一存者。

从他生前死后的这些事实中，我们对于李三才的一生为人虽然不能认为全无缺点，但是，他总应该算是一个正面的历史人物啊。这篇短文不可能也不打算详细评论有关李三才的全部历史事实，然而，如果因此引起一部分朋友的兴趣，或者在通县一带还能找到他的著作，那不是很有意思吗？孙承泽在他的《畿辅人物志》中还说，李三才曾在"京师卜宅城东之张家湾"。也许我们还能找到他的故宅遗址，也未可知。

林白水之死

《夜话》在报纸上连续发表，而对于报纸方面的事情却几乎一点也不曾谈起，这是什么缘故？难道你对于这一方面的事情不感兴趣吗？

熟悉的朋友向我提出了这样的责难，不禁使我哑然失笑。这有什么可说的呢？好了，现在刚巧有一封读者来信，要我谈谈林白水之死，这一下总算有机会谈到新闻方面的事情了。

这封来信对于林白水的为人和被害的原因，都提出了询问。来信人写道：

> 辛亥革命以后，报馆的主笔如林白水，他被杀死是不是由于他反抗军阀、主持正义呢？我不大明白真相。为什么解放后没有人提起他呢？希望你能把他的不白之冤，公之世人，使死者在地下也能含笑长眠。我曾亲眼看见林白水死后陈尸天桥。这样的惨死在当时还不止他一人。

据我所知，林白水是辛亥革命时期中国资产阶级的著名报人之一。他本名林獬，字少泉，又名万里，号宣樊，笔名有退室学者、白话道人等，晚年又号白水，福州人。他是甲午战争中作战牺牲的扬威军舰的指挥员林少谷的侄子，早年在林琴南主办的《杭州白话报》当编辑，从此走上了新闻工作的道路。虽然他也曾在福州创办"蒙学堂"，做过其他活动，但是，他的一生主要是在北京、上海等地从事新闻工作，也算是中国旧民主主义革命报刊的一个代表人物。

查阅中国报刊史料，我们就会发现在辛亥革命以前，具有资产阶级旧民主主义革命思想的报刊，曾经一度风起云涌。其中有一个《中国白话报》，创刊于清代光绪二十九年，癸卯，即公元一九〇三年，在上海出版，销行国内外，主持人便是林白水。当时它的名字虽然叫做《中国白话报》，实际上是一份杂志，而不是一张报纸，这好比当时梁启超主办的《新民丛报》也是杂志而非报纸一样。但是，他办的不只是这个杂志，还的确有其他几种报纸。如在光绪三十年，即一九〇四年，他继续在上海和蔡元培等人合办了一个《警钟日报》，宣传爱国主义思想，后来因为刊登了德国在山东等地侵犯中国主权的消息和评论，受到德国总领事的无理干涉，要求清朝政府加以禁止。此外，他还曾参加过《苏报》的编辑工作。

在辛亥革命的前夜，具有旧民主主义和爱国主义思想的知识分子，革命的热情也是很高的，他们不但到处写文章抨击当时的反动统治，而且进行了其他的实际行动。例如，当时清朝的广西巡抚王之春，竟然主张把中国主权出卖给外国人，当他路经上海的时候，自称为"革命军马前卒"的邹容和万福华谋刺之于"一枝春酒馆"。据说，林白水也参加了那一次刺杀王之春的行动。他看到行刺不中，急速跑进四马路的梅福里，将情况报告给黄兴强等人，立即转移，才免于被捕。虽然，这种脱离群众的暗杀行为，并不值得称道，然而，在当时看来，这毕竟也是由于他们的革命热情所促使的。

辛亥革命以后，林白水在北京创办了《新社会日报》。他发表文章说：

> 中国今日之政体，民主固善，而封建余威曾未少杀，欲谋芟除，计须十五年之努力。

有人说，从他写文章的时候起，到一九二五至二七年的大革命，恰恰是十五年左右，这一点也算是林白水的"预见"吧。然而，他的文章据说往往是"信手拈来"，发端于苍蝇、臭虫之微，而归结及于政局"，"语多感愤而杂以诙谐"，所以特别惹起了一部分当权者的不满。《新社会日报》一度曾被勒令停刊，后来复刊的时候，他宣布："自今伊始，除去新社会日报之新字，如斩首级，示所以自刑也。"这便是《新社会日报》改为《社会日报》的经过。

那么，他后来为什么被杀了呢？原来当鲁系军阀头子张宗昌统治北京的期间，潘复为"国务总理"。此人是清朝的举人出身，诡计多端，为鲁系军阀的策士，特别为张宗昌所器重，当时被称为张宗昌的"智囊"。林白水在许多场合对潘复大加讽刺，有一次在报纸上公开发表的评论中，他把这个"智囊"叫做"肾囊"。潘复阅报大怒，派了宪兵司令王琦亲至《社会日报》社，勒令林白水更正请罪，林白水严词拒绝，于是就被逮捕了。潘复下令立即将林白水押至天桥南大道枪毙。那时正是夏天，有人见他身穿白夏布大褂，白发蓬蓬，陈尸道旁。这不过是张宗昌、潘复之流的军阀、官僚反动统治的无数罪证之一罢了。

现在看来，林白水的一生，无论如何，最后盖棺论定，毕竟还是为反抗封建军阀、官僚而遭杀害的。我们应该建议在编写中国近代报刊史的时候，适当予以应有的评价。

昭君无怨

谢觉哉同志从内蒙归来，对于两千年前王昭君的故事做了明确的辨正，并且写了一首诗，还把清代道光年间满族诗人彦德的一首诗抄录下来，同时发表。这就给我们提出了一个非常有兴趣的问题。

读了谢老的诗，人们都会更清楚地认识到，"昭君自请去和亲"，使我国历史上蒙汉两族人民的关系，打开了一个新的局面。现在蒙汉通婚已经变成了很寻常的事情，这真是"万里长城杨柳绿，织成蒙汉一家春"了。

对于王昭君这个历史人物的这个新认识和新估价，当然与过去长期流传的旧观点根本不同。我样对于公元以前三十年代发生的事件，完全有可能也应该彻底弄清它的历史真相，把过去人们对历史的误解好好地澄清一下。

过去人们对王昭君是怎么看的呢？一般人都认为王昭君是怀抱了无穷的幽怨，凄凄惨惨，悲痛欲绝地被迫到匈奴去和亲。因此，长期流传有一首歌曲，名为《昭君怨》，说是王昭君自己作的。这一首歌曲，在东汉末年蔡邕的《琴操》一书中已有记载。蔡邕还写了一段文字，介绍这歌曲的来历。他写道：

> 齐国王穰，以其女昭君，献之元帝。帝不之幸。后欲以一女赐单于，昭君请行。及至，单于大悦。昭君恨帝始不见遇，乃作怨思之歌。

这一首歌曲流传很广，影响很深。晋代的著作中，因为避司马昭的名讳，把《昭君怨》改为《明君怨》。所以唐代李商隐的诗，还有"七弹明君怨，一去怨不回"的句子。

由于许多朝代汉族统治者的大汉族主义思想的影响，和亲的政策在任何情况下几乎都遭到非议。王昭君的故事是最早最突出的例子，历来议论之多更非偶然的了。如在唐代武则天临朝期间，有一个诗人叫做东方虬的，他写过一首咏王昭君的诗，就露骨地表示应该用武力的政策而不应该用和亲的政策。你看他的诗怎么写吧：

> 汉道初全盛，朝廷足武臣。
> 何须薄命妾？辛苦远和亲！

历代还有许多诗文，极力制造王昭君出塞和亲的哀怨气氛，似乎一个汉族的女子绝对不应该嫁给匈奴，好像各民族之间根本不应该通婚似的。这不但是狭隘民族主义的一种错误思想，而且也不符合于客观的历史事实。

班固在《汉书》卷九《元帝纪》中，关于王昭君出塞和亲的事实经过，曾有简要的记载。他写道：

> 竟宁元年，春正月，匈奴虖韩邪单于来朝。诏曰："匈奴郅支单于背叛礼义，既伏其辜；虖韩邪单于不忘恩德，乡慕礼义，复修朝贺之

礼，愿保塞传之无穷，边垂长无兵革之事。其改元为竟宁，赐单于待诏掖廷王嫱为阏氏。"

这一段文字表明，汉元帝采取对匈奴和亲的政策，具有重大的历史意义。这使当时的民族关系，进一步趋于和好。汉元帝刘奭当时在位已十五年，他决定了和亲的政策之后非常满意，又决定把他的年号改称为"竟宁"。照颜师古的注解："竟者，终极之言，言永安宁也。"这个意思就非常清楚了。

再看同书卷九十四《匈奴传》中的记载，事实就更清楚一些。班固在叙述匈奴郅支单于被诛之后，呼韩邪单于到汉朝谒见汉元帝的经过，他说：

"竟宁元年，单于复入朝，礼赐如初，加衣服锦帛絮，皆倍于黄龙时。单于自言，愿婿汉氏以自亲。元帝以后宫良家子王嫱，字昭君，赐单于。单于欢喜，上书愿保塞上谷以西至敦煌，传之无穷。"

当时呼韩邪单于提出请求做汉族的女婿，汉元帝答应他的请求，把王昭君嫁给他，这是很正常的关系；王昭君也愿意与单于结婚，并无所怨。班固很扼要地介绍了王昭君出嫁后的情形说：

王昭君号宁胡阏氏，生一男，伊屠智牙师，为右日逐王。呼韩邪立二十八年，建始二年死。……雕陶莫皋立，为复株絫若鞮单于。……复株絫单于复妻王昭君，生二女。

显然可见，王昭君出嫁到匈奴以后，并无怨苦。复株絫单于是呼韩邪单于前妻之子，他又娶王昭君是按照匈奴的风俗，也并不奇怪。

但是，历来关于王昭君的其他记载和传说，却牵扯了许多不相干的情节。其中不但有历史著作，还有各种文艺创作，它们的作者都根据自己所处的时代特点，按照自己的立场、观点，通过王昭君的故事，表达不同的思想感情。如果我们陷到那些材料中去，必然引起无谓的纠纷，打不尽的笔墨官司，对于解决实际问题并没有帮助。

基于这样的看法，所以我主要的是根据班固的《汉书》立论。因为班固是司马迁以后的伟大历史家，他与司马迁的遭遇也颇相同。在公元第一世纪八十年代写成于狱中的这部《汉书》，距离王昭君生活的时代最近，记载的事实当然最可靠。并且，班固曾随军出征匈奴，后来又被投死于狱中。他对汉朝和匈奴的态度比较公正，因此，在这位历史家的笔下写出的王昭君和亲之事，无疑地是可信的。我们如果不以班固的著作为根据，还有什么可以做根据的呢？

除了可靠的历史记载以外，再要找参考材料的话，我以为只有从内蒙民间传说中去收集。而在这一方面，听说谢老和其他同志也做了不少调查研究。在内蒙人民的心目中，王昭君是非常善良而勤劳的，传说她到匈奴以后很爱护百姓，教给当地妇女织布缝衣和农业生产技术，受到人民的爱戴，所以在她死后，匈奴人民才在黑水河畔为她建造了一座坟墓，并将王昭君奉为神仙，与王母娘娘合而为一。这就更加充分地证明：王昭君是汉蒙两族人民共同敬爱的伟大女性，她是不会有怨恨的！

燕山碧血

革命是我们的权利；

牺牲是我们的义务！

这是在伟大的民族解放战争中英勇牺牲的革命英雄、伟大的共产党员白乙化同志生前的豪语。今天我们想起了他，想起了为我们党和人民的事业而献出了生命的无数先烈，想起了他们的革命功勋和光荣事迹。这对于我们的每一个同志都是极大的教育和永恒的纪念。

白乙化同志当年战斗的地区，称为"平北区"，包括现在北京的郊区密云、延庆、怀柔、平谷一带。这个地区在抗日战争期间，是晋察冀边区的一部分，是具有重要战略意义的地区。特别是在北京城区以北八十多华里的密云县境，这里是燕山的主脉，群峰环峙，山势陡峭，白河从山谷中蜿蜒奔流，地形险要。当时，我们的党决定要在这个地区开展广泛群众性的抗日游击战争，建立抗日游击根据地，给敌伪统治以致命的打击。这个艰巨的任务摆到白乙化同志的面前，他勇敢地接受了，并且出色地把它完成了。

从一九三九年起，白乙化同志领导的游击队在燕山地区不断地打击敌人，发动群众，建立抗日政权和群众团体，发展抗日武装，先后组成了白河、白马关、古北口、四海等许多地方游击队，后来改编为挺进军第十团，开辟了平北根据地。

白乙化同志身体魁梧，络腮胡子，步履如飞，人们常叫他做"小白龙""白大个子""白大胡子"。十团在白乙化同志的指挥下，以英勇果断、神出鬼没的游击战术，屡次歼灭敌伪的"讨伐队"，拔掉许多敌伪的据点。敌伪军听见"小白龙"白乙化的名字就都害怕，伪军更加怕他，常常躲避，不敢同他作战。

在每次战斗中，白乙化同志总是亲临火线，身先士卒，带头冲锋。一九四一年二月四日，十团在鹿皮关伏击装备齐全的敌伪"讨伐队"一百六十余人，战斗激烈进行了一天一夜，歼灭了全部敌人。但是，正在指挥冲锋的时候，白乙化同志不幸壮烈牺牲了。他和开辟平北根据地的其他烈士们一样，用鲜红的热血，灌溉了燕山的田野。当他倒在战场上的时候，年纪只有三十岁，今天他如果还活着，也才满五十岁。他在白河两岸人民的心里，是永远活着的啊！

五十年前，即一九一二年 [1] 的夏天，白乙化同志出生于东北辽宁省辽阳县的石场峪村，幼年入私塾，十三岁就能写一手好字，也会写旧体诗，乡里人称他为"白才子"。一九一八年 [2] 在辽阳中学读书的时候，因为三次参加爱国运动被开除，于是他决心学习军事，入东北军校教导队；十个月后转入东北讲武堂，又因为反对军阀混战，被东北军当局发觉，逃至北京，

<hr>

[1] 原著"一九一二年"有误，应为"一九一一年"。白乙化，抗日烈士，字野鹤，绰号"小白龙"，八路军冀热察挺进军第 10 团团长，在指挥密云马营战斗中不幸牺牲。

[2] 原著"一九一八年"有误，应为"一九二八年"。

入中国大学，结交进步的同学，读了许多马克思主义的著作，一九三〇年加入了中国共产党。"九一八"事变之后，他回到辽西组织义勇军，攻占辽阳警察局，声势大振，率领三千余人转战辽西、热北、锦西等地，历时两年。"塘沽协定"以后，他的部队被军阀包围缴械，他又回到北京参加学生运动，被选为中国大学学生会主席。"一二·九""一二·一六"运动中被捕，出狱后继续领导民族解放先锋队和东北青年工作。一九三六年秋，他率领东北流亡青年到达河套垦区。他积极挖渠种地，耐心地组织群众，把垦区造成了东北人民团结救亡的新阵地。

当时有人只想分土地、发洋财，不愿吃苦耐劳建设垦区。白乙化同志为了教育群众，写了一首《垦区歌》。他写道：

> 乌拉山旁，黄河套里，
> 开辟我们的新天地。
> 吃饭就得做工，
> 做工必须努力。
> 不受剥削，不分阶级，
> 镰刀锄头是战胜一切的武器。
> 我们今天流汗，明天流血。
> 结成了铁的队伍，打回老家去！

就这样，他把垦区群众的积极分子团结在自己的周围。"七七"事变爆发后，白乙化同志很快领导了垦区起义，组织了抗日先锋队，渡过黄河，横穿蒙古的沙漠和草原，踏上抗日的征途。

当着这一支新的队伍，在一望无边的沙漠和草原中跋涉的时候，又有人动摇了。白乙化同志沿途鼓励大家，他说："同志们，大家今天喊抗日，明天喊抗日，现在参加抗日战争的时候就到了，还能被困难吓退吗？"于是队伍继续进到河曲。当时偏关失守，国民党军队纷纷逃跑，抗日先锋队中有人主张也退过黄河去，白乙化同志又说："同志们，大家天天喊抗日，现在敌人真的来了，我们怎么能后退呢？"他的话大大地振奋了士气，这个队伍终于在河曲的煤窑沟打了第一个大胜仗，有力地打击了敌人。

后来这支队伍在雁门关以北地区，与八路军三五九旅会合了。在雁北战斗、学习了一年多，他们跟老红军在一起，军事上政治上都有飞跃的进步。一九三九年转到平西，抗日先锋队与冀东大起义的抗日联军在一起整编，白乙化同志一度担任了抗联的副司令。后来党决定组织挺进军，以白乙化同志任十团团长，开辟平北地区。从此，他更加抖擞精神，带领部队像一把尖刀插进了敌人的心脏，胜利地完成了党所给予他的光荣任务，直到他流尽了最后的一滴血。

今天我们回顾白乙化同志斗争的历史，正如回顾我们的党和革命军队的整个历史一样，使我们得到多么重要的启示啊！过去斗争历史的每一页光荣伟大的纪录，都是人们经过无数艰难困苦、牺牲奋斗的结果。后之视今，亦犹今之视昔。我们能不加倍激励自己，努力克服可能遇到的一切困难，争取新的光荣伟大的胜利吗！？

增补

陈绛和王耿的案件

最近偶然翻阅了宋代魏泰的《东轩笔录》，觉得这一部书虽然对于王安石的新法有片面颂扬过火的地方，对于元祐党人也有许多不恰当的责难，但是这一部书毕竟反映了宋代政治方面的不少材料，有一些历史掌故很有趣味，可以打开人的思路。比如，书中记载陈绛和王耿的案件，就是一个例子。

这个案件的情节相当曲折复杂，我不想在这里全部抄引原文，以免一般读者看起来很沉闷。这个案件中有两个主要的人物。一个是陈绛，一个是王耿。而这两人的案件却又暴露了宋代封建政府用人行政的许多弊病。

陈绛是宋真宗咸平年间的进士，官拜工部郎中。他是福建莆田人，后来就当了福建路转运使。陈绛在福建，据就贪赃枉法，声名狼藉。当时临朝听政的明肃太后发觉了他的违法行为，责问宰相王沂公。这位宰相却再支吾搪塞，最后迫不得已，又采取敷衍的态度，以致一错再错，充分暴露了他既无知人之明，又无料事的本领。

现在我们先听听明肃太后和宰相的一段对话吧。

太后问："福州陈绛赃污狼藉，卿等闻否？"

宰相答："亦颇闻之。"

太后问："既闻而不劾，何也？"

宰相答："方外之事，须本路监司发摘，不然台谏有言，中书方可施行。今事自中出，万一传闻不实，即所损又大也。"

你看这个宰相多么无能！他官居宰相，既然对于陈绛的犯法行为早有所闻，为什么却一直不加以查究，还用种种借口，推卸责任，不敢得罪人呢？他的唯一动听的理由是怕传闻不实，但是，这显然只是一个借口而已。因为他根本不愿意彻底查究实情，又怎么能够判明传闻的真假呢？

不过，事情毕竟已被太后知道了，并且要他负责处理，于是，这位宰相就只好派了他认为得力的一个御史，名叫王耿的去福建。他却没有料想到，这个王耿原来也是一个无能之辈。

刚巧在那时候，福建派了一名衙校奉送进贡的荔枝到了京城。王耿竟然向这个衙校打听福建的道路情形，衙校"应对详明，动合意旨"。王耿一高兴就向他直接打听陈绛的罪行，衙校竟然哭诉陈绛的几十条罪状。王耿大喜，就把这个衙校收留在身边替他办事。这样，王耿还没有出马就已经上当了。

原来这个衙校暗地活动，贿赂了王耿的儿子。当王耿到达福建以后，冒冒失失地宣布了陈绛的几十条罪状。可是一一核对事实，才知道这几十条却是故意夸大和捏造的，同时衙校又揭发了王耿的儿子受贿赂的事实。这消息很快传到京城，明肃太后大怒，下令把王耿也关进了牢狱。于是这个案件就更加扩大了范围，内容也更加复杂了。

但是，读历史的人只要用冷静客观的态度，仔细分析这个案件的主要情节，都不难发现它的扩大化和复杂化，有一个重要的原因，这就是宋代政府在明肃太后临朝期间，吏治已经日趋腐败。上边用人行政没有精明强干的宰相和他的僚属认真负责；下边的地方官吏则为所欲为，实际上形成了尾大不掉的局面。至于从根本上说，那么，这一切当然又都是由封建统治者的阶级性所决定了的。

鸽子就叫做鸽子

前些日子从石家庄到上海之间的传信鸽比赛消息，曾经引起了许多人的注意。我接触到一些朋友似乎因此特别喜欢鸽子，都打算养一对美丽的小鸽子加以训练，并且创造了几个很好听的称呼，准备送给他们的鸽子。这些新的称呼是"和平信使""航空邮差""飞天信使"，还有"长途邮递员"。将来他们恐怕还要创造出更多更好听的名称，也说不定。

这倒引起我的许多感想来了。我国古代的人已经给鸽子起过不少名称。

如五代王仁裕的《开元天宝遗事》中有一段记载说:

> 张九龄少年时,家养群鸽。每与亲知书信往来,只以书系鸽足上,依所教之处飞往投之。九龄目之为飞奴。时人无不爱讶。

大家可能对于张九龄都很熟识吧。读过《唐诗三百首》的人都会背诵:"海上生明月,天涯共此时。情人怨遥夜,竟夕起相思。"这就是张九龄的诗句。他是唐代非常有才干有远见的政治家和诗人。最早使用鸽子传书的就是他;"飞奴"则是他送给鸽子的最早的一个爱称。

后来又有人别出心裁,创造了另外的名称送给鸽子。如宋代陶谷的《清异录》中记载了如下两例:

> 豪家少年尚畜鸽,号半天娇人;又以其蛊惑过于娇女艳妖,呼为插羽佳人。

这里所说的"半天娇人"和"插羽佳人"当然更比"飞奴"的名称艳丽得多了。

但是,为什么要给鸽子起这么多奇怪的名称呢?这难道不是一些文人的无聊把戏吗?本来鸽子只有汉语和梵语的两个名称是最普通的。据李时珍在《本草纲目》中的解释,"鸽名鹁鸽者从其声也";"梵书名迦布德迦"。这就是说,汉语称为鹁鸽,是按照鸽子叫的声音而定的;印度的梵语则称为"迦布德迦"。外来的名称也可以不去管它,我们只用鹁鸽不是很好吗?或者干脆就叫鸽子也很好,何必又要起那么多名称呢?

有人说,"起名儿"是一种"专门学问",要根据对象的性格特征和它所起的作用来命名。我不知道这能不能算做一门学问,但是即便承认起名儿要有一点学问,也不必要起那么多名儿。因为人们对鸽子的性格可以有种种看法,对它的使用也可以有种种不同。有的书上说鸽子"性最淫",有的说它"性最驯";有的说它"温柔",有的又说它"矫健",根本没有一定的标准。人们在世界和平运动中把鸽子作为和平的象征,因此叫它做"和平鸽"；但是，同时在外国军队中又常常拥有大量的"军用鸽"。这些所谓"和平鸽""军用鸽"等，实际上都不能算是名称的不同。名称都是"鸽"，只是形容词不同罢了。这也证明事物的名称即便相同，而用途也仍然会有所不同，正如科学可以用于和平，也可以用于战争一样。

其实，鸽子的用途还有许多种，不可能都按照它们的用途，分别起各种不同的名称。明代都印在《三余赘笔》中说：

> 北人以鹁鸽贮葫芦中，悬之柳上，弯弓射之。矢中葫芦，鸽辄飞出，以飞之高下为胜负。往往会于清明端午日，名曰射柳。

如果对每一种用途的鸽子都要起一个名称的话，那么，这种用途的鸽子难道就应该叫做"射柳鸽"吗？而且，照这样推论下去，鸽子的名称恐怕就多得很了。比如，李时珍在《本草纲目》中说："人马久患疥，食白鸽肉立愈"；"用白花鸽一只，切作小片煎之，可治消渴"；"以白鸽煮炙，饲儿，以毛煎汤浴之，可解痘毒"。难道这些药用的鸽子都非另起名儿不成？

归根到底，凡物有其本名，有一定的含义，人们都很熟悉了，就不要标新立异，杜撰新名。所以鸽子也不需要那许多稀奇古怪的名称，鸽子就叫做鸽子好了。谁要是高兴给自己心爱的小鸽子起一个小名儿，作为一种爱称，当然可以自由。但是请务必注意，不要用小名儿代替了鸽子的通称，以免使人莫名其妙，造成混乱。

今年的春节

往年的春节都没有像今年这么凑巧，刚好把立春这个节气和春节统一起来了。

照我国传统的农历来说，立春是全年二十四个节气中的第一个节气。到了立春的时候，北风带来的严寒季节就要结束了，代之而起的将是和暖的东风，大地很快就要解冻了，万物都将朝气勃勃，欣欣向荣。因此，从汉代以后，民间风俗在立春这一天，妇女们要用青色的绸子剪成春燕、春蝶等形状，戴在头上，走往田野，迎接春天的到来。农民们在这一天的拂晓以前就该起来，手拿锄头，走到地里，向着天上正南方的"房星"，即古代天文学家所谓"农祥星"的方位，用锄头翻土，表示这一年辛勤的劳动已经开始了，并且必定能够取得丰富的收成。全国许多地方的民俗，大体都是这样。

为了表明人们对于劳动的重视，许多地区的农民家庭，无论男女老幼，在春节这一天都要吃"春盘"。什么是"春盘"呢？它是用芹菜、韭菜、竹笋等组成的，表示勤劳、长久、蓬勃的意思。有的人家每个人还要咬一口生萝卜，叫做"咬春"，以预防疾病。吃了"春盘"之后，还有一种有关农业生产的活动，就是"打春牛"。这个风俗是由北宋开始的，孟元老的《东京梦华录》中曾经记载了"打春牛"的情形。

虽然这些风俗现在已经不再盛行了，也没有更加以提倡的必要。但是，我们也应该承认，这些古老的风俗，并不是什么坏习惯，而是紧密地结合着农业生产的，表现我国历代农民勤苦劳动的优良传统。按照这样的传统，像今年的立春恰恰是除夕的这种情况，那么，这一年的春节显然就应该从头到尾充满着紧张劳动的气氛，决不能有任何松劲的情绪了。

特别是在北方大部分地区，阴历除夕还必须蒸好够几天吃的馒头，叫做"万年粮"，以备春节期间每天食用。这样做的意思是保证年年有余粮，不但可以储备粮食，防止灾荒；而且可以使人人足食，国家富强。现在看来，这一点尤其重要。如果能够有类似"万年粮"的储备，那么，无论什么时候，哪里还会有什么粮食困难呢？

我国人民历来都很重视粮食的储备，粮仓制度成为历代政府最重要的制度之一。在国家的粮仓不足的地方，民间还有一些"义仓"等做后备和补充。为了充实粮仓，历代的统治阶级在劝农的文告中，也常常有"耕三余一"或"耕二余一"等语。虽然他们大都是能说不能行，或者有其名而无其实，但是，这种设想和用意仍有可取之处，不可一概抹杀。

在整个春节期间，除了每天吃"万年粮"之外，有许多地方还要吃一种"黏糕"。这是用黍子面或糯米和枣子做的，越黏就越好。据说，吃了这样的黏糕，生产和生活就能"年年高"。现在各地风俗仍然有吃"黏糕"的，像北京这样的大城市，每年都还有卖的，名称干脆就叫做"年糕"了。

至于春节贴春联、挂年画更是常见的，现在也同样很流行。因为春联和年画的形式，适合于我们的民族习惯，有了很久的历史。不过它们的思想内容和艺术表现的手法，仍然需要继续改进，现在已有的成绩还不能令人满意。

编后记

　　邓拓，当代知名历史学家、杂文家。1961年，邓拓先生应《北京晚报》之邀，以"马南邨"为笔名开设了知识性杂文专栏"燕山夜话"，取义于"北京燕山"与"夜晚谈心"。邓拓先生在该专栏先后发表了一百五十余篇杂文作品，这些作品多与时事紧密结合，敢于直面现实，弘扬社会正气。而"燕山夜话"专栏的开设初衷也是为了在当时更好地满足具有相当文化水平的读者的需求，因此作品也多根据读者的兴趣点谈论历史人文相关话题，尤其是谈论北京当地的风土人情，旁征博引，语言亲切而不失文采，熔思想性、趣味性、知识性、文学性于一炉。

　　《燕山夜话》面世以来的四十余年间，中国社会发生的变化用"翻天覆地"来形容并不为过。但《燕山夜话》对社会现象的反映、对高尚品行的热情赞扬、对历史典故的寻根溯源，以及对真理的不懈追求，至今仍具有强烈的现实意义，仍能感染新时代的读者，加深对社会人文的认识，树立远大理想。

邓拓先生的杂文作品具有鲜明的时代特色和个人特点，此次出版根据作品的早期版本进行编校，文字尽量保留原貌，编者基本不做更动，以期读者能够更全面地了解邓拓先生的文学思想和创作发展脉络。